U0674152

上海下午茶

胡伟立 著

文汇出版社

题 记

上海是一首交响乐，teatime是第二乐章，慢板……

序

上海题材正在，不，已经成为书写者（包括编纂者）——不管本土的还是外省的——驰骋的热土、围猎的对象，因而切入的选题和参与的人数形成了相当规模的矩阵。

对此，我的一个问题是：为什么会这样？

要很好地回答这一问题，寥寥数语不行，单靠一人之力也不行。

或说，上海是一座有历史、有故事、有魅力的城市使然。

那样的应对，未免太粗暴，又太虚无缥缈了。

有历史、有故事、有魅力，一定有所依傍。对那些"依傍"，参与挖掘和书写的人应该心里有底，它事关作品的价值定位。

大家知道，清廷在鸦片战争失败后，于1842年8月29日与英国签订了中国近代史上第一个不平等条约，即中英《南京条约》。这个条约有十多项条款，其中与上海有直接关系的是"五口通商"，即，开放广州、福州、厦门、宁波、上海五处为通商口岸，包括允许英人居住并设派领事。

"条约"签订之前，江苏松江、浙江宁波、福建泉州、广东广州作为对外贸易的港口，业已分别设立江海关、浙海关、闽海关和粤海关等四个海关，负责管理海外贸易事务。相比之下，可知那时上海的政治和经济地位并不重要。

以广州为例：开埠之前，清政府把在远离政治中心的广州当作唯一贸易口岸。"一口通商"时期，广州"十三行"是专做对外贸易的牙行，也是清政府指定的专营对外贸易的垄断机构。

我注意到开埠初期广州与上海在对英国的进出口贸易量（单位：万两）的一些数据：1844年，广州3340，上海480；1851年，广州2320，上海1600；1852年，广州1640，上海1600；1853年，广州1050，上海1720；1856年，广州1730，上海3190……它们明确的告诉我们，其时广州的富庶繁荣，远超其他地区。

再看宁波：清康熙年间，宁波已设浙海关，关税由朝廷制定；早在1701年，英国东印度公司便要求宁波开埠；宁波开埠前夕，西方人普遍认为它将是五口通商城市中最为重要的城市；开埠之后，踵武英国，美、法、日、俄等国也援例在江北岸设立领事或副领事，说明其时宁波的地位，一点儿也不比上海差。

还有，福州船政局由闽浙总督左宗棠于1866年创办，是近代中国，也是远东最大的船舶制造中心和基地，为世人瞩目。而影响巨大的上海江南制造局，成立于1865年9月20日，不过是略早于福州船政局而已，其造船部门1905年才独立，称作江南船坞（辛亥革命后又改称江南造船所）。相比之下，其时福州的工业基础和贸易地位，先前都在上海之上。

上海后来居上，靠什么呢？当然是拜开埠所赐。然而，此是大而无当的答案。

形成上海进出口数量、经济体量碾压侪辈的一个不可忽视的关键因素在于：本来出口贸易的货物大多数来自苏浙、长江沿岸和福建而非广东，英国要求福建、江苏、浙江开埠，实质上要从物流成本上解决一个很现实很根本的问题。而就地理位置上而言，上海成为苏浙闽进出口贸易的集散地，具有突出的比较优势。美国历史学家泰勒·丹涅特在《美国人在东亚》中指出："这个新口岸，比起广州旧口岸，一方面距太平洋岸和旧金山较近，另一方面距中国真正产丝区和产茶区也较近……"

除此，还有一个原因，即1853年以后租界向华人开放，从此华洋杂处。从中国人的一面看，他们可以近距离乃至零距离地学习、模仿西方人现代生活方式和营商技巧、规则和理念；从外国人的一面看，正如泰勒·丹涅特写到的那样："……而且上海，作为一个外国社会来说，是一切从新的做起，没有广州那些根深蒂固的传统"，可以"呼吸到比较自由的空气，在这种环境下，生活各方面都比较安适。对于美国人而言，这个地方似乎特别称心如意……"

自然，"五口通商"后，上海在众多领域能够脱颖而出、一骑绝尘，应该还有众多理由的叠加。

有历史，有故事，有魅力，诚然没错，但它们往往出于后人对于前事回望的内心感受，实际上并不可靠。所以，更要紧的，还要看它们对现今人们的生活是否产生了影响，产生了多少影响，产生了什么影响。

须知，影响力决定存在价值。

在没有影响力的地方，所谓"有历史，有故事，有魅力"，对外人来说，几乎等于零。

上海，恰恰在"更要紧的"的那段，占了便宜。

一个显而易见的事实是，后起并领跑乃至成为标杆的国家、城邦、地区，在可以预期的时间内继续保持那种态势前提下，必然被历史书写者当作一种"现象级"的存在而加以关注，比如上海。

再说，人多必然事多，事多必然料多，这也是一个比较优势，比如上海。

而"后来居上""咸鱼翻身""起死回生"之类"反主流""逆袭"的励志案例，常常又是产生"有历史，有故事，有魅力"的温床，比如上海。再说，人多必然事多，事多必然料多，这也是一个比较优势，比如上海。

从追求效率和效益的角度看，历史书写者对于纷繁复杂且对当下的社会运行和日常生活仍然具有影响力的陈年往事，予以优先关照是理所当然的，正好比外出旅游，先去远的地方还是先去近的地方，什么时间去什么时间不去，等等，永远只跟自身具备的条件有关。

跟上海几乎同时开埠，历史积淀又比上海深厚的其他几"口"，书写者们之所以对其发生的兴趣明显小于对上海的兴趣，道理也许就在于此。

上述几个"口"开埠前后的一些状况，像是块垫脚石，书写者若不踏上去，然后站在上面观望，由此产生的视野欠缺尚不算太坏的结果，被许多纷繁杂乱的历史现象干扰以致看不清我们真正想认识的东西，才是真正要命的。

那些林林总总、零零碎碎的史实，对于上海题材的书写者来说，并非需要全盘掌握，不过，心里有个大致的概念十分重要，因为它们是按逻辑进行推导、敷演的起点。只要锚定史实，便不可能胡说八道。

我料想上海题材的书写者队伍当中占相当比重的群体，并非扛着学者的身份、端着研究的架子要对"何以上海"那么庞大的命题作一个巨细尽瞻的梳理，乃至兜底翻，而是试图用自己感知的现象和熟悉的素材来印证或丰富或补充历史学家所作抽象的思辨和归纳。

聪明的书写者决不会放弃去抓一条活鱼的机会转而去解剖一条已在案板上躺着的死鱼，况且那条死鱼差不多已被历史学家筑起篱笆，围得死死的，"闲人莫入"了。

这是他们清醒的一面，也是他们擅长的一面。

不知道别人怎么看待，反正我认为他们的工作琐碎而有实效，仿佛历史学家搭好了房屋的预制件，他们在框架里砌砖。缺少砌砖环节，房子便显单调，不够丰满，是人们能够轻易觉察到的。

值得一提的是，近些年来的史著，明显从通史式、断代式的宏观研究，转向切口甚小的微观研究，黄仁宇的《万历十五年》、唐德刚《晚清七十年》、王笛《茶馆：成都的公共生活和微观世界（1900—1950）》等，都是极好的例子。我觉得这也是所有上海题材的书写者走得通并且走得快的一条阳关道。

以上的东拉西扯，无非是要为胡伟立先生的新著《上海下午茶》站台。

读了胡先生的这本著作，我对老的和新的上海增加了较多的了解。《上海下午茶》虽然没有就本文开头"为什么会这样？"的设问给出非常具体的、富有针对性的回应，但至少，它里面呈显的众多信息，为我的自问自答提供了很大的帮助，或者说扫除了不少迷障；同时我相信读者由此得到的收获是扎扎实实的，不会感觉虚头巴脑。

胡先生给自己的著作起了一个好名字。"下午茶"意味着不是正餐，不需要正襟危坐、高头讲章，也不需要既定的套路或规范的格式，似乎更接近于轻松地聊天。我认为那是一种对上海题材感兴趣的读者表示友好的美妙方式。

真是太棒了！

茶和茶点，虽然只是垫垫饥、消消闲，倘能实现它应有的效益，最值得推崇。至于管饱，并不是它的职责范围。当然，午茶干掉晚餐的事儿经常会发生，我们只须当它是一次意外吧。

西坡

2024 年 4 月 2 日

目录

044　第二篇

建筑阅读

民俗杂谭

时闻志事

第一篇

海上印象

偏见上海

记得钱钟书说过，偏见是思想的放假，人如果没有偏见，就像家里只有客厅，没有卧室。

中华文明几千年的发展中，上海大多数时候都偏居东南，侧目旁观天下的战乱动荡，人来人往，只是近一百多年来，才逐渐被人看见，走进了历史的客厅。

彼此公平地交往，带着偏见地打量对方，都这样。

人心并不正中，偏左，所以侧着耳朵听、侧着脑袋思考以及闭着一只眼睛瞄准，能够更加轻松地瞄准目标。

上海最早叫华亭，一个叫陆逊的人杀了关羽，东吴将这片土地封给他，当上了华亭侯。陆逊是江南望族的奠基人，他的后代人才辈出，弓成一道上海的文化脊梁。

东吴灭亡后，华亭被视为"亡国之余"，江南士族的社会地位受到中原贵族的打压，他们抛弃了以往崇尚武力的价值取向，开始滋生淡泊隐逸之风，追求温文儒雅之道。

陆逊的孙子陆机、陆云解甲归田，隐居在故乡"松郡九峰"闭门读书，陪伴他们的是白云仙鹤、溪水古琴。"二陆"的《文赋》《平复帖》等文章、书法，行走天下，传世流芳。

晋武帝招贤纳才，陆云自报家门"云间陆士龙"（陆云，字士龙）；陆机遭人陷害，被司马颖砍头，他长叹"华亭鹤唳，岂可复闻乎？"这类地心之声，只该卧室有。

历史有了偏见。鲁迅先生说，二陆入晋，北方人士分明带着轻薄，经常诋毁南方人，不视为同类，到了元朝，人分四等，一等蒙古人、二等色目人（外国人）、三等汉人，第四等才是南人，因为南方人是最后投降的一伙。

陆氏兄弟死后，后人建造了陆氏祠堂"陆宝庵"。五代十国时，镇海节度使钱镠攻取了华亭，他趁当时天下大乱，占据江南十三州，建立了吴越国，自立为王。

有一次，钱镠王巡游到陆宝庵，赠送了一卷他钟爱的妃子花了五年时间，用金粉正楷抄写的《莲华经》，他说："此亦一宝也。"

钱镠王的金口出了偏差，犯了一个美丽的错误，他将"陆宝庵"当作"六宝庵"了。既然圣上御赐"此亦一宝也"，寺庙只好"六宝加一宝"，改名为"七宝寺"了。

七宝寺歪打正着，香火旺盛起来，后来又因寺兴镇，逐渐发展成了今天的江南名镇。经常有外地的游客问：七宝镇里究竟藏着哪七件宝贝？只有偏答。

偏见上海，可见陆氏的清高，他们是华亭的祖先，一直活在上海人的基因里，思想放假的时候才出现。

叔本华讲过，思想家应该耳聋。

太有道理了，因为耳朵听得见各种声音，越是全面，干扰越多，也越容易失去自己的知觉。偏见，不全面，然而真切……

你知道有两个"上海"吗？

老上海开埠以后，有些崇洋的人觉得什么都是外国的好，甚至说天上有两个月亮，西方的月亮比东方的月亮更圆、更亮。

两个月亮的说法自然是假的，然而，有两个上海却是真真切切的。

说起这两个上海，一个是土生土长的"大地的儿子"，另一个是海里诞生的"海的女儿"。

很久很久以前，这两个"上海"的父亲是一片淀泖低地和九峰高地，纯朴敦厚，平凡传统。他们的母亲则是一汪波涛喧嚣的"华亭海"，她的娘家是富足丰裕的东海和太平洋。

两个上海的父母之间，本来有"冈身"①阻隔，西边是陆地，东边是大海。

大地孕育了"云间"，后来改叫"松江""上海郊区"。几千年以后，由于江流海潮的共同作用，长江挟带的泥沙不断沉积，促使两个上海的父母相互追逐，逐渐结合，形成了一片新的冲积平原，在原先的华亭海里诞生了一个"上海市区"。

"儿子"是兄长，讲一口本地话，他称自己"我伲"，"女儿"是妹妹，说话博采众长，自成一套"沪语"，她把自己叫"鹅"。

兄长总是调侃妹子不是正宗的上海人，小妹也讥嘲兄长是落伍的乡下人。兄长呵护小妹，从西南拥抱着上海市区，小妹也依托兄长，背靠郊区腹地自信地挑战海洋。

上海建特别市以后，1928年，两个上海兄妹独立分家了，兄长为"县"，小妹为"市"。

从此，上海县里的本地土著都自称"上海人"，而上海市区的移民只能用原籍自称，自我介绍时用"浙江人""广东人""苏州人"，甚至"英国人""法国人""犹太人"等来表示。

大地的儿子秉承了吴越基因、荆楚血统，传统而骄傲；海的女儿心思活络，持续追求浪漫开放、典雅新潮，大气而谦和。

魏晋以后，陆地上的上海凭借吴越文化和荆楚文化的底蕴，吸收、融合了北方南下的中原文化，形成了独特的江南文化。开埠以后，海里出生的上海以江南文化为文化背景，吸纳、消化了西方输入的现代文明，熔炼出了自己的海派文化。

两个上海，虽然语音不同，习俗有别，但是血缘关系的纽带始终紧密联系着，彼此共生，牵手发展。海派文化的发扬是不能忽视哪一个上海

---

① 冈身指的是位于长江口南岸，在长期波浪作用下，自常熟福山起经太仓、嘉定方泰、上海马桥、奉贤新寺直至金山漕泾一带西北至东南走向的沙堤。

的。譬如，保护上海方言的同时，也要保护上海多种本地话的传承。

上海的出身清高吗？

上海的出身众说纷纭，有人说上海是渔民的后代，出生于一个海边渔村；也有人说上海是商人的后代，出生于一个东南都会，还有其他种种说法。其实，这些只是上海的经历，并非它的出身。

我们来翻翻上海的老底，查查它的真实出身吧。

上海过去并不叫上海，古代曾有个非常诗意的名字，叫"云间"。现在松江城里还有一条"云间路"，颇有些郭沫若笔下"天上的街市"的意境。

古上海地区是个"三泖九峰"的地形。

泖是一种介于河流与湖泊之间的湿地，当时大的有圆泖、大泖和长泖，小的有不计其数的塘和沼。逐水而居的先人部落生活其间，水汽氤氲，炊烟缭绕，若隐若现的。北方来的移民赞叹，这块地方恍若云间，他们就留下不走了。

云间这个名字就这样叫开了。

九峰的全称"松郡九峰"，是上海境内九座西南—东北走向的山脉，依次名为小昆山、横山、机山、天马山、辰山、佘山、薛山、厍公山、凤凰山，每座山都有许多名胜古迹和神仙隐士的传说。

这些山虽然高度都在百米之下，但是逶迤十几公里，林木深秀，珍禽异兽，两千多年前被吴国圈作皇家猎场。

吴国十九世国王叫寿梦，有一天，他在狩猎时发现五头雄壮的梅花鹿，鹿角高耸，姿态优美。

寿梦搭箭欲射，只见头鹿忽然回首，温顺地注视着他，一对美丽的鹿眼轻柔地眨了一下，流露着万般慈悲与十分信赖。

透着杀伐的戾气的寿梦，顿时像被雷电击中，他全身软弱无力，怎么也拉不开弓，眼睁睁地看着五只梅花鹿悠闲地离开了他的视线。

从此，寿梦经常梦见这五头漂亮的雄鹿，他认为这些是神鹿，是上天派来给他传递神谕的。他无心再狩猎，只是经常率众到山林里去寻找，希望能再次遇见"神鹿"。

随从们在林间为寿梦建造了一个歇马休憩的亭子，亭子装饰得很华丽，附近的老百姓称作"华亭"。

虽然，寿梦再也无缘找到他梦中的"神鹿"，但是，他和"神鹿"的故事还是传开了，这块神奇的地方又有了一个"五茸"的名字，后来古上海的县城（松江）就叫"茸城"。

多么诗意浪漫的名字，后来的吴王夫差也经常带着西施东临"五茸"嬉游，清代诗人吴梅村曾写诗描写过当时的情景："五茸风动琅玕实，三泖云流沉溠浆。""西施醉唱秦楼曲，半天吹箫引凤凰。"

东汉时，东汉名将陆逊因为攻克荆州，奠定了灭蜀的基础，吴王孙权就将古上海这片地方分封给他，为"华亭侯"，华亭也就正式成了这里的地名。

古上海在云蒸霞蔚的天街云间诞生，从华贵富丽的皇家猎场走来，三泖九峰滋养，五茸神鹿为伴，原本出身清远高贵，宽容温和，高远大气，后来，因为经商而沾染了世俗、市井的习气，并非与生俱来，所以是可以改掉的。

血统不纯的上海人

如果我是外省人，乍一看上海的传统不纯粹，异质太多，另类显著。

其实，纯粹传统的人不多，经过五胡乱华、元朝和清朝的统治，中原混杂了许多少数民族的习俗。

明朝有个上海人叫陆楫，他的父亲就是陆家嘴的主人陆深，纯粹的上海土著。虽然，他经常以陆机、陆云的兄弟自称，父亲又当过国子监祭酒（最高学府校长），但是，他还是离经叛道，卓尔不群，可谓另类上海人的鼻祖。

中华文明素有华夷之分，"华"就是中原华夏地区，"夷"指边远地区少数民族。当年，陆楫的华夷观，认定"华"就是先进发达的地区，而"夷"则是落后贫困地区，所以，他说远离中原的边远地区，甚至推广到海外，只要先进繁荣就是"华地"，反过来，即便地处中原甚至皇帝京城，如果落后穷困，也只能是"夷地"。

他进而区分人类，无论国别民族，具有先进文化的人才是华人，文化落后愚昧的都是夷人。

陆楫的时代，中国以节俭为传统美德，然而，他偏要惊世骇俗地呼吁"崇尚奢侈，反对节俭"。

他说，虽然节俭可以使个人或家庭温饱度日，但是人人节俭，东西卖不掉，社会就会贫穷。因此，哪里生活奢侈，哪里就容易谋生，江南一带之所以富裕，就因为盛行考究奢侈的民风。

他说，历史上从来没有过一个社会，因为奢侈而贫穷的。上海县地处海边偏远，由于崇尚奢华，消费欲旺，便于移民就业谋生，才会很快富裕起来，发展成"小苏杭"。

陆楫的另类主张，强调消费对商品经济的推动作用，比英国经济学家凯恩斯的发现早了三个多世纪，曲高和寡、孤掌难鸣的凄凉，也是可以想象的。

浦东的陆家嘴与浦西的徐家汇，如今都是上海最摩登的"华地"，四周放眼过去，很容易让一些别的地方自认为"夷"。细细回想起来，陆徐两家都因为传统不纯粹，接受了异质而另类起来，才变成与众不同的近代上海人。

这是一种另类龙的传人，具有冲破传统藩篱的能量，足以引领民族腾飞，也就是当下常说的"海纳百川，追求卓越，开明睿智，大气谦和"的上海精神。

反客为主的"上海人"

谁是上海的主人？谁是上海的客人？这是认识上海的首要问题。

说起来，这在过去倒不成为问题，然而现今，经常遭遇一些只"开国语"的上海人或者有着上海户籍的外地人以后，才有了寻找上海主人的念头。

上海向来有反客为主的传统，经历了多次移民大潮后，外来的移民"烧香赶走和尚"，当地的土著都不能算"上海人"了，他们只是自称"本地人"。

20世纪初，上海开始地方自治，推举了五名总董，其中有三名是上海人：李平书、莫锡纶和郁怀智，还有两名却是福建人：朱葆三和曾铸。

1911年上海光复以后，成立了沪军都督府，选举浙江人陈其美当都督，广东人伍廷芳当外交总长，江苏人沈缦云当财政总长，浙江人王一亭当交通总长……上海人只有李平书当民政总长和钮永建当军政总长，当地人绝对是少数派。

1893年上海开埠50周年庆典时，寓居上海的外国侨民创作了《庆典之歌》，歌中唱道："维吾家园，立此东方，江水滔滔，翻滚冲荡。"甚至有外侨写信给《新闻报》，自称Shanghailander（上海人），说他们在上海生活多年，贡献很大，不应该再被视为外国人了。

1949年统计人口的时候，上海人中80%是外地移民及其后裔，还有5%是外籍遗留在沪的侨民，只有10%是当地人及其后代，东西南北各种文化的碰撞、融合，绝大多数外来者反客为主成了"上海人"，他们逐渐形成了一种独特的行为方式和审美情趣，少数当地人倒被边缘化了。

上海人真是一个与众不同的族群，很多时候，上海人是一个文化认同的符号，都有相同的责任担当和情趣格调的特征。

五湖四海的人都在上海生活或工作，有的有上海户籍，有的只有居住证或者护照，有的当官做老板，也有的只是打工谋生，有的已经很富裕了，也有的还贫困着，然而，这些差别在上海并不重要，谁是上海的主人，谁是上海的过客？只看对上海的责任担当与情趣格调的有无，再加上能否说一点上海话。

"愚不可及"的上海人

上海作家金宇澄先生在《繁花》里用了一千多个"不响"，他说，这是上海人的标志。

上海人在交谈或办事时"不响"，看似模棱两可、留有余地，实质却深藏"装戆"的处世精明。

上海话里面，最智慧的一句话是"戆人有戆福"。

"戆"字里包含着爱怜与赏识。姑娘称男友"戆徒"的时候，就是喜爱他的"戆嗒嗒"，上海的妻子也经常得意"阿拉戆徒老公"，上海的丈母娘不断夸耀"阿拉戆徒女婿"。

"不响"是放弃心机、不争得失的消极态度，没有了对手干扰，倒常有"无心插柳"的效果。

明朝人张岱的《夜航船》讲过一个小故事：

有个读书人找算命先生占卜科举功名，他随手写了一个"串"字。算命先生拆字解说："你不但会考中，而且将连连高中，因为串字有两个中字。后来果然应验了，这个读书人真的接连高中，连升三级。

第二年科举考试前，有个读书人专门找到那个算命先生，也写了个"串"字，请他占卜。算命先生解字说："你不但不会考中，而且要谨防病祸。"

读书人大惑不解，问算命先生："为什么同一个字会有两种不同的命运？"

算命先生回答："去年那个人写串字是无心之举，所以推算他连连高中，如今你写串字是有心之举，合成一个患字，怎么不会事与愿违呢？"

都说上海人聪慧，聪慧的极致就是看似无心的"装戆"，算是一些"愚不可及"的人。

"愚不可及"出自《论语》，本义是"愚笨难学"的意思，可以解读上海人那种"难以学成的装戆"。

孔子讲过一个叫宁武子的卫国大夫，说他"邦有道则智，邦无道则愚，其智可及也，其愚不可及"，精明与愚笨，此一时彼一时，宁武子的"愚"就是"装戆"，一种难以企及的"难得糊涂"，也是上海人"不响"的慧根吧！

"口是心非"的上海人

上海人讲究"规矩"，可是，他们的"心"却经常"出轨"。

怀旧的上海人，都会有"有轨电车"的梦，上海女作家张爱玲说"我是非得听见电车响才睡得着觉的"。

1908年初，上海最早通行了"有轨电车"，为了铺设车轨，英籍犹太富商哈同出资60多万两银子，把江西路到西藏中路一段南京路的"弹硌路"，翻修成了一条由400万块铁梨木铺成的"红木马路"。

这条有轨电车的线路，从外滩的上海总会（今华尔道夫酒店）沿着南京路，直达静安寺。据说由于哈同担心电车铃声会打扰他在哈同路（今铜仁路）口的哈同花园，他让电车线路从卡德路（今石门二路）转弯，朝北再折入爱文义路（今北京西路），然后到赫德路（今常德路）转弯，再朝南开回南京路。

张爱玲20世纪40年代居住的爱林登公寓（今常德公寓）就在赫德路边，她喜欢站在阳台上"望野眼"，看着太阳光底下的两根光莹莹的轨道，"像水里钻出来的曲鳝，抽长了，又缩短了，抽长了，又缩短了，就这么样往前移……"（张爱玲《封锁》）

上海人最先从农村人变成了城里人。农村是个熟人社会，处处是熟人的眼睛，事事有熟人的口碑，无形地约束着每个人的一举一动；然而，城市是陌生人社会，彼此不熟悉，也不关心别人的事情，上海人开埠以后，最早养成了教人做规矩，办事讲规矩的习惯。

张爱玲说上海人的思想，"背景里是条纹布的幔子，淡淡的白条子便是行驶着的电车——平行的，匀净的，声响的河流，汩汩流入下意识里去"。（张爱玲《公寓生活记趣》）

上海诞生有轨电车六年以后，1914年又出现了第一条无轨电车的线路，从郑家木桥（今福建中路延安东路口）到老闸桥（今福建中路北京东路口），上海人的"心"里也产生了"无轨"的冲动。

1928年，施蛰存、戴望舒和刘呐鸥等人在上海创办《无轨电车》杂志，翻译介绍西方文学，发表上海作家的"新感觉派"作品，他们在上海租房子，开办了一家"第一线书店"，专门发行《无轨电车》，造成了轰动的社会效应。

无轨电车没有轨道的约束限制，可以比较自由地行驶，上海方言就流行起一种无约束、无主题的闲聊漫谈，叫作"开无轨电车"。

过去在老上海舞厅里，将红舞女的固定舞客称作"拖车"，舞女叫"龙头"，如果其中一方擅自换人，就像车子脱轨，有了新的方向，这叫作"出轨"。

上海人为人处世坚守有规有矩，内心却不故步自封、因循守旧，他们弘扬规矩为诚信，"心"却经常越轨创新，应该为这种"口是心非"的上海人点个赞的。

实惠又虚荣的上海人

从市花的评比看，上海人是讲究实惠又图慕虚荣的。

1927年上海建特别市后，市社会局发起市民评选市花，提出从莲花、月季、天竹三种花卉里评选。广大市民觉得候选花种太少，社会局研究后决定，可以扩大候选花卉投票。

结果出乎预料，17 000多张有效选票中，高达5 496张选票选了通俗平凡的棉花，遥遥领先于莲花、月季、牡丹等名贵花卉，当选为上海市的市花。

20世纪80年代，上海人又将月季、桃花、海棠、石榴、杜鹃、白玉兰等作为候选花，大规模评选市花。结果，在上海开花最早、花朵洁白硕大的白玉兰当选市花。

棉花的当选市花，其实也不必讶异。早在明代，棉花就是上海最主要的农作物，上海享有"松郡之布，衣被天下"的美誉。

上海人从清末带头剪辫放足以后，就开始引领服饰潮流，尤其是女子服饰，一改宽大传统而变得"竞尚紧小，伶俐可喜"（《老上海三十年见闻录》），青楼女子和电影明星带头，学校女生和名门闺秀紧跟，带动"赶时髦"的潮流。

上海人带头"翻行头"，别的地方跟着模仿，那时流传一首歌谣："人人都学上海样，学来学去学勿像。等到学了三分像，上海已经变花样。"

开埠以后，外国商人在东百老汇路（今东大名路）和南京路外滩一带开设西服店，上海裁缝纷纷学习，很快出现了一支精于制作的"红帮"裁缝队伍。

1896年，在北四川路（今四川北路）出现了第一家西服店——和昌西服店，接着，"亨利""荣昌"西服店也相继开张。

由于西服面料和工价昂贵，普通人买不起，但是又要装门面，上海滩应运而生了许多专供淘西服的旧衣商店，最早发祥于吴淞路，后来林森路（今淮海路）也开出了旧西装店。

上海人的观念里，穿衣不只为了保暖遮羞，衣服成了人的第二层皮肤，穿着就是身份。

锦江饭店的创始人董竹君，曾回忆自己早年到荣德生办公室做推销的情景："只重衣衫不重人的上海社会，即使穷得当卖东西，也得弄一套像样的衣履穿着，否则就被人瞧不起，更莫想有所活动。我为了像个经理样子，穿了白衫，藏青裙子，墨罗缎绒大衣，黑皮鞋，颈项上套一根黑丝带钢笔。我拿了办公皮包和纱管样品，到了荣德生办公地点，门房盘问了一阵，才放我进去。"

上海流行许多谚语："一千家当，八百身上""身上全绸，屋里全臭""不怕屋里天火烧，只怕出去摔一跤"等，可以看出上海人注重衣着的特点。

上海人选棉花做市花，棉花可以做衣服，很实惠，但是，只重衣衫很虚荣。上海人选白玉兰做市花，花朵洁白硕大，很实惠，然而，开花早，图时新的风头，也有些虚荣。

仔细想想，上海人的实惠与虚荣是不能分割的，可谓虚荣的实惠，或者实惠的虚荣，虚实相抵后，倒融合成一种讲究"惠荣"的海派追求了。

"尴尬"的上海人

说起来，"上海人"是中国人中很特别的群体，可说是中华文明中的另类。

给个差评：像麋鹿，俗称"四不像"，非驴非马。

给个好评：像龙，鹿角，鹰爪，虎掌，马首，蛇身，牛耳，兔眼，蜃腹，鲤鳞，说啥有啥。

上海地处的位置居中，北方人称上海人为"南方人"，然而过去，南方人称上海为"上海佬"，"上海佬"即北方人。

给个差评：不伦不类。

给个好评：南北通吃。

从前，西洋人称上海为"东方巴黎"，东洋人称上海为"魔都"。

上海人说自己是"浙江人""江苏人""广东人""山东人"……就是不说自己是"上海人"。

"上海人"是本地人，乡下人粗鄙，城里的"上海人"有点看不起。

城里的"上海人"都是外地移民和外国移民，不会讲纯正的上海话，不懂上海风俗，本地人也看不起，不认同这些"伪上海人"。

1927年，国民政府决定撤上海县，成立上海特别市，遭到上海本地人的激烈反对，国民政府只好改为市、县分治，将三林、闵行等八个乡划归上海县管辖。

给个差评：酱缸文化，杂交混搭。

给个好评：海纳百川，雅俗兼容。

上海人讲话"洋勿洋、腔勿腔"，多根多源。

鲁迅讲："我不会说绵软的苏白，不会打响亮的京腔，不入调，不入流，实在是南腔北调。"以至于他索性将一本杂文集命名为《南腔北调集》。

正宗的上海话"吴侬软语"，但是正宗的普通话，却是1907年在上海，通过"春柳社"最早的话剧《黑奴吁天录》发祥。

给个差评：上海人说话杂糅百搭，像乞丐的"百衲衣"。

给个好评：上海话里文化荟萃，像孔雀开屏。

上海人中有最早的报馆主笔、大学教授、西医大夫、邮局职员、银行经理、学者、诗人、科学家。上海人中也有最早的冒险家、暴发户、投机商、流氓、地痞、妓女。

有人说上海人很坏，但坏得有分寸。

有人说不喜欢上海人，但是离不开上海人的时尚。

有人说上海人胆子太小，但失算不多。

有人说上海男人太小、女人太作，但嫁娶过日子有味道。

给个差评：难以琢磨，不好打交道。

给个好评：只喜欢过日子，不喜欢打交道。

"尴尬"的上海人，因为"尴尬"而大气谦和、海纳百川，低调奢华地走着自己的路，开拓自己的城市精神。

苏州河是上海的母亲，青浦是上海的兄长

这里，我要为这对母子抱个不平。

苏州河就是吴淞江经过上海市区的河段的别名，现在是上海的母亲河"黄浦江"的支流，青浦是上海管辖下的一个区，不久前还是个郊县，上海人叫那里的人"乡下人"。

吴淞江不言，青浦也不言，人们也渐渐淡忘了：

黄浦江原本只是吴淞江的一条支流"上海浦"，上海"以港兴市"，而"上海港"是青浦的青龙港让出来的位置。

桃李不言，下自成蹊。吴淞江和青浦不言，黄浦江成了母亲河，青龙港消失在人们的记忆里……

历史的真实是：

吴淞江自古以来就是养育上海的母亲河，黄浦江的前身只是吴淞江许多支流（上海话都称"浦"）中的一条，叫"上海浦"，因为它和吴淞江交接的地方"吴淞口"靠近海，附近的渔民将出海打鱼称作"上海去"，才得其名。

明朝永乐年间，在疏浚吴淞江时治浦，上海浦才得以挖掘拓宽，并连通了淀山湖，成为上海的主河道"黄浦江"。

长江养育了太湖，太湖养育了吴淞江，吴淞江养育了黄浦江。

黄浦江长大了，自立了，吴淞江甘为支流，以她无私的母亲情怀，继续默默地滋养着淞南和淞北的土地和人民。

还有个历史真实是：

从成陆的时间说起来，先有青浦，后有上海。

上海城市"以港兴贸，以贸兴市"，先有青龙港，后有上海港。

怎么说，兄弟的辈分长幼是明明白白的。

青龙港是过去吴淞江在青浦的一段河道，称作"青龙江"，那可曾是一段非常繁荣昌盛的河道，还是古代上海的"海上丝绸之路"发源地。

传说三国时，孙权在青龙江边打造"青龙战舰"，所以这段吴淞江古河道就叫青龙江。

唐朝在沪渎垒的位置建了个青龙镇，青龙镇连海控江，南来北往的商船都在此停靠贸易，很快就发展成了江南第一大港。

青龙港江深水阔，江面有20多里宽，为了帮助远来的航船找到港口，当地人就兴建古塔，七级八面，起了航标灯塔的作用。

那时，苏州、杭州、湖州、常州等地的商船每月都来，福建漳州、泉州和浙江明州、越州、温州、台州等地的商船每年来两三回，南洋、日本、新罗等国的商船每年都要来。

千帆万樯都在青龙港集散交易，南方进贡京城的贡品都从这里出发，就连日本一批批的遣唐使也都在这里进出中国，一派前所未有的兴旺景象。

宋朝诗人梅尧臣曾作《青龙杂志》记载，镇上有"三亭、七塔、十三寺、二十二桥、三十六坊"，明朝《上海志》也描述青龙镇"海舶辐辏，风樯浪楫，朝夕上下，富商巨贾、豪宗右姓之所会也，人号'小杭州'"。

那时，上海连名字都还没有，直到宋末，吴淞江的河道出现淤塞，陆地日益东拓，海船难以从沪渎驶入青龙港，青龙港才"让位"给"上海港"了。

青龙港的遗迹在青浦白鹤镇，两年前在那里发现的隆平寺塔基，以及地宫里的水晶佛珠、两座阿育王塔、各个时代钱币等，处处透露着这座湮没于地下数百年的港口重镇的昔日气息，可以去看看的。

名字"变性"的上海

很久很久以前，"上海"只是个动词，跟"下海"一样，是出海去捕鱼的意思。区别只是，吴淞江南边的渔民说"上海去打鱼"，吴淞江北边的渔民说"下海去打鱼"。

20世纪二三十年代，上海已经被外国人称作"国际大都会"和"东方巴黎"了，有个叫村松梢风的日本作家，到上海来旅游考察以后，回去写了一本关于上海的书，书名叫《魔都》。

随着这本书的风靡，"魔都"也成了上海的别名。

村松梢风使人们相信上海是一座有魔力的城市，有种暧昧的魅力，吸引着世界各国和五湖四海的人。当时，英国著名的《韦氏大词典》里，"上海"除了是个名词外，还有做动词的解释：用欺骗或者暴力引发纠纷。

那时，上海是冒险家的乐园，是穷困潦倒的人改变命运的地方。没有来过上海的人，相互传说"上海的马路是金子铺成的，随地可以捡到金钱"。

上海的马路是金子铺成的说法并不属实，不过，如果说上海的马路是用红木铺成的，那倒是真真切切的。

我们说说红木马路的故事吧。故事的主角叫哈同，来上海前，靠捡破烂、拾煤渣过日子，他刚到上海时也只是干干门卫、清洁工的活。

后来，中法战争爆发，上海的洋人都逃回去了。哈同借了钱，低价买进今天南京东路这片烂泥路、弹硌路的地皮和房产，等战后洋大人们回来再高价出售。

1906年，哈同抓住公共租界要开通有轨电车的机会，出巨资翻修南京东路。他花费了60多万两银子买进铁梨木，切割成几百万块两寸见方的木块，从江西路一直铺到西藏中路。

铁梨木是一种柚木，浸润了柏油后，深红乌亮，整条马路散发着奢侈豪华的气派,人们都叫它"红木马路"。

"红木马路"使南京东路的房地产上涨千百倍,哈同大大地发了一笔财,彻底改变了命运。

在上海,改变命运的人确实不少,有世界各国来的,也有国内五湖四海来的,上海就成了"海纳百川"的移民城市。然而,在上海打拼失败、梦碎破产的人也实在不少。

一百多年过去了,上海还是有魔力的,魔力就是充满着机会,比黄金和红木还要珍贵的机会。

一百多年过去了,"下海"仍旧是个动词,只是变成了经商的意思。一百多年过去了,"上海"早已没有了《韦氏大词典》里消极的含义,但它还是个强劲的动词,融合着机遇与挑战、诚信与智慧、勤劳与毅力,可以使任何一个人的梦想变为现实。

上海的"词性"从动词变成名词,还深藏着动词的"性征",充满着魅力的魔都。

上海有个市标,暗藏玄机

商品有商标,道路有路标,城市也有市标?

上海市人大讨论通过的市标,是一个金色的三角形,螺旋桨、沙船和白玉兰三个符号,暗藏玄机。

一个"天机",使一个安静的海边小渔村变成了一个繁华的江海通津、国际商都。

元、明、清三朝一脉相承,全部定都北方,形成了中国北方政治、南方经济的格局,以至于清末南方一批书生组建"南社",操南音、抗北廷。

南方的物资输运,北方旱路不如水路便利,水路走河道,称作河运。河道像漕,又叫漕运。

嘉庆年间,漕运的运河淤塞,严重影响漕船航行,朝廷有人建议海运。但是,北洋比南洋水浅潮急暗礁多,一般的船只容易颠簸,也容易搁浅。

崇明姚沙一家姓杨的大户，有个家奴叫朱清，因为不堪主人的虐待，有一天拔刀砍死了主人逃到海上，与一个叫张瑄的人结伙贩卖私盐，后来，他们被官府追捕，沦为海盗。

元朝忽必烈的军队打过来的时候，朱清投靠了蒙古人，曾帮助过元朝的丞相伯颜，将许多南宋库存的图书典籍从海上运到元大都。

朱清非常熟悉海路与各岛门户，得知朝廷漕运因河道堵塞受阻，认定这是"天赐良机"。

他利用自己与伯颜的关系，揽下了海运粮食的差事。

朱清和张瑄在崇明、太仓建造了60多艘方头方梢、多桅多帆的平底船。这种船便于在沙质浅海航行，不怕各方风浪，也不怕搁浅坐滩，俗称"沙船"。

朱清靠沙船发了大财，也带动了这片小渔村的沙船业。

沙船海运的规模不断扩大，朝廷在新建不久的上海县（今三牌楼路和四牌楼路附近）开始设置市舶司，管理税收。随着税收的快速增长，上海县的经济也迅速跃为东南翘楚，历史上称为"负海带江的天下壮县"。

上海开埠以后，英美商人也看中了南北海运的商机，纷纷造船抢生意。外国人的轮机船自然比靠人力和风力航行的"沙船"更有竞争力，兴办轮船航运事业的上海华商被"逼上梁山"。

如今在浦东滨江大道有个名为"船厂1862"的创意园区，就是1862年英国商人建造的祥生船厂的遗址，1949年后收归国有，成了实力雄厚的上海船厂。

当年，这样的外国船厂如雨后春笋，各国商人都来上海造船厂、建船运公司。

上海的华商被四面包围，只有绝地反击。他们借当时洋务运动的运势，建造修船厂，开轮船公司，同时在黄浦江边建造码头、仓库。

清廷洋务大臣李鸿章也出手相助，以政府和商人合办的名义，组建"官督商办"的轮船招商局，购置码头、购置轮船、开辟轮船航线，与洋商争夺利益。

一百多年的较量，当年的外国船厂都已成历史遗迹，洋务运动的先驱也都已作古，只有当年的轮船招商局，至今还屹立在上海繁华的外滩"万国建筑博览"群里，即中山东一路9号楼。

上海市标停格了沙船和螺旋桨的争斗、较量，无声地叙说上海繁荣的开篇，白玉兰盛开着，静静展示着前世今生的缕缕悠香。

市中心"盗版"了上海

上海南京西路170号是国际饭店，在24层楼顶的旗杆处，有个零公里"城市座标的原点"，以此为中心，半径十几公里范围内，就是上海的"市中心"了。

如果顶真地推究起来，这个市中心是"盗版"了上海的名号的，因为正版的"上海"在老城厢里。

1292年上海县建立时，城外都是荒郊野地。1843年开埠后，这片"市中心"是城北的租界，上海人称"夷场"。

当时，有个叫葛元煦的医生写了一本《沪游杂记》，为初到上海的外地人或者外国人作游玩指南。他没有掩饰对租界的赞美，但是在书里引用了一首当时非常流行的竹枝词，把租界的繁华比作奇幻的海市蜃楼：

> 北邙一片辟蒿莱，
> 百万金钱海漾来。
> 尽把山丘作华屋，
> 明明蜃市幻楼台。

租界是在老城厢北边的那片尽是芦苇野坟的荒地上发展起来的，海外贸易的财富集聚在此，一幢幢气势傲人的高楼大厦，逐渐替代了荒芜的土丘，作者调侃地说这一切不是真的，只是海市蜃楼。

洋人接受不了华人将租界称作"夷场"，1832年，英国东印度公司的间谍船"阿美士德号"潜入上海，就因为上海道台驱使他们离开的书函里称他们为"夷人"，引发了洋人的抗议和纠缠。

葛元煦在《沪游杂记》里就将租界改称"洋场"，所以，后来"市中心"这块地方就叫"十里洋场"，也就是今天举世皆知的"十里南京路"。

开埠以后，上海是"三方四地"的格局，公共租界、法租界和华界三方，华界又分南市和闸北两地。那时，只有南市老城厢是"上海县城"，处于南市和闸北之间的租界地区，上海人称它为"北市"，与南市相对应。

1927年，上海特别市成立，市政府设在徐汇肇嘉浜的枫林桥边。枫林桥原来叫丰林桥，桥名来自当年的皖系军阀，做过沪淞护军使的何丰林。

上海市政府门前的马路就叫"市政府路"（今天叫平江路），当年，这片地方非常热闹，也算是一个市中心了，然而，那时的"十里洋场"还不属于"上海"管辖。

上海的租界里，华人比洋人多得多，无论租界里的还是租界外的老百姓，都不愿将这种丧权辱国的"国中国"当作外国地盘，即使这个"洋场"已经是个繁荣的商业中心，大家都称它"上海"。

这就是我们今天经常讲的"老上海"，也就是过去"十里洋场"这些地方，现在的市区或者市中心。当年，这里是外国人的租界，爱国的老百姓"盗版"了上海的名称，表达了华人迟早要收回主权的愿望。

洋气，不崇洋

上海人并非生来"崇洋"的。

在1843年开埠以前，上海人跟其他地方传统的华人一样，也看不起洋人，称他们为"洋鬼子"或"夷人"，将外国都叫作"夷地"。

老祖宗造这个"夷"字，取"大"与"弓"两个字的会意，表示人拉开了弓箭征服、平定荒蛮的地方，所以，传统的看法，中华文明之外，都是蛮夷。

上海开埠以后很久了，一些老派的上海人，还是习惯把租界里的"十里洋场"叫作"夷场"，让洋人们听起来十分不爽。

细说起来，上海人是从洋货大量进入日常生活起，改变了风气和观念，逐渐"崇洋"起来的。

"洋货"是明末清初叫起来的，最早出现的是钟表、八音盒、玻璃器皿和呢羽皮革等，一般的平民百姓买不起，只是官宦富商收藏的奢侈品。

后来，实用的洋布、洋油、洋伞、洋火、洋皂、洋药水等出现在上海街头的店铺、公司里，价廉物美获得了上海人的青睐。

机制洋针缝制的洋布色泽鲜艳、坚挺耐用，赛过松江的土布；煤油灯的照明远远胜过豆油土灯；洋火（火柴）取火也更比火镰（用燧石、铁片制成的取火器）、纸媒（一种引火的纸捻子）方便得多，上海人开始偏爱用"洋"字来称呼看重的东西。

他们把两层以上的房子叫"洋楼"，色彩丰富的轿子叫"洋轿"，艳丽的颜色叫"洋红""洋绿"，甚至细腻鲜美的酱油也叫作"洋秋油"，上海县城外的一条"杨泾浜"，索性也改作了"洋泾浜"，后来成了洋人租界（公共租界与法租界）的界河（今已填埋成了延安东路）。

洋货不一定都是外国货，只要是新式的、时尚的、现代技术制作的，加个"洋"字推崇，洋装、洋戏、洋学生、洋娃娃等，都表示摩登时髦。

洋货不但好用，而且可以炫耀。

洋货早先只是上流社会里的奢侈品，寻常百姓只能望"洋"兴叹。

传统观念里，人们的衣食住行是等级森严、不可僭越的。譬如，丝绸绫罗、大红大紫的衣服，只有皇家贵族可以穿，普通百姓只能穿褐色的"布衣"。

清末民初，上海流行洋布以后，出现了平头百姓随便穿用过去只有官员才能使用的红风兜、青缎褂、蓝呢轿、朱轮车的风景，有人写诗感叹："红风兜，耀日头，舆台皂隶等公侯。""蓝呢轿子疾如飞，似官非侯坐其中。"

洋货变成了上海的时尚，人们用它炫耀新的观念，改变原有的消费模式，不再只是满足温饱的平常日子，开始追求更讲究体面、更获尊重的生活方式。

　　19世纪50年代少数富人当作奢侈品的钟表，70年代已经成了上海一般市民流行的计时工具，那时的酒楼、烟馆、妓院的墙上都有挂钟，进出的人们都佩戴怀表，女人还有专用精致小型的"金钱表"（小如钱币）。

　　1872年的街头，上海竹枝词这样写道：

　　　　"撑洋伞于路上，挂时表于身旁"，

　　　　"时新衣服剪纱罗，倾瓶香水浑身洒"，

　　　　"一段洋烟插口斜，墨晶眼镜避尘沙"……

　　上海人在西方进口的"洋货"里认识了世界，接受了世界，眼界不断扩大，内心也逐渐"崇洋"了起来。

"幕味"的上海味

　　电影是20世纪初的西方舶来品，当时可算是国民最早看世界的一个重要窗口。

　　1908年，西班牙商人在虹口美租界的乍浦路上，建造了中国第一家电影院，"看电影去"就迅速变成了上海文化人的三大消遣生活之一，另外两个是逛书店和泡咖啡馆。

　　电影，外国人叫Movies。

　　不知是什么人翻译的，顾名思义，大概是通了电播放的影子吧，直至今天都叫"电影"。

　　当时，上海有一本十分流行的妇女周刊《玲珑妇女图画杂志》（*Lin Loon Lady's Magazine*），主编是个上海女人，叫陈珍玲。陈珍玲非常有创意地在杂志上开辟了一个电影专栏，用她浓重的上海口音给专栏取名为

"幕味"（Movies）。

"幕味"专栏的广告词，说这个专栏是"全国唯一的电影周刊"。

每一期"幕味"，除了刊登好莱坞影星的照片外，还刊登上海正在上映的电影的影评，也会转载美国影评人在 *Film Classics*（《经典电影》）或者 *Film Mirror*（《影镜》）等著名杂志上的打分表，相当于今天的排行榜。

"幕味"专栏引导上海人"看电影去"的时尚消遣，也提升了上海观众的审美能力和情趣，越来越多的上海人将"看电影去"说成"看'幕味'去"，还有不少上海人只知"幕味"而不知"电影"。

"幕味"的流行，是因为它顺应海派文化。

当时，上海滩"鸳鸯蝴蝶派"很红，那种半文半白的语言雅俗兼顾，使上海人的日常交谈都"文化"了起来。上海人看"幕味"，电影院里派送的电影说明书，语言也不是单纯的白话文，都带有一点简明的文言。

"幕味"影响了外国电影片名的翻译，譬如 *Bathing Beauty* 翻译成"出水芙蓉"，*The Great Waltz* 翻译成"翠堤春晓"，*Waterloo Bridge* 翻译成"魂断蓝桥"，*Great Expectations* 翻译成"孤星血泪"，等等。古典雅致、通俗易懂，又非常精准地表达了电影的内涵，也是当今电影翻译做不到的。

上海不仅有全国最早的电影院，而且也有最多舒适的电影院，20世纪20年代起，奥登、卡尔登、恩派亚、夏令配克、中央、维多利亚、巴黎、上海、美琪等十几家豪华电影院接踵而起，多数都分包厢和观众厅，吸引各种层次的观众去看电影。

1933年，著名建筑师邬达克设计的"大光明电影院"落成开张，更加颠覆了以往影院的魅力：宽敞豪华并且有鲜明艺术风格的大堂，三座喷泉整天清水摇曳，还有霓虹闪烁的巨幅遮帘，淡绿色的盥洗室，装有空调的观众厅，有两千多个沙发座，而且每个座位都配有"译意风"，可以给需要的观众同声翻译外国电影。

这些豪华电影院吸引上海百万人进影院"看电影"，形成了一种海派风气，甚至导致了1931年起的游乐场的衰落。

上海人喜欢看电影的风气弥合了高雅文化与消费主义之间的沟壑，电影和电影海报拼命迎合女性的需要，女明星的发型、服饰和做派也逐渐融合进上海人的审美趣味。

《玲珑妇女图画杂志》深受上海的女性读者尤其是女学生的欢迎和追捧，张爱玲说过："《玲珑妇女图画杂志》是一本时尚杂志，几乎每个女学生都人手一册。"

"幕味"专栏随着杂志发行量的增加，让更多的上海人感受到了电影不可抗拒的魅力，这种银幕上的趣味，是现在我们使用的"电影"两个字里感受不到的。

"幕味"是海派文化中西融合的典范，是一个时代的缩影。当美国小说家玛格丽特·米切尔的 *Gone With The Wind* 改编的电影进入上海，片名翻译成《乱世佳人》，小说翻译不想重名，一时又找不到比"乱世佳人"更加典雅精确的，确实费了翻译家很多心思，苦思冥想的结果，是一个"飘"字，彻底征服了所有上海人，小说和电影比翼双飞，顿时就在上海滩风行起来了。

上海人喜欢看电影，但是"电影"两个字不够海派。

上海人请客的讲究

上海人要面子，也要夹里。

他们把妻子叫作"家主婆"。"家主婆"操持帷幄，应酬周围，是上海男人"屋里厢"的体面。

上海人应酬交往，喜欢在家里请客吃饭，与下馆子聚餐相比，绝对有亲疏之别。

家主婆上得厅堂、下得厨房，大多都烧得出几只别致的小菜来待客。家境好的，雇用的娘姨也一定有拿手的地方菜。至于有些"脸面"的大户人家，家里必然藏有个好厨子。

原中国银行董事长"冯六爷"（冯耿光）的太太是青楼出身，她带着在"会乐里"烧饭的厨子小丁"陪嫁"到冯府。

过去，那些漂泊打拼的男人，到青楼去倒不全为了那里的"先生"，而是冲着那里的小菜好吃，还能感受"家宴"的温馨和亲昵。

小丁做了冯府的厨子后，冯六爷留饭是访客们尤为期待的，有约赴宴，则更加让人垂涎欲滴了。

冯府请吃的都是家常小菜，红烧竹笋、焖烧鸡翅、葱爆鲫鱼、火腿干丝等，虽然十分普通，却与众不同，独特的味道总让人难以忘怀。

就如小丁的虾片汤吧，总是在一桌菜吃得差不多了的时候，端来一只大海碗，碗底和碗壁贴着一层薄薄的青岛对虾的切片，碗底撒着葱丝、姜丝、香菜末和胡椒粉。小丁倒上一些白兰地，端起一锅烧得嘟嘟滚烫的老母鸡汤，"哗——"地朝碗里浇进去，虾片满碗翻腾，立马就都熟了。满桌子都弥漫开白兰地和虾片的混合香味。

经常有人向冯六爷借小丁，去他们家里烧私房菜请客，有时还要排队挨号等好多天，"共享厨子"弄得冯府都吃不上自家的菜了。

老上海有不少因私房菜出名而"蓬荜生辉"的体面人家，达官贵人、银行家、文化名人都喜欢结交走动。

譬如淮安人沈京似，祖上曾是晚清的大户人家，他到上海时已经末路，由于喜好美食，雇用了一个小李做厨子。

沈京似对家里的小菜特别讲究，经常亲自下厨指导，与小李一起切磋烹调，如吕宋黄（一种上等鱼翅）要发到什么时候正好、炒鳝鱼的火候怎么控制等。沈太太也任由这主仆二人在后厨折腾，自己乐得"退居二线"，只管鉴定饭桌上的"菜品"。

夫唱妇随。沈府"李厨"的名声不胫而走，有幸受邀去沈家吃吃"李厨"烧的菜，也是很多上海人梦寐以求的好事。

沈京似自己吃得不多，人长得精精瘦，李厨却成了小胖子。他家端上饭桌的"小菜"，都讲究得像艺术品，蜜汁火方、蜜汁湘莲、熏鱼、火腿干丝、炒鳝丝等，无与伦比的色香味，令人垂涎欲滴又不忍下筷。

20世纪50年代初，有中央领导慕名沈家的私房菜，曾请李厨到市政府高级餐厅"中苏友好大厦友谊餐厅"（今上海展览中心）当中餐部主任，沈府淮扬菜的手艺就这样逐渐被推广开来。

请客，家里还是饭店，主人不会随意，客人也很在意，"拎得清"亲疏尊卑的关系。

如今，一些饭店的老板、酒家的经理，时常打出"家常菜""外婆菜"或"弄堂菜"的菜谱，来蹭"私房菜"的格调。然而，是否值得请客吃饭，还要看后厨掌勺的来历，是谁家的家主婆，还是在哪里当过私家厨子。

旗袍的"贼心"与"贼胆"

如果，要给海派文化贴一张标签，首选非旗袍莫属，其风姿绰约的婀娜神韵，养人眼、动人心，甚至陷人于想入非非。

北方旗人宽厚的袍袄，被上海女人随心所欲地摆弄，变幻衣料的厚薄、领口的高低、袖子的有无、胸腰的松紧、下摆的长短以及开衩的上下多少等，就是挂在没有生命的衣架上，也能感觉旗袍里的"贼心"颤抖，"贼胆"躁动。

王家卫是香港导演。他出生在上海，虽然五岁就离开了，但是，童年的记忆一直是他心底的一个情结。在他导演的电影里，总会频繁出现旗袍的影子。

《花样年华》原本讲述发生在香港的故事，女主角张曼玉前前后后换了二十几套旗袍，生成的都是上海情调，王家卫索性请来了潘迪华，操着一口纯正的上海话。

梁朝伟（影片男主角）与张曼玉是邻居，他们的配偶出轨，一起出走日本。孤寂痛苦的他们，经常在狭窄的楼梯、走廊擦肩，彼此打个招呼："你好""这么巧"。

这对深受伤害的男女一直苦苦思索："他们是怎样开始的？"后来明白了："原来很多事情都这样，不知不觉就发生了。"

两人一次次难堪地相视，暗生情愫，却恪守爱的极致："我们不会像他们一样的。"

成熟的爱情是一种挣扎，"比起我爱你，我希望你更爱自己"。张曼玉的旗袍大多素雅黯淡，只有那次，梁朝伟邀请她到他的房间去写小说，她特意穿了一件大红的旗袍。

影片的结尾是一段字幕：

> 那是一种难堪的相对，
> 她一直羞低着头，
> 给他一个接近的机会，
> 他没有勇气接近，
> 她掉转身，走了。

看过《花样年华》电影的观众都难以忘怀张曼玉二十几套精致、性感的旗袍，她就是夜间下楼去买碗面条，也要打扮得舒舒齐齐的。

梁朝伟带着心里的秘密，跑到吴哥窟的佛门圣地去，他找了一棵树，在树上挖一个洞，把秘密全说进去，然后再用泥巴将洞口封死。

"花样年华"的旗袍是有"贼心"没"贼胆"的，海派的情调，是王家卫怎么也割舍不掉的岁月记忆。

上海人讲究"面子"，外面风光平静，内里暗流汹涌，全凭"分寸"两字来过平常日子。

上海的"叛逆期"

人的成长，大都有个"叛逆期"，从此以后，才逐渐独立成熟起来。上海成为东方大都会之前，也有个成长的"叛逆期"。

今天的上海市区，1843年开埠之前，还是县城外一片荒僻的处女地，如果从1843年算起，1853年到1860年的上海，刚好进入十几岁的"叛逆期"。

1853年以后，太平天国的战火蔓延到了长江流域，上海县城里也爆发了小刀会起义。为了逃避战乱，大批江浙、两湖以及安徽、福建的难民，还有县城里的老百姓都涌进了上海的租界。才十几年时间，上海市区除了两千多洋人外，20多万都是各地来的移民。

这个移民社会，单身人口多，家庭普遍也仅有两三口人，最多两代人，人与人的关系开始挣脱传统大家族的捆绑，也没有了乡邻之间熟人社会的束缚，男女交往自由，姘居、临时家庭以及娶婚外太太的事越来越多，司空见惯。

伦理的叛逆，动摇了几千年建立起来的正统观念，发生多米诺骨牌般的坍塌。

传统观念重农轻商，甚至贱商，上海却人争经商、群趋从商。外地源源而来的移民，无论原来是士宦乡绅，还是贩夫商贾，甚至农工妇道，有钱的开店，没钱的受雇于商家，重商赚钱的风气大开。

上海滩的钱庄、银号、洋广货店、布店、茶馆、酒楼、客栈、烟馆等，店铺林立如雨后春笋，一切向"钱"看，社会等级被贫富差异颠覆。1873年4月7日的《申报》曾这样描写社会风气：

新交因狐裘而定，不问出身；旧友以鹑结而疏，视同陌路。遂令舆台隶卒辉煌而上友，官绅寒士贫儒褴褛而自惭形秽。（大意是新交朋友因是否穿着华贵而定，不讲究其出身；老朋友因为穿着破烂就疏远，像不认识的陌生人。社会底层的人发财了就是高朋好友，贫困的官员、潦倒的读书人都个个自惭形秽。）

"重商"的叛逆，传统崇尚的君子人格、师道尊严，一时斯文扫地，官商结交、商人买官甚至青楼女子经商包养读书人等乱象前所未有。

处于"叛逆期"的上海，任性地抵触正统教化，诚信衰微，欺诈盛行；勤俭颓败，奢靡成风。1872年，《申报》就曾发表题为"劝人行乐说"的长篇文章，堂而皇之地倡导"及时行乐"。

19世纪60年代，上海街头装上了煤油路灯，成了一座名副其实的"不夜城"，彻底改变了中国人几百年来昼起夜伏的生活习惯，一个追逐奢华、讲究享乐的夜上海，犟头倔脑地独立在传统中华的面前。

"叛逆期"是自我的觉醒，一味摆脱传统，行为都有些过分，上海"叛逆期"的许多离经叛道的表现，也让传统的中国人瞠目结舌，引发了社会观念的动荡变化，接纳了各种思潮和文化，催化了海派文化的成熟，逐渐完成了海纳百川的城市人格。

苏州河姓"吴"，复兴公园姓"顾"

上海许多地方跟人一样，都有自己的姓氏，而且都是沪上"大姓"，你知道吗？譬如——

你知道苏州河姓"吴"吗？

你知道复兴公园姓"顾"吗？

你知道浦东金融中心姓"陆"吗？

老城厢里，半座城姓"郁"，半座城姓"潘"，还有一只角姓"徐"，等等等等，你知道吗？

苏州河是流经市区的一段吴淞江，吴淞江原来就叫"松江"，因为周文王的两个伯父泰伯和仲雍南下，在这里建立了吴国，松江就成为流经吴地的松江，被叫作"吴松江"了。

后来，为了区别于松江府，作为河流就加了"三点水"，改名"吴淞江"。

苏州河就是吴淞江，它姓吴的来头实在太大了，源自周朝的王族姬姓。吴姓是上海的开拓者，子子孙孙繁衍生息，如今已有46万多吴氏上海人生活在这片土地上。

东汉末年，孙权为了巩固东吴政权，笼络江东士族，便将他哥哥孙策的两个女儿嫁给了两个上海人，与他们结为姻亲。

这两个上海人，一个姓顾，一个姓陆，是两大贵族家庭的姓氏。左思在《吴都赋》中曾这样描述："其居则高门鼎贵，魁岸豪杰，虞魏之昆，顾陆之裔。"

复兴公园过去叫顾家宅公园，姓顾，自然是当年这个大姓后裔集聚的地方。

当年，上海最早的顾姓，居今天的金山亭林，是吴郡顾氏三族之一，可以追溯到东汉颍川太守顾奉，他的曾孙、东吴丞相顾雍，以及顾雍的儿子顾邵，孙策的一个女儿就是嫁给了顾邵。

东汉以后，东晋能够南渡建立新王朝，其中一大原因就是得到顾雍的后代顾荣等大族的拥戴。

上海还有条马路"露香园路"也姓顾，因为这里曾经有个明代最大的私人花园"露香园"，人称"花色占春三百载，至今犹说露香园"，那时还没有豫园。

露香园主人顾名世的孙媳韩希孟善于绘画、刺绣，她将丝线劈成单股，再分别染色，所刺绣的作品与画相近，被叫作"画绣"。因出自顾家，又被叫作"顾绣"。"顾绣"曾获得过巴拿马万国博览会的金奖，今天的故宫还珍藏着八幅绣着宋元名画的"顾绣"。

当年，孙策另外一个女儿嫁给了陆逊，陆家在上海有两千年的历史了。陆逊的叔祖陆康是庐江太守，陆逊以破荆州斩关羽之功，被东吴封为华亭侯，上海也因此简称"华亭"。

上海还有个简称"沪"，也出自陆家后代，唐代诗人陆龟蒙在他的《渔具咏》作序中写道："列竹于海澨曰沪。"

东吴灭亡后，陆逊的两个孙子陆机、陆云退居华亭，闭门读书。松郡九峰的机山、横云山也暗取"机"和"云"字，改姓陆家。就是小昆山的陆氏祠堂和天马山的二陆草堂，也悄悄姓了陆。

明弘治十八年（1505），松江人陆深入赘定居浦东，后来他考进士，授编修，官至詹事府詹事。

陆深是个文学家，也是个书法家，他著述宏富，书法遒劲，如铁画银钩，为明代上海人中之翘楚。他的故居所在地如今高楼林立，已经成了我国的金融中心，然而，这块地方仍旧姓陆，叫陆家嘴。

如今，上海姓顾的和姓陆的地方很多，譬如宝山的顾村、浦东的顾路，还有老城厢的陆家浜、浦东的陆行，都是"顾陆之裔"集中的地方，现在，大约有25万姓顾的上海人和32万姓陆的上海人守护着他们的祖宗福地，传承着两个大姓的宗谱。

老城厢里的姓氏

前文说了姓吴的苏州河、姓顾的复兴公园和姓陆的金融中心，这里再说说老城厢里的姓氏故事。

上海人喜欢将老城厢叫作城隍庙或者豫园，其实老城厢里的名园胜迹、寺观教堂还有几十个，只是知名度都不如这两个地标性的游览处罢了。

老城厢里的城隍庙应该叫老城隍庙，因为过去在吕宋路（今连云路）上还有个新城隍庙。

老城隍庙姓秦，是从松江的"城隍行祠"搬过来的。

城隍爷叫秦裕伯，原是浦东的一个士绅，他是宋代诗人秦少游的后代。

秦裕伯在元朝做过官，朱元璋造反成功，做了明朝的开国皇帝，他为了防止上海混乱，几次召秦裕伯进京，秦裕伯都以自己做过前朝的官，或者为母亲守孝不宜当官为由推托了。

朱元璋很赏识秦裕伯的气节才识，强逼他进京，威胁他如不听召唤就是谋反。秦裕伯无奈，只好被迫进京，但他做事不做官，只当了一次京城的主考官。后来，秦裕伯还是以身体有病为由，上书获准回家养病。

秦裕伯逝世后，明太祖朱元璋说他"生不为我臣，死当卫我土"，就封他为上海城隍，老城隍庙也就这样姓秦了。

豫园姓潘，主人家是上海县城里的显赫家族，父亲潘恩和两个儿子潘允徵、潘允端一门三进士。潘恩的官做得很大，做到刑部尚书、都察院御史。

潘允端做过四川布政使的官，因为看不惯当地藩王，就辞职回家，他回来后准备建造一个园林"豫悦老亲"，奉养老父亲，所以就叫"豫园"。

豫园造了十几年，一半还未造好，潘恩就去世了，造好后潘允端自已享用了多年。

潘家有财有势，有人说他家资产至少可抵县城里半城人家之和，人们私下里叫他们"潘半城"。

说到"潘半城"，不能不说老城厢里后来的"郁半城"。现在乔家路77号郁家老宅里有个近代著名的藏书楼叫"宜稼堂"，当年，李鸿章、丁汝昌以及洋务派名士王韬等经常来此看书。

丁汝昌时任上海县候补道，有一次看书晚了，不好意思开口借回家，竟将一本爱不释手的书偷偷藏掖在袍子里带走，藏书楼也不急于催讨，一时成为雅趣传闻。

宜稼堂姓郁，主人叫郁松年，他的父亲郁泰峰是近代上海沙船大王，拥有200多条沙船和100余家钱庄、商号、典当商铺，对近代上海的经济发展影响很大，那时也被人们称为"郁半城"，名副其实的上海首富。

在郁家老宅的附近，乔家路234—244号有个显赫名人的故居"九间楼"，经常有中外游客前来瞻仰。

"九间楼"姓徐，虽然财产不如"半城"，但是影响极大，老城厢里人称"徐一角"，这个角落影响了全县城生活，甚至后来整个上海的现代文明。

"九间楼"原是徐家太卿坊祖宅楼阁的一部分，另有后乐堂、遵训楼等建筑，明代礼部尚书、文渊阁大学士徐光启就出生在这里。

徐光启学贯中西，是上海文明的肇始之人，他和他的后人对上海乃至于中国几百年来进步的影响，今天还能感受到。

乡下人变成世界人

熟人相遇，西方人习惯问候："How do you do？（干得怎么样）"中国人则习惯问："饭吃过吗？"

听起来，西方人一直在做事，中国人一直在吃饭。

做事讲究效率，时间就是金钱。吃饭讲究悠闲，时间必须宽裕。

中国人向来的时间观念不太精细，农历将一天分12个时辰，一年分

24个节气，只说"凌晨""傍晚"时分，或者"中秋""冬至"时节，农村里甚至用太阳"一竿""二竿"等，就可表达时间。

千百年来，用农历记事过日子是"乡下人"的生活。

同治十一年（1872），上海有一张报纸创刊，头版版面上，破天荒第一次用农历和公历并列表明日期。从这天起，上海人的"时间意识"开始顺应世界节奏，梁启超当年感叹道："一些人开始慢慢地从乡下人变成世界人了。"

这张报纸就是美查、伍瓦德和蒲赖尔三个英国人创办的中文报纸《申报》，报馆设在望平街（今山东中路）。光绪八年（1882）迁至汉口路山东中路口。

美查等人本来是到上海来做茶叶、布匹生意的，因为生意不景气而改办报纸，没想到他们的无心插柳，却为上海人打开了一扇看世界的窗口。

《申报》聘请上海的举人、秀才做主笔，刻意适应市民的口味，传播社会新闻，发表议论，适当揭露弊端。初创时的版面分为新闻、评论、文艺和广告四个部分，从此奠定了我国中文报纸四大板块的基本结构，一直维持至今。

1897年，《申报》华人经理席子眉病逝，他的弟弟席子佩接任。席子佩趁老板美查在江苏办药水厂急需资金，他赶紧筹款买下《申报》的全部产业。

那时，上海除了《申报》外，还有《时报》《新闻报》，对全国都有很大的影响，合称"沪上三大报"。1912年，《时报》主笔史量才在实业家张謇等人的支持下，逐步盘下了《申报》。

史量才办报，主张做民众的口舌，替民众呐喊，所以，《申报》非常受老百姓的欢迎，即使不识字的，也会关心《申报》上的消息。

过去信息渠道少，新闻的存活期长，旧的《申报》经常随着买卖，在老百姓手里广泛流传，因为不大舍得丢弃，以至于将所有看过的报纸都称作"申报纸"。

申报纸可以当墙纸，也可以包装商品，新闻不胫而走，随处逗留，甚至有人方便时也携带着，读完了当手纸，一举两得。

《申报》深受群众欢迎，自然会得罪权势，它得罪过的最大冤家要数袁世凯和蒋介石了。

袁世凯复辟称帝，强迫《申报》改用"洪宪纪年"表示日期，史量才抵制了二十几天后，袁世凯派警察厅来勒令："三天内不用洪宪纪年，就没收报纸。"

《申报》为了生存，只得添加洪宪纪年，但是却将原先的四号字顿缩成八号字，突然矮化的洪宪字样变得字迹不清，迎来读者一片嘲讽和调侃。

20世纪30年代，《申报》发表了许多"民盟"人士反对内战的文章，惹恼了蒋介石，蒋介石找来史量才威胁说："别把我搞火了，我手里有百万军队。"史量才坦然答复："我手里也有百万读者。"

1934年11月13日，史量才带着妻儿从杭州回上海，经过海宁附近时，遭到埋伏在那里的特务袭击，头部中弹而亡。

上海底气

2003年非典肆虐的时候，卫生部有位官员感叹道："汤飞凡若在，何至于此？"

汤飞凡是我国第一代病毒学的大师级人物，1929年哈佛医学院细菌系毕业时，因为导师的强烈要求，他决定留在美国深化他的病毒学研究。

一封从上海寄来的书信，改变了汤飞凡的人生计划，他举家回沪，出任上海的"中央大学医学院"（上海医科大学前身）细菌系副教授。

汤飞凡回沪后，曾从一个下属受潮皮鞋上的绿毛里，研究并生产出中国最早的斑疹伤寒疫苗，抵御天花流行病，使中国比全球提前16年灭绝了天花，国际舆论说他是旧中国离诺贝尔奖最近的人。

写信召汤飞凡来上海的是他的恩师，也是被他当作精神教父的颜福庆。

颜福庆是创办上海医学院、上海肺科医院的公共卫生鼻祖，他1882

年出生在上海江湾，他的祖父乾隆末年躲避海盗，从福建沿海逃难来沪，被一位上海牧师收留。

1910年，颜福庆从耶鲁大学医学院毕业回国，在湖南雅礼医院做医生。

雅礼医院是耶鲁大学毕业生创办的西医医院，那时他们将"耶鲁"（Yale）音译成"雅礼"，取自《论语》"子所雅言，诗书执礼"。

1912年，湖南都督谭延闿突发高烧，持久不退，很多老中医诊治都没有效果。颜福庆听闻后，毛遂自荐，他问清了病情，测量了体温后，诊断为大叶性肺炎，开始对症治疗，几天后，谭延闿就退烧康复了。

颜福庆跟谭延闿成了经常来往的朋友，两年后，谭延闿将长沙潮宗门正街的一栋巨室宅地，批给颜福庆创办了"湘雅医学专门学校"，汤飞凡就是这里的学生。

1910年底，一场肺疫从俄罗斯传入满洲里，迅速蔓延，四个月里就波及五省六市，死亡四万多人。

清廷召剑桥毕业的伍连德当总医官，急赴东北总督抗疫。

那年，伍连德在上海的报纸上发表文章，倡议成立中国自己的医生学会。东北抗疫，颜福庆又抓住这个时机，赶往东三省支援抗疫，他与伍连德一起用了四个月，在没有外国医生的帮助下，扑灭了20世纪那场最大的瘟疫。

1914年5月，颜福庆、伍连德联合了21位医师，在其中一位叫俞凤宾的医师的诊所（上海池滨路41号，今慈溪路）成立了中华医学会，推选颜福庆为会长，伍连德为书记兼《中华医学杂志》总编。

中华医学会除了开展学术交流，还注重预防疾病的公共卫生。颜福庆在吴淞建立卫生公所，将公共卫生、流行病学列为上海医学院的基本学科，培养了一批预防传染病的专门人才。

经过百年传承，这些公共卫生经验和医学专家形成了抵御流行病的"上海底气"。

上海人的"弯肚肠"

上海人讲话、做事喜欢兜圈子，很考验人的智商与情商的，耿直性急的人不习惯，视其为"弯肚肠"。

上海人为什么"弯肚肠"？

不知是否跟上海人走的马路都弯弯曲曲的有关，这个城市很少有笔直的道路。

上海百分之八十以上的马路都是填河筑路的，先天有蜿蜒曲折的性格脾气。许多河流急转弯多，上海话里就将凸出的一面称作"嘴"，譬如"周家嘴""陆家嘴"，而将凹进的一面就称作"湾"，譬如"江湾""卢家湾"。

端午节要到了，上海人要在苏州河上赛龙舟，通常都选择在下游比较平直的河段进行。如果溯河西上进入普陀境内，就会遭遇"弯肚肠"——"朱家湾""潭子湾"和"潘家湾"。

这片地方当年和苏州河南岸小沙渡口的"药水弄"一起统称"三湾一弄"，是有名的上海"下只角"。

19世纪中叶，公共租界越界筑路到这边，吸引了内外棉等日资棉纺织企业来此大量建厂招工，这里成了近代工人的集聚地。同时，随着人口增加，在小沙渡（今西康路、长寿路）的大自鸣钟一带也发展成了沪西商业中心。

历史的河流是曲折的，尤其是中上游，那是相持与积蓄的阶段，过了这段暧昧就是开朗的下游，大多一泻千里、势不可当。

由此猜想上海人的"弯肚肠"，也只是出现在与陌生人或者竞争者的交往之初，随着交往时日的增加，知己知彼了，也会乐见苏州河下游的率直坦荡的。

上海门槛

说起上海人的门槛精，似乎是公认的看法。

至于喜欢不喜欢门槛精的上海人，除了自恋者，外人大多宁可避而远之，或者敬而远之。

据说，门槛精就是洋泾浜英语"Monkey精"。

没有人会喜欢猴子般的人物，何况，猴子再精也是猴子，只见过猴子进化为人，没听说过人"进化"为猴子精的。

门槛精就是"门槛"精。

"门槛"是门框下面的横木条或者石条，还引申出窍门、经验的意思，譬如"上海人做事讲究门槛""这个人是老门槛"，以及得寸进尺的"门槛效应"。

"门槛"有高低之分、精糙之别，还能反映房屋主人的身份和智慧。封建社会等级森严，从皇宫、大臣私宅到平头百姓的家，门槛的高低、材料的精粗，都有严格的规定，不能越雷池一步，哪家僭越了，都会遭杀身之祸。

上海人要面子，又不敢公然冒犯，就做出一种"活络门槛"，可随意撤换。平时需要低调时就用低门槛，需要装门面时就换上高门槛，体现出一种灵活变通的智慧。

清朝光绪年间，上海有个江南名医叫陈莲舫，医术高明，求他看病的人几乎踏破他家的门槛。

陈家的门槛破旧低矮，与江南名医的身份很不般配，有人叫他做个活络门槛，陈莲舫又弯不下身段，后来，他索性花一大笔银子，托人到京城，捐了个刑部郎中的官衔。

陈莲舫当官了，家里的门槛高了，上层官场的人走动也多了，后来，经张之洞等大官的推荐，他做了专给皇上看病的御医，自然家里的门槛也越做越高、越做越精致了。

陈莲舫刚到宫里时，正好碰上慈禧太后和光绪皇帝同时生病，而且病情症状也完全相同。当时，太医院的医师们开了许多方子，老佛爷和圣上吃了丝毫不见效，气得要砍这些太医的头。

陈莲舫给太后和皇上把脉看诊后，确诊两人的病都不重，那些太医害怕杀头，一味开补药讨好，太后和皇上其实只是滋补过度了。

陈莲舫坐下开方，刚提起的毛笔，忽然悬空停住了，为什么呢？

原来，清宫里有个规矩，御医开的药方必须由皇上亲自过目。那时，皇上的疑心病很重，如果药方里没有滋补的药，难免会遭欺君之罪。

陈莲舫左右为难，毛笔提起又放下，他将毛笔在那方端砚里捻了又捻，终于，计上心来。

只见陈莲舫沙沙沙地挥笔，一张药方顷刻写就。

慈禧太后和光绪皇帝亲自验方，看到陈莲舫开的人参剂量，比其他太医开得重，大加赞赏。

陈莲舫的门槛实在是精，他在药方里开了大剂量的人参，但是必须做成炭服用。

人参做成炭，等于废了武功。

几天后，慈禧和光绪果然开胃通气，久病皆愈，非常开心，特赐一块"恩荣五召"的御匾，悬挂在陈府的正厅里。

一年以后，陈莲舫又被慈禧秘密召进宫去。

那时，慈禧与光绪已经积怨很深，光绪年轻气盛，执意要改良。然而他太不老到，又缺少权谋，被慈禧软禁在瀛台。

慈禧一心想除掉光绪，她叫人给陈莲舫传了一道密旨，命陈莲舫借给光绪看病的机会，在脉案上做手脚。

陈莲舫吓出一身冷汗，他明白，遵旨弑君必死，然而，违旨抗命也必死，一时不知如何是好。

陈莲舫苦思冥想，终于想出了一条两全之计。

他不露声色，照样给光绪看病，然后写了一张诊断结果呈慈禧，慈禧看见诊断书上只有八个字："好喜女色，致成痨疾。"

御医的药方照例要呈给慈禧和光绪验方，慈禧明白御医不痛不痒的八个字，是在敷衍，但是她更加明白药方的暗示，废黜光绪、另立新君，这不正是借口吗？

光绪看见这八个字自然也很不开心，只不过是一个郎中，竟敢败坏皇帝的名节。当然，他也懂得御医在警示他，为了保全性命，赶紧退位吧！

陈莲舫总算逃过一劫，他不惜用银子打点皇宫里的太监们，打听慈禧和皇上的动静。

有一天，他突然得到消息，说光绪死了，慈禧已经发出谕旨捉拿他。陈莲舫连夜乔装打扮，逃出了皇宫。

第二天，陈莲舫在逃难的路上，听说慈禧太后驾崩的消息，那颗心才落定下来。

陈莲舫的门槛无疑是精的，这种门槛精，出于胆小，所以用心机，会用心机，所以失算不多，这是上海人的特点。

陈莲舫的门槛，精于他的敏感和推断，大到情势，小到眼色，都是"心有灵犀一点通"的。他这种上海人，观山势、轧苗头，没有什么"拎勿清"的。

门槛精的人，实在不像那些上蹿下跳、毛手毛脚的猴子，他们"知其雄，守其雌，为天下溪""关侬啥事体"？然而，门槛精的人因其失算少，总归得了便宜，也是令人难以忍受的。

所以，门槛精的上海人有真假之分，真的门槛精"甘为天下溪"，处人所恶，不出风头，与世无争，上海话讲"装戆"的门槛；假的门槛精斤斤计较，处处便宜，人人讲他门槛精，这样的门槛精，令人嫌弃也是活该。

在上海做人，大概都体验过真假门槛精以后，方得门槛秘笈，学会做个可爱的上海人。

上海"文妖"

开埠之前的上海县，因为地处长江之尾，承受古代吴楚文化的熏染，传统中夹带着些许大胆与反叛。

吴楚文化是水的文化，流动的水，一路携带着长江中下游两岸的各种传统习俗，来到上海与海洋照面，彼此都有些陌生。开埠以后，西洋风猛吹的海洋文化，一阵阵地扑打内陆，经常会溅起层层海浪。

因为都是水的文化，在上海又很容易融合，形成一种海派独有的潮流，20世纪二三十年代，恪守成规的老派人看不习惯，觉得那是一种"妖气"，纷纷义愤填膺、口诛笔伐为"三大文妖"。

老派人看不顺眼的"三大文妖"，用他们的话讲，"一是提倡性知识的张竞生，二是唱毛毛雨的黎锦晖，三是提倡一丝不挂的刘海粟"。他们的所作所为惊世骇俗，闹得当局出面禁止都禁止不住。

张竞生原是北京大学的教授，因为写了本名为《性史》的书，在那边闹出了风波，被人骂得声名狼藉。他索性辞去北大教授，跑到上海来，跟朋友合资在福州路上开了一家"美的书店"。

张竞生在上海说："到如今，我国尚脱不了半文盲半野蛮的状态，尤可惜是连这一半文明尚是旧的、不适用的！故今要以新文化为标准，对于个人的一切事情，皆当由头到底从新做起……若他是新文化，不管怎样惊世骇俗，我们当尽量地介绍，并作一些系统的研究。"

"美的书店"聘用漂亮的女孩当书店的营业员，在当时书店里清一色都是男营业员的情况下，确实让市民觉得这家书店"美的"惊艳，开张时门庭若市。

书店的生意好还不仅于此，而在于卖的书与众不同。除了西方宗教、美学、文艺书籍外，还专门编印了各类介绍性科学的"性育小丛书"。这类书的封面都是采用从巴黎公开出版物里取来的裸体女人图画，非常畅销。

"美的书店"一石激起了千层浪，叫好的和指责的争论铺天盖地，争执最激烈的，是书店卖的张竞生那本《第三种水》。

张竞生用现代医学的观点，主张男女性交的平等，性生活并非男方享受快乐，女方也应该有快乐，所谓"第三种水"，就是女性性交达到高潮的标志。

"美的书店"普及性知识的同时，也招来一些流氓无赖的骚扰，他们到书店来偷撕印有裸体女人的书页，有的甚至调戏女营业员，问她们讨"第三种水"。

旧派的卫道士们抓住把柄，大做文章，将"美的书店"说成藏污纳垢的地方。周围那些生意不景气的书店本来就眼红"美的书店"的人气，也乘机推波助澜地起哄，放出风说"美的书店"都是有龌龊心思的"下三滥"去的地方，正经人都不该去的。

"美的书店"开了两年多后，终于还是关门大吉了，但是，那些清新的性科学常识，还是在上海人中间悄悄地传开了。

上海滩在西洋风的熏染下，逐渐变成了一个商业都市，十里洋场的舞厅、电影院和酒吧里，西方的爵士乐、流行歌曲，很快就醉迷成这座城市的一种招牌情调。

也许是应和着这种摩登浪漫的情调，踏着这种西洋流行的节拍，1928年，音乐家黎锦晖在上海组建了一个"中华歌舞团"（后来改名为"明月歌舞团"），先后将聂耳、周璇、王人美、黎莉莉等艺人召集拢来，到各地巡回演出。

黎锦晖为歌舞团写了许多有名的流行歌曲，如《桃花江》《特别快车》《毛毛雨》等，经歌舞团艺人的演唱，很快在上海滩流行起来，并且流传到内地以及香港、南洋地区。歌舞团的周璇、白虹等人，也因此成了中国最早的一代歌星。

据说，黎锦晖一次在杭州西湖荡舟赏景，忽然飘起细雨，迷蒙中的湖光山色也添了几分灵气，扑面而来，注满他的胸襟，激发了他的创作灵感。

他赶紧上岸，跑回旅社，一气写就了一首《毛毛雨》：

> 毛毛雨，下个不停。微微风，吹个不停。
> 微风细雨柳青青，哎哟哟，柳青青。
> 小亲亲不要你的金，小亲亲不要你的银，
> 奴奴呀，只要你的心，哎哟哟，你的心。
>
> 毛毛雨，不要尽为难。毛毛雨，不要尽麻烦。
> 风大雨吹行路难，哎哟哟，行路难。
> 年轻的郎太阳刚出山，年轻的姐荷花刚展瓣。

莫等花残日落山，哎哟哟，日落山。

毛毛雨，打湿了尘埃。微微风，吹冷了情怀。
风歇雨停你要来，哎哟哟，你要来。
心难耐等等也不来，意难捱再等也不来。
又不忍埋怨我的爱，哎哟哟，我的爱。

毛毛雨，打得我泪满，微微风，吹得我不敢把头抬。
狂风暴雨怎安排，哎哟哟，怎安排。
莫不是有事走不开，莫不是生了病和灾。
猛抬头，走进我的好人来，哎哟哟，好人来。

　　黎锦晖让十几岁女儿黎明晖来演唱这首歌。当时，黎明晖已经在上海拍过几部无声电影和歌舞片，还没怎么红起来，然而，她唱的这首《毛毛雨》，那种天真的娇，机灵的俏，将一个纯情"小妹妹"的形象植入上海人的心里，一下子红透了上海滩。

　　黎锦晖一发而不可收，接连创作了大量的流行歌曲，歌星们争相传唱，随着"明月歌舞团"的演出而风靡了上海的大街小巷，"百代""胜利"和"丽歌"等唱片公司也相互竞争，争相灌录这些"摩登歌曲"的唱片，南京路上的许多商店都安置了留声机、收音机，接上大喇叭对着大街成天地播放。

　　20世纪30年代抗战爆发后，"明月歌舞团"的聂耳等人走上了抗日救国的道路，创作了包括《义勇军进行曲》在内的许多抗日歌曲。相比之下，社会上还在流行"郎啊妹啊"的流行歌曲，就有些"商女不知亡国恨"的萎靡了，有人斥责为"靡靡之音""黄色歌曲"，甚至"反动歌曲"，摩登的流行音乐刚在中国奠基，也从此背上了沉重的历史包袱。

　　中国历史的负重总是拖累前行的脚步，需要有人替它"减负"，放下些包袱，脱掉点厚衣裳，但是，如果太前卫以至于"脱光"了，自然会招来"大逆不道"的口诛笔伐。

1917年，上海的张园有人办画展，城东女学的校长杨白民带女儿一起前来参观。突然，他们看见许多观众挤在一幅画前，窃窃议论，有人面红耳赤，看一眼就逃开了。

杨白民上前看个究竟，原来是一幅上海美术专科学校学生画的男人身体的写生，他觉得很尴尬，连忙拉走女儿，不让她上前去看。

杨白民知道"美专"的校长刘海粟是个"不守规矩"的人，在老家逃婚到上海，办学主张男女同校，而且提倡画模特儿，这次竟然公开展出学生的裸体素描。

他要求江苏省教育厅封闭画展，并义愤满腔地给《时报》投稿，谴责刘海粟"崇拜生殖""伤风败俗""真艺术叛徒也，亦教育界之蟊贼也"。

不料刘海粟依旧我行我素，继续在学校里开设模特儿写生课，甚至用了年轻女子和白俄少女当模特儿。

1924年底，刘海粟的学生、"美专"毕业生饶桂举在自己老家江西南昌举办个人画展，因为其中有几幅人体习作，遭到当地政府的查禁，并勒令他撤销画展。

刘海粟知道后，写信给教育部门抗议，并在报纸、电台等新闻媒体发表声明，宣传自己的艺术主张，在社会上又激起了保守派的愤怒声讨。

闸北的市议员姜怀素接连在报刊上发表文章，揭露在四马路（今福州路）红灯区附近，不少小书店、小摊贩都在兜售春宫画与淫秽画片，有人问其来源，都说是上海"美专"的裸体模特儿的照片。姜怀素认为，"美专"的模特课造成了社会风俗败坏，呼吁"欲查禁模特儿，则尤须严惩作俑祸首之上海美专校长刘海粟"。

笔墨官司打了一年多，1926年5月13日，上任不久的上海县知事危道丰听信姜怀素的言论，颁布一道查禁令，称"美专的模特儿写生课程淫秽不堪，已经转请法租界及会审公廨从严查禁。如再抗违，即予查封"。

政府干预，舆论哗然。刘海粟写信给报社，以上海美术界几个团体的名义，请求当局申斥姜怀素，撤换危道丰。

危道丰被刘海粟的虚张声势惊吓，忙以攻为守，伪造了一份《刘海粟启事》，模仿刘海粟的口吻，在《申报》上认错道歉。

刘海粟马上登报声明，痛斥危道丰的荒唐无耻。舆论界更加哗然，文化撕裂，人心混乱。驻扎在上海的五省联军总司令孙传芳见事态扩大，难以收拾，就写信给刘海粟，劝他撤去模特儿写生的课程，但是，遭到了刘海粟的拒绝，孙传芳恼羞成怒，密令要逮捕刘海粟，封闭上海美专。

因为上海美专处于法租界，美专的许多教授都是留法回来的，与法国领事馆和公董局的官员也有些联系，孙传芳要逮捕刘海粟、封闭美专，遭到法租界公董局的拒绝。

孙传芳多次派人到法租界公董局去交涉，强调裸体模特写生课程与中国礼教完全不符，也与中国人传统习俗抵触，美专的模特课程已经引起社会公愤，必须封闭。

危道丰也不肯罢休，向法院递呈诉状，告刘海粟侮辱他人格，索赔经济损失。

在官府与军阀的高压下，刘海粟的声音逐渐被淹没在一片封建礼教的叫嚣声里，美专迫不得已宣布1926年6月30日起暂时不用人体模特教学写生。

人们的思想终于又紧裹上厚厚的衣裳了，但是，许多上海人的心里，已经留下了模特儿健美的印象，感受到一种清新的风，正从海洋上微微吹来。

上善若水，无论江水还是海水，都有一种承受的柔性，任何卑下的地方都能守，什么刚硬的强势都拦不住，看似屈从退让，到底还是清幽明澈，润泽大地。

当年，张竞生、黎锦晖和刘海粟因为太过超前而遭到传统势力的围堵封杀，然而，终究还是促进了上海都市文化的现代性，也算水的性格、水的命运了。那么多年走过来，上海这座城市，多少还在散发着些"妖魅"的气息……

第二篇

建筑阅读

上海的"埃菲尔铁塔"

中华路581号是一座全钢铸造的铁塔，塔中央有螺旋楼梯，一层一环，高达三四十米，20世纪初这里是上海县城的最高点，雄伟壮观，人称上海的"埃菲尔铁塔"。

这是建于1910年的"南市救火会钟楼"，楼顶瞭望台可以看到南市的任何一个角落。

哪里发生火情，钟楼里重4 800磅的大钟就会敲响，先是25响钟声，火警的声音可以传到南市最远的地方。然后，再敲一响表示火情发生在城里肇家浜以南，敲两响表示火情发生在肇家浜以北，三、四、五响分别表示城外的东、南、西方向，城北归租界管辖。

1911年11月3日下午，钟楼的钟声响了，钟响九声后，间歇片刻，然后又连敲13下，因为这天是农历九月十三日，这是上海光复起义的信号。

25天前，武昌起义爆发，全国震动，响应者却不多，然而，清军迅速反扑，起义危在旦夕，有消息说上海江南制造局有五艘满载军火的船只即将开往武昌，所以，上海光复的意义非同小可。

光复起义分三路：光复会敢死队攻占闸北；商团攻占县城内外；同盟会敢死队进攻江南制造局。

闸北和县城很快就拿下了，江南制造局是清军的军械库，装备着排炮、小钢炮和机关枪等先进武器，而进攻的敢死队只有40多支商团借来的长枪和数枚土制炸弹，力量悬殊，几次进攻都败退下来，死伤惨重。

敢死队硬拼不过敌方的武器，商团就改用经济武器，宣布重金悬赏拿获江南制造局总办。

上海滩流行别苗头，有个商会"赏洋五千元"，另一个商会就"赏银五万两"，白花花的银子，真的吓跑了总办。

制造局群龙无首，轧闹猛观战的人也七嘴八舌出主意，制造局旁边一个小店的老板提议："打不进去，就用火烧试试。"他热心地捐了十几听火油。

上海京剧武生潘月樵、王钟声都有些功夫，从制造局后门翻身跳进去放火，火势腾起，黑烟弥漫，守卫的兵勇都慌不择路逃跑了，上海人用如此"奇招"攻占了制造局。

武昌起义后25天里，只有湖北、湖南、陕西和山西四省响应，上海光复后五天里，就有十个省宣告独立。全国14个省独立，造成了清廷土崩瓦解之势，可见上海光复的举足轻重。

"南市救火会钟楼"是当年上海的慈善家、求新船厂的老板朱志尧造的，20世纪初，上海除了江南制造局，民营轮船制造业里规模最大的就是求新船厂。

1927年3月21日，上海工人第三次武装起义也是在这里敲响了推翻北洋军阀统治的丧钟。

上海的"比萨斜塔"

前文说了"上海有座'埃菲尔铁塔'"，这里说说上海还有座"比萨斜塔"的故事。

比萨斜塔是意大利比萨城大教堂的一座独立式钟楼，建于1372年，由于它向东南倾斜5.5度，被称作世界古代七大奇观之一，闻名遐迩。

因为比萨斜塔，比萨小镇也成了世界旅游胜地，连比萨馅饼都成了风靡一时的风味美食。

上海的"斜塔"低调多了，近千年来一直隐居在松江九峰，阅尽人间沧桑，与世无争。

松江九峰里，天马山是山峰最高、山林面积最广茂的。春秋时，吴国的干将和莫邪夫妇俩曾隐居在这座山中铸剑，他们铸造出了一对举世无双的名剑，宝剑有雌雄之分，雄剑就叫干将，雌剑就叫莫邪，两把剑不可分离。

古时候，老百姓都将这座山叫作干山，在山里建造了许多寺院，每逢农历初一、十五，就有许多香客上山进庙祈愿，所以，天马山还俗称"烧香山"。

山里面有个圆智教寺，是所有寺庙里香火最旺盛的。北宋元丰二年（1079）修建寺庙时，为了珍藏寺庙高僧留下的舍利子，僧人们在寺庙的后面造了一座19米高的七层砖木结构宝塔，名曰"宝光护珠塔"。

据说，高僧的舍利子是五色的，宝塔在夜晚经常散发幽幽的银光，方圆几里都能看见。

附近有些人动了坏脑筋，在月黑风高的深夜，带着铁锹潜入寺庙的后院，想偷盗五色舍利子。当他们挖掘宝塔地基，窥探地宫时，却没有看到要偷盗的舍利子。

其实，僧人们是将舍利子珍藏在一个银盒中，密封保存在宝塔顶部的"天宫"里。

偷盗的人破坏了塔基，塔身渐渐朝东南方向倾斜了起来，有6.52度。幸好，在宝塔东南20米的地方，有一棵参天古银杏，茂盛的树枝朝西扑抱着宝塔，当地的老人讲，这是山神之手的呵护。银杏粗壮的躯干下，伸展出那些遒劲有力的根枝，活像几只巨大的龙爪，紧紧扣住宝塔的根基，从而展示出宝塔"斜而不倒"的千年奇观。

"宝光护珠塔"比号称世界七大奇观的比萨斜塔早了几百年，倾斜度也足足多一度多，至今不倒，不声不响地守护着上海的发祥地"松江九峰"。它藏掖着古代上海许多"原生态"的遗迹和文人隐士的传奇古韵，它在默默地等待着热爱上海、探寻上海历史的人，告别喧嚣的闹市，去跟它悄悄对话。

意大利的"比萨斜塔"是热闹的，上海的"比萨斜塔"是安静的，这是它们的不同之处。

"安和寺"之谜

在上海的记忆里,"安和寺"是一个坑,一个藏着鲜为人知的密码的坑。

过去,有条马路叫"安和寺路",顾名思义,必然与周围的寺庙有关系。我曾沿着安和寺路探寻,也翻阅相关资料搜索,只找到法华禅寺和观音禅院的遗迹,根本没有安和寺的踪影,我掉进坑里了,有点晕头转向。

安和寺路就是现今的新华路,建于1925年,那么时尚洋派的马路,当初,为什么要凭空杜撰个庙宇的名字?

安和寺路北依的法华镇路,原来是条法华浜,因为岸边有个香火旺盛的法华寺。安和寺路本来是法华浜的南岸,后来也叫过"法华路",1965年才改为"新华路"。

安和寺之谜渐渐沉淀到这座城市的记忆里,封存了一个扑朔迷离的文化密码。

话分两头:

1832年6月19日,一艘名为"阿美士德勋爵号"的欧洲商船出现在长江口外,这是历史上从未有过的事。

"阿美士德号"试图用重金雇个渔民带路,但是,没有人愿意为这艘官府明令禁止的外国商船引航。于是,"阿美士德号"只好一边测量航道,一边尾随海上的渔船,摸索着朝西北方向行驶。

"阿美士德号"其实是一艘化了装的506吨巡洋舰,东印度公司租来当间谍船使用。负责这次特殊航行的是英国人林赛,化名胡夏米,还有一个"中国通"传教士郭士立。

林赛和郭士立雇了70名水手,船上装满洋布、羽纱和棉花,谎称从孟加拉湾开来。

次日凌晨,他们到达吴淞口,林赛和郭士立换乘一只小艇,擅自闯入黄浦江。

吴淞口守军鸣炮示警，林赛和郭士立全然不顾，一直到黄浦江蕴藻浜口被清军船只堵截，命令他们立即驶离上海。

林赛以要面见上海道台亲递公文为由，强行前进。

船行20多里后，他们见无人阻拦，就登岸察看当地农民的生活情况，然后继续开船。

下午四时，他们终于在上海县城东门外的天后宫登岸，在黄昏中进入熙熙攘攘的上海县城。

林赛、郭士立颇费周折地找到上海知县和道台，尽管上海地方官再三要求他们离沪，并拒绝任何商谈，他们还是执意将事先准备好的呈文递给道台。

然后，林赛和郭士立就以等候清政府官方回复，以及纠缠上海官方复函中有不敬的词汇并要求修改为理由，整整逗留了18天才离开上海县城。

"阿美士德号"回去后，立即向英国当局详细报告上海地理位置的重要性，商业贸易的发达以及清朝政府的腐败、军备的废弛、外交的虚弱。

东印度公司的间谍船用"阿美士德"命名，本来就暗藏玄机。1816年，英国政府曾派一名阿美士德勋爵来华投石问路，商谈开放贸易，遭到当时的清仁宗嘉庆皇帝拒绝，铩羽而归。

阿美士德勋爵的英文写法是Lord Amherst，突然想起，上海老地图上标识安和寺路的英文写法是Road Amherst，安和寺原来是阿美士德的音译。

这绝非巧合，其中暗藏着当年英国殖民主义者窥探发现上海、打开上海大门的记忆，他们想象不到，日后这条马路终将是要改名的，改叫"新华路"。

摩登生活的源头

上海人崇尚"摩登"，他们理解的"摩登"，就是外国话里的Modern，一种与过去不一样，现代的、时髦的、流行的和时尚的生活方式。

20世纪初，传统的上海还扎根于东部的老城厢里，摩登的上海，已经悄悄地发源，在城市西郊一条公共租界越界修筑的哥伦比亚路上。

哥伦比亚路现在叫番禺路，番禺路南端"上海影城"所在的地方，当年只是一片用砖墙围起来的空地，里面有一排平房和几排马厩，门前竖着一块英文招牌"Columbia Riding"（哥伦比亚骑术学校）。

骑术学校的校长是个英国侨民，他聘用两名白俄教练和几个中国雇员，开始只是教外国侨民的子女一些基本的贵族马术，譬如上马、下马、慢跑、小跑、奔跑以及跨栏等，还出租马匹，提供专门的骑马路线。

早期只是一些外国侨民来骑马，沿着固定的路线，从骑术学校出发，沿着安和寺路（今新华路）一路朝西，到凯旋路向南折入虹桥路，继续朝西直到罗别根路（今哈密路）西侧的高尔夫俱乐部（今上海动物园），然后掉头，原路返回骑术学校，一来一去，大约一个半小时。

那时候，这段路极少有汽车开过，即使有汽车喇叭声，受过训练的马匹也不会受惊狂奔，骑手轻松地驾驭着坐骑，昂首碎步，悠闲慢跑，享受优雅高贵的感觉。

骑术很快就吸引了上海的年轻人，他们纷纷追逐时髦。因为骑术是高消费，除了不菲的学费和租马的费用，还须配置骑马的"行头"（服装），华丽的上装、马裤、马靴，春夏秋冬必须各季不同装备好几套，所以，当时成了上海上流社会的标志。

上海记忆里，"哥伦比亚时尚圈"是最早的摩登生活圈。

当年，美国开发商雷文法兰请邬达克在哥伦比亚路旁的安和寺路上造了一条外国弄堂（今新华路211弄、329弄），29幢英国、荷兰、意大利、西班牙等风格迥异、造型别致的花园住宅，绿树婆娑，环境幽静，算得上是上海最早的"上只角"（上流生活区）了。

也许是为了唤醒这段上海记忆，今天的上海人把番禺路北端靠近延安西路的一幢昔日繁华的旧建筑，改成上海最时髦的后花园，名字就叫"哥伦比亚公园"。

"哥伦比亚公园"过去是孙科（孙中山之子）的别墅（原哥伦比亚路22号，今延安西路1262号），也是邬达克设计建造的。传说这座建筑原本是邬达克送给自己爱妻的礼物，后来为了感谢孙科在他建造慕尔堂（今西藏中路沐恩堂）时给他的帮助，赠送给了孙科，邬达克自己另在哥伦比亚路斜对面建造自己的新家（今番禺路129号邬达克纪念馆）。

上海人崇洋，源于Modern的生活方式的影响，Modern在上海有了它第一个中文译名"摩登"。

上海西部的这条哥伦比亚路，远离老上海的传统生活，现代的建筑、时髦的生活，上海人"初则惊，继则异，再继则羡，后继则效"（唐振常《市民意识与上海社会》），从惊异到仿效，渐渐地养成风气，孵化出了一个摩登上海来。

上海的垃圾文明

讲起来，一个半世纪之前，上海人就开始垃圾分类了。

历史经常也是臭气熏天的。

摘录一位法国人1670年的记录："在卢浮宫附近的宫廷内外，四处的走道和门栋后面，以及几乎所有地方，人们都可以看见数千堆粪便，人们会嗅到臭不可闻的气味……"

人类文明处置垃圾粪便，是从19世纪末开始的，那时，上海刚刚开埠，就开始跟上了历史的步伐。

上海人最早的垃圾分类，是先区分"不可回收垃圾"与"可回收垃圾"两大类，第二步，再将"不可回收垃圾"集中，堆放在规定的地点，而那些"可回收垃圾"则再作细分，等专人上门来回收。

上海开埠以后，城市面积不断扩大，人口不断增加，生活垃圾也不断增多，于是，租界工部局卫生处就在南苏州路933号设立了一个专门负责收集转运垃圾的机构，在它旁边建立了一个垃圾暂时堆栈和一个垃圾码头，供那些按时前来转运垃圾的船只停靠。

1907年，在垃圾码头旁，造起了上海第二座鱼腹式钢架桥（第一座是1906年造的外白渡桥），经典漂亮，因为连接着浙江路，就取名为浙江路桥。然而，上海人因为每天要处理大批垃圾，对垃圾码头的印象深刻，都习惯叫它"垃圾桥"。

上海人对可以回收的垃圾是交关"巴结"的，家家户户的主妇都会根据它们的回收用途，认认真真分类放好，等待弄堂里各种专业贩子的吆喝，上门来回收。

回收旧报纸、废锅子、头发指甲、鸡胗皮等，交关热闹，前脚走了，后脚跟着喊起来，各收其类，井水不犯河水。

甚至还有专门收稻柴灰、蜡烛油、锡箔灰和"笼头渣"的，这些人被称作"挑灰人""挑烛油人"或者"收锡箔灰人"，他们会挨家挨户上门，询问家里面有没有用剩的灶头灰、蜡烛油和锡箔灰。

比较值铜钿的，是吸鸦片的人家煎烧好了烟膏后剩下的渣屑，这种渣叫"笼头渣"，小贩回收以后，可以卖到笼头水店铺里，经过简单的泡制，就变成"笼头水"了。那些拉黄包车等干力气活的穷人，四个铜板一中碗，六个铜板一大碗，一口气咕嘟咕嘟连吃几碗，顿时，精神力气就有了。

老底子上海人的垃圾分类，虽然外面没有分类的垃圾箱、垃圾桶，但是家里面是分别摆得井井有条的。

九亩地的"白斩鸡"

上海人喜欢吃"鸡"，小浦东"三黄鸡"、小绍兴"白斩鸡"以及"振鼎鸡"等，以至于将有些人也叫作"鸡"。老城厢九亩地的"白斩鸡"就是清末民初对一些人的流行叫法。

九亩地在露香园路和大境路相交的区域，那里原是明代上海三大名园之一的"露香园"（其他两个是豫园和日涉园），明末荒废后，清嘉庆年间，划出九亩地做了演武场。

清光绪二十八年（1902），巡警部尚书徐世昌上奏，将各地巡勇、巡丁、巡捕等统称为"警察"。

庆亲王奕劻开办了警务学堂，请来川岛芳子的养父川岛浪速当校长，传授日本近代警察发展和运行的模式。

同年，上海道台也聘请留日专攻警察学的毕业生刘景沂，在老城厢里的著名书院"求志书院"（今乔家路北巡道街）开办警察学堂，招考学生，并选拔驻扎在九亩地的军营兵士，成立上海警察总巡局，培养了上海人自己的第一代近代警察。

1908年，上海规模最大的戏园丹桂茶园迁至九亩地，演出京剧、昆曲、梆子戏。1913年十六铺新舞台也迁过来，演出海派京剧等文明戏，孟小冬幼年时就在新舞台看戏，在九亩地附近的空地上练功。

九亩地的热闹繁华，难免泥沙俱下，鱼龙混杂，那里的烟馆赌台、地痞流氓日益增多，一时间，典当抵押的店铺十分兴隆，区区九亩地，竟有大大小小40多家当铺。

在九亩地，赌台里赢了钱，可进烟馆逍遥；输了钱，就进当铺抵押首饰、衣物。很多人典当尽了所有，仅剩一条内裤，上海人就称他们为"九亩地白斩鸡"。

九亩地使旧上海的警察与流氓结下不解之缘，成了兼容警察维持治安与流氓犯罪的平衡点，也成为革命者反抗反动当局的阵地。1911年11月3日，推翻清朝的上海光复起义、1927年3月21日的上海第三次工人武装起义，都是在这里秘密谋划，在这里吹响集结号，并且获得了革命的胜利。

1937年上海沦陷，九亩地成了难民区，其中，几千名难民从这里出发，参加新四军，走上抗日救国的革命道路。

九亩地是上海人的记忆之一，除了"白斩鸡"以外，还有露香园、丹桂茶园、新舞台、上海警察总巡局，还有指挥光复上海的陈其美、李平书、王一亭以及领导工人武装起义的周恩来、罗亦农、赵世炎。

这些事情和人物，如今已经逐渐淡出，九亩地的边际也不再清晰，只有一条露香园路、一条大境路和人民路上（露香园路口）一段残存的上海城墙，不时地提示着后人，帮助人们重新走进那些难忘的岁月。

沪上"清明上河图"

"摇啊摇，摇到外婆桥"，这是上海人梦中的童谣，顺着河水，母亲河是黄浦江，苏州河是外婆家。

北宋张择端的《清明上河图》，沿着汴河，展现了一幅清明繁荣的市井画卷。

苏州河是吴淞江的下游，但是，老上海的心里，倒是看作"上河"的，那里珍藏着一段"清明上河图"般的记忆。

上海开埠以后，淞南（苏州河以南）地区的租界繁荣得很快，淞北却一直是一大片未开垦的处女地。

20世纪初起，苏州河忽然开始热衷造桥，短短十来年，建造了几十座现代化的桥梁。

开埠之初，租界的西界到河南路，河南路叫界路。河南路到西藏路的一段苏州河上，先后建起了天后宫桥（今河南路桥）、盆汤弄桥（今山西路桥）、老闸桥（今福建路桥）、老垃圾桥（今浙江路桥）、新垃圾桥（今西藏路桥）等，外国人热衷淞南租界开发的时候，淞北逐渐成了上海民族资本投资的热土。

河南路到西藏路的这段苏州河是一个河湾，上海人将海宁路以南的这片地区称作"苏河湾"，不到三十年的开拓发展，这一带就商铺林立，人气旺盛，成了华商华企的大本营，市场繁盛的清明市井。

北苏州路470号的上海总商会，当年是显赫的工商界名流聚会之地。会长虞洽卿有个绰号叫"阿德哥"，在华洋杂居的上海滩，他擅长调解，调停了租界、外商与华人的一些纠纷与矛盾，工部局为此将公共租界的一条大马路命名为"虞洽卿路"（今西藏中路）。

总商会邻近河南路桥，过去叫天后宫桥，因为桥的北堍是天后宫。上海是个海边的城市，老百姓出海打鱼、漕运做生意，都信奉天后娘娘的护佑。后来租界扩大，圈进了天后宫，租界里违禁的华人，只要逃进天后宫，巡捕也不得入内抓捕。

清末开埠以后，租界的公共卫生、个人文明观念影响了上海人的习俗。

19世纪60年代起，工部局在苏州河南岸集中堆放处理垃圾，按时用船只运出上海。工部局还鼓励在租界大马路（今南京东路）旁的小弄堂里开出一家家公共浴室，当时叫"混堂"，商人巨贾、平头百姓都能来"洗盆汤"清爽一把，这条小弄堂也由此得名，叫"盆汤弄"。

20世纪初，从垃圾场、盆汤弄北跨苏州河，先后建了浙江路桥和山西路桥，便利了现代文明北上。

浙江路桥与外白渡桥是姐妹桥，几乎同一年建造，都是鱼腹式钢架结构桥，老上海的标志。山西路桥本来是座六孔木桥，20世纪50年代因为太陈旧而拆了，原址改建为一座漂亮的人行钢筋水泥桥。

然而，尽管是上海标志、现代新桥，老上海还是习惯称"垃圾桥"和"盆汤弄桥"。

苏河湾的西端，当年，由于大量民族资本竞相投资这片热土，大陆、金城、中南和盐业四家银行（俗称"北四行"）就选址在这里，联合建造了一座六层楼高的钢筋混凝土建筑，号称"四行仓库"。

1937年八一三淞沪抗战中，"八百壮士"在这里孤军奋战四天四夜，保家卫国的口号和枪炮声响彻整个苏河湾。

淞沪抗战以后，这片"清明上河"地区连年遭受战火，逐渐败落萧条，淡出了人们的视野。前些时，欣闻"苏河湾"项目已经启动，由此想来，沪上"清明上河图"不久也会重归了吧。

来历不明的马路

上海数以千计的马路里面，有十几条街没有合法的出身，有点像非婚父母的"私生女"，来历不明。

上海的这些来历不明的马路有与众不同的吸引力，深受市民的喜爱。譬如"法徐家汇路"（今肇嘉浜路和徐家汇路）、"英徐家汇路"（今华山路）、"静安寺路"（今南京西路）、"极司菲尔路"（今万航渡路）等，日子久了，人们也就不讲究这些街道的出身来历了。

老上海的市区分为公共租界、法租界和华界，华界又分为南市和闸北两个区域，当初商定的租界区域只有上海县城北面到苏州河南岸以及北岸靠近黄浦江的一点地方，东到黄浦江西岸，西到河南中路，因此，那时上海有两条路的路名叫"界路"。

这两条界路就是今天的河南中路与天目东路，分别是华界与公共租界的两条分界线。

1860年，李秀成率领的太平军东进，一路攻破苏南浙北的许多城市，迫近上海。美国人华尔组织"洋枪队"协助清政府抵御太平军。

上海的租界当局和一些外企的股东在华界地面修筑了一些"界外马路"做军路，名曰"以利军行"。

战争结束以后，上海道台要求收回租界越界筑路的路权，并同意支付相应的筑路费用。租界当局拒绝了上海道台的要求，并由英美法三国领事组成一个委员会，起草了一份《上海租界界外道路备忘录》交给北京的外国公使团。

公使团出面向清朝政府施加压力，要求豁免上海"界外马路"地段的土地钱粮，也未得到清廷的明确回复。

租界通过越界筑路不断扩大面积，将这些区域当作准租界，造房盖楼，植树修路。

1914年时，法租界已经将其所有越界筑路全部囊括其中，大规模拓展了管辖范围。公共租界也不断蚕食华界，准备将沪杭铁路以东的越界筑路通通纳入租界范围。

这些越界修筑的马路围成的区域占地31平方公里，比22平方公里正式租界的面积还要大。

当时的袁世凯政府正面临反对"二十一条"群众运动的压力，没敢批准上海租界越界筑路既成事实的"计划"。

就像"私生子女"的父母没有合法的法律文书一样，上海这些越界筑路的马路，直到租界收回，都没有得到过中国政府的正式批准。

这些来历不明的马路回到上海的怀抱以后，上海人对它们一视同仁，而且格外怜惜珍爱。多少年的春风秋月以后，这些街道出落得越来越摩登时尚，越来越丰满迷人了。

上海后街

摩登时尚的外滩源，原先是1855年建造的英国总领事馆，当年，从领事馆西面后墙的便门出去，只有两条冷僻的小路。

小路只是后街，开始连个路名都没有，人们只叫它"新路"，直到19世纪60年代，英国人才想起用圆明园来命名他们的"后花园"。西面的一条叫"上圆明园路"（今虎丘路），东面的一条叫"下圆明园路"（即今天的圆明园路）。

过去，圆明园路是一条单面街道立面的小路，东面是英国领事馆的背影，西侧造一排欧式建筑。尖尖的屋顶、紧闭的百叶窗、灰色的围墙，很少有马车驶过，夕阳西下时，从这里走过，会有走进了狄更斯小说的感觉。

相比外滩的热闹嘈杂，圆明园路幽静得令人屏声，默默地一路走去，寂静的耳畔能够听到历史的回声。

圆明园路北起苏州河畔，告别那里划船俱乐部的呼喊声，就能听到路口新天安堂里平静的祈祷了，这时候，你就可以心安神定地走进外滩的后街，也走进近代上海的摇篮。

最先听到的，一定是真光大楼里，沪江大学商学院的教授和学生的讨论声，你可知道，这里走出过许多中国最优秀的企业家和商业白领。

仔细倾听这些声音，有时会夹杂一些话剧台词，那是隔壁兰心大楼传出来的。1907年，我国第一家话剧团"春阳社"在这里公演《黑奴吁天录》，盛况空前。

兰心大楼是英侨建造的剧场，1867年落成时叫"Lyceum Thertre"，Lyceum是亚里士多德在雅典建立的学府希腊文Lukeion的音译，当时，上海墨海书馆的"秉笔华士"王韬将它翻译成"兰心"。

那时，除了兰心剧场，旁边的基督教女青年会大楼里也有个万国艺术剧院。1936年，万国艺剧社在这里为卓别林办过欢迎茶会，卓别林与梅兰芳、胡蝶等聚会，还参观了大楼里的刘海粟、黄宾虹画展，当年的杯盏碰撞声和大师谈笑声至今还留在大楼里面。

据说，宋庆龄的第一份工作就是在这栋大楼里做秘书。等欢迎卓别林的热闹过后，如果你独自守在宁静空旷的大楼里，似乎还能听到宋庆龄那清脆的皮鞋声。

沿着北京东路朝西走几步，就是虎丘路，过去叫"博物院路"，因为这里的文会大楼里藏着英国皇家亚洲文会中国博物院。当年上海人第一次在这里看见世界各地的珍禽奇兽，发出啧啧的惊讶声、赞叹声，虽然很文静，但是穿越到今天，听起来还是那么清晰，难怪上海人常常自豪："阿拉什么没见识过？"

虎丘路才走一半就是香港路口，往西漫步香港路，就更加浸入回声的深处。

一百多年前，这里可是中国最早的电影公司"亚细亚影戏公司"所在地，中国最早的故事片《西太后》《难夫难妻》和最早的新闻片《上海战争》《茶花女》等，都还在耳畔轮番上演，还有张石川、郑少秋两位早期导演那带有磁性嗓音的解说。

走在外滩源的后街，请你捂住耳朵，用心倾听，可以听到近代上海一路走来的脚步声，轰鸣的回声永远也不会消逝……

"老而酷"的发迹地

黄浦江边的十六铺如今是个地名，那里有个叫"老码头"的时尚地，曾是老上海十里洋场繁荣摩登的发迹地。

老码头的英文名字不是Old Docks，而是Cool（酷）Docks，细心想起来，也真是难为了翻译。

上海话讲到"老"字，除了表示年长时久，还含有尊重经典甚至程度副词"很"的意味，譬如老先生、老克勒、老规矩、老灵额……英语Old Docks太单纯质朴，有点力不从心，只能跟老外"酷"一把，用Cool Docks作交代了。

十六铺早先是个联防组织，上海县有很多这样的"铺"，从一铺到二十几铺。

清代咸丰、同治年间，上海县为了防御太平军，将城厢内外所有的商号分片排序，组织成"铺"，联保联防，东门（当时叫宝带门）外这片地区就排序十六铺。

19世纪50年代，这边就有四个都姓金的船主（金利源、金东方、金永盛、金益盛）沿江建造砖木结构的简易码头，用于停靠船只，上下旅客，装卸货物。

在沪经商的美国人十分羡慕，也选在附近建造了可以停靠吃水较深船舶的"旗昌轮船码头"，跟几家"金码头"抢生意。

李鸿章也看中了黄浦江边的码头商机，他派人筹办轮船招商总局，先收购了美商的旗昌，又吞并了金家四个码头，统称"金利源码头"，沿江滩建造了十三座浮动码头。

这一带临江码头越来越多，帆樯如林，店铺栉比，茶楼酒肆纸醉金迷的夜生活，一直喧嚣到凌晨三更至五更天，有一首上海竹枝词唱："莺歌燕舞常三五，一城烟火半东南。"

十六铺船来船往，万商云集，百货山积，仓库就应运而生，今天的老码头是跨时空、玩穿越的。

奢华时尚的精品酒家、咖吧茶馆，开在当年黄金荣、杜月笙的仓库里，雅致舒适的氛围里可以听许文强、冯程程们讲故事，听老上海们教你怎么做人。

就说一号仓库的主人卢作孚吧，曾被称为"是中国近代历史上，我们万万不可忘记的人"。

1938年，卢作孚和他的民生公司的职员们，为了保存最后那点民族工业的命脉，拼死在长江沿岸，顶着日军飞机的轰炸，充当破衣烂衫的纤夫，肩拖背拉地将一船船物资转移到四川，创造了东方敦刻尔克的神话。

再说三号仓库的主人"阿德哥"虞洽卿，老上海流行一句话："龙山大泥螺，三北阿德哥。"龙山和三北都指浙江慈溪，虞洽卿年幼时家境十分贫困，他常在慈溪龙山河边捡泥螺贴补家用。

虞洽卿到上海打拼后，上海又流行起一句话："做人当如叶澄衷，做事要学阿德哥。"诗人虞洽卿成为老上海的头面人物。

老上海人喜欢讲"跑码头"的经历，也喜欢全国各地的人到上海"跑码头"，像"老码头"这样海派时尚的地方，一定会长盛不衰的。

南京路、淮海路的外婆家

上海的南京路、淮海路是两条驰名中外的漂亮马路，但是，当这对姐妹马路还是一片荒地的时候，你知道上海有一条更加时尚、繁华的马路吗？

就像漂亮的女孩大多有个绝色的奶奶或者外婆，南京路、淮海路就有个外婆住在老城厢里，如今，那里建筑上的雕花已经褪色，门楣上也布满了苍老的皱纹，但是风韵依旧，高雅尚存，她叫乔家路。

乔家路年轻的时候是在明清两个朝代度过的，那时她是一条河浜，因为明末的忠臣名将乔一琦世代居住在河边，她被人们称作乔家浜。那时，河浜两岸都是名门望族的深宅大院，还有寺庙、善堂、衙门、商号，弥漫着高贵繁荣的气氛。

辛亥革命以后，填浜筑路就叫"乔家路"了。清末民初，这条路是最具上海特色的高档住宅区、名人聚集地。沿街鳞次栉比地立着明清建筑、西洋小楼、石库门、新式里弄等各色房屋，也有衙署、酒坊、南货店、糕团店、布点、米行、铜匠铺等，美女外婆就是在这里孕育近代上海的摩登时尚，繁衍出了南京路、淮海路等无数条现代马路。

乔家路77号是沙船大王郁松年的"郁家大院"。

上海兴于沙船业，郁松年是做出贡献的，郁家老宅建于道光年间，创新的"三进九庭心"格局。当年坐落在乔家浜北岸，沿河一排六开间、上下两层的大门楼，楼下通道里安置着"肃静""回避"的牌子，楼上为灯楼，每间房都悬挂大红灯笼，入夜时分，可以将整条乔家浜水映得通红通红的。

郁松年喜欢读书，到他家的"宜稼堂藏书楼"寻觅珍本的名人士绅很多，李鸿章、丁日昌、王韬等经常去那里看书、借书。当年，邹韬奋为了躲避国民党特务搜捕，也曾躲避在这里读书。

乔家路234—246号有一排楼房，原来上下各九间屋，俗称"九间屋"，这里是徐光启的故居。

徐光启是东西方文化融合的第一人，海派先驱，在九间楼北面的光启南路250弄里还有个徐氏祠堂，供奉着徐光启的像和其他徐家先辈的牌位，可以缅怀徐家在上海文明发展中的许多贡献。

乔家路113号是"海上奇人"王一亭的故居"梓园"。

王一亭做过买办，参加过同盟会光复上海的起义，还当过上海商会会长、慈善会会长、居士林林长，他一生醉心于书画，曾与吴昌硕并驾齐驱，领军海派书画辉煌过半个世纪。

1922年，王一亭邀请爱因斯坦夫妇到"梓园"做客，他用东方书画、中国美食和海派风俗招待贵客，与西方客人促膝交谈。

"梓园"原是海上名园，有假山、凉亭、荷花池以及许多楼台亭阁，1938年毁于日寇的炸弹，如今尚存沿街西式骑门楼和园内一幢中西合璧的塔式洋楼。

乔家路的东端还耸立着名扬四海的"救火会钟楼"，人们叫它上海的"埃菲尔铁塔"。当年，光复上海起义和上海工人第三次武装起义的钟声就在这里敲响。历史的钟声，现在还回荡在乔家路的上空，如果从这里走过这条马路，可以听得到。

"龙门要跳，狗洞要钻"

高考、中考快发榜了，又有多少鲤鱼即将跳跃龙门了？

每年六、七月，家有考生的上海人总是特别忙碌。

考试前要去文庙抱抱孔圣人的"佛脚"，烧香祈福。到周围的学宫街、梦花街兜兜荡荡，据说，科举时的考生，考试前都会到梦花街投宿睡一夜，求得梦笔生花的神助。

考试后会到尚文路的龙门村走走，温习鲤鱼跳龙门的佳话。

龙门在黄河峡谷的禹门口，逆流而上的鲤鱼至此，必须奋力跃跳过去，才会化身为龙，腾云驾雾而去。"鲤鱼跳龙门"，寓意逆流勇进、改变命运。

上海的龙门村在尚文路133弄，灰色的牌坊上面用繁体书写着"龙门村"，进村就能发现，弄堂很宽，每幢房屋的间距很大。

房屋布局整齐，清一色青砖或红砖结构，单体建筑呈现各种式样，每一幢建筑都不一样。有西班牙式、苏格兰式、古典巴洛克式以及中国的民居式样，有些房屋侧面是典型的传统牌楼样式，有些窗户墙面呈现不规则多边形，有些门牌是华丽的拱形石库门门廊，还有些建筑有折角阁楼小阳台，中西方古典艺术装饰相映生辉，有人将这里称作"微缩的万国居民楼"，也是上海最具特色的里弄之一。

1865年，龙门书院创建，办学宗旨为"储人才，备国家之用"。两年后，巡道应宝时从道库里拨出一万两银子，在今天龙门村的地点建造龙门书院，有讲堂、楼廊、学舍41间。建成后，应宝时亲自出题，让苏州、松江和太仓三府的举人、贡生和童生等参加应答。

应宝时邀请当时的著名学人一起评审290份答卷，选出超等20名、特等22名进行复试，最终首批录取20名学生。当时社会影响颇大，将这20名学生比作"跳过龙门"的佼佼者。

龙门书院的校门取自"鲤鱼跳龙门"的理念，现在虽然已经改名为上海中学，但是，150年来一直倡导龙门书院那种不畏困难挫折、勇于逆流奋进的校风，他们的校歌就诞生在抗战最困难的时刻：

> 龙门发轫进无疆，一柱中流海上。
> 矫首太平洋，国族艰难，舍我谁救亡！
> 抚淞沪战创，戢不平约章，涌心头热血潮千丈！
> 何日国威扬，主权张，英才旺，毋负甄陶教泽长。
> 勇往！上中青年勇往！

重光！炎黄神胄重光！

临近发榜，难免几家欢乐几家愁，有人金榜题名，有人名落孙山，这都是一时的事情。上海话里讲"龙门要跳，狗洞要钻"，人生总会有各种经历，只要保持逆流勇进的精神，最终总能成才成龙。

趁还未发榜，到龙门村去走一走，看一看，让精神先跳过龙门吧！祝福所有高考和中考的考生！

藏在南京路的寺庙

南京东路"步行街"曾是摩登时尚的"十里洋场"，现在是世界瞩目的"中华商业第一街"。然而，外人也许不了解，它的前世是本土宗教"道教"的天地，至今还留着一块"胎记"，兜兜南京路，留点心就能找到。

1843年开埠以前，没有南京路，那里只是上海县城外的一片荒郊野地，在今天南京东路河南中路附近有个"五圣庙"（今Apple手机官方店所在地）。

"五圣庙"在农村民间非常普遍，供奉的神佛五花八门，谷物、牲畜、神仙、名人都能当作神灵，选五个来捏成泥胎神像，或做成牌位，受人膜拜求助。

1850年，几个英国商人买下了"五圣庙"一带的80亩田地，造了一个花园，他们沿着花园修了小路，平时用来骑马奔跑，上海人把那一带叫作"老花园跑马场"。

第二年，英国人又修筑了一条从外滩通往花园的甬道"Park Line"（派克弄），老上海叫"花园弄"，这段小路就是南京东路的前身。

"花园弄"的西面依旧一片乡村景色，农田村舍，河流纵横，那里有一条叫"矿沟浦"的小河，河边也有个破败的小庙。清朝时，庙里的住持将庙产典卖给附近淞南道院的张道士，张道士把庙改造成"保安司徒庙"，将墙粉刷成红色，上海人就称作"红庙"（也有写成"虹庙"的）。

"红庙"是个非常接地气的道观。明清时，那一带属于上海县高昌乡的头图、二图、三图和四图，张道士故弄玄虚把这"四图"杜撰成"司徒"，说"司徒"就是"司土"的土地爷，"保安司徒庙"可以保佑一方平安。

"红庙"除了供奉土地爷，还供奉玉帝、观音、关公、地藏、城隍等各路神仙，清末民初是上海香火最旺、信众游人最多的地方，普通市民尤其是离得不远的四马路青楼女子，每天络绎不绝过来给自己信奉的神仙大佛烧香磕头，各路神佛也共此一庙，相安无争。

"红庙"里，天、地、人、鬼，包罗万象，纷繁绚烂的道教氛围，析释出的道家精神，潜移默化地影响了上海人超脱与务实融合的秉性。

1854年因为"跑马场"（"第二跑马场"）搬到今浙江中路、湖北路后，"花园弄"也延伸成了英租界的主干道"英大马路"。1865年，"第二跑马场"又搬到如今的人民公园和人民广场，开辟"第三跑马场"，大马路继续延伸到西藏中路，逐渐发展成繁华的十里洋场。

今天，走过"南京东路步行街"海仑宾馆，对面有一条不起眼的"石潭弄"，上海滩过去最热闹的"红庙"就藏在弄内，保留着许多三教九流的市井传闻，经典沪剧《庵堂相会》的故事也发生在那里。

道教取道家思想为本义，上善若水、海纳百川，滋润市民习俗的文化基因，掀开南京路繁华的外袍，"红庙"就是上海的一块胎记。

"红庙"的庙门本来开在南京路上，20世纪60年代，庙门低调转身到石潭弄里，原先的庙门开了张小泉剪刀店和金波名烟名酒专卖店，走过路过不要错过了。

步行街脱落的"纽扣"

南京东路的东段改造成"步行街"了，也去轧个闹猛。

摩登、精致，像换上了簇新的时装，很上海，却少了南京路的气质，好像脱落了几颗"纽扣"。

从外滩到河南中路的这段南京路筑于1851年，是上海最早的一条现代马路，以后逐渐向西延伸。老上海许多如雷贯耳的"老字号"都首开在这里，"十里洋场""中华第一商业街"也因此中外闻名。

譬如现在南京东路154号，过去"朋街"就坐落在这里。"朋街"不是一条街的名字，而是一家驰名中外的女子服装店。老上海，绅士追崇"培罗蒙"的西服，名媛以及在上海的外国女士都青睐"朋街"的女装。

"朋街"的创办人是一个名叫立西纳的德籍犹太人，他在汉堡一条叫"BORG STREET"的小街上开设的时装店，在当地很有名气。

"二次大战"时，德国纳粹迫害犹太人，立西纳变卖了家产逃到上海来，他招聘了几个上海裁缝，在租界的"大马路"（南京东路）上开设高级服装店，店名"OLD BORD STREET"（老朋街）。1941年太平洋战争爆发，立西纳又遭日军迫害，关进集中营，直到抗战胜利后才被释放。

立西纳心灰意懒，加上思乡情切，将"朋街"让给了店里的领班张新远、张根桃叔侄，自己回国去了。

上海人经营的"朋街"，传承了精湛的技艺，也发展了海派的特色，直到20世纪80年代都是高级女装中的翘楚。

步行街东段的河南中路口，北侧是新世界大丸百货，南侧是华为全球旗舰店，气势堂皇。

新世界大丸百货所在的地方，过去是"亨达利大楼"。1864年，法商霍普兄弟在这里开了一家专卖钟表、珠宝、首饰高档进口商品的公司，名叫"HOPE BROTHER & CO"（亨达利），上海人在这里买钟表的习惯，从19世纪末一直延续到21世纪初。

街对面的华为旗舰店，原本是哈同大楼（"朋街"所在的大楼是哈同夫人名字命名的"罗迦陵大楼"），20世纪30年代，因为这里有家上海规模最大、名气最响的"老介福绸缎商店"，上海人又叫它"老介福大楼"。

"老介福"是福建籍的两兄弟1860年创办的，"介"字拆开为"两个人"，"福"意为来自福建。

"老介福"除了售卖绸缎布料，也自行设计图案委托苏州、杭州的丝织厂织染，有"中国丝绸业之王"的美誉。20世纪30年代，卓别林来访上海，慕名"老介福"，曾一下子订制了60打真丝格子的碧绉衬衫。

沿着步行街改造后的东段走去，许多记忆里的"老字号"都消失了，感觉像穿上了一套新衣裳，却脱落几颗纽扣。重新"打卡"这条老马路，更像是重逢一位整容归来的熟人，美艳生疏，泄了往日气质。幸亏和平饭店还在。

哼，达利还是得利？

"哼"是一个傲慢的感叹词，虽然"口"字旁，却是从鼻子里喷出的一团冷气，足以扑灭别人的热情。

"哼"不出声就是"亨"，更加威风凛凛，在上海方言里，有"亨浪头""亨头"的讲法，表示势力、权贵的意思，生出了黑白两道的各色各样的"大亨"。

在上海，有两家钟表百年老店，都以"亨"字打头来命名，一家叫"亨达利"，另一家叫"亨得利"，其用意不言自明。

自从意大利传教士利玛窦用西方的钟表，敲开中国皇宫的大门起，钟表就一直作为奢侈品引领中国时尚。

19世纪末，上海礼和洋行有一家德籍商人1865年创设的"HOPE BROTHER'S"钟表行，1914年第一次世界大战时，盘给了洋行的买办虞芗山和跑街孙梅堂。虞、孙两人给钟表行起了个"亨达利"的中国名，将店从新开河搬到南京路闹市，生意越做越大。

清同治十一年（1874），宁波东门街开了一家二妙春钟表店，辛亥革命前在杭州开了分号，正好碰到革命军攻打南京而大获全胜，军队用手表当犒赏品慰劳有功的官兵，杭州分号的存货全部出空，大赚了一笔钱。

这家钟表店继续向各地发展，1921年，在上海五马路（今广东路）上用"亨得利"为名也开了一家分店。

也许，五马路偏僻了一点，也许，新店的门面较小，"亨得利"并没有引起"亨达利"的注意。可是六年以后,"亨得利"也搬到了南京路,规模不亚于"亨达利",颇有一股"啥人怕啥人""阿拉较量较量"的"大亨"气势。

"亨达利"雇用了一帮人,每人穿着鲜艳的马甲,马甲上印着四个醒目的大字"注意达字",站立在"亨得利"的门口。

"亨得利"也不甘示弱,挂出大幅招牌,上面写着"始创同治十一年老牌亨得利,分行遍全国"。

"亨达利"索性向法院控告"亨得利"冒牌,"亨得利"又花钱请大律师辩护,结果,法院认为两家钟表店有一字之差,并不构成侵权冒牌。

"亨达利"又将官司打到了外国,外国法院判决"亨得利"不得用同样的外文拼音,也不能向外国定制"亨得利"牌号的钟表。

上海这两家"亨浪头"钟表店的交手各有胜负,引发了上海滩的轰动效应,市民们茶余酒后的街谈巷议,更加喊响了他们的名气,一直响到今天。

大胜胡同、田子坊的来历

上海的弄堂大多用"里"或"坊"来命名,后来,有些新式里弄,也用"邨"或"别墅"的叫法来区别档次。

"胡同"是蒙古语,在北方表示街巷的意思,上海华山路延安中路口的"大胜胡同",名字十分罕见,其中藏着一个有趣的故事。

1843年,上海开埠以后,外商靠房地产获大利的消息传到西方,一些西方教会也跟随而来。

有家隶属罗马梵蒂冈教廷的比利时教会"普爱堂",看中了静安寺附近的这块地方,委派在北京传教的德拉蒙德神父到上海来投资,建造弄堂住宅。

德拉蒙德神父用"胡同"命名他的弄堂,住宅却没有北京四合院的风格,他接受了石库门的影响,又糅进了巴洛克的特点,"歪打正着"地造出了一条典型海派的新式里弄。

"大胜胡同"里有一幢英国古典式花园住宅，那就是德拉蒙德神父的旧居，现在是农场局的办公楼（华山路263弄6号）。

泰康路上的"田子坊"名字倒很上海，然而，此"坊"却非只表示弄堂，其中另藏深意。

泰康路原本只是一条马路集市，20世纪末，因陈逸飞、尔冬强等艺术家先后在这里做工作室，开画廊，人气逐渐多起来，尤其是泰康路210弄，格外兴旺。

泰康路变成了上海的艺术地标，需要给这里的弄堂起个特别的名字，老画家黄永玉想起了一个叫"田子方"的古人。

田子方是孔子的弟子子贡的学生，道德学问都很好，魏文侯聘他做老师。

有一次，田子方与魏文侯的太子在路上相遇，太子恭敬地下车行礼，田子方却视若不见，傲然而过。太子十分气愤，责问田子方："究竟是富贵者有资格傲慢，还是贫贱者有资格傲慢？"

田子方回答："当然是贫贱者才有资格傲慢看不起人。"

太子大吃一惊，表示不能理解。

田子方解释说："如果一国之君傲慢，就会失去人心，从而失国。如果诸侯贵族傲慢，就会失去下属支持，从而失地。贫贱者一无所失，四处漂泊，谈不拢、看不起就傲慢，一走了之，难道还怕失去贫贱吗？"

太子听了，如醍醐灌顶，恭恭敬敬地向田子方行了三个大礼，才满意地离开。

泰康路的艺术家们一致同意，就用田子方的仿词"田子坊"做了这里的名字。

"东方巴黎"的水印

如果摊开上海地图，用文化放大镜寻找，不难发现那枚记忆中的"东方巴黎"水印。

水印的中央是一条小马路，隐藏着法国作曲家Massenet（马斯涅）的头像，他的代表作《沉思》，讲述名妓泰伊斯接受修道士的感化，告别纸醉金迷的世俗生活，然而，修道士却迷恋上美丽的泰伊斯，匍匐在爱情的脚下。

这条小路当年曾叫"马斯南路"，1946年后改名为"思南路"，像是一条苦思冥想的琴弦，终年弹拨着婉转悠扬、柔美伤感的异国旋律。

《孽海花》的作者曾朴过去住在思南路81号的一幢花园洋房里，他能说一口流利的法语，翻译过许多法国小说，他和儿子在家里办了一个法国文化沙龙，聚集了上海滩最风流潇洒的文化人，除了翻译家徐蔚南、李青崖，美学家张若谷等外，还吸引一代才子邵洵美、徐志摩、田汉和郁达夫等一批常客，他们用独特的思维方式和审美情趣在一起抽烟、喝咖啡、彻夜通明地谈天说地，讨论法国浪漫主义文学。

曾朴曾经充满感情地回忆那段日子："黄昏的时候，当我漫步在浓荫下的人行道，LeCid（熙德）和Horace（贺拉斯）的悲剧故事就会在我的左边，朝着高乃依路（今皋兰路）上演。而我的右侧，在莫里哀路（今香山路）的方向上，*Tartuffe*（伪君子）和 *Misanthrop*（厌世者）那嘲讽的笑声就会传入我的耳朵……法国公园（今复兴公园）是我的卢森堡公园，霞飞路（今淮海中路）是我的香榭丽舍大街。我一直愿意住在这里就是因为它们赐予我这古怪美好的异域感。"

"卢森堡公园"是复兴公园的美誉，前身是顾家宅村。1900年法租界在这里建参加八国联军的法军兵营，1904至1907年，法军陆续撤走以后，公董局就聘请法国园艺家柏勃设计，将这里建成一座欧洲风格、法国情调的公园，当时，外国人习惯称其为顾家宅公园，而上海人则称其为法国公园。

法国公园里曾经有一座法国飞行家环龙（Rene Vallon）的纪念碑，非常著名。

1911年5月6日，环龙应邀来上海作飞行表演，万人空巷，争睹飞机的神奇。

环龙驾驶的双翼飞机从江湾跑马厅起飞，途经上海半个城区后，抵达市中心的上海跑马总会（今人民公园）上空，突然飞机发生故障熄火，面临失控坠毁。

环龙可以跳伞弃机，可是，地上都是仰头观望的人群，如果弃机，必然造成数百人的伤亡，他坚持控制着飞机，争取迫降到跑马厅中央的空地上，不幸坠机身亡。

环龙的精神感动了上海，公董局将他誉为法国英雄，在法国公园竖立纪念碑，碑上刻有法文诗赞，中文大意是："有了死亡，才有产生；有了跌，才有飞；法国是身受了这种痛苦，使得它认得命运是在那儿。"

公董局还将法国公园旁一条正在建设中的马路，命名为环龙路（今南昌路），几年后，在环龙路边建造了上海第一个法国总会（今科学会堂）。

上海早在1881年就与巴黎相提并论，有人在当时的《申报》发表文章说："人之称誉上海者，以为海外各地惟数法国巴黎斯为第一，今上海之地，不啻海外之巴黎。"到了20世纪二三十年代，"东方巴黎"已是海内外人人皆知的上海别名了。

上海有许多时尚的美誉和别名，"东方巴黎"只是一个久经光阴的水印，烙在了这片区域的文化记忆里，标识上海有别于其他城市的格调。

上海的情人

这不是秘密。

很多年以前，上海就有个情人，她是法国人带来的，出生在古希腊的艺术女神缪斯。

1865年，有个叫让·雷米沙的法国波尔多大剧场乐队指挥，放弃了伦敦皇家剧院经理的职位，风尘仆仆到上海来，组建法租界管弦乐队。后来，公共租界工部局拨款成立交响乐团，特聘雷米沙担任指挥，还委托他在上海、香港和澳门寻找乐师。

交响乐团定期在外滩公园、顾家宅公园（今复兴公园）举办音乐会，缪斯轻歌曼舞的旋律，热情浪漫地拨动了上海心底的竖琴，彼此一见钟情。

1869年1月，乐队的队员们一起赠送给雷米沙一支486克纯金的笛子，他们的赠言说："您将上海如一盘散沙的音乐资源整合成了一支乐队。"

雷米沙从此多了一个"拿金笛的音乐家"的头衔，1886年，他受邀主持上海德国总会的开幕式，会上演出他指挥乐队伴奏的轻歌剧，大获成功。

这部轻歌剧当时已在巴黎的游乐剧院（Folies Dramatiques）演了近十年，而且场场座无虚席。

当年，有个到上海旅游的外国人，写文章在报纸上讲述他真实的观后感：

> 我竟然在上海可以看到《科尔内维尔的钟》这部歌剧，这是不曾料到的。在一个由煤油灯照明的梦幻剧场里，我完全能够理解演员和歌手还有待提高水准。

法租界有个叫乔治·勒·毕果的巡捕，他出生在一个纯布列塔尼血统的骑士军官家庭，年幼时喜欢音乐和唱歌，长大后因为母亲反对他进歌唱班，他就离家出走，跑到上海来谋生。

毕果在上海合同期满回国后，曾在老家普鲁旺斯路的房子里卖过女用丝织品，也上街挨户挨家推销过吸尘器，可是，他总难忘在上海看歌剧的记忆。

他再次重返上海。这一次，他约了一些法国艺术家，招聘了一些在上海避难的俄罗斯人、奥地利人、犹太人以及上海艺人，组建起一个30多人的歌剧团。

他们租借"兰心"等剧场演出比才的《卡门》《采珠人》，古诺的《浮士德》，威尔第的《茶花女》《李戈莱托》和普契尼的《托斯卡》《波希米亚人》等经典歌剧。

早在1850年，英租界的一个业余剧团，在一个用货栈改造的剧场里首演话剧，那时叫"爱美剧"。1868年，法租界的一些头面人物也登台演出，其中有洋行大班、汉学家亨利·科尔迪尼，大丝绸商、公董局翻译欧仁·比索内，甚至法国驻上海领事馆的正副领事等，他们成立了一个戏剧业余协会，排演《罗莎莉》《英国人》等通俗喜剧。

看戏的上海观众不断增加，戏里的中国元素也越来越多，以至于后来用中文重排的经典话剧也轮番上演，培养了无数上海话剧迷。

17世纪，法国剧作家莫里哀写了个《太太学堂》的戏，讲述女人改造男人的故事。缪斯是上海的老情人，她对这座城市的格调和情调影响至今。

武康路"魅影"

武康路"网红"了，有一缕蚀骨的风情，夹带着不同时期的回声，勾人魂魄。

电影《色戒》最后，王佳芝放走了老易，自己坐上一辆黄包车，她对车夫讲："到福开森路去。"

福开森路就是今天的武康路。

1886年，美国传教士福开森到上海来，协助盛宣怀创办南洋公学（交通大学前身），后来，他担任了南洋公学的监院（相当于教务长），发现校门前荒草泥泞，不方便行走，就修筑了一条路，师生们很感激他，就把这条路叫作"福开森路"。

王佳芝坐黄包车是要到武康路湖南路口去，那里的"湖南别墅"（湖南路262号）是她与老易幽会的地点，终日大门紧闭，电影里有日本宪兵和狼狗当警卫的镜头。

这里本来是一个英国洋行大股东的别墅，后来被大汉奸、伪上海市市长周佛海买下，1945年后，被国民政府没收，军统局用来办过公，1949年，解放上海的首长住在这里。

20世纪50年代后期，这里当过市委招待所。1962年，贺子珍搬进"湖南别墅"，整整住了15年，1977年她进华东医院住院，七年后逝世。

武康路的南端起于"武康大楼"，1924年邬达克设计建造时叫"诺曼底公寓"，为了纪念一次世界大战中被德国潜水艇击沉的法国"诺曼底号"名舰。

"诺曼底公寓"建成初，只有上海滩最显赫的西方侨民能够入住，譬如西门子上海公司经理、嘉第火油公司上海销售总代理以及电车公司、自来水公司的高级外籍管理人员，有资格入住的华人可谓凤毛麟角。

当时，上海滩著名的《华美晚报》总经理朱作桐，因为他美商的身份才能住进"诺曼底公寓"七楼的一个大套间里。

《华美晚报》与另外一张《大美晚报》都是美国商人注册的，上海"孤岛"时期，也是仅有的两张不接受日军新闻检查的中文报纸。

由于《华美晚报》时常报道一些抗日的消息，朱作桐多次收到血淋淋的断手指、碎耳朵警告，他没当回事。1941年4月30日，汪伪76号特务终于下手，将他杀害在"诺曼底公寓"的自家门口。

武康路的北段，40弄1号是一幢西班牙风格的花园住宅。民国第一任内阁总理唐绍仪，因为与袁世凯有分歧，愤而辞职，后于1937年住进了上海这栋女婿的房子里，他从此不问政治，以收藏玩赏古玩来安度晚年。

一年以后，上海滩传言说日本人要拉拢唐绍仪，又传出唐绍仪态度暧昧的谣言。1938年9月30日，戴笠派军统特务假扮古董商人，暗藏利斧进唐府谈生意，趁唐绍仪观赏古董时，一斧头劈死了这位78岁的前总理。

武康路"网红"了，法国梧桐掩映下的静谧雅致，深藏着多少惊天的回响。

夏天浓荫笼罩，秋天落叶铺地，路旁几乎每栋花园住宅、公寓或新式里弄都有自己的"故"事，这是武康路的历史魅影，一个一个文化名人，经历一段一段特殊年代，被时间慢慢炖出一种蚀骨的风情，今天"打卡"的人们需要细细品味，才能体会到。

音乐学府里的犹太俱乐部

20世纪60年代，上海音乐学院钢琴系的方哥毕业了，被分到上钢五厂工作，他找管分配的工宣队，师傅说："学钢琴的分到钢厂，有百分之五十对口了。"

这不是黑色幽默。

汾阳路20号的上海音乐学院（下简称"上音"），在全球5000多个音乐学院里，与英国的伦敦皇家音乐学院并列世界第二，仅次于美国的朱丽叶音乐学院。

比起中央音乐学院等国内其他同类院校，1927年创立的"上音"不但历史最悠久，而且有最优秀的艺术基因。

走进"上音"的大门，沿着林荫道走去，20世纪30年代俄籍犹太人布洛赫建造的"上海犹太人俱乐部"依然原式原样地坐落在那里，现在是"上音"的办公楼。

"上海犹太人俱乐部"是两幢双坡或四坡老虎窗屋顶的假三层，中间有空中走廊连接的洋楼，早年是犹太商人"星期四聚会"的活动场所，"二次大战"后，逃亡到上海的两万多犹太难民都将这里当作共同的家园。

这些难民自称是"上海犹太人"，没有祖国，却有户籍，他们都能和本地人说上海话，刚来的有些"洋泾浜"，几年后就十分流利了。

逃亡上海的犹太人的音乐素养很高，其中有300多人具备专业演奏家的水准，逃离了纳粹魔爪的迫害、追杀，依赖音乐的陪伴，安抚在异国他乡流浪的惊魂。

他们合伙租下了汇山路（今霍山路）上百老汇大戏院（中华人民共和国成立后改名"东山大戏院"）的屋顶露台，搭建凉亭、餐座，定期举办音乐会。

他们在犹太人集中的大名路、海门路、霍山路、舟山路等马路边，开设小维也纳咖啡馆等小店，每晚在店堂昏暗的灯光里，演奏忧郁的小提琴曲，慰藉难耐的乡愁。

"太平洋战争"爆发后，日军将租界里的犹太难民强迁至"无国籍难民区"，把他们的行动限制在提篮桥附近。

这块有限的区域里有个巴掌大的"斯塔德利公园"（今霍山路118号"霍山公园"），原来只给外国儿童和照顾西童的华籍保姆使用，犹太音乐家经常集中在那里休憩、交谈，举行小型音乐会。

这些犹太难民里，战后，有70多名成为世界级的著名音乐家。比如维也纳交响乐团的首席小提琴手葛林伯格，当年只有五六岁，跟父母逃亡上海后，受到这些犹太音乐家的影响，开始学琴，迷恋音乐的魅力。

葛林伯格的老师、上海犹太人阿尔弗雷德·威登堡，还有阿利国·富华、斯坦恩等，上海"孤岛时期"，几乎每个星期天都穿着燕尾服在外滩的露天音乐厅演出，其中许多人后来一直留在上海成了"上音"的教授，他们教授的学生，像谭抒真、黄贻钧、司徒海城等，日后都是中国音乐界的泰斗。

"乱世出英雄"，看来，音乐界也如此。

"文革"中分配到上钢五厂工作的方哥，也没有对不起"上音"的培养，后来成了著名的钢琴演奏的指法大师、"上音"的教授，一直传承着"上音"的优秀基因。

"不正经"的六国饭店

在上海延安西路华山路口，坐落着上海著名的国际贵都大酒店，过去一点，这里还有上海希尔顿大酒店，可是，一些上了年岁的老上海还是习惯地叫它六国饭店。

六国饭店原是老北京津津乐道的"洋派情结"，讲不完的传奇故事，老上海凑什么热闹？

1900年八国联军攻占北京以后，英、法、美、德、日、俄六国合资，在京城东交民巷"使馆区"里造了一幢"六国饭店"，地下一层，地上四层，当时是京城里最高的建筑。

各国公使、达官贵人在六国饭店住宿、聚餐、娱乐，享受灯红酒绿、声色犬马。

清末民初的社会名流、军政要员也经常到六国饭店去，追逐时尚的西式生活，留下过一段段轰动京城的绯闻、大案。

传奇故事的主角，有八国联军与赛金花、有袁世凯与张振武、有张作霖与邵飘萍，也有张学良与胡蝶等，他们下榻在六国饭店里，或缠绵，或铺张，或阴谋，或仇杀，每一个细节都沸沸扬扬在京城里的胡同巷口、四合院内。

20世纪三四十年代，上海也出现了一家"六国饭店"，声名显赫不输京城，想发财的上海人趋之若鹜，因为那里有精美的中餐、西餐，有魅惑迷人的女招待，还有饭店的汽车接送，这是一家远近闻名的豪华赌场。

上海滩的赌博风气盛于明清，开埠以后，麻将赌博的风气在社会上更加弥漫开来。

1927年，在澳门靠赌博起家的广东老板梁培，派人到上海贿赂法租界当局，租赁了公馆马路（今金陵东路）的一百多间房子，开设"利生""富生"两家大赌场。

1930年，黄金荣、杜月笙、张啸林联合一些本帮买办、绅士，贿通法国驻沪领事，取缔广帮赌场，自己在福熙路（今延安中路）开设了规模更大的赌场"三鑫公司俱乐部"。

上海沦陷以后，沪西静安寺一带成了三不管的"歹土"，广帮赌场死灰复燃，这些广东人先后在愚园路开设了"好莱坞"赌场，在大西路（今延安西路）开设"联侨总会"赌场，在极司菲尔路（今万航渡路）开设"秋园"赌场。

本帮赌场也不示弱，他们也在延平路康家桥开设"荣生公司"赌场，在戈登路（今江宁路）开设"华人乐园"赌场，在兆丰公园（今中山公园）对面开设"兆丰俱乐部"赌场。

一场赌场"龙虎斗"甚嚣尘上，难解难分，直到1938年，发生了一件事情：

李鸿章的孙子瑞九从日本军部弄到一张"特别照会"，租赁了海格路254号（今华山路250号）也开设了一家赌场，后来因为赌场贿赂日本军部时，分赃不匀，被日本人勒令关闭。

广帮和本帮乘虚而进，也是中国人帮中国人，双方联手疏通日本军部，获准合并在这里开一家豪华赌场，赌场的名字就叫"六国饭店"。

北京的六国饭店是英、法、美、德、日、俄六个国家合资建造的，上海的六国饭店是"好莱坞""联侨""秋园""荣生""华人"和"兆丰"六家赌场合并的，调侃京城里正儿八经的"六国饭店"，怎么说也太不正经。

上海的"六国饭店"占地很大。上海解放以后，这几幢楼房分别做过市委机关、上海人民广播电台、外国领事馆和公寓楼，后来，这些房子推倒了，在这片土地上建造起希尔顿大酒店，1991年国际贵都大酒店挂牌了。

烂泥变银子

老辰光，许多外乡人都相信"上海的马路都是金子铺的""上海滩，就是垃圾也能变金子"，他们从四面八方的农村荒野，带着自己的"发财梦"闯荡上海，造就了一座移民城市。

聪明人耻笑外乡人的轻信愚笨，世上怎么会有这样的魔都？然而，上海竟然真的将烂泥变成了真金实银。

上海浦东过去有条用烂泥命名的"烂泥渡路"，因为靠近江边滩涂，潮水浸漫得遍地都是泥浆坑洼，行人走路没有不脏衣裤的，甚至拔不出穿着的鞋子。

历史上的"烂泥渡路"，靠近一个叫"烂泥浦"的渡口。

吴淞江的许多支流都称"浦"。明朝永乐年间（1403—1424）开凿"上海浦"为"黄浦江"后，两岸过江都靠渡船，那时有"老摆渡""杨家渡"等八个渡口一字排开，号称"八长渡"。

最早的官渡称为"义渡"，用舢板和木划子摆渡，义务送人过江。这个渡口正儿八经的名字叫"赖义渡"。因为江边都是烂泥滩涂，老百姓就索性叫"烂泥渡"，过了江，对面就是浦西非常热闹的"铜人码头"。

后来，有些摇舢板、划子的人发现了摆渡的商机，他们利用江边的民房或者用砖木搭建简易的仓库，做起了仓储的生意，渐渐地繁荣起这边的商贸交易。

一家接一家的商铺、客栈开了出来，光绪年后，这里已经形成了一条南北走向的商业街，街面也铺上了碎石块，上海人称作"弹硌路"。

20世纪初，太古栈、隆茂栈、茶楼酒馆、南北杂货、肉店鱼摊、当铺票庄等布满街头，一些烟厂、纱厂也落户江边，这条"烂泥渡路"（赖义渡路）成了浦东地区的繁华集镇。

当年的这条"烂泥渡路"今天已经隐退在上海的记忆里了，在浦东的地图上再也找不到它的踪影，只有一条"银城中路"，它串联着许多与金融相关的楼宇，譬如金茂大厦、环球金融中心、东方明珠等，标识着一条世界著名的"金融和总部的黄金走廊"，它在悄悄地告诉人们，这里就是烂泥变成金子的地方。

浦东人造了半个上海城

走在上海的街头，经常会不经意地邂逅邬达克，他留下的一百多幢经典建筑，仍旧令人感受到融贯中西、摩登多元的"上海风"。

2013年，为了纪念邬达克120周年诞辰，同济大学出版社发行了《上海邬达克建筑地图》。对照平面地图和立体建筑，依稀可见一个帮助邬达克由2D而3D的身影。

邬达克的图纸是扁平的，全靠营造商"立体"呈现。

20世纪十里洋场的建筑，大多由浦东的营造商行承建，历史上有"浦东人造了半个上海城"的说法。

1880年，川沙人杨斯盛开办了中国第一家营造厂"杨瑞泰营造厂"。这个杨斯盛出身贫寒，13岁时，靠卖掉家里的老母鸡当盘缠，到浦西投奔在建筑工地打工的哥哥。

杨斯盛先当水泥工，因为认真而且手艺好，被洋人赏识，派到海关去专门修房子。他在海关修了十几年房子，熟悉了建筑技术，还能说流利的英语，并且结识了许多外国朋友。

1891年，江海关建筑招标，意大利商人皮特尔中标，杨斯盛不服气，他抓住皮特尔无法解决地下水上涨、难以打桩的难题，出手接标。两年后，他完美建造了新的江海关，大长了中国工匠的志气，也开启了浦东营造商的历史。

杨瑞泰营造厂以后，浦东先后开出二三十家营造商行，过江与外国建筑商行竞争，仅高桥的营造商，就承建了海关大楼、和平饭店、汇丰银行和国际饭店等上海地标性建筑。有万国建筑博览之称的外滩建筑群，三分之二以上也都是浦东营造商建造的。

杨斯盛当年卖掉老母鸡离家时，没有想到自己日后会成为孵育营造行的母鸡，并带出了顾兰洲、赵增涛、李贵全、张兰堂等一大批营造业的营运人才。

顾兰洲1892年创办顾兰记营造厂，承建了外滩的英国领事馆、上海太古洋行和先施公司，开发了2000多幢石库门。

杨斯盛对自己带过的徒弟、下属与早年合作过的伙伴，都热情支持他们独立开业，为他们承接项目担保，使他们顺利承建了哈同"爱俪园"、汇中饭店、永安公司"七重天"、外滩中国银行大楼、美琪大戏院、礼查饭店、外白渡桥、俄罗斯公馆（即苏联大使馆）等一系列项目。

老上海的建筑从开埠初的英国"新古典风格"，到邬达克的新奇典雅、艺术装饰风格，浦东的营造商始终紧跟着每栋建筑"凝固的诗韵和节律"，逐渐呈现上海的时尚摩登。

当我们走在上海街头，不经意间邂逅邬达克们时，请伸出手触摸冰冷的墙壁，贴近耳朵倾听沉默的门窗，试着感受当年的温度和工匠的心跳，找回远去的身影。

十二个"百年范儿"

一直认为"范儿"是北京话，表示一种令人钦慕的风度与气派。有一天，陪朋友走过上海的华山路江苏路口，突然想起了隐藏在这条马路1220弄里的"范园"。

1918年，12个上海银行家在这里联合购地，建造了12栋顶级洋房来居住，他们自诩为"范园"，这个"范儿"，在上海已经整整摆了一百年了。

1916年，袁世凯的北洋政府办了一件恶名昭彰的事情。他们因为滥印纸币造成了通货膨胀，于是，就下了一道命令，要两家半官方的银行"中国银行"和"交通银行"交出白银储备，并且立即停止兑换银行支票。

政府的命令下来，交通银行服从了，中国银行的北京总部也服从了，中国银行天津分行虽然做过一些抵制，但是，最终也还是服从了。

然而，中国银行的上海分行总经理张公权（嘉璈）却公然违抗，拒绝交出上海分行的白银储备。

北洋政府"发火"了，一边威胁张公权要撤了他，一边指使人在社会上造谣，说上海分行储备不足，要倒闭了，想逼迫上海分行就范。顿时，上海滩人心恐慌，人们纷纷涌向上海分行挤兑，银行真的面临了破产的危机。

张公权只好向上海的华人银行、洋人银行和货币公会的金融大佬求助，恳求各位同行能出手相助。这些上海大佬齐心协力，纷纷借款给张公权，最终帮助上海分行兑现了所有顾客支票兑换的请求，安全化解了金融信任危机，守住了商业诚信的上海底线。

张公权等12位银行家为了纪念这场"诚信保卫战"的胜利，商定合伙买下海格路（今华山路）上小马立斯跑马游乐场的75亩地，建造12幢两层或三层顶级花园住宅，命名为"范园"，以示模范。

"范园"里，住过的金融家有中孚银行创始人孙仲立（2号）、浙江兴业银行创始人蒋抑卮（2号）、阜丰面粉厂总经理孙伯群（8号）、浙江视野银行董事长李馥荪（8号）、横滨正金银行买办叶铭斋（10号）、兴业银行董事长蒋俊吾（14号）、交通银行董事长钱新之（16号）、上海票据交换所经理朱博泉（17号）和后来任中国银行总裁的张公权（18号）等。

"范园"的范儿是上海人仰慕的，不是羡慕这些金融家呼风唤雨、叱咤风云的派头，而是敬佩他们讲究诚信、维护信誉的上海格调，一百年来没有忘记过。

皇帝印玺腌咸菜

老上海有户人家曾经用皇帝的印玺腌咸菜，哄传出来，一"印"激起千层浪，成了家家户户茶余饭后的谈资。

"范园"是老上海呼风唤雨的地方，因为这里住的都是大银行家、大实业家以及上海滩的头面人物，如中孚银行创始人孙仲立、阜丰面粉厂总经理孙伯群、青帮头子张仁奎、徐志摩的父亲以及徐志摩的原配夫人张幼仪等。

那时候，无论白道黑道什么重大的纠纷被约到"范园"调解的，没有人敢不买账"歇搁"的。

"范园"10号楼的主人叫叶铭斋，他是苏州金融买办世家席氏家族的女婿，日本正金银行的首任买办。

叶铭斋的儿子叶承铭美国留学回来，对实业兴趣不浓，却喜欢摆弄收藏。他收藏的古玩山堆海积，各个房间里都俯拾皆是，明清珍瓷也都随便放在桌子上，即便是全套的乾隆时的餐具，他兴致来了，也会拿出来招待客人。

那天，叶家的娘姨腌咸菜，要找一块石头压咸菜缸，一时找不到干净的石头，看见门边有块石头蛮沉的，就顺手拿来压进了咸菜缸。后来，取咸菜的人搬动这块石头，发现上面刻着字迹，清洗干净了问过先生，才知道这是清朝一位皇帝用过的印玺。

于是就有了上海人用印玺腌咸菜的故事，也算是调侃海派轻薄官家的证据吧……

张园里的"三重张"

张园是晚清时的沪上名园，上海人都喜欢去那里赏花、看戏、宴会、照相、吃茶、评妓、纳凉、展览、购物、集会……

什么服饰流行？什么妓女走红？只要到张园去看看。

沪上的时髦展览、新奇烟火、惊险运动甚至革命党演讲，都可以到张园去"轧轧闹猛"。

每天，各大报刊都有张园的消息和广告，名气响得胜过今天的"东方明珠"和"迪士尼"。

张园的全名叫"张氏味莼园"，大门上题着"烟波小筑"四个大字，暗藏三重密码，里面借助三个姓张的人的经历，弘扬名园的海派气质。

第一重密码就是"张氏"，那是造园的主人张叔和。

张叔和曾是上海轮船招商局的帮办，1887年1月，他乘船到台湾办理商务时，轮船被英国船只撞沉，船上83人罹难，他没有随众弃船，攀上桅杆逃生，从此改变他的人生观念。

张叔和不再参与招商局的事务，除致力实业外，他将自己的私人园林拓宽，经营为公众的游艺园。他仿造西洋园林风格，增加洋楼、露台、草坪、鲜花、抛球场和弹子房等，中西合璧，别具一格。

第二重密码是"味莼园"，其中隐藏着晋代张翰思念莼菜而弃官的故事。

才华横溢而纵任不拘的张翰，曾与陆机、陆云等江南才子一起，跑到洛阳去做晋朝的官，虽然仕途顺畅，但是他还是不习惯北方的官场习气。

一天，张翰借口秋风起，思念家乡的菰菜、莼羹、鲈鱼脍，就辞官回家，后来，陆氏兄弟都在官场的斗争中丧生。张翰说："人生贵得适志，何能羁官数千里以要名爵乎！"

第三重密码就是"烟波小筑"四个字，出典于唐代诗人张志和的名号"烟波钓徒"。

张志和与张叔和仅一字之差，祖籍浙江金华，母亲生他前曾梦见神仙给她灵龟，就取名"龟龄"。因为他才华出众，深得唐玄宗父子赏识，20岁弱冠之年，太子李亨赐名"志和"。

他27岁时，母亲、妻子相继去世，他辞官回家，唐肃宗赐他一奴一婢，取名"渔童"和"樵青"。三年后，为了躲避唐肃宗召他复官，他带着渔童、樵青，隐居在太湖流域的西塞湖畔，自号"烟波钓徒"，写下了"西塞山前白鹭飞，桃花流水鳜鱼肥"等著名诗篇。

站在南京西路上张园的大门口，揣摩三重张的密码，恍若面对着一个"三重园"，可作无限的猜测，领悟当年海派的许多气质。

被盗名的"绿屋夫人"

听说外地有用"绿屋夫人"做美容店、瑜伽房的招牌的，"老上海"难免会觉得轻薄。

时光倒退70年，"绿屋夫人"是老上海的"梦中情人"，也是名媛淑女的心灵闺密。

在上海南京西路石门二路的转角处，有一幢低调沉稳的德义大楼，颇具西欧装饰艺术风格。

大楼的外墙镶着褐色的面砖，贴身立着几座人像石雕，光影错落而不动声色，十分幽雅奢华。

德义大楼的房东程贻泽是当年号称"中国哈同"的房地产大鳄程谨轩家族的人，因为他的英文名字Danis Cheng，所以，过去上海人也叫它丹尼斯公寓。

德义大楼底楼门面的租金非常昂贵，而且讲究租户的身份尊贵，一般的商铺就是有钱，房东也不肯将就的。当年的"绿屋夫人时装沙龙"就开在楼下的转角处。

"绿屋夫人"是当时上海最顶尖的高级女装店，里面不仅专做私人定制的高级洋装礼服，也供应各种奢侈精致的服饰配件，深受低调奢华的上海人喜爱。

"绿屋夫人"开在著名的"南京理发店"隔壁，那里面的座椅都是德国进口的皮椅子，可随意调节高低，能360度自由转动。理发师身穿浆得笔挺的白西装、黑裤子，系着黑领带；女理发师则化淡妆，穿浅蓝色修身衣服，着平底白皮鞋。

每个理发师的胸前挂着一块写有工号的圆形金属铜牌，他们都能讲几句常用英语，而且都有自己专门服务的顾客。

"绿屋夫人"的店主是个白俄女人，是逃亡来沪的沙俄贵族后裔。虽然她的上海话和英语都讲得不流利，但是，她喜欢与顾客闲聊，那种贵族的态势语调，彼此都能听懂。

"绿屋夫人"朝西过几条马路，就是邬达克的旷世杰作"绿房子"了。

"绿房子"的主人吴同文有两位夫人，也可称为"绿屋夫人"。大太太是出身名门的大小姐，端庄贤淑，大气典雅；二太太如夫人是当过舞女的女学生，温婉妩媚，低眉素雅。吴府的上上下下都说，这两位太太很会做人。

20世纪60年代中，不堪凌辱的如夫人亲手调制两杯融化了安眠药的咖啡，陪吴同文一起去了天堂。

大太太被造反派扫地出门，搬到隔壁一条马路常德路上的春平坊里，那间不到十平方米的房间去了。

春平坊是幸运的，"绿屋夫人"从容待人的浅笑轻语，使一条弄堂都自信优雅了，孩子们亲切地叫她"吴家姆妈"。

后来，有关部门派人找到春平坊，要将"绿屋"还给大太太，她只是淡淡一句："不要了，就算拿回来了，也找不回当年的气派了。"

"绿屋夫人"是非常上海的，在外地却开成了美容店、瑜伽所，有些轻薄了这个称呼的。

梦回"万国花园"

人们喜欢用"万国建筑博览会"来形容上海。

以花岗石、钢筋水泥的性格脾气，上海的 feeling 太固实阴冷了。

电影《蝴蝶梦》的开场是一座冷寂荒芜的庄园建筑，随着梦境般的画外音响起，昔日繁华渐渐重显："昨夜，我梦见自己又回到了曼德利庄园……"

海上如有旧梦，应是一座"万国花园的博览会"，姹紫嫣红，风姿百媚，弥漫着浪漫典雅的情调。

愚园路上的"愚园"，南社名流几度集会园中的"品泉楼"，一边聆听"涌泉"的汩汩声，一边策划反清义举。

露香园路上的"露香园"，顾家女眷缪氏、韩希孟和顾玉兰等开创的"画绣"（又称"顾绣"），取径名画，师法自然，深刻影响了苏绣、粤绣、湘绣、蜀绣四大艺术刺绣的发展。

天潼路上的"徐园"（又称"双清别墅"），荟萃诗词文赋、琴棋书画、花卉盆栽的文人雅士。欧洲1895年发明了电影，徐园第二年就放映法国短片。

还有哈同路（今铜仁路）上的"哈同花园"（又称"爱俪园"），仿造《红楼梦》的"大观园"，园中创办"仓圣大学"，教古书，学古训。

园里的教书先生们都很开明通达，譬如蒋梅笙老先生将爱女蒋碧薇嫁给同事徐悲鸿先生；而庄则栋（乒乓球世界冠军）的父亲庄惕生先生，竟然娶了罗迦陵（哈同妻子、仓圣大学校长）的养女。

还有分散在上海各个角落的小花园，如西园、怡园、辛园、吾园、半淞园、丁香花园、叶家花园、沈家花园、黄家花园，等等，小巧精致，风格不一，各具浓郁的特色风情。

最为别致的还有六三花园（今花园路边），进园如入东瀛，就像到顾家宅公园（今复兴公园），犹如游巴黎、维也纳，而到了黄浦公园（今外滩公园），又像逛英美的城市，说日语、法语、英语、德语、意大利语、俄语等语言的游人应有尽有。

随手摘录一段1933年《申报》上描写的上海一座花园的情景：

　　天气既然好，游人不消说很多，红的绿的黑的白的全是人，出没在溪边、树边、椅上和草地上，其中东洋西洋的，白种的、黄种的、棕色种的……全有。最多的自然还是咱们的同胞和天天见到的日本人。

　　什么景色都有，两个西洋人不知是不是在辩论中日问题，大家说到面红耳热。两个印度女人和一个束了白头巾的男人调情，缠了半天还像没个结局。东洋小孩拿着太阳旗随处跑，中国孩子老是躲在妈妈或者爸爸的旁边。东洋人在打球、钓鱼，中国人在吸烟、散步、谈笑、练太极拳……

老上海的许多花园都"荒芜"成了冷漠的马路和孤独的路牌，只有梦中回到了过去的"万国花园"，才有芳气袭人、彩蝶纷飞的记忆。

古刹旧闻

从前，吴淞江的沪渎口有个小庙，叫"重玄寺"，因为地处偏僻，除了附近的渔民烧香祈福外，少有外人问津。

有一年秋天，几个渔民摇船出吴淞口，发现远处的海面上隐隐约约漂浮着两个人影，即将被汹涌的海浪吞没。

渔民们赶紧摇船过去救人，靠近一看，原来只是两尊石佛，随着波涛反复浮沉。

渔民们惊恐万分，以为是海神显圣，慌忙跪在船板上磕头。

忽然，风雨大作起来，渔船颠簸旋转，大家齐心协力把住舵，不让渔船倾覆。过了一会儿，风雨停歇，海上又风平浪静了，两尊石佛早没了踪影。

石佛的事情传开了，苏州有个叫朱鹰的信徒带着几个僧人赶到吴淞江边，在问清楚石佛的位置后，就在岸边焚香诵经，虔诚地顶礼膜拜起来。

岸边围观的人很多，忽然，眼力好的人看见海天相连的天际处翻起了白浪，好像沸腾的水席卷着两尊石佛滚滚涌来。

在人们的惊呼中，石佛被海浪冲上了海滩，人们簇拥过去，只见两尊石佛背后分别刻着"维卫"和"迦叶"的名字。

渔民们商议后，一起抬着两尊石佛，供奉到重玄寺里，重玄寺因此有了些名气，香火渐渐旺了起来。

到了宋朝，重玄寺里出了个形容怪异的和尚，法号智俨。

有一天，智俨外出给附近的村民去做道场，路过一个叫"虾子潭"的地方，他拉住一个捕虾人就讨虾吃。

捕虾人叫他付钱买，他说："我现在没钱，你在此等我片刻，我去做个道场，回来就拿钱还你。"

捕虾人舀了一瓢虾给智俨，他和着水将虾都生吞了，然后抹抹嘴巴，高高兴兴地到村里做法事去了。

事后，村民只给智俨提供了斋饭，并没有另付酬金，他倒也不索要，饭后作了个揖，就甩手走了。

智俨走回"虾子潭"时，发现那个捕虾人还蹲在树下，等他还虾钱。

智俨有些尴尬地说："我没有拿到钱，还你的虾如何？"

捕虾人急了："你这和尚太诳人，吃掉的虾如何还我？"

智俨也埋怨捕虾人小气："不过借你几只虾饱饱腹，拿水来，看我还你就是。"

智俨将半瓢水喝下去，只听他的肚子咕噜咕噜响了起来，顷刻间，张嘴吐出一只只活蹦乱跳的虾来。

捕虾人捧着满瓢活虾，发现这些虾的芒须都已经被消化掉了，惊吓得目瞪口呆，他将这些"无芒虾"全部倒进潭里，口中嘟哝着"妖僧妖僧"，夺路逃走了。

从此以后，"虾子潭"里钓来的虾都没有虾须，味道却比过去更加鲜美，成了沪渎一绝。

"无芒虾"的事情不胫而走，人们从四面八方赶来"虾子潭"猎奇，沪渎重玄寺的人气也越来越旺盛了。

寺院贴近江边，常受风雨海浪的侵蚀，再加上人多踩踏，寺基有倾圮的危险。这天，智俨说他即将圆寂，叫人把许多草绳挂在寺院的走廊上。

附近的信徒闻讯后纷纷赶来参拜，他们将带来的钱都一串串挂在草绳上。不久，智俨圆寂了，僧人们将草绳上那些沉甸甸的钱收集起来，足以迁移、重修寺院了。

吴淞江南面有条芦浦，芦浦西侧有条沸井浜，因为那里有个天然涌泉，日夜突沸着汩汩泉水，人们说这个泉通海，都叫它"海眼"。僧人们就将寺院迁移到涌泉北侧重建。

当年的沸井浜后来填掉筑路，叫过涌泉路，现在叫南京西路。当年寺院重建后改名叫静安寺，取自《大学》里"知止而后有定，定而后能静，静而后能安，安而后能虑，虑而后能得"。

如今的静安寺是个金碧辉煌的寺庙，周围已成繁华热闹的商业中心，日夜浮光掠影、喧闹嘈杂，通海的"海眼"早在马路施工时闭目，此处再也听不到海泉的泡腾声了，这大概是智俨和给静安寺取名的僧人们始料不及的事。

愚园路背后的"唐顿庄园"

愚园路是上海西部一条花园洋房、新式里弄的马路，无数豪宅名楼隐约其间，采撷不尽的旧日繁花。

从前，愚园路只是一条叫"田鸡浜"的小河，河水从静安寺山门前的"涌泉浜"（今已填为永源路）引过来，那里有一口"沸井"，也叫"涌泉"。

上海农民将田地里的青蛙叫作"田鸡"，愚园路的周围，先前"听取蛙声一片"是可想而知的。1911年，工部局将"田鸡浜"填没修筑愚园路时，这一带已经有不少大户人家的庄园，与都市相望对峙。

如今，在愚园路的北面还有"金家巷""钱家巷"等地名，徒留地名的废墟，湮没着一段段沪上农家昔日的繁华。

20世纪20年代初，愚园路以北、武定西路以南、镇宁路和江苏路之间就是"钱家巷"地区，属上海县法华乡，这里就有个王氏宗姓大户人家的庄园，四周的农户都称其"明扬公府上"，富贵堂皇、气势排场，堪称上海的"唐顿庄园"。

建筑王氏庄园的名贵木材都是从原产地采购，用木筏经苏州河运至屋后，砖瓦、石料、纸筋、麻刀等也都定烧定制，品质上等。

庄园的四周用涂着柏油的密竹篱笆做围墙，大门朝南，称"外墙门"，不算正大门。东西北三面的墙外有护宅河，河上有桥，可通庄园的边门。

进了"外墙门"，越过外场地，才是"里墙门"，砖木结构，比"外墙大门"牢固美观，门上有砖瓦雨棚，棚下两侧设置木栏、凳子和拴马石柱，供来访的客人下马、停轿后歇息，等候仆人通报后的回复。

"里墙门"后面有个外庭，用各色石子和碎瓷片镶嵌的地坪，角落里停放着主人乘坐的黑色包车（人力车）。

迎送宾客以及隆重的事情，管家都安排在外客堂和外穿堂，过了外穿堂，才是庄园正式的"大门"。青砖黛瓦砌成的门楼，门楼上有泥塑的亭台楼阁，门框悬挂雕刻着"源远流长"的方砖匾额，两扇黑漆厚重的木门，钉着一对兽形铜环，缓缓推开沉重的大门，碰动铜环，当啷一声，人们都屏声息气了。

大门两旁各有一座六角亭，叫"吹鼓亭"。

亭里设有雅座，庄园里办大事，就会请乐队来助兴，吹打鼓乐的被安排在两个亭子里，讲究的乐队还分高低音入座，鼓乐齐鸣起来，方圆几里都能听到"立体声"。

两个亭子的顶上都有只泥塑的狮子，精巧灵动，工匠巧妙地用了几根弹簧，有风吹过，狮子的耳朵、尾巴都会随风摆动。

亭子里面也十分雅洁。布置着太湖盆景、名家字画，东亭挂着"紫气东来"的匾额，西亭挂着"恩光北至"的匾额，没有鼓乐吹打的日子，庄园里少爷小姐喜欢躲在这里闲聊、下棋、看书或者私会朋友。

门楼后面，就是庄园的内府客堂了（后客堂），贝壳精磨的明瓦翘檐下，高悬一排大红宫灯，十扇红漆雕花描金木格的长门，镶嵌着当时非常罕见的进口花色磨砂玻璃。

客堂的堂匾下，两张大理石的太师椅安置在方桌两侧，石椅极为沉重，每只椅脚下都装有铜质的滑轮。东西两壁各安放三张大理石面茶几、四把红木镶黄杨木条的大理石太师椅。

客堂后面的后穿堂是庄园的最里面的一间房间，东西两边一式的雕花木窗，一张可以拼拆的圆桌，分放在窗前，需要时可以并拢来宴请，或者打麻将。靠北墙有一张很大的湘妃榻，可供倦累了后稍歇。

后穿堂后的高墙外是护宅河，河水是涌泉的活水，可以养鱼，供庄园尝鲜。从西门出去，跨过护宅河的木桥，朝北过去，就是庄园的梅子园，种植着许多杏梅，也有柿子、白果、枇杷等果树，果园的两边是竹园和菜圃，一年四季都有时鲜可采。

1911年愚园路筑路以前，北面的一大片旷野里，像王宅这样的富丽农庄不只一户，大多只占地十来亩，却家家讲究得无与伦比，都是微型的"唐顿庄园"，低调奢华，也算是滋养日后一条繁华愚园路的底蕴吧！

1949年以后，这些庄园不再独门独户，本土的、外来的各色家庭纷纷涌入，混杂而居，各自改换门户，添棚搭屋，逐渐散作几个凌乱不堪的街巷，20世纪八九十年代开始拆迁，建造新的住宅楼了。

静安寺路上的"神秘花园"

小时候，放学回家做完功课，经常与小伙伴到家门口的南阳公园去玩。

说是公园，其实只是一个袖珍的儿童乐园，豆腐干般的大小，很不过瘾，总是觊觎公园南墙的背后，那里有个神秘的花园。

花园里树影婆娑，花团锦簇，掩映着一幢宫殿般的房子，精美绝伦，气势恢宏，像童话里王子与公主居住的地方。

花园的前门开在静安寺路（今南京西路），原来的哈同花园"爱俪园"对面，精致典雅的铸铁雕花大门和围栏，可以从外面隐隐约约窥探花园深处的房子和草坪。

母亲带我"邻居串门"，进去过几次，看门的老人有点认识我，每到暑假，老人会放我们三两个男孩进花园里玩一会儿。

满园的丁香树、玉兰树、夹竹桃、紫藤蔷薇、红枫、月季，树上传来各种悦耳的鸟鸣、诱人的知了叫，还有草丛里的金铃子、蟋蟀声，足以忘乎所以。

后来长大了，与看门老人的孙女做了同学，才知道了神秘花园的来历。

据说神秘花园的主人是个加拿大人，叫克莱格，是上海公益洋行（也有说是汇丰洋行）的大班，做过上海工部局的董事。1906年，克莱格有意选在哈同花园对面，建造自己的超级花园住宅。哈同花园的设计，复制了《红楼梦》里大观园的繁华，充满中华文化的元素，克莱格的住宅却选择了安妮女王的典雅，奢华宽敞的空间，精致简洁的家具，恍如凡尔赛王宫。

1949年以后，克莱格的住宅空了几年，只有一些过去在花园里帮佣的华人后代，低调地居住在里面，都不愿再提起当年的繁华，仿佛约定了守着什么秘密。

20世纪50年代末，因为大炼钢铁，拆除了花园的铁艺大门和围栏，筑起了水泥围墙和铁皮大门，后来又挂出了"新华通讯社上海分社"和"人民日报上海记者站"的牌子，越发神秘莫测了。

直到20世纪80年代初，上海城市综合体的开发商约翰·波特曼再三拒绝市政府提供的虹桥开发区的土地，他坚持要求在市中心建设上海的标志性现代酒店，最终选定当时"中苏友好大厦"（今上海展览中心）对面的这块神秘花园，建造了"波特曼大酒店"（即上海商城），"神秘花园"隔壁的"南阳公园"也一并圈进，建造了"南阳小区"的住宅楼。

当年的"神秘花园"童话般地消失了，但是还经常出现在老上海的梦境里。

南阳路起草皇帝圣旨

南阳路，只是上海的一条小马路，与北京的紫禁城"天高皇帝远"。清朝末年，南阳路叫南洋路的时候，居然两度从这里发出皇帝的诏书，一次是"假诏"，一次是"真诏"，改变了中国的国运。

今天的南阳路，还能在134号附近找到一栋安妮女王时期建筑风格的"红房子"，原是颜料富商张兰坪的公馆。张公馆就建在清末名居"惜阴堂"的旧址上，覆盖了一段鲜为人知的海上风云。

"惜阴堂"的主人是清末"立宪派"名人赵凤昌，他曾是清末"洋务派"湖广总督张之洞的头牌文案，用现在的话讲，就是他的贴身秘书，民间称他为张之洞的"一品夫人"。

　　1893年，那位揭发鲁迅祖父科考舞弊案的副主考、名翰林周锡恩，写了一篇向张之洞祝寿的文章，被赵凤昌揭露是抄袭别人的，他恼羞成怒，在京城串联一批官僚，弹劾张之洞"辜恩负职"，附带攻击赵凤昌替人钻营，"声名甚秽"。

　　光绪皇帝不想得罪张之洞，为了敷衍京官的脸面，就拿赵凤昌当"替罪羊"，将他革职，勒令回乡。

　　赵凤昌经张之洞帮忙，在上海谋了个差事，1894年，他在南阳路买了块地，建造了一幢花园洋房，命名为"惜阴堂"。

　　1900年，愚昧的慈禧太后轻信义和团刀枪不入的鬼话，对英、美、法、德、俄、日、奥、意等国家宣战，整个华北战火纷飞，大有蔓延江南之势。

　　英国驻上海代理总领事华伦授权通知两江总督刘坤一、湖广总督张之洞，英国海军的兵舰将奉命开进南京、汉口，借口"弹压土匪、保护吴淞"，图谋武装占领长江流域。

　　赵凤昌联合盛宣怀、张謇等人分头游说张之洞、刘坤一，拒绝上谕，私下与各国驻沪领事协商订约："上海租界准归各国保护，长江内地均归督抚保护，两不相扰。"（俗称"东南互保"协议）

　　然而，张之洞、刘坤一没有皇上的旨意，不敢擅自与外国签约，情急之下，赵凤昌竟然在南阳路假造圣旨，给张之洞发去电报，电文是："洋电，两宫西幸，有旨饬各督抚力保疆土……"

　　张之洞难以置信，马上复电："询电从何来？即确复。"

　　赵凤昌只好请盛宣怀帮忙，请他将同样的电文分发各省的督抚，表示确有其事。

　　盛宣怀惊恐万分，他说："你不要命了，圣旨岂可随意捏造啊？"

　　赵凤昌回答："捏造圣旨亡国则不可，捏造圣旨救国则有何妨碍？何况电报说明是'洋电'，圣上追究，也不过传谣而已，再说，'洋电'到哪里查去？"

赵凤昌说服盛宣怀向各省发出电报后，就给张之洞回电说："盛宣怀也收到了洋电，并已通电各省，希望立即宣布，以安地方而免意外。"

"惜阴堂"里假造的圣旨，终于使南方各省的代表到上海来，与各国领事签订了"东南互保协议"，避免了上海与长江流域的一场大战乱。

圣旨和诏书，是以皇帝的名义昭告天下的命令，诏书颁布的礼仪更加烦琐隆重。然而，中国历史上最后一道皇帝诏书却是在上海南阳路的"惜阴堂"里起草的清帝"退位诏书"。

辛亥革命前后，赵凤昌的"惜阴堂"是孙中山、黄兴等人聚会策划的隐蔽会所，孙中山、袁世凯的南北议和代表伍廷芳、唐绍仪等也是在"惜阴堂"多次商谈，密约清帝退位，并以末代宣统皇帝的名义起草诏书，送紫禁城抄于大幅黄纸上，钤盖皇帝的玉玺红印，这一次是千真万确的。

"惜阴堂"随着张公馆的"红房子"出现，仿佛一幕戏的落幕和开幕，"你方唱罢我登场"，换了布景道具，角色与剧情都"进入新时代"，留着以后再说了。

南阳路的马路很小，南阳路的舞台很大。

上海闺秀的"生产组"

说起"里弄生产组"，只是一些50后的记忆废墟，残缺的碎片，锋利生硬，特别容易割痛岁月。

南阳路134号是一幢三层坡顶，带假四层老虎窗的"红房子"，一色亮丽的清水红砖，欧式的雕花大门，精致的柯林斯门柱，装饰的楼梯壁炉，细巧的拼花地面，十分典型的安妮女王时期的建筑风格，20世纪六七十年代，曾是一个叫作"铜联拉链组"的厂房。

"拉链组"是三星拉链厂的加工场，冠以"铜联"的名称，是因为归"铜联居委会"管理。

南阳路与铜仁路相交，铜仁路就是过去的哈同路，上海四大颜料大王（贝润生、周宗良、吴同文和邱倍山、邱渭卿兄弟）之一吴同文的公馆"绿房子"选址在哈同路爱文义路（今北京西路）口，也许因为这两条路暗藏着吴同文的名字？

南阳路铜仁路口是著名的"联华公寓"，原名"爱文公寓"，谣传是当年建造国际饭店的包工头用工程的余款投资建造的。但设计者为邬达克，这是事实。

"联华公寓"与"红房子"之间，是170号鼎鼎大名的"贝家大公馆"，贝氏家族当年在上海显赫一时。至今，公馆的洋房与花园里还散发着尊贵优雅的气息。

铜仁路、南阳路上花园洋房多，风格各异，色彩也不一样。上海人习惯叫"绿房子"（吴公馆）、"白房子"（贝公馆）等。"红房子"的主人叫张兰坪，当年与贝润生、周宗良同为上海颜料行业的巨富大亨，他自己将这座宅邸称作"陔庐"，并专门请吴昌硕题写了匾额。

20世纪60年代，铜仁路、南阳路的公馆都先后遭受动乱冲击，有的被"扫地出门"，住户都被赶到附近的里弄石库门去住，有的让出绝大部分房屋庭院，龟缩至汽车间或者一两间房子里将就。"红房子"的张家平时会做人，居委会同意他们保留了假三层，楼下一二层都做了里弄生产组的工场。

张公馆的大小姐当了生产组的闺阁召集人，她召来了周边的昔日闺密亲友。

这些大太太、二姨娘和三小姐们因为家里突然的变故，原有的定息也戛然停止了，里弄的墙上张贴着"我们也有两只手，不在城里吃闲饭"的醒目标语，都"物以类聚"到"红房子"的"铜联拉链组"里了。

"拉链组"的活很轻松，大家围着几张方桌子，分拣出阴阳拉链的布爿，套上对应的拉链铜头，喝一口家里带来的茶水，有一搭没一搭地闲聊"八卦"，张家大小姐倒像个在家招待客人的女主人。

她们说"绿房子"的大太太、"贝公馆"的九小姐贝娟琳，搬到常德路"春平坊"，邻居都叫她"吴家阿婆"。

她们说郭公馆（铜仁路南京西路口郭琳爽的宅邸）的四小姐郭婉莹被赶到乡下去养猪，被一个知识青年迷恋，说她像波切提尼画的维纳斯。

她们中有附近崇德女中（今七一中学，陕西北路461号）毕业的姨太太，是阮玲玉的学妹，知道很多阮玲玉的故事；她们中也有"红房子"对面爱国女中（蔡元培1901年创办，现已搬迁）毕业的千金小姐，讲得出上海滩每个出名的女中毕业生的闺阁私密，比如中西女中（今市三女中，江苏路155号）的宋氏姊妹、顾圣婴和圣玛利亚女中（长宁路1187号）的张爱玲等。

"红房子"的拉链组都是女人，上班干活像闺密们凑拢来，讲讲悄悄话。有两个帮忙搬运的中年男人，据说家庭成分不好，平时沉默寡言。

女人的穿着非常朴素，普通的大众服饰，里外都整洁挺括，看得出经过细心的熨烫，有的部位精心地收敛了些腰身，适度地束紧了点臀围，配一副碎花的袖套，不像劳动女工，也不像闺阁淑女。

20世纪70年代起开始，有些病休在家的青年学生、下乡返城的知识青年被安排进了"铜联生产组"，男孩子较多，"红房子"里的生态平衡了，话题逐渐宽泛，不仅有闺密私房话，还多了些母子依恋、姐弟温馨，恢复了人间烟火的情趣。

儿童医院"抱佛脚"

有没有搞错？

医生护士是"白衣天使"，又不是和尚尼姑，到医院求佛，真可谓"烧香走错了庙门"。

然而，上海儿童医院偏偏与众不同，竟占了都市里一块佛门圣地，真的，那里可以求医，也能求佛。

儿童医院在北京西路1400号的一条弄堂深处，弄堂的名字颇有禅意，叫"觉园"。

觉园本来是个私家花园，广东佛山的两个华侨实业家简照南、简玉阶兄弟在1916年建造的，当初，选了哥哥姓名里的一个字题名，叫

"南园"。

简氏兄弟在私家花园的西北部造了两进楼阁式的精舍，给母亲烧香拜佛。

楼阁依水临池，池塘里莲荷亭亭，有九曲桥可达湖心亭。环池有土山，山上遍植修竹、蜡梅等各色花草。

园里还有小道石阶，曲径通幽，整日里香烟袅袅，木鱼声声，是上海滩别具一格的私家名园。

1919年，普陀山的印光法师在高鹤年居士的陪同下，到上海来弘扬佛法，简氏兄弟听法后就皈依了佛门，他们取佛陀是"觉者"的意思，将"南园"改名为"觉园"，又将精舍楼阁改建为佛殿，荷花池改作放生池。

当年，社会动荡，人心思安，佛教的影响日益普遍。上海的沈惺叔、关炯之、王一亭等居士为了使普通百姓有个修佛听法的场所，创办了全国第一家"居士林"。

居士林最早设在海宁路上的锡金公所里，后来，作为居士的简氏兄弟将"觉园"转让出来，关炯之、王一亭等人将"觉园"在常德路418号的边门改造成居士林的大门，贯通了来往北京西路（当时叫爱文义路）的过道。

居士林有自己的大雄宝殿、净土道场，也有居士捐建的智造堂、香光堂，还有法明学会、佛学书局、平民施诊所、施粥厂，民国时还设了"佛音电台"，用电波传法布道。

上海的平头百姓，无论贵贱贫富，谁都可以到居士林求佛听法。国内的高僧曾到居士林来传过法。

1935年，锡兰纳罗达法师曾在觉园居士林居住数月，传播佛教。1946年，意大利的比丘罗根那大访问上海，也专程到居士林来讲经说法，听众挤满会场。

觉园里的居士林在"文革"时关闭过，1989年重新翻造后又恢复了，这里依旧是上海人安顿浮躁、修身养性的去处。

上海儿童医院开在觉园里，自然会多一份佛性的。

虽说"临时抱佛脚"不太恭敬，但是，病无征兆，往往来得突然，急匆匆求医时，静下心来求佛保佑，我想，大慈大悲、大度大量的菩萨也是不会怪罪的，阿弥陀佛。

断臂维纳斯"梓园"

每次走过乔家路113号，总会让人想起圆明园的断壁残垣、想起莫高窟的沉寂优雅，心里充满空荡荡的感觉。

明清时候，这里是上海县城里颇有规模的古典园林，园内除了种植古树名木、奇花异草外，还建造了乐山堂、吟诗月满楼、寒香阁、青玉舫、快雪时晴轩、琴台、归云岫、宜亭等景点，当时是一个叫周金然的进士用了数年时间精心建造的，周金然给这个园林取名为"宜园"。

乾隆年间，宜园被住在附近的明代名将乔一琦的后人买下，宜园门口的这条乔家路原来是一条乔家浜，因为当年乔一琦住在这里。

宜园的新主人将乔一琦收藏的刻石、法帖藏于园中，为宜园珍藏了几多文化气息。

到了咸丰年，宜园又被海上船王郁泰峰购得，改名为"借园"。多年后，有人在附近的"乔氏家祠"地下发现了那批珍贵的刻石和法帖，郁家的后代不惜重金全部买下，安置在花园里，赋予了更加深厚的文化底蕴。

20世纪初期，一个叫王一亭的海上奇人成了这个花园的主人。王一亭因为园内有一棵百年梓树，枝繁叶茂，生机盎然，就将园名改为"梓园"。

王一亭1867年生于上海周浦，祖籍浙江吴兴（今湖州市），清末民国时期的海上著名书画家、实业家、杰出慈善家、社会活动家与宗教界名士。

王一亭在辛亥革命时加入同盟会，在上海光复生死存亡的关键时刻，他让自己的儿子当敢死队队长，营救被江南制造局扣押的陈其美，扭转危局。

后来他因资助讨伐袁世凯遭到通缉，转而深居简出，作画礼佛，热心慈善。

王一亭从小受外婆的影响，酷爱绘画，12岁时就被称为画画奇才。1914年，他帮助吴昌硕搬家到上海，与他结为莫逆之交，一起成为海派画坛的领军人物。

王一亭以书画会友，以书画赈灾。

1923年9月，日本关东大地震，死伤惨重，他闻讯以后，立即募集救灾物资运往日本，是国际救灾物资最早到日本的。

他还铸造了一口幽冥钟，赠送东京都慰灵堂，至今，日本人民都称他为"王菩萨"。1983年，日中友好协会会长宇都宫德马在王一亭的墓前立碑题词："恩义永远不能忘"。

1937年八一三事变后，王一亭拒绝与日本人合作，不愿在梓园悬挂"太阳旗"，遭到日军的骚扰，他们将梓园里所有书画、古玩和家具洗劫一空，并将住宅付之一炬。

几十年的风雨沧桑，"梓园"里的荷花池早已被填没，湖石假山也被移到豫园的点春堂前，那棵参天梓树也不知什么时候被锯掉了，留下的四幢建筑拥挤着"七十二家房客"，只有大门口，吴昌硕当年的题词"梓园"两个字还在，孤独地等待着什么。

"梓园"不是废墟，不是断臂的维纳斯，它的故事从未间断过。

恍若聊斋的"蓬路"

翻阅上海20世纪二三十年代的旧报纸，读到一则趣闻：

某君在电车上偶遇一位多年不见的女士，正当聊得十分投缘的时候，车到站了，他下车前询问女士住在哪里，女士回答"蓬路某号"，并邀其择日光临。

隔日，某君寻遍上海的大街小巷，却找不到"蓬路"在何方，惊异前日莫非"聊斋"乎？求诸报端。

我只知道上海有条"蓬莱路"，上海县衙曾在这条路上，1927年，县衙还做过二十几天上海特别市政府机关。

有人说"蓬路"跟"蓬莱路"风马牛不相及，那是旧上海美国侨民和日本侨民先后集中居住的一条马路，就是现在的"塘沽路"。

"蓬莱路"和"塘沽路"，究竟哪条是过去的"蓬路"？

"蓬莱路"和"蓬路"很相似，但不是一条路，"塘沽路"与"蓬路"看似无关，居然就是同一条路。

1844年底，上海刚开埠不久，美国圣公会派了一个名叫Boone William（中文名字文惠廉）的传教士到上海来布道传教，他与上海道台多次交涉，获准在虹口的头坝，也就是苏州河北岸的头摆渡口附近，建造了一座名叫"救主堂"的教堂，这是苏州河北面的第一座教堂，文惠廉是"救主堂"的首任主教。

当时上海只有英租界，文惠廉多次找上海道台，要求将苏州河北岸一带作为美国侨民的居住区，终于一个美租界建立在这里。后来，英美租界合并为公共租界，文惠廉也算是创始人之一，为了纪念他，美国人就用他的名字来命名一条马路。

那时，上海人不熟悉教堂，只是按照中国人的习惯，将教堂主管称作"监师"，他们以为Boone William（文惠廉）主教姓"文"，所以都称他为"文监师"。因此，以他的名字命名的马路就叫"文监师路"，这可是当年美租界的一条主要马路，除了教堂外，还有钱业公所、西童女校等，后来的一路电车也从这里开过。

马路的路牌是用中英文标注的，中文就写"文监师路"，英文写着"Boone Road"，英商电车开到这里，卖票的就高声报站"Boone Road（蓬路）到了，请准备下车"，"蓬路"就这样叫开了。

租界收回后，"文监师路"就改名"塘沽路"，"蓬路"也渐渐从人们的记忆里消失了。

甜爱千爱樱花魂

春归浦江，上海的庭院街角，各种各样的花都争相开放，它们各自用不同的花语，给人们讲述自己梦境里的浪漫故事。

樱花醒来得比较早，喜欢"轧闹猛"的上海人，总会蜂拥到顾村公园、同济大学等樱花茂盛的地方去赏樱迎春。

密密匝匝的樱花，花语里浸润着情爱与幽雅。它们相约了一起盛开，一片淡红，一片雪白，素雅绚丽，它们又彼此招呼着，同时缤纷落英，一地暗香，一地凄美，清静高洁，上海人最能看懂，听得真切，他们真是樱花的知音。

上海有条"浸润着情爱与幽雅"的甜爱路，1920年修筑的时候叫"公园靶子场路"，因为这一带过去都是租界军警的靶子场，划出一部分来当公园。

甜爱路上有条可以通到山阴路的小弄堂，叫千爱里，所以，甜爱路在1934年前还叫"千爱路"，因为弄堂而改路名，可见上海人对"千爱"的钟情。

"千爱"，过去有很多误解，说是"爱及千家"，传播兼爱或博爱的思想，其实"千爱"就是樱花，英语cherry的谐音。

樱花起源于中国喜马拉雅山脉，汉唐时，宫苑民舍、田间路旁都种满了樱花，一派盛世景象。日本遣唐使仰慕璀璨的中华文化，将樱花与大唐的建筑、服饰等一起带回国，广泛种植，培育出许多冠绝世界的品种，樱花也成了日本的国花。

千爱里建于20世纪20年代，五排原汁原味的日式小筑，小筑的前后左右都是茂密的樱花树，弄堂3号是内山完造的故居，它的前面就是北四川路上的内山书店。

内山完造是鲁迅先生的挚友、中国人民的老朋友，他1917年起创办的内山书店，销售各种包括马列著作在内的进步书籍，多次掩护过鲁迅等进步文化人和抗日爱国人士，他曾多次出面营救被捕的地下党人，也曾帮助秘密转交方志敏的狱中文稿和北平、华北地下党的书信，如今，他长眠在上海的宋庆龄陵园里。

内山书店一直营业到1945年被国民党查封，现在是工商银行山阴路储蓄所，二楼设有"内山书店旧址纪念室"，陈列着内山完造与妻子内山美喜子、内山完造与鲁迅的生活照片，还有大量鲁迅与内山交往的图片、信件、书籍等以及内山完造出版写作的书籍，如《花甲录》《上海汉语》《上海风语》《上海夜》等，可以闻到一种永不凋谢的樱花的芬芳。

上海有"悲剧路"，也有"喜剧路"

上海有两条紧挨着的小马路，非常文艺，一条过去叫"高乃依路"，一条过去叫"莫里哀路"。

高乃依是法国悲剧的创始人，莫里哀则是法国喜剧的奠基人，真不知道当初法租界的董事们为什么要用这两位大师的名字来命名马路。然而，两条小马路却真的因此而平添了几分悲喜剧的审美情趣。

"高乃依路"现今叫"皋兰路"，路边一排排参天梧桐，路的尽头掩映着复兴公园的青枝翠叶，恬然幽静，经历了105年的花开花落，云卷云舒，房屋建筑的面貌丝毫没有变化，还保持着当年执拗的性格。

高乃依写的《熙德》《贺拉斯》等一系列经典悲剧，发现了人性中的困苦与无奈，创造了悲壮与崇高的悲剧美学。

20世纪30年代，张学良通电全国，宣布下野，他与赵四小姐（赵一荻）到上海，就居住在这条马路上。

张学良，在这里秘密与东北义勇军的将领会晤，策划了"西安事变"，最终却被蒋介石父子长期软禁，从36岁关到83岁。

皋兰路1号据说是张学良旧居，如今被改作一个叫"荻园"的宾馆，还在讲述着这个悲剧人物浪漫而凄美的故事。

"莫里哀路"紧贴"高乃依路"，今天叫"香山路"，因为有个叫孙中山的香山人曾经居住在这里。

莫里哀写了《无病呻吟》《伪君子》等37部喜剧，他放大人性的缺陷与弱点，诙谐地给人们含笑的思考。

1918年，孙中山流亡日本回国，外国华侨集资为他在"莫里哀路"购置了房子（今香山路7号）。孙中山在这里反思与写作，结交共产党人和苏俄代表，完成了自己的巨大转变。1925年，正当他要重整旗鼓、再展宏图时，不幸因操劳过度而病逝。

孙中山是个堂吉诃德式的先行者，他带领一些人驱逐鞑虏，却被北洋军阀窃取了成果；他创建起民国，又让一个独裁的接班人断送了江山。

漫步在"莫里哀路"上，走过孙中山故居，会敬仰他的理想与人格，也会叹息他的局限而轻轻一笑。

也许，当年以"高乃依"和"莫里哀"命名这两条路也是个宿命，注定会有许多悲喜剧人物住到这里来。

如今，还可以在皋兰路上找到国民党的将领王耀武的旧居（25弄5号）、卫立煌的旧居（29号），甚至香港明星张国荣生前常来独处的酒吧（复兴公园西门口）。也可以在香山路上找到抗日将领马占山的旧居（10号）、罗马教廷任命的上海天主教主教龚品梅的旧居（6号）。

"高乃依路"和"莫里哀路"是两条平行的马路，被一条用法国音乐家命名的"马思南路"（今思南路）连接起来，仿佛连起了这些名人的一出出人生的悲喜剧，让今天的人们能在音乐家马斯涅（又翻译成马思南）的名曲《沉思》里，感悟人生美学与生活哲理。

两张钞票的图案大有奥秘

外滩（中山东一路）23号的中国银行大楼，20世纪30年代建造时，发行过两张面额分别是五元和十元的钞票，虽然面值不大，但是流通很快，影响很大，原因是这两张钞票的图案深藏奥秘，国人心照不宣，热血汹涌。

中国银行的前身是"大清户部银行""大清银行"，清朝倒台后改组为中国银行。

1928年，中国银行总部从北京迁往上海，拆除了外滩23号原来德国总会的楼房，规划建造一幢306英尺（折合93.27米）的银行大楼，这个高度要比当年刚开业的"远东第一高楼"国际饭店还要高。

那时候，在外滩的外国洋行群里，中国银行大楼的设计，可谓金鸡独立，格外抢眼。

中国的建筑师希望这座大厦是外滩最高的建筑，国人将自己的希望寄托在这座大厦上，时任中国银行董事长的宋子文也期待它能在当时"十里洋场"租界的外滩，显示中国银行与一切外国银行平起平坐的实力。

中国银行大楼隔壁的沙逊大楼（今和平饭店北楼）顶部有个19米高的墨绿色金字塔，在中国银行大楼打好了可以建造三十几层楼的地基后，沙逊提出中国银行的楼高不得超过外滩建筑群的标志高度"墨绿金字塔"。

虽然中方据理力争，但是沙逊纠集外滩各洋行大班，以不纳税要挟工部局，迫使工部局拒发中国银行的造楼执照。

中国银行不得已，只好修改图纸，根据工部局的要求，降低大楼高度为74.5米，略低于77米高的沙逊大楼。

租界的丧权辱国，深深刺痛国人的心，中国银行万般无奈中印制发行了两张精心设计的纸币。

纸币的图案都是中国银行与沙逊大楼，五元钞票上的图案取材于中国银行的原来设计稿，并且通过视觉角度的透视法，使稍远处的沙逊大楼明显矮了一截。十元钞票上，两栋高楼并排耸立，中国银行采用了被迫减层的大楼图案，但是，BANK OF CHINA（中国银行）的英文，还是把沙逊大楼墨绿金字塔的顶压掉了。

这两张钞票在上海很快流传开来，流通货币，也流通爱国情怀，于无声处酝酿着收回租界的惊雷，从天边滚滚而来，在上海人的心里久久回响。

高贵自信的"诗心"

1917年俄国"十月革命"后十来年，有近两万沙俄贵族流亡上海，他们由于语言不通，又不懂英语，找不到好的工作，大多沦落在社会下层谋生。那时候，沙皇的皇亲国戚当租界的巡捕，公爵侯爵做酒店的门卫，伯爵夫人、公主贵妇到舞厅去伴舞，在上海是司空见惯的。

沙俄贵族的上层社会崇尚法语，多少听得懂一点，流亡到上海后，逐渐都聚在法租界的时尚大街"霞飞路"（今淮海中路）落脚。

当年，生活在"霞飞路"的白俄人数是法国侨民的三倍，沿街到处是罗宋人（上海人将俄国人Russia叫罗宋人）的店招，白俄小酒馆、咖啡吧里，浓烈的伏特加酒香和劣质的咖啡气味，混杂在路边的空气里。

走过这条马路，经常能听到哪个窗口里，有人在拉奏忧伤的手风琴曲、哼唱低沉的俄罗斯民歌，这些没落贵族，虽然身处下贱，但仍持贵族优雅的举止，高贵精致的讲究也浸润入"第二故乡"上海肌肤的每个毛孔。

那些岁月里，上海的俄侨都怀乡地将"霞飞路"称作自己的"涅瓦街"，而许多上海人则把"霞飞路"叫作"罗宋路"。

"罗宋路"的南侧有一个由桃江路、汾阳路和岳阳路三条小马路交会围成的三角区。1937年，俄侨为了纪念诗人普希金逝世一百周年，集资建造了一尊普希金铜像，竖立在这个三角区的中央。

诗人昂着高贵的头颅，忧郁的目光望着远方，心中对未来充满着希望。铜像四周的空气里，弥漫着伤感忧患，也吹拂着浪漫幻想，经年累月地滋润着上海人的浪漫情怀、优雅格调。

二次大战中，普希金铜像被侵华日军掠走，只留下了花岗岩纪念牌的残座。1947年，经苏联驻沪领事馆倡议，重新铸造了铜像，安置在石座上。20世纪60年代的动乱，铜像再次遭殃，纪念碑石座和铜像全部被毁，直到1987年，上海人再次在原址重建普希金铜像。

普希金铜像周围成了上海最浪漫的街心花园，过去是沙俄贵族聚会怀旧的地点，如今是氤氲时尚、文学气息的角落，珍藏着一颗上海的"诗心"，也是恋人情侣们钟爱的约会地点。

老上海过去都把"法租界"称作"上只角"，像上海的上半身，普希金铜像的三角花园就是佩戴在上海胸前的一枚"贵族徽章"，纪念一段贵族精神的熏染。

路遇鲁迅的设计

辛亥革命后成立的中华民国，用过两个国徽，一个是北洋政府的

"嘉禾国徽"，还有一个是南京国民政府的"青天白日国徽"。1949年中华人民共和国成立以后，公开场合就再也没有中华民国的国徽出现了。

然而有意思的是，在上海市中心的马路上，至今还能看到一百多年前中华民国的国徽图案。

江西中路，过去叫"教堂路（Church Street）"，因为那里有座"圣三一堂"，它的塔楼很高，长期是上海的制高点，可以引导黄浦江上的轮船，所以，那里曾是公共租界的市中心。

1917年，银行家周作民在天津租界里创办金城银行，第二年在上海租界设立分行，1924年在江西中路200号兴建金城银行大楼，1936年起，这幢大楼成了金城银行的总行（现交通银行上海分行）。

金城银行大楼的花岗岩大门的上方，雕琢着一块龙凤和斧头等组成的立体国徽图案，作为金城银行的标志。

1912年8月，中华民国临时大总统袁世凯指定教育部的周树人（鲁迅）和其他两位同事负责设计国徽。8月28日，周树人等三人完成设计，教育部专门编写了《致国务院国徽拟图说明书》，第二年的年初，国徽正式启用。

国徽的中心用双穗禾象征吉祥，两边用古代礼服绘绣的十二种图像（古称十二章礼制）表现中华文明，这款中华民国的国徽一直使用到1928年蒋介石的南京国民政府成立，才改用青天白日国徽。

金城银行是一家私营银行，成立后三年时间里，就在华北获得了与中国银行、交通银行和盐业银行并列的地位，奠定了自己的发展基础。

20世纪30年代，金城银行总部移到上海后，在金融界的地位更加重要，周作民通过大量购入北洋政府的公债、国库券以及进行财政性投放等方式，自己既获得了巨额利润，又为北洋政府缓解财政困难提供了支持，很受北洋政府青睐。所以，他敢用国徽的图案来做银行的标志。

1949年以后，江西中路的这栋大楼曾做过上海市青年宫，对外开放，很有生气的。后来，因为"大世界游乐场"关闭，青年宫搬迁过去，这栋大楼就开始冷落，从此就少有人关注了。直到1986年，挂牌交通银行上海分行，才又重新恢复了人气。

冷冷热热近百年，花岗石大门上鲁迅设计的雕刻，冷眼旁观着门前来来往往的路人，很少有人发现它的存在。

九江路上的偶像踪迹

老辰光，江西中路曾叫教堂街，九江路叫布道街，因为这里附近有一座建于1847年的"圣三一堂"（今九江路211号），传布圣父圣子圣灵"三位一体"的基督教。

2009年4月，英国"科幻小说之王"、著名的新浪潮派作家詹姆斯·巴拉德去世以后，他全球各地的粉丝纷纷跑到上海，到九江路来寻觅他们偶像的早年踪迹。

1843年上海开埠以后，英国传教士麦都思在福州路附近建仁济医院、墨海书馆等生活场所，形成了俗称"麦家圈"的生活区域。为了便于教徒做礼拜，1847年，英国基督教圣公会就在"麦家圈"建造了上海最早的教堂"圣三一堂"，因为外墙用红砖砌造，上海人都叫它"红礼拜堂"。

"圣三一堂"东北角的钟楼，在外滩的高楼群还没造之前，在黄浦江边就能看到钟楼的尖顶，因此，"圣三一堂"早年是被看作上海的城标的。

"圣三一堂"北侧靠近九江路，教会开办了男童学校，巴拉德童年就在这里读书，12岁那年，太平洋战争爆发，日军入侵上海，巴拉德和父母失散流落街头，被日本人关进了龙华的集中营。

一个外国男孩的童年梦，失落在上海的马路上，一双早熟的眼睛，穿破梦幻与现实的隔阂，透彻出清纯的人心与哲思。

1984年，54岁的巴拉德发表了自传体小说《太阳帝国》，讲述了这段极其难忘的经历，轰动了世界，也激起了美国电影名导斯皮尔伯格的创作热情。

斯皮尔伯格带着他的拍摄团队，到上海寻访九江路"圣三一堂"巴拉德的学校、新华路"外国弄堂"巴拉德的旧居、龙华集中营旧址以及上海沦陷时的遗迹旧址，1987年拍成了惊世之作《太阳帝国》，第二年获得第60届奥斯卡六项最佳提名。

九江路，老上海的"二马路"，长期躲在"大马路"（南京东路）的身后，悄无声息，波澜不惊，却蔓延着一路低调华丽，掩藏着无数繁华故事，等待人们去寻觅分享。

可爱的"洋场恶少"

听说愚园路网红了，不知愚园路上的"岐山村"（愚园路1032弄）红了吗？

那里住过导弹之父钱学森、电影演员祝希娟、香港艺人沈殿霞（昵称"肥肥"），还有一个上海滩闻名遐迩的"洋场恶少"施蛰存。

施蛰存生在松江，家里有个小阁楼。1927年，上海滩被"四一二政变"的白色恐怖笼罩，22岁的施蛰存和自己震旦大学（现交大医学院的前身）的同学、"雨巷"诗人戴望舒、青年作家杜衡（笔名苏汶）一起躲在这个阁楼里进行文学创作。

施蛰存有个妹妹施绛年，漂亮活泼，惹引得戴望舒苦苦相恋。

施蛰存极力成全老同学，戴望舒也以跳楼表明心迹，施绛年终于答应与他订婚，但是有个条件，戴望舒必须先出国留学，有稳定的收入后回来完婚。

戴望舒赴法留学去了，在巴黎的三年，他拼命翻译赚稿费，不断写信给施蛰存，了解施绛年的情况。

施蛰存不间断地经济接济他，写信安抚苦恋的老同学，报喜不报忧，因为施绛年早就移情别恋，爱上了别人。

戴望舒回国后才知道了真相，苦恋的心撕裂成憔悴的丁香花瓣，施蛰存深感内疚，道歉、劝慰或介绍其他女友，真诚地撑着一把"油纸伞"，陪老同学走过人生中那段"冷漠、凄清又惆怅"的"雨巷"。

一年以后，戴望舒在上海，与新感觉派作家穆时英的妹妹穆丽娟结婚。

1928年，施蛰存收到戴望舒的朋友、左翼作家冯雪峰从北平写来的信，说他打算回南方，上海没有地方住，能否到松江来歇脚。

施蛰存没见过冯雪峰，只读过他的诗和译作，既然是戴望舒的朋友，就回信表示欢迎，说小阁楼还能支一张床。

冯雪峰很高兴，回信说不日南下，不过有个窑姐儿与他相好，想跳出火坑一起过来，希望朋友们能筹划400元钱汇过去，帮她赎身。

施蛰存有些意外，询问戴望舒，戴望舒更加惊讶，说他从未听说过冯雪峰有逛窑子的喜好。

施蛰存跟杜衡、戴望舒商量后，觉得既然有风尘女情愿跟冯雪峰出走，也许真是个多情的茶花女，施蛰存拿出他教书得来的200元，杜、戴两人凑了200元汇给了冯雪峰。

几天后，冯雪峰独自一人来到小阁楼，才说明窑姐儿子虚乌有，只是为了帮助几个党内朋友撤离北平，亟须用钱，编个故事求朋友们帮忙。

1933年9月，上海《大晚报》征文向青年人"推荐书目"，施蛰存撰文推荐读《庄子》和《昭明文选》，引起鲁迅先生质疑，用"丰之余"的笔名撰文讥讽，认为当时的形势下，不应鼓励年轻人钻故纸堆，"简直就如光绪初年的雅人一般，所不同者，缺少辫子和有时穿穿洋服而已"。

28岁的施蛰存年轻气盛，就在《大晚报》发文解释为什么要推荐读《庄子》和《昭明文选》，是因为有些"青年人的文章太拙直，字汇太少……我以为从这两部书中可以参悟一点做文章的方法，同时也可以扩大一点字汇（虽然其中有许多字是已死了的）"。

施蛰存并不知道"丰之余"就是鲁迅，辩驳时还举例说"像鲁迅先生那样的新文学家，似乎可以算是十足的新瓶了。但是他的酒呢？纯粹的白兰地吗？我就不能相信。没有经过古文学的修养，鲁迅先生的新文章决不会写到现在那样好。所以我敢说，在鲁迅先生那样的瓶子里，也免不了有许多五加皮或绍兴老酒的成分"。

《大晚报》闻出了"打笔架"的味道，起哄助澜，终于惹怒了鲁迅，从嘲讽施蛰存是"糊涂虫""遗少的一肢一节"，直至斥责他"到底是现出本相，明明白白地变了'洋场恶少'了"。

事后，双方都觉得这场笔战疲惫得没意思，鲁迅给人写信说："我和施蛰存的笔墨官司，真是无聊得很。"施蛰存也用打油诗自嘲："粉腻脂残饱世情，况兼疲病损心兵。十年一觉文坛梦，赢得洋场恶少名。"

施蛰存一直在华东师范大学教书，头上"洋场恶少"的帽子也一直戴着，1957年被划为"右派"，直到1978年后被平反。1993年，上海市人民政府授予年近90的他"杰出贡献奖"，他才如释重负，笑着对别人说：我这个洋场恶少，其实一点也不恶。

"颠倒寤生"的上海名校

上海人不但擅长"螺蛳壳里做道场"，还喜欢颠倒常规"开顶风船"，1924年，居然把外地一所名校"颠倒"过来，办成了上海的名校，当时被称作"东方哥伦比亚大学"。

1924年，陈嘉庚先生创办的名校"厦门大学"里发生了学潮，300多名师生退学来到上海，打算另外办个学校，这些学生里有个叫何纵炎的，是何应钦的三弟。

当时，何应钦是黄埔军校的总教官（日后担任过国民政府陆军总司令、国防部长），他的大舅子王伯群刚卸任贵州省省长回到上海，捐资两千元给何纵炎等师生，并联络了吴稚晖、汪精卫、邵力子、马君武等人组建了个董事会支持他们创办新校。

厦门大学简称"厦大"，其名气很响，上海新办的学校就颠倒而生，叫"大夏大学"（今华东师范大学的前身）。

中国传统将新生儿逆生（即产儿脚先出来）叫"寤生"，"厦大"师生经过一番折腾，终于在上海顶着压力，颠倒寤生一个"大夏大学"。

"大夏"以"光大华夏"为宗旨，融汇海派文化风格，率先实行导师制，实行通识教学、文理兼修，关心学生的心智素养、探索精神的培育，超前先进的办学理念，获得了"东方哥伦比亚大学"的美誉。

王伯群被公推为大夏大学的第二任校长（首任校长为马君武），加上何纵炎是该校的学生，王伯群的妹妹、何应钦的夫人王文湘经常参加"大夏"的各种活动，发现"校花"保志宁不仅长得漂亮，且有大家风范，一打听，才知她是当时政绩不错的上海教育局局长保君健的侄女。

王文湘一直钦佩、关心自己的哥哥，知道王伯群中年丧妻以后，孤单苦闷无人陪伴，就极力主张王伯群娶保志宁续弦，并且亲自做保君健、保志宁的工作。

那时，王伯群已经46岁，还兼着交通部部长的职务，而保志宁才22岁，他觉得娶个小自己"两匝"（生肖一匝12年）的女学生，场面上太难堪，就拒绝了。

王文湘不放弃，她经常带保志宁到王伯群出席的社交场合，交往多了，"王校长"终难抵挡"校花"的诱惑，同意了这桩婚事。

王伯群专门造了一幢中世纪欧洲城堡建筑风格的豪宅（今愚园路1133弄31号长宁区少年宫）送给新婚妻子，豪宅造价高达30多万元，高于同类住宅一倍多，引起了社会的关注与质疑，后来王伯群辞去交通部部长职务，上海滩就流传开"大夏校长娶了一个美女，造了一幢豪宅，丢了一顶官帽"的说法。

1924年大夏大学在上海"开顶风船"诞生后，第二年又有一所大学逆行而生，572名圣约翰大学的师生退学，在上海知识界、商界名流的资助下创建"光华大学"。1951年10月，大夏大学与光华大学的主要科系合并，成立了华东师范大学。

活络的"掮客"

掮客，原本指替别人扛东西上山，赚点辛苦钱的人。

1891年，上海滩开出了一家"上海掮客公会"，那是一家代理外国股票买卖的机构，外国人叫"The Shanghai Sharebrokers Association"（直译"上海股票经纪人协会"），都是一群"头子"和"口条"非常活络的人。

"头子"和"口条"，上海方言拿来比喻人的脑子灵活、能说会道。

滚滚不断的外资注入了"掮客公会"，1905年，"掮客公会"向香港注册，改用"上海众业公所"（英文名称"The Shanghai Stock Exchange"）新名字，在南京路上现今新康大楼的地方正式挂牌。

这种掮客，虽然也凭脚力挣钱，但是更需要鉴貌辨色、投机取巧的能耐，看似无本盈利，却实在是一种费心机、费口舌的投资。

众业公所的大董事何东，就是一个"掮客"的神话。

当年，何东辞职，把上海怡和洋行经理的位置让给兄弟何福，自己改做众业公所的股票"掮客"大股东，急速致富，他的机巧灵活，智力投资，成为上海人梦想发财的圭臬。

何东的财富发展到香港，成了香港第一任首富，被英国人封为贵族爵士。香港流行语"你以为你是何东啊？"形容某人不自量力，也可见他的影响之大。

何东的父亲是荷兰人，也许祖上是伐木工出身，姓Bosman（伐木工），1859年到中国来打拼，娶了个广东妻子。

Bosman给自己取了个中国名字"何仕文"，Bosman的粤语发音（Ho Sze Man），姓"何"保留了荷兰的血脉。

混血儿何东的成功，有文化兼容的原因，也有牵线搭桥的本事，他的家族基因由此绵延世代，出了何鸿章、何鸿燊等出名的成功人士。

从"上海掮客公会"走出去的何东，留给上海很多他投资的公司和房地产，北外滩的大名路、塘沽路、南浔路、峨嵋路一带，过去都是他的产业，他的每个成功都会激活一些上海人的"掮客"念头，没有钱，做中介，只需脑子活络。

1926年，何东在上海的公共租界买进了西摩路爱文义路口（今陕西北路北京西路口）一块地，请著名的匈牙利建筑大师邬达克设计建造了一栋仿文艺复兴时代风格的豪宅。

这栋房子的立面用四根贯通二楼的爱奥尼克圆柱支撑内廊，顶上的阳台有玻璃顶棚。弧形阳台铸铁花式栏杆，阳台下是中式大花园，小桥流水，曲径山石之间，一株百年古藤和两棵百年香樟，浓荫蔽地。

太平洋战争爆发前，何东离开上海，到澳门避难，后来去了香港经商，他在上海今陕西北路457号的故居，也成了留在上海人心里一段难忘的"掮客"记忆。

黑猫警长原是舞女出身

黑猫警长是一部动画片的主角，编导并没有讲起过他的籍贯，然而，在上海的文史档案里，还留着黑猫舞女的记忆。

黑猫是夜的精灵，有一对妖媚诡谲的眼睛，中世纪时，教皇乔治六世曾宣布它是巫婆的化身。

20世纪20年代初，上海虹口有家"Black Cat"（黑猫舞厅），那是第一家跳交际舞的场所，有十几个经过私人跳舞培训的职业舞女，这些最早的舞女也被称作"黑猫"。

"黑猫舞厅"后来搬到南京西路"大光明电影院"隔壁的楼上，杜爱梅、陈雪梨、麦文卿和陈卓华等几个"黑猫"舞女，逐渐红遍了上海滩。

上海开埠后，洋人或买办家里喜欢聘用广东籍的女管家，因为她们干净、规矩，还能听懂点英语，"黑猫"大多是女管家的女儿。

"大人家"的女管家一律的黑裤子，白色中袖上衣，衣襟的大襟纽扣边挂着一串钥匙，手里一条白毛巾，调教出的女儿也总是很懂礼数的，好比阮玲玉的母亲，就是这样的职业。

最早的舞厅也很规矩，舞女只伴舞不陪夜，如有了相好，动了真情，索性辞了舞厅嫁人。

"黑猫舞厅"的杜爱梅后来嫁给了上海纸张大王徐大统，徐大统是靠给《申报》供应纸张而发的财。

陈雪梨嫁的是颜料巨商薛家四公子。著名京剧坤角露兰春从黄金荣家里出走，嫁的就是薛老二。

麦文卿嫁给了复兴银行行长孙曜东，他的叔祖孙家鼐是光绪皇帝的老师。

陈卓华父亲是广东人，母亲是印度人，她最早是淞沪护军使卢永祥的公子卢小嘉的舞伴，后来嫁给了香港印度商会的会长。

"黑猫舞厅"以后，形形色色的舞厅在上海如雨后春笋开出来了，比较有名的是青海路吴江路口斜桥总会旁的"开圣爱娜舞厅"和静安寺边上的"大都会舞厅"。

那时没有空调冷气，夏天专设"露天舞场"，譬如，夜晚在兆丰公园（今中山公园）包场搭个大棚，水门汀地上撒一层滑石粉，邀请菲律宾乐队来吹奏轻音乐，旁边还准备了烤鸡、烤肉等夜宵小吃，比今天大妈大叔们的广场舞讲究多了。

奢华铺张的"百乐门"是十几年之后才出现的，那时，"黑猫"们都已出嫁有了归宿，舞场的风气不再单纯，开始情色纷乱了。

1940年2月的一个夜晚，"百乐门"红舞女陈曼丽正陪两位舞客"坐台子"（陪聊），突然，从音乐台蹿出一个男青年，朝着他们连开数枪，陈曼丽头部中弹，当场死亡，一个舞客也应声倒地，急送附近同仁医院途中不治而亡。

这起轰动上海滩的案子传出了许多版本的舞女故事，有说是舞女不跟日本舞客热络而结的仇，有说是军统惩罚舞女陪日本人跳舞，其实，只是几个舞客、舞女的争风吃醋。

20世纪三四十年代的"日伪时期"开始，舞厅成了治安事件的多发地，滋生着各种犯罪行为，而弱者舞女替男人们背起了难听的骂名。

《黑猫警长》的编导仗义执言，让"黑猫舞女"的后代从警当上警长，打击犯罪，保护群众，也为当年的舞女讨个公道，还个清白。我这样猜想。

"上海就是无锡"

上海就是无锡，这话从何说起？

就从一条谜语说起吧，"金银铜铁，打一个城市"，说起金属，总是讲"金银铜铁锡"，这个谜语的谜底自然就是"无锡"了。

宝山有个罗店，相传元朝的时候，有个叫罗昇的商人到这里落脚谋生，他开了个店堂，还附设驿站，招待来往客商。客商们来来往往传开了，这片地方就叫"罗店"了。

罗店出产一种特别的棉花——"紫花"，结实大如桃，中间是白棉，用它织成的紫花布，细洁美观，即使价格较贵，销路也非常好。另外，罗店还有套布、斜纹布、棋花布等特色棉布，也颇有名气，四方来采购的百姓和商贩络绎不绝。

罗店有条练祁河，连接起周围蛛网般的河渠，带动了六七百家商家，典当、花行、米行、银楼、布庄、酱园等百业俱全，每天三市，车船川流，贸易繁荣的程度很快就超越周围的其他乡镇，民间流传起"金罗店"的口彩。

离开罗店不太远的"南翔"，是一个建于南北朝时期的名镇，古名"槎溪"。

听说梁朝天监年间，有个老和尚种菜刨地的时候，挖出一块大石头，突然，天边飞来一对白鹤，在空中盘旋一会儿后，就落在大石头上歇脚。

老和尚发现白鹤立脚处，周围有四条溪流，横沥、上槎浦、走马塘和封家浜，纵横交叉成一个"卍"字，很像释迦牟尼胸前的"瑞相"，他觉得这对白鹤一定是不平凡的仙鹤，连忙顶礼膜拜，直到目送它们朝南飞走。

老和尚发起建造了"白鹤南翔寺"。传说寺庙落成那天，那对白鹤再次出现，它们驮起老和尚飞走了，在那块大石头上留下了一首诗："白鹤南翔去不归，唯留真迹在名基。可怜后代空王子，不绝薰修享二时。"

寺庙香火一直很旺，到了唐朝达到了鼎盛，寺基扩大到180亩，僧侣800多人。周围的人口迅速增加，经济不断繁荣，发展成了名扬江南的富裕名镇，直到被罗店超越，屈居第二，被人称作了"银南翔"。

明朝治理吴淞江时，放弃了的下游称"旧江"，后来就叫"虬江"。

虬江弯弯曲曲，那一带就叫"江湾"，过去有"虬江十八弯，弯弯到江湾"的说法。

民国时期，江湾镇上的商业逐渐振兴起来，尤其以粮食、饮食、烟杂、茶园、腌腊为最盛。镇上茶楼酒肆云集，俗语有"吃煞江湾镇"之说。聚兴馆的本帮菜腌擦鸡、腌川、川糟、蒸三鲜等菜肴，羊肉面馆的小吃及元豫酱园酿制的酱油，都是名闻沪上的，民间有了"铜江湾"的说法。

在江湾附近还有个大场镇，宋代时曾是皇家盐场，因官府将盐场管理机构称作"大场"而得名。明朝时，大场也已初具规模，长街1500米，九桥十八弄，晋商、徽商都有设店行商，来往船只很多，修船行业兴隆，河边开了许多打铁铺，打铁声整天不绝于耳，就有了"铁大场"的雅号。

上海有金、银、铜、铁，就是没有锡，所以说，上海就是无锡，准确地说，上海就是无"锡"，别跟那个叫无锡的城市混淆了。

走心、静心的老街

金山的朱泾，原先只是一条叫"珠溪"的小河，后来，住在河边的人家，居然不少都姓朱，不知是先有鸡还是先有蛋。

唐朝时，有个叫德诚的高僧飘然一舟，从四川来到朱泾，长期住了下来。

高僧平时喜欢泛舟朱泾，他在烟波浩渺里垂钓吟诵，与陌路相逢的人随机问答，朱泾人都称他"船子和尚"。

有心人记下船子和尚信口吟诵的歌词，编成"拨棹歌集"，读起来可以感悟佛性。也有人传播船子和尚与别人随缘机智的对答，静思默想，令人通透禅理。

镇江有个夹山和尚，他说的法道拘泥规戒，纠结信条，信徒都嘲笑他。有高人指点他，到朱泾请教船子和尚。

船子和尚听着夹山喋喋不休地论佛说禅，兜头一竹竿，将他打入了水中。

夹山喝了一肚皮河水，扑腾扑腾地好不容易爬上了船，船子和尚又一竿子将他打回河里，口中大呼："道！道！"

夹山在水中挣扎，觉得船子和尚在逼他说道，他刚要开口，船子和尚又是一竿子打过来，将他打落到水底，他情急之下，顿时恍然大悟，头冒出水面不再开口说道，只是冲着船子和尚点了三下头，船子和尚这才伸出手，将他拉上船。

船子和尚将夹山打入生死关头，他的学问、纠结在慌乱中飞到九霄云外，空掉了他的一切妄念，点化了他本能的觉性，才将自己平生所得都传授给了他。

船子和尚传道以后，了却了师承传钵的心愿，就跳入河中，覆舟而逝，后人在船子和尚覆舟的地方造了一座西林寺，供奉他的遗像。

元至大元年（1380），僧人妙因在西林寺东边修建了一个观音堂，请西林寺的元智禅师当住持。

有一年，全国大旱，土地龟裂，庄稼枯萎，皇帝焦急万分。元智禅师进京献铜质"灵雨观音"，并在北海设坛祈雨，顷刻间，狂风大作，大雨倾盆，皇帝大喜，赐封元智为"佛日普照大德禅师"，禅师回金山后，奉旨改观音堂为东林禅寺。

2007年，东林寺修葺一新，新寺是一座巍峨的山体奇观，山高57米，山卧一尊巨佛，山佛一体，气象磅礴。

夺人眼球的还有东林寺的观音阁，这是国内最高、可容纳信众最多的观音阁。观音阁的铜门高20多米，重58吨，门上刻有999尊铜菩萨，组成一个与门等高、等大的"佛"字，被称为"世界佛教第一铜质千佛门"。

观音阁内，宏大的观音菩萨像佛尊百态，千手护持，在观音菩萨像的东、西、北三面，筑有9999个佛龛，每个龛内都供奉一尊鎏金观音菩萨，与千手观音菩萨合称"万佛龛"。

千佛门、万佛龛，恰应了"千里佛音人，万世皆佛声"的神韵。

西林寺、东林寺南面的长街，是朱泾镇最有名的老街，以杨家桥为界，西面是西林街，东面是东林街，无论信不信佛，都值得去走走、静静心的。

旧金山、新金山与金山

这个标题，非常风马牛不相及。

美国的旧金山、澳洲的墨尔本与上海的一座山怎么会扯上了关系？

旧金山是华人叫出来的美国城市。1848年，有人在那里的流水里面发现了金沙，顿时引发了全世界的淘金热，数十的华人被贩卖过去挖矿淘金。

1851年，墨尔本也发现有金矿，更多怀揣淘金梦的华人纷纷移民过去，将这个撤镇建市不久的州府叫作"新金山"。

旧金山、新金山，有金并无山。

上海南端的金山，山顶海拔103.4米，是上海区域里的最高峰，三千年以前，周康王、秦始皇等都来登临过。

早年，老百姓只把金山称作"黄花山"，因为漫山遍野开满野黄花。周康王东巡登此山，人们为了纪念他，就用他的名字"姬钊"命名这座山为"钊山"。

西北御驾东南的周康王、秦始皇，都情不自禁地赞叹钊山的水土气候，感慨阳光普照下的满山黄花，金子般的耀眼闪烁，有风水先生掐指一算，说"钊山"含"金"（金字偏旁），人们就将这座风水宝山称作"金山"了。

金山是上海最早成陆的地方，山上有寺庙、村落和天然的"寒穴泉"，山下还有周康王建造的繁华城市"康城"，那时候，今天的上海市区还只是一片汪洋的"华亭海"。

南宋淳熙年间，太平洋的一次大海啸淹没了金山，只留下金山山脉的几个山峰，上海的海岸线顷刻北移，"康城"潜入了碧海清波，"金山"的几个山峰也化作了三座美丽小岛——"大金山岛""小金山岛"和"浮山岛"。

金山是上海之源，有山，也有丰富的文史"活化石"，足以让有识之士淘金：有枫泾界河里的吴根越角，有廊下勾践的"落泪塘"，有亭林顾野王的"读书堆"，有金山卫孙权留下的"万寿寺"，有张堰的南社领袖故居，有石化街道的抵御日军登陆遗址，有工业区里"新街暴动"的旧地。等等，等等，矿藏富裕。

一百多年前华人的淘金热，曾经繁华了两座异域他乡的小城。今天，处在长三角一体化发展重大机遇里的国人，将目光投向了上海的"金山"，又一波新的发展热也已悄然兴起，辉煌的未来足以媲美当年的旧金山、新金山。

韩仓，上海的道骨仙风

黄浦江上游是"横"着流淌的，上海方言"横""黄"同音，所以上游又叫"横浦江"。

"横浦江"畔女儿泾边，曾有个"韩仓村"，20世纪90年代，它和其他村合并，突然消失了，从此，也走失了母亲河黄浦江的一个美丽故事。

古代，运送粮草都靠漕运，需要在邻近江河的地方建粮仓，由各个小粮仓将征收来的漕粮，用小船接驳到大粮仓，最后，再运送到更大的官家粮仓，当年江南最大的粮仓就是江苏的太仓。

上海县小南门外，有两条黄浦江的支流，一条是陆家浜（今陆家浜路），另一条是薛家浜（今薛家浜路），运粮的船可以由此进黄浦江，然后漕运北上。如今，这里还留有南仓街、外仓街、多稼路、府谷街等古代粮仓的痕迹。

韩仓是由西向东"横流"的黄浦江第一个仓储基地，因为唐代韩愈的侄子韩湘子，年老辞官隐居于此，这里就叫"韩仓村"，如今那里还有一座五孔古桥"韩湘桥"，名气仅次于朱家角的"放生桥"。

韩湘子是八仙之一，字清夫，善吹洞箫，他是个风度翩翩的斯文公子。传说他的前世是汉朝丞相安抚的女儿灵灵，才貌双全，皇帝赐婚皇家一个侄子。灵灵不从，圣上大怒，罢了她父亲的官职，发配边远，以致灵灵抑郁而死，死后投生化为一只白鹤。

后来，白鹤遇见了钟离权和吕洞宾，受他们点化后，又投生昌黎县的韩会，当了韩会的儿子，乳名湘子。

韩湘子幼年丧父，由叔叔也就是唐代大文学家韩愈抚养。韩湘子才学过人，考中进士授官后，却无意官场，迷恋仙道，终于修行成了八仙之一。

韩仓村是1992年并入彭渡村的。为了不让韩湘子走远，那里的老百姓修建了一个"上海韩湘水博园"（江川路3805号），古桥、古亭和名木古树陪伴黄浦江饮水口，天天给上海人送水。

看惯了洋山集装箱码头，回首追寻浦江源头的韩仓，可以穿越古今，给上海找回一点丢失了的道骨仙风。

上海是"香海"

中国最香的地方是哪里？还没有人考证过。

但是，中国最早有香薰的地方是哪里？考古证明是上海。

1982年至1988年，许多考古专家分三次，层层挖掘青浦的福泉山，发现了从距今五六千年前一直到唐宋元明清各个时期的珍贵文物，几乎就是一个土筑的"金字塔"。2001年，福泉山被国务院公布为全国重点文物保护单位。

福泉山挖出了各个时期的香炉，其中最早的是4000多年前的一个竹节纹带盖的陶质的熏炉，经考古专家查阅相关资料，证明是上海先民率先发明、使用熏炉，开创了中国的香薰文化。

真要感谢上海先民的"香熏"创意，因为他们走出了一条不同于西方人的用香之路。

因为人种的特点，西方人毛发浓密，体味很强，所以他们喜欢用香水、香精喷洒身体来改善体味。然而，上海先民在采集狩猎的野外或者洞穴生活，蚊虫多，空气潮湿，于是就用香驱蚊虫和改善空气，后来，他们还发现了香气的提神醒脑作用。

先民敬畏苍天，但是上天无路，后来在熏香时，发现青烟袅袅，缭绕升天，他们找到了与上天沟通的渠道，所以，人类就有了焚香祭拜的习俗。

上海发现了中国最早的陶质香熏炉后，还在福泉山出土过汉朝的瓷质熏炉，在嘉定的法华塔地宫出土元朝的铜质熏炉，特别是后来在宝山的朱守城墓出土的一个竹刻香熏炉，用平刻、浮雕、透雕和留青等多种工艺，刻出一个叫刘阮的青年入天台与仙女对弈的情境，层次清楚，中心突出，人物生动。香烟萦绕时，散发出丝丝悠悠的文人气息。

上海人讲究精致的衣食住行，所以经常熏衣留香，芳香空气，甚至闻香识人。无论是礼仪上的"熏香"，还是宗教上的"焚香"，无论是静思时的"香伴"，还是安睡时的"香席"，只要有上海人的地方，空气也温雅幽香。

福泉山在青浦重固镇，其实说起来，它也实在算不上山，只有七八米高，最早因为形状像一只倒覆的平底船，所以叫"覆船山"，后来，发现山上有口井，井泉十分甘美，就改叫"福泉山"了。

福泉山所在的重固镇青砖白墙，水网纵横，高高的石拱桥，清澈的小河水，舟楫如梭，集市喧闹，一派江南水乡风光，我猜，那里的空气也散发着香味，你可以去感受一下。

"荡马路"的诗意佛心

过去，上海人都喜欢"荡马路"。

"荡马路"有点像时下流行的遛狗，松开思想的缰绳，任凭感觉如宠物般逛大街、走小弄堂。

上海的马路，过去绝大多数都是河浜，"荡马路"就像河畔漫步，尽管路边高楼林立、灯红酒绿，随心所欲地"游荡"，潜意识里却是另一番景观。

那些填河修筑的马路，都是弯弯曲曲的，岔路弄口也多，最适合

"荡马路"。远离繁华的大马路，屏蔽喧嚣的快节奏，可以期待无心插柳的豁然开朗。

上海原是一个"有舟无车的泽国"，河多桥也多，最早的桥只是先民们在溪流里抛石块，叫"碇步"，可以踏石过河。"碇步"又叫"蹬步""跳石"或"垫步石"，后来在上面放石条、木板或竹排，就是最早的桥。

如今，上海各区的马路都留着许多桥的痕迹，譬如"八仙桥""提篮桥""金桥""虹桥""御桥""高桥""马桥"等地区，弥漫着"小桥流水人家"的幽情诗意。

上海的桥与寺庙渊源深厚，桥边建庙，寺前造桥，这些古桥都有连接与引导彼岸的意味，一边是市井生活，跨过桥去，就是一片信仰的天空。

新华路上有条"香花桥路"，原来是横跨李漎泾的小桥，小桥正对"法华禅寺"的山门。漫步至此，冥想当年进香的信徒，站在桥上凝神庄严肃穆的梵刹寺塔，静听桥下的潺潺流水，一时间，魂灵头也会脱离肉体而纯净升华起来。

上海的香花桥比比皆是，南翔、金泽、七宝等地都能找到，还有许多叫观音桥、道院桥、三元桥、天后宫桥的遗迹，"荡马路"可能随处邂逅，仿佛走进了上海的佛心。

上海的桥也有凡心，蕴藏着许多浪漫的故事。

奉贤区南桥镇有座弹琴桥。相传当地大户钱家有女，擅长弹琴，爱上了贫穷青年韩重，可是钱老爷嫌贫爱富，逼迫女儿嫁给权贵，女儿不从，投河而死。韩重在桥上弹琴几天几夜，曲罢也抱琴投河，追寻爱人去了。

嘉定区南翔镇有座仙槎桥，传说河东村的阿根与玉妹自由恋爱，被长辈看作伤风败俗，将玉妹驱逐到河西去了。

河宽无桥，两人只好每晚隔岸相望。有一天，一个白胡子老人乘槎（竹筏）经过，很同情这对恋人，就脱下一只鞋抛到河里，变成一只船，让阿根和玉妹在船上相见，老人每晚都来，让阿根、玉妹能够天天相见。

老人要远行了，他脱下另一只鞋抛向空中，顿时变成一座石桥横跨两岸。后来，人们了解到这个老人是西汉博望侯张骞，"博望仙槎"的故事就流传至今。

上海过去水网密布，河港纵横，曾有数以万计的古桥，如今，虽然绝大多数河流都填筑为马路，大批古桥也急速消失了，但是，桥的韵魅依旧沉淀在上海的街头巷尾，"荡荡马路"，可以步入无限的想象空间，也许不经意间，还能感受到这座城市的历史脉搏，触摸到上海底蕴的浪漫诗情和虔诚佛心。

上海没有"武汉路"

中国的城市里，除了上海被称作"大上海"外，只有武汉曾被称作"大武汉"，抗战时，"保卫大武汉"的口号响彻云天，振奋全国。

上海有汉口路、武昌路、汉阳路甚至湖北路，为什么却没有武汉路？

三国时，孙权为了跟曹操争夺荆州，在西周鄂侯的领地建都，取名"武昌"，表示"以武治国而昌盛"的意志。

上海开埠前，苏州河北面都是农田和无名的小河浜。1877年后，租界当局为了扩大地盘，跨过"里摆渡桥"（今四川路桥）向北筑路（今四川北路），直指宝山县金家库（今鲁迅公园），附近一条小河浜也被填埋为道路，以武昌为名，叫武昌路。

公元605年，隋炀帝将东临长江、北靠汉水的一个小县城命名为"汉阳"，天长日久，成了"九州通衢"的战略要地，如今是京广铁路大动脉和长江黄金水道的十字交汇点。

上海汉阳路起初叫汉璧礼路。汉璧礼是英国商人，也是个慈善家、园林设计专家，他1889年创办的"西童学校"（今市西中学前身）至今还是海派教育的典范学校。

清光绪八年（1882），汉阳路苏州河的南岸建造了"上海电光公司"（今上海电力公司），这是中国最早的发电厂，上海有了电，很快就繁荣成了闻名遐迩的"不夜城"。

处于汉水与长江交汇处的汉口，顾名思义，就是汉水出口的地方。

1861年汉口开埠，设立了英、俄、法、德、日五国租界。当年，率领军舰敲开汉口大门，与湖北布政使签订《汉口租界条款》的人，就是在上海代理过驻沪领事的巴夏礼。

老上海，南京路外滩叫"铜人码头"，那里常年立着一座巴夏礼的全身铜像。

汉口路在上海俗称"三马路"（大马路"南京路"、二马路"九江路"、四马路"福州路"），因为靠近江海北关，最早还叫"海关路"。

1865年，"三马路"正式命名为"汉口路"，这条路是近代上海发展的缩影，这条路上有开埠初三大鸦片大王之一的"颠地洋行"，华人创始最早的"中国银行"，中国第一家"证券交易所"，跨越晚清、北洋和民国的《申报》社，"工部局大楼"（上海市政府大楼）到第一座华商投资的"扬子饭店"（远东第三大饭店），那首风靡海内外、经久不衰的老歌《玫瑰玫瑰我爱你》，就是银嗓子姚莉当年在"扬子饭店"唱红的，"汉口路"沉淀着最上海的记忆。

1927年，国民政府将武昌、汉口和汉阳合并为武汉，一座绝无仅有的"三城一市"的"大武汉"。19世纪末，上海命名马路的时候还没有"武汉"，只有武昌路、汉阳路和汉口路，这三条马路也成了大上海与大武汉前世渊源的三个胎记。

1938年，中日"武汉会战"时，全国支援武汉，"保卫大武汉"的口号响彻云天。82年后的今天，新冠病毒肆虐武汉，"保卫大武汉"的声浪再起，大上海与大武汉依旧兄弟同心，守望相助。

另眼相看"湖北路"

弧形的湖北路，像弓，拉满张力。

清末民初，上海有三条显赫的马路，它们是"同胞兄弟"，老大南京路、老二湖北路、老三静安寺路。

1851年的南京路，最早叫花园弄（Park Lane）。上海开埠不久，英国商人在界路（今河南中路）造跑马场，俗称老公园，外滩通跑马场的一条小路就叫"花园弄"，长大了，就是今天的"十里南京路"，人称"中华第一街"。

1854年，随着租界的西界扩张到西藏中路，英国人将跑马场搬到靠近西藏中路的空地上，面积扩大一倍，今天的湖北路就是这个"第二跑马场"外围的一段遛马道。

1861年，江浙三十几万难民涌入租界，急需地皮造房子，跑马场乘机卖掉地皮，迫使清政府低价出售西藏中路西面的一大片土地，建造"第三跑马场"（即跑马厅），面积又扩大了一倍多（今人民公园、人民广场）。

跑马厅北面的马路继续朝西拓展，直达静安寺，租界也因此向西扩张，这条延伸的路就是"静安寺路"（今南京西路）。

跑马场"一门三兄弟"中，老大和老三规矩、坦直，几十年的成长，出落了南京东路的繁荣和南京西路的高贵，只有老二持守自身的曲线体形，无意正直，长年斜倚着租界的灯红酒绿，把湖北路"纨绔"成了一片海派时尚的消遣地。

19世纪末，西藏中路是一条河浜，划分租界与华界。1882年，湖北路朝西的河边开了一家上海人开洋荤的"一品香番菜馆"，三开间门面，两层楼，三十几个包房，经营西式中餐，也就是用中式传统方法烹调欧美西餐，并且使用西方礼仪、餐具用餐，一时间，上海的时尚男女趋之若鹜。

清末民初，"一品香番菜馆"改名为"一品香中西旅社附设西菜馆"，除了礼查饭店、汇中饭店，它是上海名气最响、档次最高的消费场所。

"一品香"带动了周围的人气。1904年，浙江南浔富商刘景德买下湖北路与"一品香"之间的地产，翻建了28栋石库门房子，弄堂取名"会乐里"。

"会乐里"几乎家家门口挂红灯（只有一家开药房），是上海滩名闻遐迩的红粉勾栏，名妓"赛金花"曾在此盘桓，引得沪上一众文人来争相一睹"花国状元"的风采。

湖北路南端起于广东路，老上海有名的声色犬马之地，到处是戏园、茶楼、酒楼，其中丹桂茶园就是清末沪上最有名气的戏园子。

1883年，宁波商人刘维忠请英国设计师在湖北路福州路口建造"新丹桂茶园"，名噪一时。不到20岁的梅兰芳在这里红遍上海滩，盖叫天、周信芳也在此成名。

1912年，在湖北路九江路口开了一家"天蟾舞台"，寓意"蟾宫折桂"，叫板"丹桂茶园"（1930年因为建造新永安大厦搬迁至福州路），不断邀请京剧名角南下，演出连台本戏以及带机关布景的传统名剧。这一带，天天夜晚稠人广众、熙来攘往，甚至凭一张夜场的戏票就能通行宵禁的关卡。

弧形的湖北路，像弓，拉满张力。

虽然没有南京东路和南京西路那么响的名声，但是影响力不可小觑，在清末民初"玩"成了风流时髦之地，种下了上海人的"玩根"。

"白相"大上海，浏览上海的时尚摩登，低调的湖北路要另眼相看的。

"碑影"里的"魅影"

过去外滩有许多纪念碑，都是公共租界里西洋人立的，1941年太平洋战争时，都被东洋人拆除了。

"碑"是讲述过去的故事的，"魅"特指"外貌讨人喜欢的鬼"，今天在外滩寻踪觅影，可以走进魔都的深处，感受海派的由来。

中山东一路33号"外滩源"前大草坪东北角，过去一直有一块暗红色的大理石，上面有一个方孔，不知还能不能找得。

1856年，在广州近海有一艘"亚罗号"中国商船，被广州水师查获，羁押了12名海盗嫌疑人。

"亚罗号"打着英国旗号为非作歹，被查获后就向时任英国驻广州代理领事的巴夏礼求救。

巴夏礼立即找广州水师交涉，他根据《南京条约》的规定，凡是与英国人有来往，或者跟随英国官方工作的中国人，都有皇帝恩准可以全然免罪。巴夏礼说被捕的中国人是在英国商船上为英国政府工作的，必须立即释放。

广州水师拒绝了巴夏礼的无理要求，巴夏礼就夸大事态，闹到两广总督、两江总督那里，还称广州水师在船上侮辱了英国国旗，他发出最后通牒，要求放人并道歉。

广州水师迫于压力，释放了嫌疑人，但拒绝道歉。巴夏礼就以此为借口，联合法国军队挑起了蓄谋已久的"第二次鸦片战争"，进攻北京。

英法联军进攻北京，通州的"八里桥"是北大门。1860年清军僧格林沁部顽强抵抗，双方死伤惨重。最终清军溃败，英法联军攻进北京，火烧圆明园。

上海法租界为了纪念"八里桥战役"，将新筑的一条马路命名为"八里桥路"（今云南南路）。上海人抵制，就是不肯接受，从来不叫"八里桥路"，只叫它"八仙桥路"，直到今天，西藏南路金陵东路一带还叫"八仙桥"地区。

巴夏礼因为担任英法联军总指挥有功，晋升为上海领事，他一到上海，就要在租界里为英军阵亡将士建造一块纪念碑。

上海人非常反感巴夏礼扩大"亚罗号事件"泄私愤的行为，有些英侨也质疑英法联军侵华的合法性，工部局董事会没有批准建纪念碑的提议。

巴夏礼无奈之下，只好利用自己领事的权力，将纪念碑建在领事馆里面，没有多少上海人看得到。

暗红色的大理石基座，竖立一个大理石十字架，俗称"赤石纪念碑"，孤零零地躲在领事馆角落里。它到底是缅怀些什么，还是见证些什么，巴夏礼也说不清楚。

东洋人当年都遗忘了这个角落，直到1961年英国撤销领事馆时才拆除这个被冷落多年的纪念碑，巴夏礼不知道这个结局，他已经去世70多年了。

巴夏礼1885年在北京去世。1890年在上海的南京路外滩，公共租界却为他造了一尊六米高的铜像，上海人称那里为外滩的"铜人码头"。

外滩过去叫黄浦滩，有岸无堤，江水的涨潮退潮，滩头也是忽隐忽现的，沿江有许多趸船和浮桥连成的浮码头。

上海人不太喜欢这个英国领事，但是对他在任内创建的"会审公堂"的客观作用，还是有肚量做公正评价的。

巴夏礼接任上海领事时，租界里已有几十万华人。按照《南京条约》的规定，中国地方官不但不得处置触犯中国法律的外国人，即使华人与外国人发生诉讼，也无权审理，全由英国领事单独审判。

上海市民反对英国人的专横，奔走呼吁上海道收回司法权。上海道迫于压力，多次与领事馆、工部局激烈交涉，却受到了租界里的侨民以及纳税人的抵制。

巴夏礼为了调和矛盾，想出了一个折中的解决办法：1864年，公共租界和上海道在南京东路的香粉弄（今世纪广场对面）里设立了一个会审公堂。

上海道和英国领事各派一名审判官组成法庭，华人之间的诉讼，由华人审判官审理，华人与外国人的诉讼，则由双方联合审理，合议裁判。

上海人觉得，在中国政府丧失司法主权的情况下，会审制度从理论上帮助上海道多少收回了一点主权，也改变了对巴夏礼的态度，由此也可见上海人的理性与气量。

外滩公园内外，过去也有两块纪念碑，一块在南门口，叫常胜军纪念碑，还有一块在公园里，叫马嘉里纪念碑。

常胜军纪念碑上刻着华尔、戈登的名字，他俩先后担任"洋枪队"的队长，沪东的"华德路"（今长阳路）和沪西的"戈登路"（今江宁路）就是用他们的名字命名的。

华尔是美国人，戈登是英国人，上海人比较喜欢戈登。

1863年，常胜军和清兵合攻被太平军占领的苏州城，久攻不下。于是，戈登经李鸿章同意，以保证苏州城里的太平军纳王郜永宽及其部下安全为条件，成功劝降郜永宽。

戈登的常胜军在郜永宽的配合下攻占了苏州，然而，李鸿章却背着他秘密杀死了郜永宽和他的部下八人。

戈登知道后大惊失色，他愤然辞职，清朝皇帝给他送来黄马褂、花翎和万两银子的赏赐，他都粗暴地赶走了来人。

马嘉里是英国驻华公使馆的翻译，1874年被派到云南接应英国探险队，在与当地中国军队的冲突中被杀。

因为马嘉里有外交豁免权，英国公使借此大做文章，要求扩大英国在华权利，在结案时还提出：清廷必须派钦差大臣并持有皇帝印章的道歉书，到英国向英国政府正式道歉。

上海人对清廷的软弱无能嗤之以鼻，也不满英国人仗势欺人，但是却从"马嘉里事件"的后果里看到了历史变革的先机。

清廷派出郭嵩焘为钦差大臣赴英表示对马嘉里事件的"惋惜"，并担任首任驻英公使，这是中国有史以来第一位驻外使节，开创了近代外交的先河。

经典老上海的电影，总是少不了外滩的镜头，最醒目的，就是海关钟楼和一尊双翅高展的胜利女神雕像。

如今，海关钟楼依旧日复一日地按时敲响钟声，而自由女神雕像却早已无影无踪了。

20世纪90年代前，上海人到浦东去，大多在延安东路渡口乘船过江。细心的过江人会留意到，在渡口北侧的江边，有几级不知道派什么用场的台阶，它历经几十年风风雨雨，好像欲言又止。

1914年6月28日，奥地利皇储费迪南在萨拉热窝遇刺，引发了第一次世界大战，上海租界的欧洲侨民社团动员了一大批在沪青年侨民回国参战，保家卫国。

1918年11月11日，德国宣布战败。电报传到上海，全市都沸腾起来了，不论华人还是洋人，都涌上街头奔走欢呼，救火会的车子也全部开上马路，来往穿梭，传布着胜利的消息。

浦东的江边，还用电灯扎成"胜利"两个字，映照黄浦江水和来来往往的船只。

不久以后，许多从上海出去参战的侨民纷纷回来，许多人失去了原来的工作，许多人成了残疾人，还有许多人在战争中阵亡了。公共租界工部局向上海侨民团体求援，希望大家有钱出钱，有力出力，做好善后工作。

基督教圣公会在圣三一堂建立"欧战阵亡会众纪念堂"，英商上海总会决定出资在外滩建造一座缅怀欧战中从上海出发的阵亡将士的纪念碑。

欧战纪念碑是外滩最大的纪念碑，用巨大的花岗石为基座，碑基上是双翅高展的胜利女神铜像。

女神屹立在战船甲板上，昂然吹着胜利的号角，丰腴而窈窕的身体后面，张开着矫健的双翅，海风迎面扑来，一派豪迈的气概、青春的活力和胜利的喜悦。

1941年太平洋战争爆发后，日军入侵上海，破坏了这座雕像，基座因为实在太大，拆除工程太复杂，就被遗留了下来。

老上海，外滩的纪念碑还有很多，比如赫德纪念碑、伊尔底斯纪念碑等，每一座都是一段上海的风云历史，讲述对上海有影响的人的故事。如今，这些碑石都没有了，可是故事还在，都镌刻在万国建筑博览群的一道道石缝里，飘散在昼夜奔流的黄浦江上。

行走在外滩的马路上，或者出入江边的高楼，随时都可能邂逅这些故事演绎的魅影，希望你别太陌生。

"第一"成群，生出"上只角"

1847年5月20日，法国的勒阿佛尔港，一艘叫"特鲁安号"的双桅横帆船已经装载完了各色货物，即将开船驶向亚洲。

一群身穿男士礼服或女士衣裙的旅客正在岸边挥手，作登船前的告别。这些人中，有一位50岁的敏体尼先生，带着他的母亲、夫人和两个女儿，他们要去的地方，是当时大多数法国人听都没听说过的城市"上海"。

"特鲁安号"在途中遭遇了海浪、逆风、暴风雨，敏体尼只好在新加坡换船，后来又搭乘一艘英国的"加勒比号"帆船，航行了八个多月，于1848年1月25日到达上海。

敏体尼到上海来，要在这里建一座法国领事馆，他以法国驻沪首任领事的身份与清政府谈判，要求建立一个"法租界"。

这时，英国人已经在上海经营很多年了，他们在黄浦江边建造了一些商铺、一些货栈、几座花园别墅、一座市政厅和一个领事馆，英租界里有87个英国侨民。

敏体尼先找上海道台要个地方安家。上海道台在上海县城外，县城墙与英租界之间一块荒芜的土地上，给了他一间原本租给传教士的破破烂烂的房子。

敏体尼和他的全家搬进了这个破房子，房子的四周都是无人居住的泥沼荒地，遍布野生的芦苇和杂乱的坟冢。

上海道台"特许"这一片荒地给"蛮夷"使用时，签订了一个《土地章程》，规定租地里的所有坟墓棺椁必须保留，而且要尊重墓主的祭扫权利。

敏体尼找道台具体商议租地上每座坟、每具棺椁、每只骨灰坛的价格，然后，他寻找那些华人捎客出面，从坟墓主人那里收购坟墓，再高价转卖给法国商人。

1849年初，一个叫雷米的法国钟表商，在支付给中介捎客棺椁或骨灰坛的费用后，率先向官署支付了2742法郎，获得了租界东北角的"两亩三分六厘"（相当于1500平方米）的土地，并且每年支付每亩1500文的年租。今天的永康路，过去就叫雷米路。

敏体尼在黄浦江边的租地上建造了第一座法国驻沪领事馆，每年夏天，黄浦江里，夹杂着动植物腐臭疫气的潮水都会淹没花园，灌进底楼，淤泥总会弄脏简单地铺在土层上的地板。

法国人在黄浦江边保留了一条百米宽的通道，准备规划未来的港口，也用来建设一条江边的人行道，后来，这条江边人行道就变成了法黄浦滩，当地人称"法国外滩"。

他们还在租界里铺筑了第一条马路，并且在路口安装了煤油灯，虽然昏暗，但是因为这点光亮，还是影响了这座城市的夜生活。

法租界初创的时候，在上海仅有十几个法国人，屈指可数：敏体尼一家人，一名翻译和几个传教士，两个经商的法国人阿鲁内和雷米，还有就是领事的厨师布雷顿。布雷顿原是"特鲁安号"的老海员，掌勺三个月就不幸死于痢疾。

军火商阿鲁内是最早到上海来办洋行的法国人，后来生意萧条，陷入了困境。紧随其后的雷米和他的侄子分别娶了法国驻沪领事敏体尼的两个女儿，合伙办了雷米洋行，生意却逐渐兴隆起来。

雷米的成功，激励了许多法国商人远涉重洋来上海办洋行，开珠宝、钟表、服装草帽等奢侈品店。

当初，英租界和美租界试图说服法国人，将上海的三个租界合并，但是"高卢雄鸡"非常警觉地竖起羽毛，对盎格鲁-撒克逊人及其同党摆出了好斗的架势。

英、美租界1863年合并为公共租界，建造了一座雄伟的工部局行政大楼。法租界不甘示弱，也在1863至1865年建造了一座豪华的公董局大楼，并且开始在法租界内使用煤气灯取代油灯。

上海这座"国际都市"里，各国的民族特性几乎都原封不动地保留下来，英国人始终是英国人，美国人始终是美国人，法国人也始终是法国人，其他各国都一样，可以彼此交流，彼此影响，但是不会相互融合。

法国人热情健谈，喝酒时动静很大。他们喝一杯酒，给人感觉像喝了十杯，而英国人喝十杯酒，却让人感觉只喝了一杯。法国人喜欢喝到午夜，坐上黄包车，在法租界的马路和弄堂里颠簸着回家。1896年起，这些街道和弄堂都已安装了通电的路灯，彻夜通明，而那时的法国，很多城市还在使用煤气灯。

1900至1940年，法租界经历了惊人的发展，土地扩张，人口剧增，尤其是两次世界大战期间逃亡到上海的白俄、犹太人，一半以上生活在法租界。

法租界里的许多大楼的门卫、夜总会的侍者或者公馆的马夫，都是昔日沙皇时期的公爵、侯爵，许多舞厅的舞女、咖啡吧的侍女或色情场所的漂亮女人，先前都是贵族夫人、小姐。

白俄来沪后，几艘满载犹太人的轮船又在黄浦江畔靠岸，两万多逃离法西斯屠杀的犹太人中，有几千人在法租界落脚谋生，其中有许多著名的知识分子和艺术家。

斯华士先生是维也纳大学的知名教授，在法租界走街串巷，挨家挨户卖肥皂。他的太太在家制作假珍珠项链，招揽周围的生意。

一个德国原交响乐团的指挥，白天上门教有钱人家的孩子弹钢琴，晚上在家帮太太做裁缝活儿。

法租界有条繁华的大马路，法国人称"霞飞路"，白俄喜欢称作"涅瓦街"，上海人却叫它"罗宋路"。

早在16世纪，法国有个圣者叫依纳爵（Saint Ignace），他在巴黎创办了耶稣会。

法租界建立后，耶稣会的一些神父到上海来传教、传播西方文化，但是一时找不到合适的地方。

后来，他们找到上海县城外，在法华泾、肇嘉浜和蒲汇塘三条河交汇的地方，住着明代天主教徒徐光启的一些后人，叫徐家汇。

1848年，神父们在徐家汇建造天主教堂，献给耶稣会的奠基人圣依纳爵，还在附近建了一所圣依纳爵公学，这是上海第一所近代教育的教会学校。

随后，圣约翰学院、沪江大学、圣玛利亚女中、中西女中等著名教会学校相继在上海创办，为上海乃至整个国家培养了一大批精英人才，担当起民族兴亡的重任。

圣依纳爵公学招收的第一批学生中有个男孩叫马相伯，后来他从这里毕业后，就成了"海上教育家"的鼻祖。

马相伯的家在镇江，他的祖上在利玛窦来华传教时皈依了天主教。他11岁那年，瞒着家人，独自来到上海，找到徐家汇教堂报名，进了圣依纳爵公学读书。

马相伯的法语、拉丁语、哲学、数理以及天文学的成绩非常优秀，法国领事重金聘他当秘书，被他婉言拒绝了，他说："我学法语，是为中国人用的。"

1874年，教会委派马相伯当徐汇公学（即原来的圣依纳爵公学）的校长。

1902年，法租界里的南洋公学发生"墨水瓶事件"，因校方开除无辜学生而引起两百多名学生集体退学。

当时，班主任蔡元培也愤而辞职，他和章炳麟等人创办"爱国学社"，安置退学的学生继续读书，同时，蔡元培想到了自己的拉丁文老师马相伯。

当初，每天凌晨五点，蔡元培都要从南洋公学步行到土山湾马相伯的家，毕恭毕敬地静候马相伯醒来并做完晨祷，然后给他上课。现在，蔡元培决定介绍一些学生到马相伯家里学习拉丁文，促使马相伯产生了办学的念头。

马相伯在法租界耶稣会支持下，在徐家汇天文台旧址创办震旦学院，自任院长。

学院分文科和理科两类，文科设拉丁语、法语、英语、德语、意大利语、哲学、历史、地理和政治学等课程，理科设数学、化学、生物、地质学，以及簿记、绘图、音乐和体操等课程。

几年后，震旦声名鹊起，学生数量倍增，然而，马相伯坚持的"崇尚科学，注重文艺，不谈教理"的办学宗旨遭到教会的猜忌，他们另外派了个教务长来干预教学，强迫学生接受宗教课程，规定学生早晚祷告和做礼拜，引发学生反感。

马相伯决定离开震旦，130名学生追随他也退学了。

马相伯向各方联系，最后借到吴淞镇提督行辕衙署的几间年久失修的平房，在那里创办了复旦公学，即今天复旦大学的前身。

法租界几个神父和修女，在徐家汇办了圣依纳爵公学、圣母修道院，又在土山湾办了孤儿院，专门招收贫穷的孩子以及孤儿，进行近代科学教育和技能培养。犹如蝴蝶的翅膀振动了几下，上海就听到了未来无数社会精英叱咤风云的声音了。

上海有无数现代教育的"第一"：

中国近代第一所中外合办的科技学校——格致书院；

中国人自办的第一所新式小学——正蒙书院；

中国人自办的第一所女子学堂——经正学堂；

中国人自办的第一所女子中学——务本女塾；

民主派人士创办的第一所女学校——爱国女校；

中国人自办的第一所私立大学——南洋公学；

中国人自办的第一所国立医学院——国立上海医学院；

中国近代第一所美术专科学校——上海图画美术学校；

中国近代最早的国立高等音乐学府——国立音乐院；

中国第一份教育专业期刊——《教育世界》；

中国第一个职业教育团体——中华职业教育社……

第三篇

人物背影

"海上三胡"

开埠以后的上海滩，无人不知赫赫有名的"海上三胡"，他们是海派画祖胡公寿、红顶商人胡雪岩和书寓名妓胡宝玉。

松江人胡公寿因为多年科举考试未中，放弃仕途，来闯荡上海滩，他以书画谋生，冲破传统书画的清规戒律，开创出一片文商兼容、雅俗共赏的画坛新天地。当年，胡公寿的书画"江浙名士无不倾服，谓三百年来无此作也"。

海派画坛里，日本书画家是个重要的群体，他们不仅购买海派画作，而且结交海上画友，拜师学艺。胡公寿摒弃偏见，以书画会友，深受日本人的推崇，被视为画坛权威，几乎所有到上海的日本人都会想办法拜访胡公寿，并以拥有他的画作为荣，"日本人东归，辄以得其胡公寿尺幅为韵事"。

安徽人胡雪岩到上海筹办钱庄，先拜访海上花王胡宝玉，求她帮忙联络洋行买办、沪上富商借款。他在上海为官府运军火、粮草，资助创建洋枪队，深得左宗棠的信任，被委任为总管，走上了亦官亦商的道路。

八国联军进攻北京，清廷大量的募兵经费都存入胡雪岩的钱庄，而且，这个习惯一直延续了下去，如清军镇压太平军时，大大小小的官员，都会将掠夺来的钱财存放在他的钱庄。胡雪岩就用这些钱为资本做生意，在各地设商号，收益巨大，成了"最富的人"。

海上名妓胡宝玉也是一个家财万贯的"女商人"，究竟有多少钱财谁也说不清楚。她总是债台高筑，但花钱始终大手大脚，她的资本不是钱财、不是文化，也不是姿色，而是她被媒体小报炒作的名气。上海学者马相伯调查过，他说当年汇丰银行刚成立的时候，存款人主要都是这些名妓。

这些名妓是上海滩"制造风气"的人，她们在自己称作"书寓"的房间里摆设西式家具、外国小玩意，经常"出局"到茶园、戏院去说书或抛头露面演髦儿戏，相约了一起乘坐华丽的马车，在外滩、四马路、大马路等闹市兜风，非常自信地穿着时尚艳服，到"一品香"吃西餐、到张园喝咖啡，她们甚至包养戏子、文人、官员，过"临时家庭"的温馨日子。

当时的京城、天津，因为朝廷禁止官妓，妓院都被赶到前门外污水烂泥的胡同里去了。那时还禁止女人进茶园看戏，更不允许女人登台唱戏，与上海的风气相差甚远。

胡宝玉有个别称，叫"九尾狐"，因为她是上海滩最精明、爱算计的名妓，小说家吴趼人说她"具如日如电之眼，环视诸客，择其最能挥霍者，独与之厚"。

像胡宝玉这样的书寓"先生"，大多都摆脱了单纯的性服务，走出被动的私密空间，与胡公寿、胡雪岩那样的文化人、商人和官员平起平坐，引领时尚。

穷人与富人的尊卑

1906年，上海非常流行的《游戏报》《绣像小说》主编叫李伯元，他讲过一则红顶商人胡雪岩在上海主持清军采运局时的故事，这是开埠初期的一段"上海视角"：

有一天，胡雪岩路过一家裁缝铺，看见一个姑娘倚门而立，颜面清丽，身材苗条，他不禁注目而视。那姑娘发现了，转身关门进房间了。

胡雪岩恼羞成怒，就派人去对老裁缝说，他要娶他的这个女儿做妾，老裁缝不肯。胡雪岩执意要娶，答应给老裁缝七千元，老裁缝才应允了。

胡雪岩选择了一个好日子，在家里宴请宾客，迎娶那个裁缝铺的姑娘过门。

喜宴结束，胡雪岩走进洞房，打开一瓶酒独饮，喝得似醉非醉后，命令那个姑娘脱光了衣服，裸躺在床上。他让奴仆在床边举着巨烛，自己则回环观赏，他捋摸着胡须大笑，对姑娘说："你那天不让我看，今天怎么会这样了？"

胡雪岩说完就走出去，睡到别的房间里去了。

第二天，他派老女佣跟姑娘传话："洞房里的所有一切你都可以拿走，也可以改嫁他人，胡家本来就没有你的位置。"

那姑娘依照胡雪岩所说，带走了房间里的东西，价值两万金，裁缝父女靠着这笔钱也成了一方富人。

老话讲"人穷志短""财大气粗"，胡雪岩与裁缝女儿的故事似乎印证了这个说法。然而，李伯元的"上海视角"关注的却是开埠初期跨时代的文化较量。

腰缠万贯的胡雪岩妻妾成群，他对裁缝女儿令人唾弃的窥视不可理喻。如果他是个穷光蛋，也不会在意那个姑娘对他的漠视，顶多生出点"癞蛤蟆想吃天鹅肉"的奢望。

胡雪岩是个富商，中国长期"重农抑商"的传统里有"商人无行""无商不奸"的成见，越是露富的商人，潜意识里的自卑越敏感，裁缝铺的姑娘无意间刺痛了胡雪岩。

开埠初期，上海绅商的地位通过政治与经济、传统与现代的融合明显提升，胡雪岩以明媒正娶的传统礼仪、平等互利的契约方式"报复"了自卑心的负伤，裁缝父女则因"仪式"而不失"尊重"，改变了贫穷的命运。

那时候，上海的富人比穷人自卑，撒钱摆阔"挣脸""扎台型"的事情很多，原意想找点自信，却也能慈悲心怀，上海的慈善事业也由此逐渐兴旺起来，竟然演变出了一种海派时尚的绅商风气。

海派首创"秉笔华士"

1843年开埠后，外国商人纷纷到上海来，因为对当地的语言文化不熟悉，就全靠"买办"做中介，上海人的洋泾浜英语叫作"康白度"。

很多外国传教士也来了，他们到上海来传道，传播西方文化，一般的华人当不了这种"文化中介"，就雇用落拓文人当"枪手"，人们称这些"枪手"为"秉笔华士"。

"秉笔华士"大多都有国学功底，他们吸收了西洋文化，日后就成了海派文化的首创者。

海派文化的源头在四马路，也就是今天的福州路，据说福州路的命名还关系到一段风流韵事呢。

当年工部局有个英国董事叫马太提，他乘船来中国时，曾在福州码头邂逅一位风情万种的中国女子，他因此日夜神魂颠倒，早就将远在英伦三岛的夫人和家庭抛之脑后，他一心只想求娶这个女人做自己的中国"老婆"。

马太提到上海后，一天，工部局开董事会讨论路名，他就提议用福州做路名。有意思的是，那帮董事听了马太提的风流韵事后，发出一片艳羡感叹，居然全票通过了他的提议。

我们回到海派文化源头的话题上来吧。

基督教英国伦敦会有个传教士叫麦都思，早在上海开埠以前就过来了。1843年上海一开埠，他就在今天的山东中路福州路的南侧，圈了一块地，建造基督教伦敦会总会，还有墨海书馆、天安教堂、仁济医院和住宅，这一带就是老上海非常有名的"麦家圈"。

麦都思建立的墨海书馆，是中国近代最早的出版社，也是最早采用西式汉字活字印刷技术的。

麦都思为了在上海传播西学，聘请了王韬、李善兰、蒋敦复、管嗣复等一批"秉笔华士"，请他们与传教士合作，翻译了大量的西学著作，包括宗教、自然、科技等方面的内容，其中不少译作对海派文化的形成和发展产生了极其重要的影响。

王韬等"秉笔华士"是最早吸收了西方文明、最早融合了东西方文化精华的人，也成了开创海派文化的先驱。

日后，这些"秉笔华士"分别在福州路上创办了100多家书局、报馆、印刷厂，其中很多特色书店的经营内容和方式都是国内首创，书墨幽香弥漫着整条马路。

我一直觉得上海的马路都是有灵魂的。我们今天走在福州路上，大大小小的书店、文具店、纸张店，能够感到无处不在的"书卷气"，一阵阵地袭来，沁人心扉。

如果你陶醉在这种优雅风情里，也许会在马路的哪个角落邂逅一个穿着长衫、夹着书本的"秉笔华士"在匆匆赶路，他对你回首一笑，告诉你，他们没有走远。

两个坏蛋的功绩

南宋时，上海出了两块坏料，一个是崇明人朱清，一个是嘉定人张瑄。

朱清原来在崇明岛上一家姓杨的人家做奴仆，后来为了一点小事，竟然杀了主人，拐了主人的妻子和财产逃到海上。他认识了当海盗的张瑄，两人结伙聚众，在海上群岛贩卖私盐、打家劫舍。

1276年，元朝大将伯颜率兵攻入临安（今杭州），南宋灭亡，朱清和张瑄就投降了伯颜，帮助伯颜将掠夺得到的南宋大批库藏图籍，走海路运载到北方京师去。

安史之乱之后，形成了南粮北运的格局，南方物资大多装船走运河到京城，因为人工运河像个大水槽，就称作"漕运"。

元朝平定全国时，由于运河淤塞不通，南方物资漕运北方，只能从浙江西部涉江入淮，经陆路运输转入永济渠，抵达大都（北京），旷时费力。

这时，伯颜已是元朝左丞相，他想起熟悉海路的朱清、张瑄，就找他们来问问能否改走海路漕运。

海盗本来胆大，如今又有官差的名义，朱清、张瑄马上拍胸脯揽下了这桩别人不敢接的活。

因为北洋沿海水浅礁多，一般的船容易触礁或搁浅，朱清和张瑄找人在太仓重新建造了60艘平底漕船，装上朝廷急需的四万石粮食，循着他们做海盗时熟悉的海路，终于成功地到达了京城。

朝廷自然奖赏了朱、张两人，并将以后送京的漕粮都交给他俩运送，他们喜出望外。

他们建造了更多的漕船，生意越做越大，上海县一些有钱的商人也趋之如鹜，纷纷造船、买船，争先恐后分包南粮北运的生意。

海路漕运的规模也不断扩大，逐渐发展到与东南亚各国通商，官府索性在上海县今天三牌楼路和四牌楼路处，设置了一个市舶司，鼓励海外贸易。

每年召集商船去海外做珠宝、翡翠、香料以及药材的买卖，第二年返回时，市舶司按照货物数量征税。

因为税收迅速增长，上海县的经济地位迅速上升为东南翘楚，历史上称作"负海带江、天下壮县"。

朱清和张暄开辟漕运海路、奠定上海经济地位有功，不但本人升官发财，连家奴也鸡犬升天，当上了千户、万户。然而，这两人毕竟是海盗，有财有势后更加恃权逞强，欺凌百姓，他们动辄就将看不顺眼的人捆绑了丢进海里。

终于有人将他们的不法之事整理成十大罪状上诉朝廷，朝廷下旨砍了他们的头，亲属都流放漠北，他们对上海崛起的功绩也不再有人提起了。

上海欠他一份情

四年前，电台的好友请我帮忙找人，寻找80年前居住在南市的健在者或者他们的后代。那是我第一次听说"独臂神父"感天动地的故事，也第一次感到上海欠他一份情。

豫园派出所的民警帮忙，花了很多时间，从历史尘封的那些泛黄残缺的档案里，找到了二三十位老人，召集起来，听他们用老式的民国上海话重演了一段被淡忘的记忆。

他是法国人，在英国、比利时修道，1913年，他35岁时被派到中国传教，给自己取了个中国名字"饶家驹"。

饶家驹到上海后，先在徐汇公学教法文和化学，在帮学生做实验时，不慎被炸失右臂，老百姓都叫他"独臂神父"。

1937年八一三事变，日军轰炸烧杀造成上海周边的难民潮涌而来，其中还有德国以及欧洲的犹太人。当天起，租界在几十个华界交界处都设置了铁栅栏，派军警把守，凭通行证进入。

日军连日轰炸，几十万难民被阻挡在铁栅栏外，陷入了饥寒交迫的绝境，宅心忠厚的饶家驹萌发了建立一种"难民安全区"来拯救难民的想法。

饶家驹直接找市长俞鸿钧提议，又奔波于英法领事和日军武官之间周旋协调，终于在方浜中路、民国路（今人民路）里的王医马弄24号创立了战时平民救护难民区，上海市民都叫"饶家驹区"。

饶家驹建立了一个由英、法、美和挪威外侨组成的难民区监督委员会，他自己担任主席，将几十万难民安置到区内的小学、庙宇和公所里，组织人手募捐、打扫卫生和医疗防病。

饶家驹天天坐着黄包车四下募捐，黑色法衣被飞弹划破，日军的刺刀顶着他，他都毫不退缩。他甚至亲自飞赴美国、加拿大去游说筹款。他说服了罗斯福总统拨款援助，说服了美国红十字会发起"一碗饭运动"。

"饶家驹区"在战火中保护了30万难民，使我想起被日军屠杀的30万南京人。2009年，电影《南京！南京！》公映时，很多人质疑影片刻意贬低了拉贝的安全区作用。

为此，影片导演陆川曾公开回应，南京安全区的创立并不是拉贝的主意。专家们翻阅"拉贝日记"，也证实了饶家驹给他发电报，指导他建立安全区的做法。

南京大屠杀遇难同胞纪念馆八十多岁的副馆长段月萍在回答记者采访时说："上海的饶神父我当然知道，没有他就没有我们南京的安全区！"

南市难民区和提篮桥犹太人区一样，是老上海的"大爱"胎记，可以申报世界非遗。如今，电影《辛德勒的名单》《拉贝日记》家喻户晓，其实，饶家驹当年保护的人数，以及他为难民所做的事情，远远超过辛德勒和拉贝，然而，人们却渐渐淡忘了他。

饶家驹离开中国时，非常不舍，他说："中国就是我的故乡，我深爱中国，这次暂返欧洲，不久还是要回来的。"他最后的岁月，将"饶家驹"改名为"饶家华"。

上海欠他一份情。幸亏一些学者于2020年12月在老城厢里为他竖立了一块纪念碑。

倒霉的"太太学堂"

太太是"内助"，也是潜移默化先生的"学堂"。

过去，走过余庆路80号，高高的围墙上扎着黑色的竹篱笆，里面藏着一栋三层西欧风格的洋房。

洋房的主人叫邵式军，他是一个有历史争议的人物，全因为他的太太蒋冬荣。

邵家原是上海滩显赫的官宦之家，邵式军的祖父是苏松太道的道台邵友濂，外公是晚清重臣盛宣怀。

邵式军的大哥邵云龙是个颇具贵族气质的"唯美"诗人，为了追求自己的表姐、盛宣怀的孙女盛佩玉，他引用《诗经·郑风》"佩玉锵锵，洵美且都"的诗句，将自己的名字改成邵洵美。日后，邵洵美名扬海内外，人们倒忘记了他的本名。

盛佩玉是个大家闺秀，邵洵美与她婚后"七年之痒"，又恋上美国女作家艾米丽·哈恩，他给情人取名项美丽，搬到福州路江西路口的都城饭店同居。

盛佩玉虽然伤心悲痛，但是仍然盛情款待项美丽，还经常约她一起逛街。邵洵美愧然感佩，也不时邀请妻子和项美丽一起出去吃饭、跳舞、看戏，他们三人同坐敞篷马车兜风，也是当年上海滩的独特风景。

邵式军出生在1909年，他在复旦读大学的时候，清王朝已被推翻多年，家族衰败的气象日益明显，他爱恋上了老同盟会员、浙江都督蒋百器的爱女蒋冬荣。

封建遗老的邵府家道中落、推翻清朝的革命新贵蒋家如日中天，两家长辈都极力反对两人结亲，但是邵式军与蒋冬荣拼命抗争，几经周折，才如愿以偿。

结婚前夜，蒋家给邵府悄悄送去一大笔钱，次日邵府作为聘礼敲锣打鼓地送还蒋家，邵式军就这样入学进了蒋家的"太太学堂"，从此对蒋冬荣言听计从。

八一三事变后，上海滩到处是逃难的人群，蒋家也顿时跌入窘迫的困境，变得灰头土脸。

蒋冬荣怂恿邵式军走近其父日本留学时的同学松井石根，此人当时是占领上海的日军指挥官。松井石根当时急需筹集军饷，一眼看中了邵式军的家庭背景，就委任他做了"苏浙皖税务总局局长"。

邵式军终于"有财有势"了，在蒋家也扬眉吐气起来，他砸大把钱在爱棠路（今余庆路）购地1 000多平方米，建造起一栋花园洋房。

这栋洋房，有卫兵荷枪把守，高压电网的围墙，过路人却个个嗤之以鼻，靠太太当汉奸，神气啥？

邵洵美与弟弟断绝了来往，爱国锄奸队几次暗杀邵式军，邵式军夫妇惶惶不可终日。

蒋冬荣想起了蒋家的远房亲戚冯少白，早听说他是新四军，她指使邵式军送钱给冯少白，为新四军购置药品等紧缺物资。在冯少白的帮助下，余庆路的这栋洋房后来变成了新四军在上海的秘密采购供应站。

那时的上海人不知道实情，还是经常有人趁卫兵不注意，朝洋房吐口水，甚至夜晚在围墙下撒尿、抛屎，真是一座倒霉的"太太学堂"。

邵式军的这栋洋房，1945年被国民党没收，1949年被解放军接收，后来开过酒家，现在是上海市精神文明建设委员会的办公室。

岳阳路上的"大表哥"

众多称谓里面，"表哥"的指代是最宽泛模糊的，有时暗含暧昧，有时还附带腐败，比如"网红"受贿局长杨某才。

岳阳路上的"大表哥"，倒是千真万确的。

1936年12月12日清晨，住在华清池的蒋介石听见异常的枪声，惊慌失措地翻窗逃往骊山，不慎摔伤，后来被张学良的卫队找到，背下山。

蒋介石回到南京后，疼痛难熬。

宋美龄说："达令，到上海祁齐路（今岳阳路）找大表哥吧?"蒋介石却愤愤然，言不由衷地回答："不去!"

大表哥叫牛惠霖，他的母亲倪桂清是宋氏三姐妹的母亲倪桂珍的胞姐，牛惠霖比宋庆龄大四岁，比宋美龄大九岁，是嫡亲的大表哥，牛惠霖还有个弟弟牛惠生，是她们的小表哥。

岳阳路190号的一栋法国风格的花园洋房，是牛惠霖、牛惠生1920年创办的"霖生医院"，那时兄弟俩刚从英国和美国回来不久，虽然在国外行医都已声名显赫，但是他俩行事低调，在上海知道他们的人不多。

"霖生医院"创立第二年，香港港督患重病，四处求医都不见好转，总督府求助英国政府派名医去救治，英国政府回电，最好的良医已回上海，何必舍近求远?

牛惠霖接到英国政府的电报后，立即赴港。到底医术高明，众医认定是得了疑难杂症的港督，牛惠霖手到病除，顿时轰动香港、上海，"霖生医院"声名鹊起，达官显贵纷至沓来。

1932年，陈赓负伤，"霖生医院"冒险掩护并救治了他。

蒋介石不喜欢"霖生医院"，但奈何不得，因为宋美龄她们从小就敬佩这两个表哥。

牛惠霖、牛惠生从上海圣约翰大学毕业后，一个到英国剑桥大学留学，一个到美国哈佛大学深造，彼此都获得了医学博士的头衔，他们在国外事业辉煌之时，毅然回沪，创办华人医院，协助中华医学会的创立，深得宋家几位表妹的赞赏。

华清池的一跤，蒋介石伤筋痛骨，终究熬不过去，最后还是在宋美龄的陪同下，到上海的岳阳路190号求助"大表哥"和"小表哥"，很快解除了病痛。

1937年，忙碌于抗战的战地救治，身心疲惫，两位表哥同一年英年早逝，一个48岁，一个45岁。

岳阳路190号，中华人民共和国成立后一度是徐汇区结核病防治院，现在变成了火锅店，专门经营潮汕海鲜。

女人的"背影"

三月了，早春的风不再料峭，街头的衣裳逐渐明媚轻柔，街谈巷议也呈现出了含苞待放的势头。有朋友来电，说："女人节快到了，先生也写点女人的文字吧？"

日本有个兼好法师，在他写的《徒然草》里，讲了一个扶桑古代人学仙的故事：一个叫久米的人经过刻苦修炼，终于成仙。久米仙人腾空飘过家乡，他在云端看到河边有个妇人在赤着脚浣洗衣裳，那洁白的裸腿使他不能自持，忽生染心，随即从云端坠落，从此又做了凡夫。兼好法师说："也是应该。"

上海女人的摩登漂亮是中外闻名的，如今，人们见识多了，也不至于为点浪漫性感而不能自持，然而，却难以抵挡那种淑女远去背影的风韵，禁不住"忽生"点什么心的。

前几年，《老照片》刊登了一张民国四公子之一的张伯驹夫人潘素的照片，她亭亭玉立在一枝寒梅旁边，长长的黑旗袍和长长的耳坠子，衬托出温和的风韵，流苏帐暖，春光宛转，几乎可以听出她轻声柔语里的沪调吴音。

潘素弹得一手好琵琶，早年沦落在上海天香阁，被官绅巨贾追捧为"潘妃"。后来，国民党中将臧卓和盐业银行的公子张伯驹争相娶她，传说臧卓将她关在一品香酒店里，是张伯驹则买通了卫兵，将她偷偷接出来，躲避在静安别墅里的。

潘素的画比张伯驹的字词好，政府拿来赠送给英国首相、美国总统；张伯驹的文章比潘素的画好，他与三四十个好友闲谈金石、书画、词章、掌故、游览、逸闻，潘素支持他随谈随写，积日成书，留给世间一段段过往的念想。

董桥尤其喜欢张伯驹的这些笔记小品，他说："每读一遍，恍似春游，烟凝雨泣之间，他伉爽的风规自是桥上迟来的故人。"

张伯驹原有两个太太，一个父母包办，另一个始好终淡，跟潘素以后，他再不涉足风月，与潘素以沫相濡，相伴到老。

潘素不爱财，她曾变卖心爱的细软首饰，帮张伯驹凑足四万两银子，收藏西晋陆机的《平复帖》。抗战时期，她也曾四处借贷40万元，营救被汪精卫手下绑架的张伯驹，而绝不肯出卖张伯驹的收藏品。有人将隋朝展子虔的《游春图》贩卖到海外，她与张伯驹卖掉房产（李莲英旧墅），又向朋友转借，凑足240两黄金买回。后来，这些倾家荡产收藏的文物都无偿捐献给了故宫。

潘素远去了，背影并不朦胧，而且比《老照片》里更加妩媚。前几天，跟"瀚艺旗袍"私人订制的设计大师周兄聊及海派旗袍的特色，他说"全在于做出旗袍背影的韵魅"，背影撩人魂魄，"也是应该"。

今天的"美女经济"不染心，化妆、美容、服饰，女人都被压成了平扁的画片，正反都不留背影，找不回潘素那一代名媛淑女的记忆。

《陶庵梦忆》里有个西陵脚夫为人担酒，不慎失足摔破了酒瓮，他赔不起，只好痴坐呆想：如果是梦就好了。其实，很多上海男人的心底深处，都藏着一只破酒瓮的。

徐志摩的"命"与"运"

"我"是命运，经常遭人抱怨，指责我不公，只眷顾少数宠儿。

"我"天性就活泼好动，喜欢恶作剧，虽然天"命"不可违，但"我"经常作弄"运"，因为"运"可以瞬息万变。

徐志摩读的杭州府中学堂（今杭州一中）是"省重点"，当年非常有名，经常有官方大员参观视察。

有一天，来了个浙江督军的秘书张嘉璈，这个人命好，将来要做中央银行的总裁，"我"让他随手翻翻学生的作文簿，突然发现了徐志摩的一手好毛笔字，玉树临风，筋骨挺然。

张嘉璈拿起簿子，竟是一篇名为"论小说与社会之关系"的文章，洋洋洒洒，气势轩昂。张嘉璈一眼看中这个才华横溢的中学生，居然联系上了他的父亲，要将自己的妹妹张幼仪嫁给他。

天上掉下个大家闺秀的"张妹妹"，徐志摩自然满心欢喜，后来与她结婚生子，学业也飞黄腾达了。家庭安排他读了天津的北洋大学和北京大学的法科后，又送他到美国哥伦比亚大学读经济科，锦绣前程在等着这个被"我"眷顾的年轻人。

1920年秋天，24岁的徐志摩取得了哥伦比亚大学硕士学位后，来到伦敦剑桥大学政治经济学院，他慕名哲学大师罗素，想跟他学哲学，成为中国的汉密尔顿（苏格兰哲学家）。

"我"跟他开了个玩笑，让罗素这个时候带着自己的小情人去上海，玩他的"罗素式婚姻"去了。

徐志摩只遇见了狄更斯。经狄更斯介绍，他以特别生的资格转入剑桥皇家学院，来到了金柳青荇的康河畔，遇见了天上掉下的又一个"林妹妹"林徽因。

康河的柔波月色与才子佳人的浪漫造就了诗人徐志摩，他狂热地、不顾一切地追求爱情，甚至要正在怀孕的妻子"堕胎"，逼着张幼仪离婚。

"我"意识到玩过火了，连忙让林徽因的父亲、徐志摩多年的朋友林长民出手反对他们结婚，又让徐志摩的恩师梁启超，鼓励自己的儿子梁思成娶了林徽因做了儿媳。

失恋的徐志摩回来了，经常到好友王赓家去玩，认识了王赓多才多艺的妻子陆小曼。王赓是个醉心于事业不恋家的，他委托徐志摩多陪陪陆小曼。

印度诗人泰戈尔访华时，徐志摩当翻译，认识了燕京大学的才女凌淑华，两人经常书信来往。

那天，徐志摩的父亲和王赓一起来看他，他知道父亲喜欢凌淑华，希望他娶其为妻。为了取悦父亲，他说"淑华有信"，就伸手摸压在枕头底下的信。

"我"又沉不住气了，想跟他再开个玩笑。因为"我"知道徐志摩的枕头底下藏着两封信，除了凌淑华的，还有一封陆小曼的。

欣喜的徐父和王赓一起看信，只见王赓脸色突变，读完就夺门走人，因为"我"让徐志摩拿错了一封信，陆小曼情意绵绵的私房话，彻底断送了一桩本来就岌岌可危的婚姻。

事已至此，向来不顾及羽毛的徐志摩，只好冒天下之大不韪，娶了陆小曼做了第二任妻子。

婚后的徐志摩并不舒心，由于父亲断绝了经济支助，加上陆小曼抽烟、看戏等交际开销，他只得到处兼课赚钱，苦衷都吐露在自己的日记里，因为他经常在各个城市飞来飞去，就把自己的日记托付凌淑华保管。

被"我"眷顾的徐志摩已经无力选择自己的人生，34岁时，"我"一撒手，他飞机失事走了。

林徽因借助胡适拿到了徐志摩的日记，其实，凌淑华一直不肯的，无奈胡适的面子太大了，凌淑华交出来时还附了一张字条："适之，外本壁还，包纸及绳仍旧样，望查收，此事以后希望能如一朵乌云飞过清溪，彼此不留影子才好。否则怎样对得起那个爱和谐的长眠人！我永远未想到北京的风是这样刺脸，土是这样迷眼，你不留神，就许害一场病……"

凌淑华是聪明的，林徽因到底还是一把火烧掉了徐志摩的日记，也彻底扑灭了"我"任性作弄的热情。平心想想，被"我"眷顾也实在没啥幸运的，人生的路还是平平庸庸地走过好。

徐光启之后

徐光启是公认的近代上海人的代表，那么，徐光启以后呢？谁最有资格代表上海的城市形象？

讲一口川沙口音上海话的宋庆龄。

宋庆龄的父亲宋嘉树1886年从美国留学回国，没有回故乡海南，而是到上海定居，后来，他娶了川沙传教士倪韫山的二小姐倪桂珍，丈母娘倪徐氏是徐光启的后代。

宋庆龄出生以前，上海已有七所女子学堂，她的母亲是裨文女塾（今上海市第九中学）的女生，数学、钢琴的成绩特别出众，毕业不久就嫁给了宋嘉树。

1902年宋庆龄十岁，她进了西藏路汉口路口的中西女塾读书，直到1906年毕业。这是一所贵族式教会女校，重点教授英文、宗教、科学知识和培养独立人格。

这所学校1917年搬迁到公共租界越界筑路的忆定盘路（今江苏路），1930年起改名为"中西女中"，就是今天"市三女中"的前身。除了宋氏三姐妹，顾圣婴等很多才女都曾在这里读过书。

宋庆龄在中西女塾读书的时候，也是上海社会最有活力的时期，1902年，南洋公学闹学潮，一批学生退学，成立了爱国学社；1903年，拒俄运动影响全国，"苏报案"震动世界；1904年，"光复会"在上海成立，暗杀朝廷命官的活动此起彼伏；1905年，抵制美货、大闹会审公堂的反帝斗争风起云涌；1906年，一批赴日留学生抗议日本政府歧视，退学回到上海来创办中国公学。

上海人的习俗里，兄弟姊妹大多老大稳健，老二智慧，老三机灵，宋氏三姐妹则因为父母的开明新潮，更受各自成长时期的社会影响而不同，老大宋霭龄是现实主义者，老二宋庆龄是理想主义者，老三宋美龄是权利主义者，所以，社会上有三姐妹"爱财、爱国、爱权"的说法。

那时，上海是一座"三方四地"的城市，公共租界、法租界和华界各自为政，南市与闸北也被租界相隔，存在许多治安的灰色地带，特别便于革命活动。

宋庆龄大部分社会活动都在上海，充分利用了这些灰色地带。譬如，1927年8月，她秘密前往莫斯科，手续是她的美国友人、英文报纸《人民论坛报》的主编普罗梅代办的，也是在普罗梅的陪护下，她悄悄离开莫里哀路（今香山路）的寓所，坐上一辆事先停在路旁的苏联领事馆的汽车，然后到黄浦江边，登上武汉国民政府外交部秘书长吴之椿早就安排好的机动舢板，接驳到苏联的货船上。

美国人、苏联人、中国外交官以及汽车、机动舢板、轮船等各种元素融合在一起，在别的城市不可想象。

上海给了宋庆龄聪明、自信、独立和坚强的人格，也成就了她的爱国理想。她生于上海，成长于上海，又长眠于上海，她的温柔、清晰的川沙上海口音，一直留在上海人的心里，上海人将她看作不可替代的上海人的形象代言人。

"活埋庵"前说"牢骚"

牢骚是人之常情，听人发牢骚也是常有的事情。

人生总有各种各样的愿望，但是，大多都难以如愿。不如意就会生出烦闷、哀怨、抱恨的情绪，看什么都不顺眼，说出来的话就带"牢骚"。

然而——

牢者，祭祀的牛羊也；骚者，羊之臊味也。牢骚过盛，难免臊味熏人，听者掩耳而说者不自知。

思南公馆是上海历史文化风貌的地标之一，那里的一幢房子里（复兴中路517号），曾住过一个性情老人，他特别爱发牢骚，甚至将居室命名为"活埋庵"，把自己"活埋"三年，闭门编古籍。

这个可爱的性情老人就是柳亚子，他是毛泽东的诗友，他曾发过一次著名的牢骚而留下一段千古佳话。

柳亚子是个敢哭、敢笑、敢怒、敢骂的文人。清末，他与高旭、陈去病发起成立南社，反对清廷政府。他主持南社多年，后来，因为他的一个建议遭到否决，满腹牢骚，愤而宣布"退社"。

辛亥革命后，柳亚子到临时总统府当秘书，因为不习惯军政机关的生活，他上班干了三天，却发了三天牢骚，三天后愤然辞职，跑到上海来办报纸了。

袁世凯当道，柳亚子看不惯那时的政治风气，发了一段日子的牢骚后，索性报纸也不办了，回吴江老家，整日纵情诗酒。

柳亚子是同盟会员，国共合作时担任国民党中央监委。他参加国民党二大，不满蒋介石的"整理党务案"，在会场里痛哭表示抗议，边发牢骚边退出了会场。

八一三事变后，柳亚子不满日军占领，又一时看不清救国形势，郁闷哀怨，他将自己的居室改称"活埋庵"，竟然三年闭门谢客，在家整理古籍，修身养性。

1949年，柳亚子心情不好，写诗给毛泽东说：

> 开天辟地君真健，说项依刘我大难。
> 夺席谈经非五鹿，无车弹铗怨冯驩。
> 头颅早悔平生贱，肝胆宁忘一寸丹！
> 安得南征驰捷报，分湖便是子陵滩。

柳亚子的满腹牢骚跃然纸上。他说的"说项依刘我大难"暗示要我像说服项羽依从刘邦那样，说服蒋介石接受共产党的领导是个天大的难题。

"分湖便是子陵滩"表示他要回老家了，打算学东汉严子陵那样，回到富春江边的分湖，过他的隐居生活。

毛泽东读到老朋友要挂冠退隐的牢骚之作，思量再三，提笔作诗规劝挽留：

> 饮茶粤海未能忘，索句渝州叶正黄。
> 三十一年还旧国，落花时节读华章。
> 牢骚太盛防肠断，风物长宜放眼量。
> 莫道昆明池水浅，观鱼胜过富春江。

这段诗话流传至今，经常被人引用来规劝被郁闷烦恼折磨，好发牢骚解脱心理压力的人。

像柳亚子这样有见识、有本钱发牢骚的人，尚且被劝"牢骚太盛防肠断"，何况当下一些"端起筷子吃肉、放下筷子骂娘"的平庸之辈，动辄抱怨愤懑，牢骚太多毕竟容易伤身体，正如老中医所讲的"喜伤心、怒伤肝"啊！

爱证

七夕时节，话题总离不开爱。

如今，人的平均寿命越来越长，然而，爱的平均生命却越来越短，短得只有几个月，甚至几天就消失了。

爱凭什么活着？换一个问题，爱的生命是什么？

在雁荡路上的复兴公园门口，有家洁而精川菜馆，是建于1927年的著名老字号，在饭店大堂第二根圆柱旁的餐桌上，永远摆着两套整洁的餐具，还有一份当天的《新民晚报》。

这是一个历史定格，珍藏着一份爱的凭证。

20世纪初，上海一户大人家的四小姐叫陈素任，她与其他姊妹的端庄贤淑不同，喜欢抛头露面，追逐时尚新潮，经常被一些老派人士诟病。

当时，脚踏车是非常稀奇的东西，陈四小姐就偏要学骑车。后来，有了汽车，她又执意学开车，还带着同学兜风。她甚至私自支了昂贵的学费学开飞机，后来成了中国最早的女飞行员之一。

如此个性要强、我行我素的大小姐，陈府的老爷和夫人奈何不得，就打算早点给她找个婆家，让婆家给这匹野马挂上笼头。

可是，陈四小姐谁也看不上，她就喜欢一个从没见过，根本不了解的男人，只因为那个男人的嗓音很好听。

陈四小姐理所当然遭到家族、亲友甚至社会的轻侮和嘲笑，但是，人家越反对，她越一意孤行，她的爱就诞生在"四面楚歌"里。

那个男人叫李九皋，是上海一家外国电台音乐节目的播音员，他一点也不知道陈四小姐为他"生产"了一份爱，只知道有个女听众经常打电话点一首名叫《玫瑰人生》的歌曲。

有一天，李九皋接到一个小学同学的电话，那个同学是上海一家名牌美发店的理发师，他说他有个女顾客非常崇拜李九皋，想约他见见面，老同学请李九皋一定要给他个面子，否则他在女顾客那里不好交代。

李九皋和陈素任一见钟情，虽然他比陈素任小五岁，一开始有些犹豫，但是，他根本没有能力抵挡陈素任奔放热烈的进攻，他们相爱了，从此风雨同舟、相濡以沫。

陈素任飞行学习结束了，可以到美国波音公司就职，虽然这是她梦寐以求的好职业，但两个人为分离纠结痛苦，最终还是放弃了。

中华人民共和国成立以后，李九皋因为外语好，被安排到北方教英语，规定不准带家属，这样一别就是20年。

李九皋和陈素任那个时代的人不能理解这对情侣的结合，风言风语、冷嘲热讽，以至于众叛亲离的压力围绕着他们。

换个时代的人又反感他们热衷跳舞和外国音乐的生活方式，尤其是李九皋在"敌台"工作和陈素任的资产阶级出身，一波又一波地审查、交代以及隔离关押。

"文革"中，他们当医生的儿子因为父母的"历史问题"受到牵连，他像父母一样清高，却没有父母的坚韧，终因忍受不了侮辱迫害，自杀身亡。

医院派人告知陈素任时，她正在家里剥毛豆，听到儿子的噩耗愣住了，然后轻声缓慢地对来人讲："谢谢侬。"然后低下头继续剥她的毛豆。

直到篮子里的毛豆剥完，她起身用手掸掉衣襟上的尘屑，收拾那堆空豆荚时，眼泪才哗地全部涌了出来。

李九皋和陈素任的爱就这样在苦难中走过了几十年，爱的生命是磨炼出来的。

他们家就在洁而精川菜馆附近，每天晚上他们都会手挽手过来，坐在第二根圆柱旁的桌子上，点几个常吃的小菜。

李九皋会问服务员要一张当天的《新民晚报》，边看报边吃饭，不时低声跟陈素任说几句话，有时会逗得陈素任用手捂着嘴笑。

饭后，店经理会照例递上餐费的收据，他知道两位老人每天回家都会像集邮一样珍藏这些爱的凭证的。

几十年如一日，后来，两位老人都八九十岁了，天气好，他们还会按时相互挽扶着来，或者是推着轮椅过来吃晚饭。刮风下雨天，店经理也会让服务员将饭菜和收据一起送上门去。

无论什么时候，饭店大堂第二根圆柱旁的桌子一直是留着位子的，如有不知情的顾客要坐的话，服务员就会告诉他们："这是为一对老夫妻留着的情侣专座。"

老上海有个"药神"

电影《我不是药神》很火。20世纪初，老上海也有个"药神"，因为他的药大长了民族志气，火遍大江南北，甚至火遍全球，家喻户晓。

辛亥革命前，日商"同仁会"法团为了争夺中国市场，推出一种名叫"翘胡子仁丹"的药，花大钱在中国城乡到处做广告，赚中国人的钱。

过去，中国人心目中的日本人，都留着一小撮方块胡子，俗称"仁丹胡子"，但是，"同仁会"法团这个药的商标，却是个翘着八字胡的肖像。

据说，这是日本平安时代留下的武士传统，留八字胡的是出身高贵的武士及其后人，留方块胡子的则是平民或商人出身，继承忠勇的武士精神。

"翘胡子仁丹"来头很大，有点不可一世。

在法租界开中法药房的黄楚九不买账，他不知从什么地方觅得一张名为"诸葛行军散"的古方，找懂医的帮忙修改处方，然后，用薄荷脑、冰片、丁香、砂仁等十几种药材，发明生产了"龙虎人丹"挑战"翘胡子仁丹"。

"翘胡子仁丹"非常嫉恨"龙虎人丹"，发狠心要断绝"龙虎人丹"的生路。

日商仗着自己财大气粗，一方面加大推销投入，绘制了各种大大小小的广告，招募更多推销员，在中国各地的车站、码头、铁路沿线以及居民多的地区张贴广告。另一方面，采取赊账销售的方法，将"翘胡子仁丹"批发给各地的经销店、经销商，放账期竟高达十个月，使资金拮据的"龙虎人丹"根本无力跟他们竞争，几乎被扼杀在襁褓里。

黄楚九想过放弃，他曾以四万元将"龙虎人丹"盘给别人经营，结果，人家投资六万元，亏蚀殆尽，黄楚九只好花两万元又抱回了自己的孩子。

黄楚九决心破釜沉舟、背水一战。他向对手学习，尽其所有，也在各地大做广告，向同胞宣传"请用国货"，同时，也尝试长期放账赊销，而且在价格上不顾血本地扩大批发零售差价，让利零售商，这样，"龙虎人丹"才逐渐走出绝境，提升了销量。

"翘胡子仁丹"不甘落败，开始恶意中伤"龙虎人丹"，甚至诬陷"龙虎人丹"是"冒牌货"，他们提起诉讼，要求法院判决"龙虎人丹"停止生产，销毁成品。

黄楚九绝不屈服，他聘请了律师出庭申辩，说明"人丹"与"仁丹"在中文里的意义差别，官司一直打到北京的大理院。

官司久决不下，日方又想重金利诱，派人找黄楚九疏通，说愿意出巨款购买"龙虎人丹"的商标与制造权，遭到黄楚九的坚决拒绝。

这场"翘胡子"与"龙虎"的较量，一直延续到1919年五四运动爆发，中国人燃起了极大的爱国热情，抵制日货的呼声日益高涨，"翘胡子仁丹"彻底败下阵来。

黄楚九这个做药的老板，发明过很多药，只有"龙虎人丹"的这场较量才使他在上海人的心中成了一个了不起的"药神"，上海人偏爱"龙虎人丹"至今，也真是"神"了。

"白道大亨"

老底子，上海人叫大人物"大佬倌""大好佬"。开埠不久，英国商人约翰·亨生发明了一种"亨斯美马车"，精美华贵，只有洋人和华人里的大人物坐得起，上海人就称社会上的大人物为"大亨"了。

民国上海是一件灰布长衫，一副沉稳包容的坦然。

黑道大亨黄金荣称"黄老板"、张啸林称"张大帅"，而杜月笙却自称"杜先生"，他身穿长衫，结交文人，乐做慈善，参与政治，坚持抗日救国，漂白出一抹冷峻的银灰。

大亨有道，不都是黑道。

年长杜月笙二十几岁的王一亭是民国上海的白道大亨，在民族危难的至暗时刻，孤守一缕苦魂。

王一亭早年参加同盟会，参与领导上海光复起义，但是梦碎袁世凯窃国，与孙中山、黄兴等八人被租界驱逐。

他被日本商船会社聘为买办，热心调解日本纱厂工人罢工，为救济五卅罢工的工人家庭忙碌奔波，却收到不明真相的恐吓信和威胁的子弹。

他为海派画坛引荐了吴昌硕，时称"海上双璧"。但是连年天灾、军阀战祸，推倒了他赖以静心的象牙塔，他举办慈善书画义卖救济难民，创办孤儿院、救济所，给蒋介石上书请愿。

他被选为上海佛教居士林的林长，开办佛教书局，收拾乱世人心，祈求改造社会浮躁的风气。

日本关东大地震时，他组织上海各慈善团体募捐，雪中送炭，为日本运去国外第一船赈灾物品。日军侵华时，他辞去了日本买办的职务，并抵制日方拉拢，拒绝参加上海伪政府，为此日军轰炸了他的家园。

他逝世后，举国哀痛，上海各社会团体下半旗，国民政府发表褒扬命令，所有政要、贤达等大亨都发来唁电，却没有一个日本人出席他的追悼会。

民国上海就是一部黑白电影，黑白两道人才济济，黑的有心漂白，白的谨防染黑，这是怎样一个黑白不甚分明的世界，好像穿着一件灰蒙蒙的灰布长衫，踱着方步，艰难地应付各种光怪陆离的颜色的挑衅。

上海有过世界球王

俄罗斯的"世界杯"开赛了，中国球迷特别幸福，格外享受，因为自己的球队没有来，观战没有了固定的立场，每一场都能为胜利狂欢，多喝几瓶啤酒。

中国足球做了看客，心与脚都痒痒的，有点像唐朝孟浩然写的诗："坐观垂钓者，徒有羡鱼情。"

看着球迷们如数家珍地叫喊着一个个世界球星的名字，却没有一个中国人，有些记性的老上海就难免不提当年勇，难免不怀念上海足球的昔日辉煌。

20世纪二三十年代，上海流传着一句话："看戏要看梅兰芳，看球要看李惠堂。"追捧的狂热，丝毫不亚于今天的粉丝和球迷。

1925年，刚满20岁的李惠堂来到上海。那时，华人被西方人看作"东亚病夫"，身体条件不适合足球运动，足球只是租界里外国侨民的专利，最多也只有在圣约翰大学或南洋公学的运动会上看到几个中国男生的身影。

李惠堂跟人组建了个乐华足球队，自任队长兼教练。第二年，他就率队参加租界西人足球联合会举办的"史考托杯"足球赛，以四比一打败保持九届冠军的外国球队。

接着，他又连续两年带领乐华足球队参加上海最高级别的外国人足球联赛，并蝉联冠军。

这是华人足球第一次打败外国人，横扫了"东亚病夫"的屈辱，也在上海滩掀起了"足球热"的飓风，可见上海球迷的源远流长。

1913年至1934年，中国、日本和菲律宾连续办了十届"远东运动会"，中国队连续九届蝉联冠军。李惠堂在几场对阵日本队的比赛中，发挥超常，连续几场净胜四五个球大比分，被吊打的日本足球几十年抬不起头来，日本媒体竟然撰文悲叹："既生瑜，何生亮？"

上海人将李惠堂与梅兰芳相提并论，不仅因为他们都是各自领域的翘楚，也因为他们的文化素养、谦和脾性，更因为他们危难时刻的人格骨气。

日本侵华时期，梅兰芳蓄须明志，躲进小楼，不肯为日本侵略者登台演出；李惠堂也挂靴出走，逃离上海，拒不接受汪伪政权的邀请，率队跑到澳门去参加一个比赛，漂泊了一个多月。

老上海的人喜欢看戏，也喜欢看球，就是看得挑剔，如果人品气质的档子不高，就算脸蛋漂亮、技艺高超的演员和球员，也很难入得戏迷和球迷的眼睛。

李惠堂走过25年足球生涯，有人给他统计过，进球1860个，获奖200多项，曾在德国足球杂志组织的评选活动中，被评为跟贝利、马修斯、斯蒂凡诺、普斯卡什齐名的"世界五大球王"之一。

老城墙的野蛮与浪漫

1292年上海县建立，跟其他地方的县城不同，整整260年没有城墙，也没有护城河。

上海有县无城，引来海上倭寇猖獗，有些浙江、福建的海盗也跟倭寇勾结，他们穿日式服饰，打八幡（八幡，日本应神天皇）旗号，抢夺烧杀上海县附近的青龙、乌泥泾、下砂、新场等繁华市镇，甚至多次掠夺焚烧县城里的街道房屋。

为了抵御海盗骚扰，上海建县260年后（1553）才造了城墙，挖了护城河。

当年的海盗里有个叫徐海的，本来是杭州虎跑寺的花和尚，法名普净，平时经常溜出寺院去赌博、玩女人。

杭州城里有个歌妓叫翘儿，被徽州富商罗龙文包养在一个私宅别院里，徐海经常乘罗龙文不在的时候，偷偷过去私会这个女人，有几次撞见了，罗龙文倒也不为难他，只让翘儿的侍女绿姝陪他去睡。

徐海的叔叔徐惟学是个走私的海盗。有一次，为了向日本大隅岛的一些领主借钱，他将侄子徐海做人质抵押，讲好几船货物出手后，赎回他并付他一大笔钱。

不料，徐惟学在广东走私交易时被官军捕杀了，徐海索性入伙倭寇，伙同日本大隅岛主的弟弟辛五郎组建了一支数万人的海盗船队，势力很大。

1556年春，徐海率领几千艘海盗船来掠夺上海，因为上海刚建筑了城墙，一时不能得逞，转攻杭州、嘉兴等地。在围攻嘉兴府的桐乡时，抓到了从杭州逃出来的翘儿和侍女绿姝。

徐海大喜过望，扣下翘儿做了他的压寨夫人。风尘女出身的翘儿，虽不大情愿，还是曲意逢迎，成天陪他喝酒唱曲。

海上倭乱日益猖獗，清军官兵的武力围剿，屡战屡败，担当闽浙海域剿寇的总督胡宗宪派了个年老的幕僚，带着大批珠宝钱财来招降徐海，徐海却下令将那个老人推出去斩首。

一旁的翘儿劝说道："降还是不降由你，跟来使有什么关系？"说服徐海放回了老人。

老人回到杭州总督府，对胡宗宪说："海盗阵容强大，估计一时难以攻克，不过强盗的女人好像是杭州歌妓翘儿，还通些人情道理，不妨试试疏通这层关系。"

胡宗宪想起了自己的同乡罗龙文，知道他与翘儿的关系，请他帮忙。罗龙文念旧，也想救翘儿出贼窝，就应允了前去游说劝降。

罗龙文到了徐海驻扎的岛上，故友重逢非常高兴，徐海念及罗龙文昔日的豪爽侠义，让他单独见了翘儿。

罗龙文与翘儿私下约定，由翘儿说服徐海接受官家招安，事后他带翘儿一起远走高飞。

一段日子后，徐海经不住翘儿的夜夜枕边风，终于答应带领一支船队归降朝廷。

徐海的船队在浙江沿海登陆，却陷入了官军的重重包围，拼死搏杀，身负重伤，临死前，他仰天长叹："夫人误我！夫人误我！"两个时辰都不倒地。

翘儿被众人拥推到徐海跟前，说道："大王，是妾害了你啊！"说完放声大哭，徐海紧闭的双眼突然大睁，泪如雨下，身体仆然倒下。

胡宗宪平叛了海盗，嘉庆皇帝少不了赏赐加爵，他拉着翘儿跟部将设宴庆功。

庆功宴觥筹交错，胡宗宪逼着翘儿弹琴跳舞，酒醉人狂，竟拖拉着翘儿到帐后，强行做了男女之事。

第二天酒醒，想起这件荒唐事，胡宗宪大为懊恼，就把翘儿赏给部下一个打仗有功的广西狼兵的酋长，叫他赶紧带走。

罗龙文与翘儿破镜重圆的打算落空了，愤然出走。翘儿跟随那个酋长黯然泪下，自己为了逃脱海盗，反而落入"狼"窝，途中乘人不备，跳江自尽了。

上海的城墙为了抵御海盗倭寇而造，徐海的海盗船队被上海的城墙阻拦，转攻杭州、嘉兴和桐乡，才掠得翘儿而演出一幕生离死别的大剧。

民国以后，上海拆了城墙，填了护城河，筑了中华路和民国路（今人民路），这段和尚与歌妓的故事，也随着城墙的倒塌而深埋在墙根河底了。

竹帘后的美丽眼睛

明万历年间，青浦有个七品县令叫屠隆，因为勤勉爱民，被朝廷赏识，选拔到礼部去当个从六品的主事，虽然只"提干"半级，做个专职干事，但毕竟也算京官，他屁颠屁颠地赴任了。

青浦是松江府的一个县（另外还有华亭县、上海县），距离苏州、昆山不远，坊间和缙商院堂，传遍了儒雅婉转的苏州评弹、清丽妩艳的昆曲南戏，屠隆非常喜爱，经常自己编戏，还在家里搭台演戏。

礼部主事是个闲职，事务之余，大多是官场应酬，或者找门路给上司送礼。屠隆不屑也不擅长，他索性把京城当作一逞才情的戏台，拿出在青浦写的戏本，或者新编传奇，在上流社会的私人堂会上客串出演。

巧得很，五年前屠隆进京会考结识的青年剧作家汤显祖，也在这时春闱及第，考中进士，选拔到礼部见习。这两个朋友做了同事，越发超脱俗务，无心尘世功名，只管沉醉于戏里人生。

屠隆这个南方官吏，能写又能演，而且扮相俊美，一时成了京城里众相邀请的红人，达官贵人也竞相与他结交。

侯爵宋世恩是个纨绔子弟，先祖因西征有功，被封为西宁侯，他奢靡豪爽，雅好文艺，在一次私人聚会上遇到屠隆，执意要兄弟相称，跟他学辞赋戏曲。

从此，屠隆经常出入西宁侯府，谈赋论曲，登台演戏。

西宁侯夫人是一位才色兼具的大家闺秀，而且擅长戏曲音律，每当屠隆脱下官袍，登台扮作优伶客串角色，她都会坐在微风吹晃的帘箔后面欣赏。如果中场休息，细心的侯爵夫人还会嘱咐下人，给屠隆递来一杯香茗。

侯门深宅里的女人青睐与倾慕，未必都引申出男女私情，然而，有人却利用当时南北文化的差异，渲染了一个礼部官员与侯爵夫人的绯闻，编出屠隆"戏入王侯之室，灭烛绝缨，簪遗珥堕，男女嬲而交错"的暧昧细节，告状到万历皇帝那里了。

皇帝革了屠隆的职，将他赶出京城，他从此"以辞赋为雅道，以吏事为风尘"，不再追求功名，刻意逃避北庭，只是在吴越山水间，与声伎伶人为伍。

但是，屠隆忘不了侯府帘箔后的那双美丽而解语的眼睛，深感知音难觅，心底郁结着无尽的惆怅和内疚。

这时，汤显祖已经结束见习，被派往南京做官，他听说老朋友风波跌宕黯然回乡，怕屠隆想不开，写信劝他不必为一芥小官患得患失，更用不着因为北庭的偏见而改变风流倜傥的风格，"古来才子多骄纵，直取歌篇足弹诵"。

屠隆离开京城15年后的一个秋天，他在西湖边大会宾客，凡是与他有过交往、稍有名气的文林士子、菊坛名角悉数邀来，聚会的高潮是他让自己家养的声伎演出他的新戏《昙花记》。

《昙花记》赢得满堂喝彩，一举成名。

知己的朋友都看得懂这个戏，讲述屠隆早年"北漂"，被人暗算，连累侯爵夫人的故事，这年他已经60岁了，还是难以忘怀帘箔后面那双动人魂魄的美丽眼睛。

这个青浦人到北方一年多，热闹了一阵后被逐出京城，徒留昙花一现、满地虚空的感叹。当他盛演《昙花记》时，西宁侯宋世恩已经逝世三年，那位热爱戏曲的夫人也不知怎么样了……

民俗杂谭

上海人带头剪辫子

《阿Q正传》里面，阿Q与小D吵架，彼此揪住对方的辫子，阿Q进三步，小D退三步，站住。然后，小D进三步，阿Q退三步，又站住。揪辫子，弱者之争，两者皆输，旁观者赢。

1911年上海光复后，社会上最早发生两个变化，一是各商家都将市招广告中的"满汉酒席""满汉首饰""满汉茶食"中的"满"字刮去，换上一个"新"字，变成"新汉酒席""新汉首饰""新汉茶食"等字样，另一个就是人人参与的一场"剪辫子"市民运动。

上海是中国最早发生"剪辫子"运动的地方。

早在辛亥革命之前，1910年深秋的一个夜晚，官拜清廷外务侍郎的伍廷芳就聚集过160多人，在法租界霞飞路自己的寓所秘密商议过剪辫子。

1910年12月15日中午，清朝皇帝还坐在北京的龙椅上，上海张园召开了一场万人剪辫大会。

无数车马、人群将张园门口的静安寺路堵塞得水泄不通，还有一百多名闻讯赶来的外国记者，拼命往里面挤。

主持人黄长根代表上海市民宣读了《告同胞书》：

> 同胞们，留在中国人头上的长辫，至今已有200多年，这条长辫就像一条盘缠在国人脖子上的毒蛇，时刻威胁着汉人的生存。同时，也是汉人受耻辱的200多年。自从外国列强侵占吾中华以来，头上的长辫更成了洋人视吾中华民族为世界劣等民族的象征，从而使国人

受尽了洋人之欺凌……

会场内外响应起一阵阵口号：

"剪掉长辫，洗雪耻辱！"
"剪掉长辫，振兴中华！"

口号声中，伍廷芳右手拿剪刀，左手提着辫子上台，他说："剪掉长辫，已到了刻不容缓之时。同胞们，赶快行动起来，剪掉头上的长辫，剪掉国人的奇耻大辱，为吾国家之独立，民族之自信，创造伟大的条件吧！"

咔嚓！咔嚓！咔嚓！伍廷芳连剪三下，粗黑的辫子应声落地。会场响起一片欢呼：

"辫子剪掉了！"
"伍大人把辫子剪掉啦！"

人们纷纷拿起会场准备的剪刀，有的自己剪，有的相帮着剪。张园的地上堆积起数不清的辫子。人们晃动着轻松的脑袋，呼喊着，跳跃着。外国记者的闪光灯不停闪烁着……

第二年上海光复后，又掀起一股剪辫浪潮。

有人借南市小南门的学校，宣传剪辫道理，并且聘请有手艺的剃头匠执刀，给剪辫者赠送香烟。

县城里的饭店、澡堂也提供免费剪辫服务，并附送阳春面一碗，或者免费洗一次澡。

公共租界里更阔气，公所、书场和戏馆等都拉开场面，请洋人理发师剪发，还可免费听书、看大戏。

有个叫徐志棠的茶馆老板，索性在公共租界自己的畅园茶馆里附设"义务剪辫会"，张贴海报：

凡在三天内自愿入会剪辫者，不收分文，而且另赠肉面一碗，以助兴趣。

海报贴出来后，四方穷人、乞丐都拖儿带女地赶来剪辫子，对这些人来说，一碗大肉面比听书看戏的吸引力大得多。徐老板没花多少钱，使畅园茶馆名声远扬，生意顿时兴旺起来了。

剪辫子剪出一片天

上海人剪掉辫子以前，是不分剃头、理发或美发的。

剃头师傅主要替人梳长发、剃头发、编长辫、刮胡须、剔眼皮、接脱臼等，有时也敲背、挖耳、按摩。

旧时，上海人叫这个行当为"飘行"。因为剃头匠靠走街串巷做生意，他们挑着的剃头担子，一头是三抽屉箱柜（可当凳子），另一头是火炉、铜盆，铜盆盛着热水，旁边插一根竹竿，上面插着三角小旗，随风飘动，这就是行业标志。

上海光复前，剃头是少数苏北、安徽人做的事情，他们在南市走街串巷，形成了自己的帮派，帮主叫杨大力。

上海光复后，人们都剪了辫子，剃头、理发甚至美发的市场逐渐大了起来。有个叫张大宝的湖北剃头匠，带着一帮老乡到上海来闯荡，他们凭借剃头手艺外的一身武功，要抢夺安徽帮的南市生意。

一方是湖北"九头鸟"，一方是南市"地头蛇"，两个帮派的明争暗斗，更加做大了这个行业。

20世纪20年代起，广东理发师开始涌入上海。

这些广东帮大多在香港从业，有手轧刀理发推子，能打理"三七开""中分式"新发型，还有跟法国理发师学来的火烫发型，很受上海人的追捧。

他们改变了走街串巷的方式，在法租界大马路（今金陵路）开设"巴黎理发店"，在公共租界二马路（今九江路）开设"香港理发店"，几乎赚走了上海滩上所有摩登男女的钞票。

到了20世纪20年代后期，身怀"剃、剪、轧"全能绝技的扬州帮剃头师傅抢滩上海，他们不但服务热情，而且附加很多免费项目，如敲、拍、揉、搓、推、捏等，非常细腻周到。

最玄妙的是挖耳，一个竹筒里装着各种各样的小工具，拿出绞耳毛小刀先绞去耳内细毛，然后用竹挖耳杠轻轻挖，用小铜镊子夹出耳毛与耳屎，再用铜丝弹条在耳朵里轻轻一弹，弹得耳内嗡嗡响，最后用大小鹅绒毛扫轻扫，用棉花球在耳内转动，令人全身酥麻舒适，阵阵睡意袭来，忘乎所以了。

湖北帮、安徽帮墨守成规，广东帮生搬硬套，上海滩终于被扬州帮一统天下了。

上海光复后，男人剪了辫子，时尚女子也不甘落后，她们剪掉麻烦和不便的长发，梳理起"童花头""刘海头"。

教会女中的女生带头，梨园女艺人以及青楼女子推波助澜，掀起的上海女子剪发潮，推动了理发美发的风气。

浙江路上的龙泉女子浴室率先设置女子剪发部，在湖北路南京路口，上海第一家大型女子理发店"美丽阁女子理发所"也开张迎客了。

上海滩"忽如一夜春风来，千树万树梨花开"，短短几个月，就开出了二十几家女子理发店。

《申报》几乎天天有新店广告，中央大戏院等剧场、电影院主动跟"美丽阁"等合作，印制购票券给这些理发店，女顾客凭票八折理发、九折看戏。

20世纪30年代初，静安寺附近舞厅和咖啡馆很多，四马路（今福州路）戏院和青楼也不少，形成了摩登女郎、舞女、歌女以及风尘女子高消费的商机。愚园路和云南路先后开出七八十家大大小小的理发店，日夜营业，成了当时非常出名的两条专业理发街，许多电影明星都来美发，引领了中国乃至亚洲的时尚潮流。

上海先前穷多了

阿Q的可爱，在于从来没有红眼病，他坚信"我们先前阔多啦"，颇有些大气的心态。

现今很流行怀旧风，争相将旧东西翻出来展览，到处有旧房子装修了预约参观，浓缩版的文化自信。

这类浓缩了文化的快餐自信，网红一窝蜂争做阿Q的后人，数钱的数钱，出名的出名。

长假里，偶遇一外地的朋友，他说"你们上海人，太有钱了"，我随口答曰："有钱的上海人始终是少数，何况我们先前穷多了。"朋友惊诧道："老上海十里洋场，灯红酒绿，哪有穷的印象？"

上海的"穷"与众不同，讲究艺术、技术和文化风俗。

最时髦的是"告地状"乞讨，有单档的，也有双档的，他们大多标榜出身大户而沦落街头，或者书香门第被逼无奈，低着头跪在路边，或者摊一张白纸，或者用粉笔写在路上，惨说自己的遭遇苦境。

写的字，有中文，也有洋文，稿子自然是请人代写的，需要事先背熟，还要练就热泪盈眶的本事。

上海的穷困乞丐都有些吹拉弹唱的本事，有的还有装疯作傻的技艺，而且技术水准很不一般。

譬如"开天门"，挨家挨户地求乞，如遇不给，就摸出一把小刀，割破自己的额头，深浅恰到好处，既血流满面，又无伤大雅，他昏昏沉沉地倒在人家门口，直到讨到钱后才起身离开。

还有用四五根铁钩子，一根接一根塞进鼻孔的，也有用锈钝的短剑朝喉咙口直插进去的，甚至还有的假装挑馄饨担子，走到人群中故意摔倒，他坐在一堆碎碗破碟里号啕大哭，如此死皮赖脸地缠着人家，非讨到钱不可。

乞讨也不都这般恶形恶状，也有文明高雅的。每逢除夕、端午等节日，他们三五成群、拉帮结对"索利市钱"，为首的拎一盏长柄灯笼，其他人敲打锣鼓，到人家门口胡诌乱唱，说是祝福，实则讨钱，拿不到钱不罢休。

更有在南京路等大马路上，专等阔少公子、太太小姐的自备汽车，车到公司、舞场或者咖啡馆门口停下，一帮人蜂拥而上，殷勤开门，争相恭维，乞讨赏赐。

老上海的大饭店都有包饭的规矩，每日三餐按时挑送到家，等到挑夫来收取空碗时，"倒冷饭"的乞丐也会按时而来，由一个年长的乞丐带领，将倒得的残羹冷饭统一分配。

他们的规矩很严，只倒吃剩的饭菜，绝不动人家没动过的，否则，年长的乞丐会用他们的"丐法"惩罚。

这个年长的乞丐被尊称为"爷叔"，威信很高，足以代表穷人跟富人对话，一般的上海人也不会小瞧他。

如今，上海的乞丐几乎绝迹了，城市一天比一天干净漂亮，赞叹上海的美誉铺天盖地，红眼病也跟乞丐一样几乎绝迹，偶然邂逅了，只须对曰"上海先前穷多了"。

上海人"唱滩簧"

在一个沙龙活动里访谈沪剧名家茅善玉，她提到沪剧的来源是浦江两岸农民的田头山歌演变成的滩簧，自然而然地想起了上海方言里"唱滩簧"的说法了。

"滩簧"原本是一种传统曲艺的说唱形式，"滩"字很接地气，譬如"上海滩"的叫法，充斥着市井烟火的气息，而"簧"是指乐器里震动发声的竹片。田头山歌走进茶楼，说唱民间传闻时，唱的人常常把唱句的抄本摊在桌上，老百姓也把"唱滩簧"戏称为"唱摊簧"。

清朝光绪末年，上海话里开始流行"唱滩簧"的俗语，因为"滩"与"坍"、"簧"与"黄"同音，"唱滩簧"的讲法就有了"面子坍了、事情黄了"的意思。

据说，"唱滩簧"的这种说法，当年是从英租界四马路（今福州路）的青楼里传开的。

青楼女子要人捧场，摆开了场面"烧路头"（上海方言烧香拜菩萨，走权贵门路的意思），房间里八仙台面张罗得七端八正，不料被人"放了白鸽"（上海方言受骗失约的意思），客人没来，丰盛的酒席白白浪费了，人们就讥笑这个女人的房间里"唱滩簧"了，很丢面子。

后来，上海人将原来风光无限的开头，到头来却功败垂成、虎头蛇尾的结局，都说成了"唱滩簧"。

老话讲"谋事在人、成事在天"，要面子的上海人，做事"把细"（上海方言把控细致的意思），做人低调，不肯拍胸脯、说大话，都是因为怕"唱滩簧"的尴尬，这也是上海人的精明所在。

中秋，说说上海人的"串月"

上海方言里，走访亲戚朋友家叫作"串门"，中秋节，上海人"走月亮"的习俗叫"串月"。

过去，每当中秋月圆时，上海人都喜欢结伴一起外出"走月亮"。

在上海县城的小东门外有座石桥，是明朝弘治时的进士陆深捐银建造的，后来陆深当过国子监，小桥也有了身价，官名叫"学士桥"，不过，当地老百姓还是喜欢亲切地叫它"陆家石桥"。

晚清小说《海上花列传》（中国台湾导演侯孝贤曾改编拍摄过经典电影《海上花》，风靡全球）的开场故事就发生在"陆家石桥"：

小说主人公叫花也怜侬，他在梦中大叫一声，一落千丈，直坠至地，睁眼看时，乃是上海地面，华洋交界的陆家石桥……

过去，小东门外有条叫"方浜"的河流，陆家石桥就造在方浜上，桥北是法租界，桥南是华界，所以这座小桥也是华界到租界去的重要通道。

那时候，上海滩有一句方言俗语，"陆家石桥朝北，屋里厢还来吃粥"，意思是说有些人只顾过陆家石桥，到北边租界过好日子，而家里人却缺粮，只好吃粥度日，陆家石桥的名气也由此可想而知。

1911年，方浜被填埋成了方浜路，老上海的地图里还能看到标记"陆家石桥"的小巷，就是陆家石桥的遗址了。

中秋节月挂中天时，上海人除了登楼台赏月，还特别热衷呼朋唤友，一起到陆家石桥"点天香""走月亮"。

桥堍摆开天香案桌，上供月饼、塌饼、南瓜饼以及菱藕、石榴、毛豆荚等时鲜果品，用香棒和马粪纸折叠一尺半高的七级浮屠，贴上"月圆人寿"之类的金色剪纸，焚香拜月，这叫"点天香"，也叫"烧斗香"。

相约而来的人们携手登桥，款款漫步在陆家石桥上，迎面吹拂着爽朗的秋风，桥下静静抖动着清澈的河水，明晃晃地倒映着一轮明月，任凭桥上的月色"走"进宁静恬适的心绪，随心俯瞰桥洞下的月影，"串"起层层涟漪，这就是中秋节"走月亮""串月"的习俗。

中秋节"走月亮"的境界

明清时，上海有"沪城八景"的著名景点，"石梁夜月"是八景之首。

上海人有"走月亮"的习俗。

每当中秋，他们喜欢邀友或结伴，到小东门外的陆家石桥走桥赏月。

中秋夜晚的陆家石桥，桥上游人如织，争相观赏，桥下皎月倒影，被荡漾的河水摇曳着，一会儿散作晶亮的碎片，一会儿又聚作洁白的"玉盘"，自成一道美妙的风景。

"走月亮"要走陆家石桥。

浦东陆家嘴原是明代文学家、书法家陆深的故居"后乐园"，后来，为了浦西上海县建筑城墙，陆深的夫人梅氏毅然拆掉数十栋陆氏祖宅，捐造了上海县城的"宝带门"（今小东门）。

后来，梅夫人搬迁到小东门南面居住，并在方浜河上造了一座石梁拱桥，桥的南北两端各有24级台阶，桥下有三个拱形桥洞，老百姓称作"陆家石桥"，因为桥上雕刻着千万朵云彩，也称作"万云桥"。

平时，时常能看到梅夫人款步上桥，她会停下脚步，倚桥静观河水东流，或者凭栏远眺一江之隔的陆家"后乐园"。

清末民初时，每逢八月十五中秋节，一些文人墨客和附近的居民们会将香桌搬到"陆家石桥"边，焚香拜月，然后，在香烟缭绕的朦胧月色里，呼朋唤友，结伴携侣，依次鱼贯走桥，在桥上稍作停留，俯身看桥下月散月合，送月影缓缓穿过环洞。

上海民间有写竹枝词的风俗，就像白居易的诗句"幽咽新芦管，凄凉古竹枝"，吹着竹笛载歌载舞，表达民风。

《申江竹枝词》里收有"石梁夜月"的描写：

> 携伴良宵出城去，陆家桥上月如霜。
> 桂樽环饼答秋光，处处氤氲朝斗香。

中秋节，上海人"走月亮"赏月的独特魅力，在于"人在赏月，顿入境界"的入画，犹如卞之琳的《断章》："你在桥上看风景，看风景的人在楼上看你；明月装饰了你的窗子，你装饰了别人的梦。"

"走月亮"过中秋，有境界自成高格……

上海人的"蟹经"

"秋风起，蟹脚痒。"蟹脚怎么会觉得痒？其实是人心痒，蠢蠢欲"吃"。

上海人喜欢吃蟹，一到金秋蟹季，"满城尽带黄金蟹"，即使远在中国香港、台湾或者大洋彼岸的亲友，也要邮递尝鲜的。

上海人吃蟹有"蟹经"，讲究蟹的出身，一等湖蟹，二等江蟹，三等河蟹，四等溪蟹，五等沟蟹，六等海蟹。

上海闲话里，吃蟹叫"扳蟹脚"，源自那套吃蟹的程序：先扳蟹脚，再掀蟹盖，最后敲蟹钳。蘸的醋里，须漂几根姜丝，放糖不用一般的白糖，必须是冰糖，鲜口独特。

讲究一些的，要用铜质或银质的"蟹八件"工具，轻拆细剔，吃完后，盘碟里依旧拼回了整只蟹。

吃蟹的时间，讲究"九雌十雄"，农历九月吃雌，十月食雄，吃蟹的饭店，专挑福州路上的"王宝和"，那里有"酒祖宗、蟹大王"的美誉，在绍兴黄酒的微醉里"扳扳蟹脚"，仿佛回到老上海四马路，感受当年那些老报人、出版人的文人"蟹会"，温酒拆蟹、谈诗论画。

"蟹经"即便不吃蟹，也经常挂在上海人的嘴边。

夏天的蟹"六月黄"叫"毛蟹"，形容人"毛手毛脚"，就说成"蟹手蟹脚"。

蟹趴脚横爬，难看的字叫"蟹爬字"，帮闲的脚色叫"蟹脚"，还有"软脚蟹""撑脚蟹""死蟹"，戏称那些没骨气、没希望的人。

鲁迅先生在上海的时候，曾称赞"第一个吃螃蟹的人是很令人佩服的，不是勇士谁敢去吃它呢?"

谁是第一个吃螃蟹的人呢?

螃蟹古时候叫"夹人虫"，人们非常惧怕它，传说大禹治水时有个叫巴解的督工，挖掘沟渠时，他发动人们用沸腾的水烫死这些可怕的"夹人虫"，发出了扑鼻的香味，巴解第一个勇敢地尝了鲜美的滋味。

巴解不但征服了"夹人虫"，还发现了这道人间美味，为了感谢他，人们就将"解"字下压一个"虫"字，就有了"蟹"名的来历。

上海"蟹经"里，还有些讽喻冒失出头的话。

上海人求稳图安，将轻易出"花头经"，嘲笑作"爬肚肠"。"爬肚肠"就是从"蟹爬肠"而来的，因为蟹是寒性的，多吃了容易肚肠痛，无事生非或瞎折腾的结局一定不好。

上海人喜欢吃蟹，以至于对不可信的事情，就用"蟹也笑了"来证明，"如果这件事是真的，蟹也笑了"。

不说"猪马牛羊笑了"，只说"蟹也笑了"，因为上海人对"蟹"的偏爱，也因为"蟹"的上海话发音同"哈"，仿佛听出了"蟹"哈哈大笑的声音。

塌科菜、塌苦菜和脱裤菜

塌科菜是上海人过年时特别喜欢吃的蔬菜，放点冬笋炒炒，吃起来更加鲜美。

上海人喜欢塌科菜，在于它的鲜美中带有微微的甜涩，这种恰到好处的甜涩，只有本地正宗的"南门塌科菜"才有，尤其是经过霜雪覆盖、贴地而生的塌科菜，格外肥美味佳，老上海叫"河豚菜"，最好的极品是一种墨绿色的"黑河豚菜"，寒冬里，炖上一锅塌科菜冻豆腐汤，比山珍海味都好吃。过年时吃这菜，也有人用谐音称为"脱苦菜"，表示祈愿。

除了上海县城南门外的土地，种在别处的塌科菜，色味俱变，苦涩的程度增加，价格也便宜，上海人揶揄地称作"塌苦菜"，甚至不正经地调侃它为"脱裤菜"。

如今的菜场里，南门塌科菜的味道不大好找，"黑河豚菜"更加珍稀，现在的人怕苦，也怕着凉，所以，追逐塌科菜的热情远不如前了。

将塌科菜称作"河豚菜"，因为河豚特别鲜美，上海有"拼死吃河豚"的说法。清朝有个叫陈康祺的文人在《郎潜纪闻》中说："吴俗有三好：斗马吊（即'麻将'）牌、吃河豚鱼、敬五通神，虽士大夫不免。"

上海本地蔬菜，味美名雅的还有一种"冰壶先生"。

一百多年前，北方的大白菜还没有传到上海来，上海人将本地的青菜叫白菜、菘菜，冬天的青菜特别好吃，又叫冬旺菜。

上海习俗里喜欢"腌白菜"，将青菜腌制成咸菜，这种咸白菜冷脆如冰玉，唐代大诗人苏味道称之为"冰壶先生"。

现在五六十岁的上海人都是吃咸白菜长大的，对"冰壶先生"有特别的感情，冬季过年的时候，荤腥吃多了，年饱口腻，就会想起弄点咸白菜"杀口"。

老上海文人写青菜的竹枝词说：

> 灌园老圃足生涯，白菜经霜滋味佳。寒种一畦香当肉，咬根断得厉钢牙。
> 菜味冬来越觉甜，新薤冷脆把盐腌。冰壶醒酒严寒夜，墙角亲悬雪瓮签。

青菜吃出诗意雅趣来，也是蛮浪漫的。

老上海吃菜讲究"逢熟吃熟"，喜欢品尝"时鲜"，过年以后，早春二月，春笋嫩，蚌肉肥，枸杞滋味赛马兰。三月吃韭菜炒蛋，还有苋菜和蒜苗，没有不喜爱的。

最有意思的是"护居笋"。过去上海农家的房屋周围都种满了竹笋，春暖时节，小竹笋窜出地面围护着居所，所以叫"护居笋"。因为春天是母鸡抱窝的时候，这种"护居笋"农民又叫"哺鸡笋"。

哺鸡笋烘晒以后就是笋干，这种优质笋干也有个好听的名字，叫"绣鞋底"。过去，常有专业切水笋的肩背铡刀和板凳，沿街吆喝揽活："阿要切水笋哦？"他们切出的水笋干特别细嫩，放到过年时烧肉也特别好吃。

把笋干叫"绣鞋底"，令人垂涎欲滴的美味，恐怕会让人更加浮想联翩了……

吃夜宵小史

有了"夜上海"，上海人就有了"吃夜宵"的习俗。

咬文嚼字一点上海方言，什么都能"吃"的上海人，"夜宵"是一个深夜的时辰，在清冷寂静中吃起来，可以吃出些许暖意来的。

"夜"和"宵"是同义词，"夜宵"也叫"宵夜"，原本写作"消夜"，借酒菜来消遣长夜的意思，清末民初的时候，苏州河北面就有许多广东人开的"消夜馆"。

1893年出版的《沪游梦影》里面记载：沪北广东人比较多，广东饭馆卖宵夜，是因为广东人习惯一日两餐，所以，他们习惯深夜加餐后再睡觉。

广东饭店大多经营腊味、鲍鱼，冬天夜晚的边炉鱼生特别受欢迎，夜上海非常流行。

这种夜宵边炉是一种架着砂锅的红泥小炭炉，锅里的沸水中已经放好几片白菜、菠菜、鱼片之类的食料，由客人自取自烹。鱼片一滚就捞起来，菠菜之外还可以放些冬菇，或一人独酌小饮，或三五知己灯下围炉。有人为此写诗，诗云："饱余心亦暖，餐罢舌犹鲜。归去西风紧，何妨带醉眠。"

那时候，吃番菜（西餐）比吃中餐便宜，吃宵夜又比番菜便宜，所以，熬夜的，夜归的，孤独的，百无聊赖的，都喜欢吃宵夜、品边炉。

边炉不仅可以堂吃，也可以送菜上门。

送菜的堂倌将菜盘托在头顶，菜盘里搁置着烧旺的边炉和配菜，边炉里火星四射，就像从堂倌的脑门喷射出来一样，煞是好看。

夜宵还有更加经济简单的，那就是街角路灯下的馄饨摊。

昏黄的路灯光，暗红的炉火苗，花费几个铜板或者几角洋钿，坐下来吃一碗热腾腾的绉纱小馄饨，热乎乎地打发一天的劳顿、琐碎和烦恼，可以心满意足地回家。

如果馄饨摊生意不好，摊贩会挑起馄饨担子走街串巷，深夜里，他们并不吆喝叫唤，只是用竹片轻轻地敲打竹筒，稀疏沉闷的卜、卜的声音，可以恰到好处地催眠要入睡的人，也给失眠的人送去夜宵来了的消息。

有时候，漆黑的石库门吱嘎一声，打开一条缝，哪家的仆佣侧身出门，来买一碗小馄饨。有时候，楼上的窗户灯亮了，探出女主人的头来，她放下一只竹篮，里面有只小锅子和几角洋钿，摊贩会下好了馄饨倒进锅里。

馄饨的历史十分悠久。梁实秋的《煎馄饨》一文说，古书上记载一个叫浑沌氏的女人发明了馄饨，但在各地的叫法都不一样。广东人叫"云吞"，成都人叫"抄手"，湖北人叫"包面"，江西人叫"清汤""便食"，新疆人叫"曲曲"，听起来，还是上海人叫"馄饨"更实在地纪念了它的发明者。

梅红色的拜年，尴尬的"脱笼"

从前过年的时候，上海人出门回家，经常会发现自家大门的门缝里插着一些拜年的名片，还有些散落在门前石阶上。这种名片，那时候叫"刺"，又叫"飞帖"，通常都是用梅红色的纸张印制，点缀在石库门的黑漆大门或青苔石阶上，十分喜庆温暖。

从宋朝开始，上海就流行这种"飞帖"拜年了。

大年初一的中午出门，挨家挨户给亲戚朋友送梅红帖子。帖子上写明受贺人的称呼和拜贺人的姓名。有钱的人家，都是骑马送帖，有了马车、汽车以后，就坐车拜年。每天要拜贺几十家，只能选要紧的人家，亲自敲门递送拜年帖子，一般的亲友，就插在人家门缝里或者撒在门前的台阶上。

有些富贵大户人家甚至派遣仆人代送"飞帖"，那些仆人拿着主人给的地址，按照主人的吩咐，逐家派送，同样，也是有的送到对方手里，有的留在门缝或台阶上，敲几下门后就离开，匆匆赶赴下一家去了。

据说宋朝时候，有个沈公子派仆人给亲戚朋友送"刺"贺岁，仆人先到了他的大舅吴四家，吴家发现沈公子要送的人家也都是自己的亲朋好友，他们就请沈家仆人喝酒，灌醉了他后，将他带的帖子都换成了自家的帖子，结果，沈家公子的仆人奔波一天，送的却都是吴家的帖子。

清末，有个大户人家让仆人手持马铃送"飞帖"，每到一家先摇几声铃再留下名刺，表示自己骑马来过了。结果，被一家主人开门发现，尴尬的仆人窘极了，只好指着远处说"适已脱笼"，表示马挣脱笼罩跑远了。一段时间里，"脱笼"成了上海人讲某某人弄虚作假的流行语，赛过今天的网红语言。

送"飞帖"拜年，老上海的穷人由于忙于生计，即使过年也没空行这种烦琐的礼节；最苦恼的是中等人家，他们大多做小本买卖，对自己生意场上的伙伴，或者经常来往的客户，过年的时候绝不敢怠慢，他们出门拜年全靠双腿奔波。

1909年，《申报》登出一则印制贺岁名片的广告，只要花上一角洋钱，就可定制100张梅红纸的贺岁卡片。民国之后，新式贺年卡逐渐流行起来，1918年文明书局发行的拜年贺卡分绅界、商界、学界、女界和普通的五种，每种都印有相应的拜年贺词，语句隽妙得体，无须再费笔墨。

20世纪二三十年代后，这种拜年卡的竞争愈演愈烈，各大书局都以买两打（每打12张）送一打，或者整包销售附送礼券的方式促销。

如大东书局买卡抽奖，头奖赠梅兰芳牌香烟十听，或者花缎马褂料一件，二等奖赠水獭皮四喜暖帽一顶或金山驼毛绒毯一条，三等奖赠天韵楼游览券一张。

国华书局的奖品更加诱人，一等奖赠十足赤金，二等奖赠德国两磅热水瓶，三等奖赠裸体美女香烟。

人情世俗里的商机，让老上海的拜年充满了人财两旺的闹猛气氛，跟别的地方不太一样。

上海人的"做年"和"谢年"

春节，如今只听说"过年"，没听说"做年"或者"谢年"吧？过去，这确实是上海人过年使用最频繁的词。

上海开埠以前，地方只局限于吴淞江南岸，所以上海人常常自称为"淞南"人。一江之隔的淞北，语言风俗与苏州相近，跟淞南老城厢有蛮多差别。譬如淞南将北方的玉米叫"珍珠米"，而淞北则叫"番麦"。

1843年开埠以后，上海的范围逐渐拓展到吴淞江北岸，上海话里除了淞南本地口音外，也掺入了淞北的吴侬软语。

过年时，江浙地区有"祝福"的习俗。祭祀祈福，可能起源于古代的腊祭，古书上写为"作福"。鲁迅的小说《祝福》就是描写他的家乡浙江绍兴过年祭祀祈福时发生的故事。

清道光十九年（1839），上海有个叫张春华的人，编了一本《沪城岁事衢歌》，其中说用香烛酒醴、猪头三牲"做年"，酬谢神祇祖宗一年来的护佑。

然而，到了20世纪初，上海人又流行说"谢年"。1909年的《图画日报》描写上海人过年祭祀，说除了信奉天主教的人家，家家户户都要祭祀"谢年"。

淞南老城厢的上海人，也许浙江人比较多，更接近越文化的"作福"，习惯说"做年"，而淞北嘉定地区靠近吴文化，比较流行"谢年"的说法。

老上海祭祀，除了点香燃烛，还要敲锣打鼓图热闹，祭坛上供奉的神像叫"神禡",城隍庙里的小摊都有卖,祭祀结束后点火焚烧,化作青烟飞天。

老上海"做年"祭祀"六神":赵公元帅、土地、青龙、利市、招财、和合,各个地区有些不同,但是,祭祀青龙十分普遍,他是老上海普遍信仰的施相公和他豢养的小青龙。

传说宋朝时,华亭县的相公施鄂在山里捡到一只很小的蛋,他带回家后,孵化出一条小青蛇,施相公将它装在一只竹筒里豢养。

有一天,施相公进考场去应考,青蛇自己溜出来乘凉,周围的人看见一位披着金甲的尊神待在施相公的屋里,他们就拿着刀枪去攻击它,但是,都被打败了。

乡邻们报告官府,不料,官军也打不过蛇神。这时,施相公从考场赶回来,训斥金甲神,命令它回到竹筒里去。官府认定施相公私养妖物,立即将他斩首示众。

青蛇蹿出竹筒,又化作金甲神为施相公报仇,杀死了几十个官兵,官府无法应战,只好封施相公为"护国镇海侯"。

有乡邻知道施相公喜欢吃馒头,就做了一个特大的馒头祭祀他,那条青蛇就爬到馒头上殉主。

上海有很多地方都有施相公庙。在龙华寺东百步桥的施相公庙里,施相公的塑像脸是红的,一只手是金的,据说这只金手能给人治病,小孩子初次过百步桥祭拜施相公,可以消灾祛病。

老上海"做年"或者"谢年",供品中是少不了盘龙馒头的。照理说,馒头上盘着的应该是条蛇,蛇什么时候变成了龙,就说不清楚了。

过年围炉"轧闹猛"

上海人喜欢"轧闹猛"。"轧闹猛"来源于上海民间正月里祭祀猛将的习俗。

猛将是老百姓心中的神,传说他是个勇猛的将军,死后化身为执掌驱蝗的神,守护农田庄家不受蝗虫侵害。

每年正月十三，上海民间有"抬猛将"巡游的风俗，热闹非凡。农历七月十五，上海的农田遍插五彩三角纸旗，称作"猛将令旗"，表示猛将下令驱除害虫，人声鼎沸。

上海广袤的土地，到处都找得到大大小小的猛将庙，附近的百姓随时可以祭祀，祈求平安。

虹口区吴淞路海宁路口附近有条弄堂，至今还留着"猛将弄"的名字。

"猛将弄"里，过去就有个"猛将庙"，据说本来在老城厢陈士安桥街。20世纪初，城隍庙一次"三巡会"引起的火灾，烧毁了"猛将庙"，人们将庙迁过来修复重建。20世纪二三十年代，这一带有"小东京"之称，人来人往十分热闹。

后来，租界的"花会"（一种博彩赌博组织）也搬进了猛将弄，上海热衷博彩的男男女女，都涌进猛将庙里拈香拜神，喧嚣嘈杂，拥挤不堪，上海人称之为"轧闹猛"。

上海人喜欢"轧闹猛"，但是有分寸，不会"野豁豁"没节制，"闹猛"一时而已，大多时候，上海人还是喜好心静娴雅。

传说，上海的母亲河吴淞江里也有个猛将。当年，西楚霸王项羽兵败乌江，无颜回江东，化作吴淞江的河神，河神经常发怒，掀起滔天巨浪，俗称"霸王潮"，造成水灾。

为了节制"霸王潮"，吴淞江两岸先后造起了七十几座供奉汉代功臣的寺庙、祠堂，如嘉定流域的萧公庙（萧何）、宝山流域的彭王庙（彭越）、桃浦流域的陈平庙、闵行流域的纪王寺（纪信）等，老百姓祭祀汉朝名臣，祈盼汉朝名臣再次打败楚国猛将，镇伏"霸王潮"，回归风平浪静。

春节里，刨根问底"轧闹猛"，拜年闲聊凑份热闹，恭贺新年快乐！

清明前后"卜蛙声"

上海人喜欢听青蛙叫，惊蛰以后，将它听作春天来临的敲门声，回应吉祥美好的祈盼。

农历三月初三，上海过去有"卜蛙声"的习俗，人们纷纷走出家门，找青蛙多的地方，倾听蛙声里的"潜台词"，来预测年景和运气。

过去，在上海的路边街头、弄堂里的井边阴沟，甚至灶披间的角落里，都听得到青蛙叫，如果趁着清明前后到郊外踏青，更能"听取蛙声一片"了。

一年之计在于春。上海人看重春天的信号，尤其是惊蛰的雷声、踏青时的蛙鸣。

松江一带流行"惊蛰雷声响，稻谷堆满仓"的老话儿，青浦、嘉定、宝山和崇明等地区也有谚语："雷打惊蛰天，米价贱如泥。"如果惊蛰没有听见雷声，那么，三月三的青蛙叫声就至关紧要了。

"卜蛙声"就是倾听蛙鸣的高低响轻来卜算年成的丰收还是歉收，从而推测运气的好坏。上海方言的俗语有"田鸡叫得哑，低田好把稻；田鸡叫得响，日内好摇桨"。

上海人把青蛙叫作田鸡，青蛙叫声听起来等同鸡鸣，可以听出一番情趣。《诗经》里有一首题目叫《鸡鸣》的诗，"鸡既鸣矣，朝既盈矣。匪鸡则鸣，苍蝇之声。东方明矣，朝既昌矣。匪东方则明，月出之光。虫飞薨薨，甘与子同梦。会且归矣，无庶予子憎。"描写鸡鸣拂晓的时候，妻子催促丈夫早起上朝，而丈夫却贪恋床笫，用话搪塞妻子，生动地表现了一段颇有情趣的夫妻生活。

蛙鸣的声音响亮，说明田里的水多，是水稻的好兆头；如果蛙声低哑，预示水少低田，则为稻田的旱象，必须早做防备。

"卜蛙声"还须讲究青蛙叫的时间，"午前响，高田熟；午后叫，低田熟；终日叫，一齐熟"。有经验的老农知道，青蛙上午叫声多，预示水多的稻子丰收；如果蛙声多在下午，说明比较干旱，只能靠水少的田里的收成了；最好是全天蛙鸣，必然雨水调和，所有的田地都有丰收的期待了。

三月三，上海旧俗看作真武水神的诞辰。在老城厢的东南有座朱霞殿，就供奉着真武神像，那天，踏青听蛙声的人们挤满殿前殿后，人声盖过蛙声，也是与春天牵手了。

上海人喜欢听蛙鸣，大多带着期待的心情，抱着坦然的态度，"听"其自然罢了，就像宋诗里写的："黄梅时节家家雨，青草池塘处处蛙。有约不来过夜半，闲敲棋子落灯花。"心与一个祈盼相约，事成还是不成，一任随缘。

上海祭祖江南

1843年上海开埠的时候，外国人认为"上海只是江南的一个三等城市"。因为那时第一等的是南京、杭州、广州等省会城市，第二等的是松江、宁波等府城。

追溯上海的出身，战国时期，有本地理名著《禹贡》按照土壤肥瘠的程度，将中国行政区划分为九等，共九个州，其中，土地最肥沃的雍州（今陕西、甘肃一带）列为上上等，上海所在的这片地方叫扬州，列为下下等，因为土质最差，称为"涂泥"。

涂泥上海人叫"烂污泥"，人走路会陷进去，水分太多不宜种植，只长荒草芦苇，被人鄙称作"上海滩""黄浦滩"。

上海出身于卑微的江南，人们自古把江河之北称作"阳"，江河之南称作"阴"，认为北方多阳刚之气，南方多阴柔之气，其中多少包含有北强南弱的意思。

自三皇五帝到明清几千年中，有31个朝代都建都在北方，控制全中国，只有逃避战乱南迁的六朝、偏安江南。所以，江南多出世，多思考，多委婉，与北方多入世，多行动，多直率不同。

江南自古偏离中原正统，被视作北人征服的"南蛮"之地，而到了东晋、南宋，中原战乱或外族入侵以后，江南却成了北人避祸逃难的地方。这样，犹如北方多了外族的血统，南方则多了中原的血统，形成了南北兼容的江南文化。

有个叫白居易的北方诗人念念不忘江南，他说："江南忆，最忆是杭州；山寺月中寻桂子，都亭枕上看潮头。何日更重游。"他还说："江南忆，其次忆吴宫；吴酒一杯春竹叶，吴娃双舞醉芙蓉。早晚复相逢。"此刻的江南，方成了北人心中的"天堂文化"，因为"上有天堂，下有苏杭"。

江南不守"士农工商"的秩序，重商重物质，讲究实际实效，强调生活情趣。翻开冯梦龙的"三言""二拍"，讲述的都是江南的市民生活，与传统习俗截然不同，怪不得正人君子"拍案称奇"。

江南不守"朝廷规矩"，人们穿着衣服的质地、颜色，房屋建筑的规格、样式，经常"冒犯"清规戒律。

江南园林不争外表，讲究做在里面，曲径通幽，擅长小场化（小地方）里做大世面。《核舟记》里讲江南人能在一只桃核上雕刻苏东坡泛游赤壁的生动景象，充分体现了江南精致典雅的追求。

上海的移民80%来自江南，江南文化是海派文化的底色。上海不看重那套因袭的背景，不管祖上是当官的还是要饭的，全凭才华与能力改变命运。上海的绅商走到了社会政治、经济和文化的中心，市民文化讲究人的自由发展和生活需要。

逢年过节，上海祭祖江南是应该的。

过年的"官三民四""前七后八"

很多人的过年就是春节，放假七天后，就按部就班照常工作和生活，最多还有人念想着正月十五，中央电视台的元宵晚会播完，年就真的过完了。

上海的民俗里，吃过腊八粥就开始准备过年，最迟腊月廿四日，家家户户祭灶，标志着过年了，官宦或富商人家还会提前在腊月廿三日送灶神。所谓"官三民四"，就是开始过年的日子，民间有"官廿三，民廿四，乌龟廿五，贼廿六"的说法。

祭灶与接灶是上海人特别看重的过年习俗。据说灶王爷是家里的监护神，腊月廿四要上天向玉皇大帝报告这家人家一年的善恶行为，除夕再返回人间。

祭灶时，全家人除了焚香祭拜神像，还要在灶台张贴"上天言好事，下界保平安"的对联，供奉麦芽糖、慈姑、老菱、芋艿等。麦芽糖又黏又甜，可以封住灶王爷的嘴巴，多说好话。其他几样，都是借上海话的谐音，希望灶王爷在玉皇大帝面前一个劲地说"是个""老灵"和"唔呐"（上海本地话的发音，接近"老菱"和"芋艿"）。

送走了灶王爷，第二天腊月廿五，上海人就开始祭城隍，写春联，贴门神，大扫除，办年货。

上海人一般是小年夜在家里祭祖，大年夜接灶王，全家团聚吃年夜饭，守岁半夜后，点蜡烛燃炉香，叫作"点天香"。

正月初一，早起的人穿新衣，放炮仗，有的会到附近的寺庙里烧头香。大多数人起来后，花瓶里插上冬青、蜡梅、天竹、水仙花等，拜天地和尊长，八仙桌上摆出糕饼、糖果等四碟，然后开门给左邻右舍拜年贺岁。

大户人家还要派仆佣分别拿着主人的名片，到同人好友府上投送贺岁，往来回拜还礼，顾及不便的，有时就将名片插在人家的门缝上。所以，要紧的上司、尊长自然必须亲自前往拜年的。

年初二、初三开始走亲戚拜年，年轻人都相约出游，初一到初三这几天禁扫除。新娘子通常年初三要回娘家拜年，但必须当日回门，过年家里不能空房。

年初四一到，过去上海的街巷里会有来自农村的新鲜鲤鱼叫卖，因为鲤鱼的谐音"利余"，所以又称"元宝鱼"，上海人买来用红丝带捆好，准备接财神用。年初四、初五的晚饭必须喝酒造热闹，上海人称作"轰饮"，越是热闹越是财运旺盛。

初五接财神，家里挂出骑黑虎的赵公元帅像，祭拜猪头、鲤鱼、雄鸡三牲和蜜枣、桂圆等精细干果，点香燃烛，爆竹声不绝于耳。《海上竹枝词》说："爆竹相连不住声，财神忙煞共争迎，只求今年生意好，接送何妨到五更。"

年初七民俗里是"人日"（正月初一至初七各为"鸡、狗、羊、猪、牛、马、人"日），上海旧俗这天要吃七菜羹、赤豆粥，这天绝对不能有口舌之争，人日安泰，一年平安。

上海民俗讲过年"前七后八"，算上年初一的前七天和后八天，比今天的国定假翻了一倍。

正月十五才是过年最后的高潮，处处张灯结彩。上海城隍庙从初一至十五，各个会馆公所每天轮流出戏班子来演出，上海人叫看"年规戏"，元宵节最后一天，观众一定是最多的。

这天夜晚，万人空巷出来赏月、观灯、看戏，女人们结伴"走三桥"，领头的持香，带着众人从东门外学士桥起，凡有桥处，三五簇拥而过，祈求免灾驱病。

老话讲上元节放灯三日，闹元宵一直到正月十八才落幕，这年也才算过完，从腊月廿三小年起，到正月十八，上海旧时的过年，比今天确实是长多了。

"麻雀牌""桥牌"和"梭蟹"

上海人欢喜麻将牌是有传统的，以至于拍摄老上海的电影，导演必定要加一场搓麻将的戏，渲染海派气氛。

麻将牌又叫"麻雀牌"，原先是看粮仓的人驱赶麻雀，统计工作量的竹筹。

竹筹上刻着的图案文字都与打麻雀有关。"筒"表示铳枪的支数，"东""南""西""北"表示打麻雀时的风向，"中"与"白"表示打中还是没打中，"条"与"索"表示绳索串起来的麻雀，"万"就是兑换酬金的数目。

看粮仓的人拿竹筹做游戏，图案文字也逐渐增多，这种竹筹游戏最早从太仓传入上海，因为太仓话"雀"的发音接近"将"，"麻雀牌"上海话就说成"麻将牌"了。

上海人喜欢麻将牌，在于这种竞争的后发制人。在杂乱无序的搓牌中，先做好自己的格局，然后专等别人失误，或者拿人家丢弃的废牌，凑成自己的胜局。

搓麻将久了，人生也老到，自己有自己的底线，以退为进，变废为宝，潇洒地穿行激烈竞争的世界。

上海人喜欢游戏人生，不喜欢急吼吼厮杀，这种态度雅俗无区别，只是市民阶层普遍喜欢搓麻将，精英阶层（尤其是知识分子、企业高管）更偏爱桥牌。

桥牌是西方传入上海的，国外叫Bridge（英语"桥"），一般四个人分成两队同桌对抗。

上海人喜欢桥牌，全在于"桥"上的默契与合作。

玩起来先叫牌，不但同伴之间先要了解彼此的"优点""缺点"，而且对抗的双方都会在展示自己实力的同时，逐渐看透全局，找到最合适的双赢战场。

打牌的时候，防守方的一人摊开一手明牌，全凭持暗手牌的同伴决定，选择明暗两手出什么牌。而进攻方的两人都是暗手，犹如两个瞎子挑战一个独眼龙，在牌桌上合演一场智力"三岔口"。

桥牌玩的是关切对手的较量，玩的是心照不宣的默契，往往沉醉在一种没有胜败、只有双赢的快感中，可以领悟文明竞争的坦荡。

上海人喜欢麻将、桥牌，大多只重过程而轻结局，享受玩的过程。但是，也有看重结局的时候，毕竟有"人生难得一搏"的激励，或者"人生就是赌场"的说法，无论雅俗，都可能面临这种时刻。

老上海流行过一种"梭蟹牌"，玩起来比麻将、桥牌时间短，快速出结果，很受一些想赌一把的上海人喜欢。

玩"梭蟹"，也是上海开埠以后，外国人带进来的，原名Saw your hand（看你手里的牌），上海人的洋泾浜英语就翻译成"梭蟹"（也有写成"沙哈"的）。

"梭蟹"的玩家每人五张牌，依次派发，除了第一张底牌（即暗牌），其余的都是明牌，各人根据自己底牌与明牌的情况，评估发满五张牌后，自己可以根据能结构成的牌型的大小，决定下注与否，最后Saw your hand时，亮出底牌，比大小决定输赢。

"梭蟹"的好玩，在于玩家必须知道自己的底牌，就像人要有自知之明，有自己的底线才有赌一把的本钱。虽说赌要冒一时的风险，但以己度人，知己知彼，在风险中寻找机会，"该出手时就出手"，也是吸引处事谨慎的上海人，享受跃跃欲试的魅力所在。

老上海娱乐活动不多，外出大多去电影院、咖啡馆和舞厅，在家里面，就玩麻雀牌、桥牌和梭蟹牌。玩久成"精"的上海人，也悟出了为人处世的"窍槛"（门道、窍门的意思），逐渐养成一种与众不同的"上海做派"，外省的朋友跟他们相处、打交道，很容易觉察出来。

广东帮与宁波帮争夺上海滩

上海开埠之前，已经从一个小渔村发展成一个地区性的贸易中心，外地人逐渐增多，成了五方杂居之地。

那时，上海的外地人大多是河南和山东来的苦力，山西的票号主和东北的皮革、人参贩子。

广东人、福建人以及附近江浙人的大批涌入，那是1843年开埠后三次移民潮出现的。

19世纪40年代上海开埠后，就有好几万广东人，看中这里外贸的商机，纷纷过来寻找机会，给外商打工，给洋行当买办。

战争破坏了华南以及长江下游的正常贸易，也有几万江浙商人转移到上海来做生意。

大批逃避"长毛"的江浙难民涌入上海，其中有许多宁波绅商、钱庄老板。

19世纪末，上海的外地人中，人数最多的是宁波人，广东人第二。

广东人灵活果断，有跟外国人打交道的经验，还会讲一点洋泾浜英语，一上场就轻而易举地取得了外贸买办的垄断地位。

1843年，英国首任领事巴富尔想在上海县城设领事馆，遭到上海道台的拒绝，理由是城里华人拥挤，没有合适的房子。

当巴富尔走出道台衙门时，一个自称姓丘的广东商人上前搭话，说他家在城里的主要街道上，可以出租一间宽敞的屋子。

巴富尔喜出望外，当即拍板租下来，在丘家挂牌办公。

丘老板跟领事做了朋友，生意场上游刃有余多了。据说，当时上海人很少见过外国人，他私下里还出售一种"门票"，可以到他家做客，顺便观看洋人。

广东商人吴健彰出身寒微，早年在澳门、广州以贩鸡为业，后来经商赚钱后，靠花钱捐官。当他谋到了上海道台的位置后，毫不避嫌地将许多广东籍的办事员、听差和警卫带进道台衙门，开始推行有利于广东商人的政策，广东帮在上海如鱼得水，几乎可以呼风唤雨。

1853年发生小刀会起义，攻破县城，吴健彰被困，靠美国人相帮仓皇出逃，宁波帮抓住时机挑战广东帮。

当时，宁波同乡会成员蓝蔚雯是松江府海防同知，他在宁波商会的支持下组织民勇抵抗小刀会，帮助官府收复了县城，当上了署理上海道台。

蓝蔚雯将许多广东人扣上"卷入叛乱"或者"小刀会、太平军残余"的帽子，打压清洗广东帮的势力。

1859年，宁波商人吴熙也花钱捐官，当上了上海道台。

他与吴健彰一样，大量招聘浙江人当幕僚和助手，推行有利于宁波帮的经济政策。

那时，广东人大多数都住在城里或者靠近小东门、小南门的外面，吴熙就将天后宫附近广东人持有的土地并入法租界的扩充计划，跟法租界搞好关系，还安置了许多宁波人到法国领事馆当翻译。

有个宁波同乡会的领导葛绳孝也当了翻译。有一天，他得知广东人拒绝法租界购买小东门外30多亩土地的消息，就跟法国人"撬边"出点子。

法国领事爱棠采纳了葛绳孝出的主意，给北京的法国公使写信，说居住在这块土地上的广东人和福建人都是小刀会的残余，"与其将此块地留为闽广匪人巢穴，不如租于本国商人安居贸易"。

法国公使通过清廷总理衙门，自上而下施加压力，将广东人和福建人撵出了老城厢。

宁波帮后来居上，发挥钱庄投资和生丝贸易的优势，压过了广东帮的茶叶贸易，抑制了他们的买办活动。

19世纪60年代后期，各国洋行开始对买办和中国雇员进行调整，雇用了更多的浙江人取代广东人。

她们苍凉地引领海派时尚

张爱玲的小说集《传奇》出版时，她专门请闺密炎樱设计了一张很诡秘的封面。

张爱玲解释这个封面："借用了晚清的一张时装仕女图，画着个女人幽幽地在那里弄骨牌，旁边坐着奶妈，抱着孩子，仿佛是晚饭后家常的一幕，可是栏杆外，很突兀地，有个比例不对的人形，像鬼魂出现似的，那是现代人，非常好奇地孜孜往里窥视。如果这画面有使人感到不安的地方，那也正是我希望造成的气氛。"

张爱玲说的借用的仕女图，其实是半个多世纪前清代名画家吴如友画的一个晚清高级妓女的"书寓"。

一个衣着华丽的"女先生"（当时高级青楼女子的称呼，也有叫"校书"或"词史"的），在桌边独自摆弄骨牌，旁边坐着一个抱小孩的娘姨（已婚女佣）。在西式玻璃大镜、烟榻和煤气灯前，有个打瞌睡的大姐（未婚女佣）在拉风幔，为"女先生"送凉风。

晚清时，传统的上海受到租界现代文明的影响，最早发生在青楼里，那些女子先接纳了西方物质文化，逐渐成为城市新潮和时尚的表率。

青楼女子除了对服饰、佩饰（她们称"头面"）大胆改新，引领女学生、良家妇女"赶时髦""翻行头"外，对日常生活的需求也展示了一种消费者对现代商品的追求。

上面"书寓"里的落地窗、西式座椅以及墙上悬挂的那幅模仿西方美女姿势的玉照，无不留有西风东渐的痕迹。

当年，青楼最流行的时尚东西是自鸣钟、煤气灯（她们称"保险灯"）和穿衣镜（她们称"着衣镜"）。

自鸣钟改变了自然的日夜节奏，煤气灯打破了日出日落的规律，将黑夜变成白昼，延续了夜上海的生活。而玻璃大镜子取代了旧式小铜镜，可以将自己移入镜中，重新认识、观赏，并将自己改变得更加适应时尚的交际应酬。

在青楼女子的引领下，上海的新潮女子开始用西式望远镜眺望熟悉又陌生的城市，她们尝试着迈出大门，或到照相馆拍照，或去打弹子球，或去西餐馆吃大菜。如此在公众场合出现的女性活动，当时也只有上海才能看到。

《传奇》的封面里，那个淡绿色的现代女子，比例失调地从栏杆外探进身子，窥视着孤独的女子玩弄骨牌，将一幅静谧的画面搅得非常不安宁，令人不安和困惑。

张爱玲曾在一篇散文里讲到过这种感觉：

> 这时代，旧的东西在崩坏，新的在滋长中。但在时代的高潮来到之前，斩钉截铁的事物不过是例外。人们只是感觉日常的一切都有点儿不对，不对到恐怖的程度。人是生活于一个时代的，可是这时代却在影子似的沉没下去，人觉得自己被抛弃了。

海派时尚的高潮来临之前，原来很孤独，很苍凉，我们真不该忘记这些青楼先驱者的。

选美

晚清时，上海有个李伯元，办了张《游戏报》。

这个李伯元，出身官宦家庭，少年时就考取秀才，以后考了多年，却一直未能中举。熟知官场黑暗的他，索性放弃科举，游戏人生起来，写了本《官场现形记》，揭露官场黑暗。

1897年8月，《游戏报》发起社会海选"花榜"的选秀活动，得到许多文化人和广大市民的关注并踊跃参与。

那时，上海的风月场等级分明，"书寓"是最高级的，那里的女子称"校书"，除了年轻貌美，还须"工词曲，善弦索"，更要具备高雅的文化教养。

租界给这些女孩提供了诸如四马路、张园等公共场所，她们的行为举止、装束打扮，以及闺房陈设，都成了公众的关注点。她们像16世纪的威尼斯、18世纪的江户（东京）和19世纪的巴黎同行，追求时尚先锋，讲究高雅魅惑，喜欢惊世骇俗，撩动沉闷社会的神经，深刻影响了海派文化。

李伯元"黑色幽默"了道貌岸然的科举等级，让文人替名妓著文介绍，让全社会市民公平投票，评选出花国的状元、榜眼和探花。民国废除科举制后，改评花国总统、副总统和总理。年年评选，几乎成了世俗社会赶时髦的风向标。

选秀本来是宫廷内的制度，李伯元海选花榜，讽刺性地开了一个市井娱乐的先河，各色各样的选美就在上海绵延推演开了，成为上海发布市民时尚的特色活动。

20世纪30年代，国民政府发起"新生活运动"，选美活动才冷落了下来。然而，1946年春末，由于淮河泛滥，江淮平原遭遇特大水灾，天花、疟疾、霍乱流行，数十万苏北难民涌入上海，上海的慈善机构"苏北难民救济筹募委员会"又决定发起海选筹款。

"筹募委员会"策划一场游园性质的选美，号召全市佳丽们报名，参加"上海小姐"评选。

20世纪30年代的上海虽已是时尚之都，但是因"新生活运动"的开展，人们对选美还保留着李伯元选"花榜"的印象，觉得良家妇女不宜报名选美，所以，一开始报名者寥寥无几。

组办方无奈之下，找海上闻人杜月笙帮忙，杜月笙一口答应，他出面召集各方游说，几天后，上海各大报社、电台、戏园、舞厅，甚至赌场、妓院都纷纷响应，宣传的、报名的和捐款的，一时成了上海的慈善时尚。

1946年8月20日下午，选美分为"上海小姐""平剧（京剧）皇后""歌唱皇后""舞国皇后"四组，在江宁路新仙林舞厅（今美琪大戏院斜对面）公开唱票，选出王韵梅为上海小姐，谢家骅为上海亚妹（亚军），言慧珠为平剧皇后，曹慧麟为平剧亚后，寒菁菁为歌唱皇后，张伊雯为歌唱亚后，管敏莉为舞国皇后，顾丽华为舞国亚后。

相比1951年英国创办第一届"世界小姐"选美比赛，上海的选美早了半个多世纪，相比当下风靡全球的达人秀等娱乐活动，上海的海选不但更悠久，而且文化参与更深入广泛、社会引导更积极有效，持续影响着美丽上海的基因组成。

名妓与明星

如今，追星是时尚，有些明星被追得很飘飘然。

追溯到清末民初的上海，每次海选"花榜"，除了评比容貌、艺技，特别看重参评名妓的文化教养，如果发现与戏子有染，即使当选三甲（花国状元、榜眼、探花），也要取消资格。

青楼与戏班子不同，海上眼光的刻薄毒辣，可见一斑。

摘抄几段青楼女子1898年前写的私信，或可解惑当年海上文化讲究之起码。

第一封是海上名妓林黛玉写给杭州东郊绿琴女史的，诉说她没有家庭和爱人的孤寂。当时，上海对名妓尊称"眉史"，如果脱离风尘就尊称"女史"。

绮香贤姊大人：妆台纳祜，绣阁延熙，裙布荆钗，心厌繁华之地，挽车提甕，身居安乐之乡，姊喜有家，我能无祝？

姊春愁才解，秋扇遮捐，邗水轻离，沪江重到。昔日妆楼姊妹，已是晨星寥落，自嗟命薄如斯，萍飘蓬梗，回头若梦，恨也何如？

而况故园归去已是无家异地，羁留终鲜良策，于是暂质一椽，聊蔽风雨。然而三更凉月，空照孤眠，五夜鸡声，易增愁绪，人生当此况味可知。屡思遁迹空门，忏除凤蘖，而姊妹辈尤力为苦谏，谓释家之忏悔，原属虚无，岂其能挽回生成之数哉？即使择良而匹，在理所不可缓，在事所不可急。不识三生石上，因缘尚在何方？以故洗尽铅华，屏除妄想，静以待缘，定情再赋耳……

第二封是名妓朱文卿写给恩客（即相好）何笠夫的信，叙说缠绵之情：

笠夫仁兄大人阁下：两月同居，爱逾骨肉，晨昏陪侍，情义相投，不图仓猝分襟，出于意外。临行数语，不觉呜咽吞声，肝肠寸断，极欲牵车揽袂，送上轮船，而两眼不啻鲛人珠串，恐为旁观所笑，遂不能唱阳关三叠，亲授征鞭。其实黯然销魂，甚于輦儿之眼肿也。别后茕茕孤影，眠食难安，每忆音容，凄然酸鼻。相思万缕，顿教减瘦腰肢，别梦千山，何处再成连理？……

第三封是名妓朱墨卿给苏州客人笑拈的信，催讨债款：

笑拈仁兄大人赐鉴：申江一别，瞬息冬残，风雪酿寒，生计渐拙。前约文驾到申，乃延伫妆楼，几穿望眼，而缑山之鹤，几同雁杳鱼沉。想因贵事匆忙，抽身无暇，然望空怅眷注，令人真个销魂也。临别之时，所欠酒局贷垫各款，洋蚨计五十有四，呈允到苏，随时掷下。妾迹来债台如山，又兼囊空，不能先将尊款垫付，而老鸨再三催索，终日哓哓，受气无穷。望吾兄见信后代妾设法筹寄来申，以免薄命人无端赔累。

社会底层的世俗交往，或说心情，或表思念，甚至讨债，尚且一语三叹，肺腑之言而书卷气息，何况文化时尚的追求？

今日追星，实在不值得飘飘然……

浮世万花筒

晚清时，有个吴趼人写了本《沪上百多谈》，素描了一幅各色各样的老上海浮世绘。各色各样的移民文化，很像不同颜色、不同形状的玻璃碎片，组成一座城市的"万花筒"。

吴趼人从穿着猜行当，如相面拆字的算命先生多穿长衫，解人之忧的郎中多坐轿，马路上的江湖滑头多戴金丝眼镜，浪荡女子多雪白高领。

他从职业辨籍贯，如衙门师爷多绍兴人，剃头师傅多句容人，典当朝奉多徽州人，卖土挑膏多广东人，卖熏肠熏腊多无锡人，卖拳头多山东人，收纸锭灰多绍兴人，开酱园者多海盐人，经营药店多宁波人。

他从地段找行业，如罗家弄多瓷器店，虹庙弄多木器店，小东门外多水果行，咸瓜街多参行、药材行，四马路多卖劣货的滑头商店，昼锦里多女鞋店、香粉店，八仙桥一带多杀牛作坊，城隍庙内多各业公所，满庭芳街多旧货摊，后马路多汇划钱庄，自来水桥多蛋行，望平街多报馆，老闸桥多碾米厂、打面厂，叉袋角多丝厂、纱厂，郑家木桥多小瘪三，跑马厅多小房子，湖丝厂多青年女子，十六铺朝北多轮船码头，董家渡多无锡网船，新北门城口多露天通事，紫来街多嫁妆店，石路多衣庄，三牌楼多刀剪店。

他从特殊地点找特殊人群，如弄堂口多妓女拉客，弄堂里厢多叫花子，戏馆门口多闲汉，丝厂门口多流氓，虹庙里烧香多广东妇女，轮船码头多野鸡扛夫。

他还从不同角度说上海风情，如早起七八点钟街口多马桶，大小月底的街上多烧纸锭，髦儿戏的戏馆多喝彩声，酱肉酱鸭多陆稿荐，牙粉香油多日本货，茶食多稻香村，香粉多戴春林，剪刀店多张小泉，袜店多宏茂昌，天妃宫多杂货摊，水仙宫多求仙方，弄堂口多水果摊。

五方杂处养成了上海的多元性格、包容气度，也增强了这座城市的同化能力，任何外来文化（外地的、外国的）一旦进入都会变异，都会"上海化"。

清同治六年（1867），上海开了家丹桂茶园，特邀京城的京剧名优来演戏。因为牵扯到太平天国反清，这些演员回不了北京，只好滞留在上海。

在上海待久了，这些演员的视野大了，审美变了，为了适应上海观众的口味，他们将京调与徽调融合，变革京剧的唱腔、做打以及机关布景、化妆戏服，变化成了一种海派京剧，逐渐繁荣起来，进而影响了北京的菊坛。

浙江有些女孩子搭了一个叫"小歌班"的草台班子，向来戏台都被男人霸占，女人不可登台演戏，难以维持生计。

1917年5月13日，"小歌班"到上海十六铺来"跑码头"，她们听说上海的张园里早就有女艺人的"髦儿戏"了。

"小歌班"在上海立下了脚跟，与海派趣味不断融合，七八年以后，她们原来唱的乡野山歌，居然在上海滩唱出了一个新的剧种——越剧。

上海的浮世绘是个"万花筒"，各色各样的玻璃碎片相互碰撞，变幻组合，千变万化出海纳百川的魔都风采。

月份牌与上海女人

中国向来有"送历书"的风俗。

每年农历十月，皇帝开始向宠臣颁送历书，地方上则由知县监督，通过相当于居民小组长的里正，向管辖下的老百姓赠送历书。

因为旧时的历书都是用黄纸木版印刻，所以，老百姓都叫它"黄历"。过去规定，历书都必须由朝廷钦天监统一颁发，所以也叫"皇历"。

光绪九年十二月二十八日（1883年1月25日），上海《申报》的头版显要位置，刊登了一条"申报馆主人谨启"的告示：

> 本馆托点石斋精制华洋月份牌，准于明年初六随报分送，不取
> 分文。此牌格外加工，字分红绿二色，华历红字，西历绿字，相间

成文。华历二十四节气分别于每月之下，西历礼拜日亦挨准注于行间，最易查验。印以厚实洁白之外国纸，而牌之四周加印巧样花边，殊堪悦目。诸君或悬诸画壁，或夹如书毡，无不相宜。

这是最早的"月份牌"了，虽然还不是印有时尚美女的广告牌，然而，它具有农历与公历的对时功能，引导上海人率先从传统走进现代的坐标。

"月份牌"早期大多画些山水、八仙以及古代仕女，后来，上海滩的商人们发现了"月份牌"的广告影响力，借助郑曼陀、杭穉英等画家独特的"擦笔水彩法"，画出面部立体感很强，全身色彩淡雅宜人，肌肤细腻柔和的美女形象，推崇海派时尚生活。

摩登女郎走进"月份牌"，也走进上海市民的生活。

香烟是舶来品，中国人从来不抽的，然而，当"美丽牌""哈德门""双鹤牌"等香烟广告嵌入"月份牌"后，抽烟就成了时髦。

"美丽牌"香烟是推出美女模特最多的，"月份牌"里，美女指夹香烟，怡然自得的陶醉感，配以温柔的广告语"幽闲时吸美丽烟最增逸趣"或者"有美皆备，无丽不臻"，真有种难以抵挡的魅力。

1922年出版的《中华全国风俗志》这样讲述上海大家闺秀的吸烟风气："大家妇女争试，咸以此为时髦，一烟之微，必盛金盒，配以金斗，兰房粉阁间，几以吸烟为正课。"

除了香烟，百雀羚、雅霜、花露水等化妆品的美女广告，也通过"月份牌"走进了市民生活，特别是阴丹士林旗袍的美女广告，帮助女性解放思想、大胆崇洋，走出家门参加各种工作和社交活动。

美女走进"月份牌"，"月份牌"让上海女人漂亮起来。

1928年12月的《民国日报》上刊登了一个名叫苏凤写的"给漂亮小姐"下定义的文章，她这样写道："漂亮者也，就是十分体面、十分美丽、十分聪明。"这段话很受大家闺秀、名媛佳丽追捧，讲究起有品位、格调的海派生活了。

一百年前的"时髦"

时髦是上海的性格，是追求卓越的老脾气。

赶时髦，要有挑战的勇气，旁人则目睹为怪现象，上海滩，往往弱女子敢为人先。

一百年前，上海女人率先反对裹小脚、呼吁要读书。1897年12月6日，122名中外女子自行集聚在静安寺路的张园礼堂，商量创办第一所中国人自己的女子学堂。

康有为的女儿康同薇、梁启超的夫人李端蕙以及外国驻沪领事和传教士的家眷65人参加了讨论。

《点石斋画报》发表了一幅"裙钗大会图"记录了当时这个新奇的女人集会，并称这是中国两千年来从未有过的奇事。

因为是寒冬季节，参加集会的外国女人大多都用"臂笼"，那是一种毛茸茸的皮质饰品，双臂可以从两端插入保暖。上海女人立刻赶时髦，很快就在社会上流行出一批翻毛、丝绒、海虎绒等多种款式的"臂笼"了。

晚清时候，上海最时髦的，莫过于坐在橡皮轮胎包车上兜风的女人，她们穿着极其紧身的小袄，衣袄的领子却十分高大，直遮到两鬓边，差不多下半个脸都遮在领圈里，脸上戴着金边墨晶眼镜。

1890年，英美香烟传入中国，从前吸水烟、旱烟、雪茄烟的人都改吸纸烟了。最初都是男人吸纸烟，后来，上海的《图画日报》刊登了一幅《吃香烟之平等》，上海的女人也争相模仿，以"吃香烟"为时髦，这种时尚也一直流传至今。

晚清文学家吴趼人写过一本《二十年目睹之怪现状》，罗列了上海滩许多"赶时髦"赶出来的奇闻怪事，其中很多是闺阁里先兴起，后来流传开来的。

高领、金丝眼镜，甚至手笼也在男人中间时尚起来。宣统年间，上流社会的"潮人"开始流行"乌靴"，皮底缎帮，走路嘀哆嘀哆的，像官员出场，上海女子迅速跟风，通常到了农历十月，趁着天冷了，她们就穿靴上街，兜风。

从前，上海女人出门携带的东西都由女佣拿着，或者自己提篮或者拎个包袱。随着服饰、鞋帽的讲究，女人也开始模仿洋女人的坤包，出门带只包，包里放些香粉纸、胭脂盒、桂花胰子和木梳等，逐渐成了摩登时髦的重要标识。

明朝万历年的《上海县志》里写道："市井轻佻，十五为群，家无担石，华衣鲜履。"

明清封建时代，服饰是社会等级的标志，如明代上海地区"乡绅、举人、秀才俱戴巾，百姓戴帽。寒天绒巾，绒帽，夏天鬃巾，鬃帽，平民极富，不许戴巾"。

上海人起码的赶时髦，就是讲究服饰穿着，最早冲破了清朝以来"长衫马褂"的衣着禁令，热衷"翻行头"，接受了西方"You are what you wear"（你穿什么你就是什么）的理念，终于使人们的穿着演绎成了这座城市的"派头"。

旗袍惹祸

旗袍的祖宗，可以追溯到秦汉时的"深衣"。

古人上衣下裳，裳不是裤子，只用前后两片布遮体。后来，将两片布缝合成裙，男男女女都是上穿衣、下着裙，民间俗称"两截衣"。

秦汉时，士大夫阶层开始流行上衣下裳分开裁剪、缝合制衣的礼俗，这种时尚的衣服穿起来，身体深藏不露，雍容典雅，就被称作"深衣"。

"深衣"的出现，区分了穿着的档次，劳力者穿的是"短打"，女人只能穿"半截裙"，深衣是有文化、有地位的身份符号，普通百姓只有重要日子才将深衣当礼服，后来，逐渐衍生出了长衫、长袍和长裙。

清朝末年，上海滩女性意识苏醒，"女子蓄意模仿男子，醉心男女平权"（张爱玲《更衣记》），她们动手改良京城里旗人穿的长袍，做成高领窄袖、收腰开衩的海派旗袍，尽显女性优美，释放内心情感，引领时尚潮流。

最早尝鲜旗袍的是宝善街（今广东路）、四马路（今福州路）上的青楼女子，她们将旗袍称作"京式样"服装，每天下午穿着艳丽的旗袍，坐着马车到外滩、大马路等闹市兜风，然后，聚集到张园，坐在"安垲第"的露台上悠闲地喝咖啡，经常引来无数小报记者、女学生以及良家妇女的追捧。

海派旗袍很快就在上海的名门闺秀中流行开来，而且传播到了京城，旗人女眷和皇城根下的女性也纷纷效法，争相穿起这种上海改良的旗袍，并且称其为"海式样"时装，因此竟惹出了惊天大祸。

那时，旗袍的流行，可谓女流之辈一种美丽的叛逆，撩乱了男人世界的心。女人风情万种的自信，抛头露面、当街走动，京城里的爷们又爱又恨。

中国人向来相信"天人合一"，相信民间流行的一些民谣，可能深藏天机。敏感的京城爷们担忧这种"海式样"旗袍的风靡，女人们口口相传"海失洋"（海式样的谐音）的流行语，恐怕会一语成谶。

1894年"甲午海战"，北洋水师在黄海全军覆没，真的应验了"海式样"旗袍的上天警示。

人们追究起来，认定"海失洋"的谶语，祸在上海女人改良了"京式样"时装，"京式样"者，就是"京失洋"也，早已酿成了惊天大祸。

果然，1900年八国联军入侵北京，大清朝廷难逃"京失洋（京城失败于洋人）"的天命。

女人们爱美的追求，被一些男人听作泄露国运天机的谶语，居然惹出了大清亡国的惊天大祸？其实，这不过是封建社会里男人们一次"女人祸水"的"甩锅"，今天重提海派旗袍的这宗历史冤案，只是博君一噱笑尔。

150年来的上海年味

春节，都市的年味总不如农村浓郁，然而，上海的闹市里有个地方，

150年来天天像过年。

1870年，上海第一家跑马场花园旁的"派克弄"（上海人称"花园弄"）刚改名为"南京路"不久，七八个宁波来的乡亲合计在这里开一家南货店。

那时的南京路还没有"四大公司"（先施、永安、新新、大新），只有几家洋行、药房和布庄，冷冷清清的，开店需要人气，上海人称"阳气"，人气"阳"了才可能生意兴旺，所以，这家南货店取名"三阳"。

"三阳"源于《易经》里的"泰卦"，下面三横"阳爻"，上面六断"阴爻"，阳气开始上升，三横阳爻分别象征农历十一月初阳、十二月二阳、正月三阳的"三阳开泰"，暗合了冬去春来、否极泰来的新年伊始。

"三阳南货店"经营的南北土特产，都是上海人的春节年货，那里的宁式糕点，更是上海家庭的过年必备。

三阳前店后工场，做的糕点四季不同，"春酥、夏糕、秋饼、冬糖"，还有将各色糕点与桂圆、红枣、莲心等垒成的盆景出售，祈祷"福禄寿喜"。

150年来，春节到三阳去办年货、讨个"三阳开泰"的口彩，逐渐成了上海人的习俗，如今，三阳全年人头攒动，阳气旺盛，天天像过年，兴盛了整条南京路，整座上海城。

一年之计在于春，春节来临，上海人是忘不了南京路上的"三阳开泰"的。

上海的"香山胎记"

上海开埠以后，移民数量中最多的是广东人、宁波人和苏北人，广东人中最多的是香山人。

香山偏僻穷壤，人心不定，苏东坡说"日啖荔枝三百颗，不辞长作岭南人"，因毗邻澳门、香港，欧风美雨飘洒，"春江水暖鸭先知"，不安于穷困的香山人，都背井离乡外出"闯天下"。

从香山出发的人潮分两个方向涌，一路向东南亚、檀香山、澳大利亚等地移民，另一路沿海北上，在各个通商口岸落脚，大多数都选择了上海。

这些香山人里，有广州十三行的仆役吴健彰，到上海做生意发财，后来当了上海道台；有小时候跑到香港教会学校去读书，长大了到上海做翻译的唐廷枢，后来他当了怡和洋行总买办、上海招商局的总办；也有在南洋赚了钱的郭乐、郭标、郭琳爽、马应彪、蔡昌等，他们发了财也到上海来开先施、永安、新新、大新四大公司；还有天地会的"洪门"骨干刘丽川，到上海后发动小刀会起义，意图推翻清地方政府，重建了一个大明朝……

这些人"眼高手低"，视野开阔地追逐高天流云，又脚踏实地，在细微处讲究。例如1918年，郭氏兄弟在南京路创办永安公司时，因为前一年开办的先施公司也在南京路，选址马路北边还是南边，不肯随便，他们在当时非常热闹的"日升楼茶馆"（今沈大成点心店）转角处，派两个伙计各站马路一边，每人一袋黄豆，哪边走过一个行人，那边的伙计就放一粒黄豆到衣袋里。

最后统计出南边的黄豆多，永安公司就建造在南京路的南边，与先施公司对峙。永安公司开张不久，营业额就超过了先施。

这些人"崇洋西化"，兼收并蓄欧美新学，又崇尚传统，坚守"仁义礼智信"。例如先施公司本来的英文名字是SINCERELY（真诚的意思），翻译成中文时，根据发音的谐音，选择了《中庸》里"经营之道，必先以诚施于人，而取信于人"的古训，写成"先施公司"，首倡"货不二价"，传播了"诚信"的理念。

上海开埠早期，香山人的影响渗透进商业、工业、金融、房地产、教育、出版、艺术等各个方面，尤其是孙中山、唐绍仪（清末民初政治活动家，1938年9月30日被杀害于上海武康路的住所里）等人在上海的革命活动，更加深刻地影响了那时候人们的视野和做派。

如果说如今的上海人与其他地方的人不太一样，究其原因，也许就是当年的香山文化留下的历史烙印，上海人代代传承，成了一块难以磨灭的文化胎记，深藏在大多数上海人的人格记忆里，从而表现出一种追逐潮流、精致讲究、包容大气、实惠变通的特点。

上海的"第五季节"

我以为，上海人身上的情调是"梅雨季节"养成的。

每年春夏之交，上海的春天总是依依不舍，夏天也不敢唐突，来得迟疑犹豫，其间，就有20天左右春心未消、夏情初萌的"暧昧过渡"，此刻，因为江南的梅子都熟了，天气多阴雨连绵，就称作"梅雨季节"。

20世纪30年代，上海才子施蛰存写过一篇《梅雨之夕》的著名小说：

"我"（书中的男主人公）在绵绵细雨的马路上邂逅一位陌生女子，她从一辆电车上下来，因为没带伞，躲在街角的屋檐下避雨，"我"的心底升起一股莫名的恋慕之情。

"我"谨慎地提出与姑娘同撑一把伞，并伴着她走向不确定的去处。

路上，"我"心里的欲念与负罪感缠绕纠杂，因为身边的女子让"我"想起了自己的初恋女友和现在的妻子。

"我"偶然朝路旁一望，有一个女子倚在一家烟纸店的柜台上，用着忧郁的眼光，看着"我"，或者也许是看着她。"我"忽然好像发现这是"我"的妻子，她为什么在这里？"我"奇怪起来。

小说的结尾，"我"走回家敲门，听见应门声却不是妻子的声音，而是雨中少女的声音！而当"我"进门看见的，却又不是那少女，是倚着柜台的女子，背对着光，立着。

1948年起，施蛰存就"蛰居"在愚园路1032弄"岐山村"的一栋洋楼里，半个多世纪没有离开过，直至2003年逝世。

施蛰存是中国现代派文学的开山鼻祖，20世纪30年代，曾被左派归为逃避阶级斗争的"第三种人"，后来又被打成"第二种人"，而他却超脱豁达，不以物喜，不以己悲，只管自己教书写书，评论家说他写的书，"宛如身着华丽的中式旗袍，在传统民乐的伴奏下，跳着异国的华尔兹"。

每年按时来临的"梅雨",已是上海"春夏秋冬"四季之外的第五个季节,硬生生地在春夏之间挤出一段温润的氛围,前有春心骚动,后有夏季热情,梅子熟透了,细雨霏霏,"发乎情,止乎礼",维持不温不凉、亦酸亦甜的回味。

施蛰存晚年接受采访,谈到他曾被鲁迅赠予"洋场恶少"的绰号,慈眉善目的他淡然一笑,慢条斯理地说:"这个恶少一点也不恶。"

那也是一个梅雨天,一个成熟透了的上海人。

逃离上海

美国的旧金山有一幢风格独特的房子"Tao House"(大道别墅),每年来参观的游客络绎不绝,这是20世纪30年代,美国杰出的戏剧家、诺贝尔文学奖获得者奥尼尔设计建造的。

大道别墅具有浓郁的东方色彩,鱼脊式的屋顶,黑瓦白墙,朱红的门窗,室内都是中式红木家具,书架上摆放着"道家""老子"的中文本和林语堂赠送的《吾国吾民》《生活的艺术》等书籍。据说当年设计时,奥尼尔专门请了一些风水先生和游方道士做参谋。

奥尼尔为什么要在美国造这么一幢格调迥异的房子?还得从几年前他访问上海的一次"胜利大逃亡"说起。

20世纪上半叶,美国风靡物质主义,许多人精神迷惘,心灵失落,奥尼尔感到了西方社会的轻浮躁动,向往东方的平和宁静,要找回心灵家园。

1928年10月4日,奥尼尔漂洋过海访问上海,他对同行的情人卡洛塔说:"黎明将像雷电一样,从大海对面的中国大地上升起。"

奥尼尔始料不及的是,从他一踏上上海的土地,就陷入了一场扑朔迷离的大逃亡。

奥尼尔11月中旬到达上海后,入住礼查饭店(今浦江饭店),他有些社交恐惧症,所以他的行程是严格保密的,但是,上海的记者还是千方百计打探他的消息。

夜晚，奥尼尔独自到饭店附近的一家酒吧喝酒，因为心情不好，喝醉了酒精中毒，被送进了大西路上的宏恩医院（今延安西路华东医院）住院治疗。

上海的报刊捕风捉影地报道奥尼尔的行踪，许多团体发布欢迎酒会的消息和邀请演讲的打算，还有关于他住院的小道消息，泛起了对他个人隐私的猜测。

奥尼尔大失所望，他说："我发现，这儿每一平方英寸所有的长舌妇和爱打听别人隐私的人，要比新英格兰任何一个千把居民的小镇的人还多。"

越来越多的人跑到宏恩医院打听奥尼尔的病情，或者要求跟他见面，他决定逃离上海。

1928年12月12日，上海《申报》发布了一条消息，奥尼尔乘坐"门罗总统号"轮船前往香港。四天以后，当轮船靠岸香港时，跟踪报道的人们却发现他并不在船上。

奥尼尔用金蝉脱壳的办法，搭乘德国"科布伦兹号"轮船逃往马尼拉了。

奥尼尔逃离了上海，上海却掀起了一阵奥尼尔热，他的代表作《琼斯皇》《榆树下的欲望》等翻译出版，文化团体排演他的话剧，深深地影响了上海的戏剧发展，今天，我们在洪深的话剧《赵阎王》、曹禺的话剧《原野》里，还能看到奥尼尔的踪影。

奥尼尔的代表作《琼斯皇》讲的就是一个逃亡的故事。

琼斯是个被西方文明改造后的黑人，他在野蛮贫穷的黑人区作威作福，被称为琼斯皇，黑人们不堪苛政起来造反，他被赶到原始森林里亡命逃窜。

《赵阎王》里，农民赵大沧被抓到军阀队伍里当兵，外号叫赵阎王，他开枪打死营长后，在森林里逃亡时，还有在《原野》里，仇虎被侦缉队追捕，他带着相好金子在黑森林迷路时，都伴有《琼斯皇》里那种无比恐惧的鼓声，令人产生幻象，难以摆脱命运的追捕。

奥尼尔逃回到旧金山后，按照自己的梦想建造了"大道别墅"，在里面一住就是八年。

"麻林当"和"水蜜桃"

人长大了，容易失真，心痛。

小时候玩的游戏和伙伴，有时候，像冷落在角落里的镜子，藏着久远的真相。

老上海的弄堂，午后，总是慵懒静谧的，石库门的天井，几只麻雀，啾啾，啾啾。

孩子们放学回家，弄堂醒了。

老师会选一个有大人在的家，集中五六个孩子"开小组"，一起做功课，一起叽叽喳喳。

那时的功课不多，做完后就跑到弄堂里，找邻里的孩子一道玩耍，书包、外套通通丢在墙角里。

小学生平时都"分男女生"，玩的也不一样。女孩跳皮筋、造房子，男孩踢皮球、滚铁圈，然而，"开小组"是男女搭配的，老师"强制"安排的。

"开小组"的玩耍，不分男女生，小孩们格外兴奋，甚至痴头怪脑。

上海小人喜欢一起玩"麻林当"（麻，上海话发mo音）和"水蜜桃"（水，上海话发si音），也算海派特色。

"麻林当"是两个男小孩双手牵着高举，搭成一个拱门，女小孩依次绕着圈子从下面穿过，大家唱一首英国古老的童谣 *London Bridge is Falling Down*（《伦敦桥要塌了》）。

"麻林当"的歌词是："London Bridge is falling down, falling down, Longdon Bridge is falling down ... my fair lady ..."（歌词大意：伦敦大桥要塌了，要塌了，被抓住的就是我的可人儿），唱到"my fair lady"时，两个男小孩高举的"拱门"就像桥一样塌下，抱住没来得及逃脱的女孩。

孩子们不懂歌词大意，只管享受男女孩子间清纯的亲密，唱出髫韶年华的友情，falling down、falling down地反复唱，上海话就讲成了"麻林当"。

还有一种青梅竹马般的追逃游戏，叫"水蜜桃"，男女孩子"猜冬猜"（"石头、剪刀、布"的猜拳）分成两队，女孩子逃，另一队的男孩子追，尽情地笑，尽情地叫。

逃跑的女孩眼看要被男孩追到，感到"危险"，可以抱住双肩大喊一声"Stop"，追逐的男孩就不能出手抓了，但是，喊"Stop"的女孩必须囚禁在原地不动，直到本队的男孩来拍她的肩膀，表示解救，她才能"复活"逃跑。

男追女逃的浪漫，男孩救女孩的绅士，没有丝毫矫情，也无半分功利，羞涩急切的一声"Stop"，吴侬软语的上海话，听起来像是叫"水蜜桃"，水灵灵，甜蜜蜜。

上海弄堂里的小孩长大一些以后，就不会再玩"麻林当"和"水蜜桃"了，他们在成熟中一天天丢失这份天真，但是，这些弄堂游戏播下了浪漫与绅士的种子，不知道哪一天，也会在他们的生活中开出独特的花来。

靠左开车

1966年，极左风潮在各地涌动，有人鼓动交通规则必须来一场红色革命，他们提出"红灯行，绿灯停"，他们规定车辆必须靠左行驶。

交通事故骤然剧增，铁路运输也混乱不堪，这场"革命"被中央紧急制止。

车辆靠马路右边行驶，从来如此吗？

上海的马路上，1946年元旦以前，一切车辆已经靠左行驶了半个多世纪了。

上海开埠前是个"有舟无车的泽国"，交通主要靠船，上岸后，大户人家靠轿子，平民百姓一般靠步行，或者用牛马拉的大车、人力推的小车。

1855年，上海出现了第一辆西式马车后，租界里就开始流行坐马车代步、兜风的时尚，并且修筑了一条条碎石、柏油铺就的近代"马路"。

马路多了，马车也多了。

马路上，人车混杂无序，马车疾驰争道，各种事故频发，往往欲速则不达。

1860年以后，上海的马路上出现一种轻便灵活的人力手推车（又称"独轮车""羊角车""江北车"），随时随地可以扬招，少则坐一两个人，多则乘五六个人，价格低廉，上下便利，还能穿梭于小巷中，很受普通市民欢迎，有些洋人有时为了穿弄堂、抄近路、赶时间，也会搭乘这种小车。

这也许是上海最早的出租车了，很快风靡一时。到19世纪70年代，上海租界里捐牌照营业的独轮车，最多时有两万多辆。

由于这种车子全部用木料制作，包括轮轴也是木头的，行走时（尤其载人负重时），轮轴摩擦出刺耳烦人的噪声，所以也引起很多人的反感和抱怨。

租界当局开始制定交通规则，规定独轮车下午7时至次日上午6时，禁止在河南路与外滩两条马路上，以及这两条马路周围的租界内行驶。规定"马车、小车一律靠左边马路，超车须从右边向前"。

1901年，汽车第一次出现在上海街头，那是匈牙利人李恩时带来的，一共两辆，一辆卖给了宁波富商周湘云，一辆卖给了犹太人哈同。

很快，汽车的数量在上海不断增加，私家车、出租汽车以及20世纪20年代出现的有轨电车等充斥街头，交通管理也日益严格健全，《申报》不断刊登行车新规。

1906年12月1日，工部局还印制了顺口溜布告，张贴在路边，向行人宣传：

租界车辆，不下万千；各走马路，靠近左边；切莫乱走，小心为先；十字路口，不要随便；左右前后，看清爽点；照此走法，碰撞可免；尚有不遵，重罚银钱。

英国人在租界里成功地养成了人们靠左行走开车的习惯，直到1945年抗战胜利以后，引进了大批美国的"左驾车"（驾驶座在车左边），靠马路左边行驶，妨碍司机的视野，上海市警察局规定，自1946年1月1日起，各种车辆改为靠右行驶，各个路口的红绿灯改装位置，重建各种车辆的停靠站台，改开所有公共汽车、电车的右侧车门。

上海人几十年的开车习惯，一夜之间就改变了。

家喻户晓的电话63070

20世纪50年代，上海家家户户都知道"63070"这个电话号码，就像今天家喻户晓的"110"和"119"，用来报警求助。

说起报警，原始的做法是鸣锣吆喝，聚众相救。

最危急的是火警，白天靠街坊邻居，晚上靠巡夜的更夫，击鼓敲锣招呼大家。

开埠以后，上海有了火政处，开始是靠人跑步到火政义勇队员住处叫喊，谁先到就先打开洋龙（消防水管）的库门，把载着洋龙的拖车拉出来。

这样很不方便。后来，有人借重家渡天主堂的钟声报警，求助的范围更广。然而，因为教堂的钟不够大，又受风向的影响，传播警情的区域还是有局限。

1871年，工部局中央捕房的院子里建起一座钟楼，安置了特地从英国买来的铜质大钟。一旦有警情，先敲五分钟大钟通报火警，然后每隔十秒钟，响起不同次数的钟声表示火警发生的地方，譬如，每隔十秒敲一声表示虹口，两声表示苏州河到南京路，三声表示南京路到洋泾浜（今延安东路），四声表示法租界等。

那时，还有用停在黄浦江上的蒸汽船鸣笛一刻钟、领事馆的驻军鸣枪三声等报警的方式。

1907年，上海县建立救火联合会不久，决定建造自己的警钟楼，官、商、民纷纷解囊捐助，历时三年，在南市建造了当时上海最高的报警铁塔钟楼，非常壮观实用。当时，有人写诗"点赞"："昼分旗色夜灯光，高挂空楼辨四方。鸣则惊人诚美器，关心薤击莫张皇。"这座警钟楼一直使用到20世纪80年代初。

上海以钟报警的同时，也开始试用电铃或电报传送消息。第一个电传报警的电铃是1871年在中央巡捕房火政处与维多利亚救火队车库安装的，两处可以互传警报。

1881年，贝尔发明电话后第五年，上海也开始使用电话机，外滩7号的大北电报公司开设了电话交换局，电话在上海逐渐发展起来，到1900年以后，租界里更加速普及，市民开始习惯用电话报警。

公共租界的居民发现火情，可拨打电话"中央366号"或"150号"，法租界的居民可拨打"中央102号"报警，这是我国第一批报警电话号码。

这些报警电话与巡捕房的总机相连，在上海各主要马路的路口，都建有巡捕亭，里面都装有电话，这种电话不必拨号，直通总巡捕房或火政处，相当于今天"110""119"的一些功能。

1949年中华人民共和国成立以后，市话局整合了原来各自独立的报警系统，将市公安局最初的八条电话线扩至50门共电式总机，全市任何地方拨打"63070"或"00"，都可连接总调度室，总调度室则可与各公安分局、消防队、救护大队及自来水公司等直接通话。

1956年2月10日，火警电话"63070"和"00"统一为"09"。1975年5月5日，上海为了配合全国长途电话实现自动化，特别通信服务号由"0"改为"11"，上海的火警电话就变成"119"了。

上海人习惯叫"救火会"

叫惯了一百多年的"救火会""消防队"，现在改叫"应急救援队"了，上海人一时有点不适应。

一百多年以前，上海如果发生火灾，都是肩挑手提河水、井水，靠泼水或掷水灭火，先进一些的，是一种用装有棉絮活塞的竹筒，人工吸水、喷水来救火。

早年的上海，社会救火主要靠绅商办的慈善团体，如1804年的同仁堂、1847年的厚仁堂、1858年的果育堂、1863年的济善堂以及1869年的赞育堂等，这些慈善机构备有水龙或者洋龙，如有火警，就出动灭火。

这里说的"洋龙"，就是1856年后出现在上海公共租界的蒸汽救火车和水龙带，马路上挖掘救火井，井盖上标明"F. W"（Fire Well），这种"洋龙"和"火井"，可以克服人力、人工泵和水源的不足。

1852年，上海曾有两家洋行为了自保，建立了两支义勇救火队，带动了许多商号、厂店纷纷效仿，组建"水龙社""救火社"等。

1866年，租界有人建议组建"水龙公所"统管协调救火，工部局采纳了这个建议，就设立相当于"水龙公所"的"火政处"，当年7月20日，中国第一支近代消防队"上海第一泵浦车队"（The Shanghai Fire Engine Company No.1）在上海诞生，100名消防员中，有60名外国人，40名上海人。

救火队的经费除了租界方拨款外，大部分由中外商家、保险公司以及华人会馆、公所承担，从1867年起，上海道台也每年捐助400两银子。

1907年，工部局火政处已有上海救火队、虹口救火队、静安寺救火队、法租界救火队等十支消防队了。

1907年，租界南面的上海县城内外也已分设了东、西、南、中四个自保自救的"救火社"，但是，这些民间救火社互不联络，发生火警时，大家争先恐后，争地抢水，容易延误时间，酿成大祸。

租界火政处通过领事向上海道台提议，如果老城厢内外发生火情，是否由租界救火队前往灭火，并由洋商承办保险。

上海华人纷纷抵制洋人的提议，当时的上海城厢内外总工程局总董李平书表示："主权攸关，力持不可，建议改良内地火政。"

同年9月25日，李平书等联合39家救火社，成立了"上海城厢内外救火联合会"，上海市政厅也将各家慈善团体的消防器材移交给救火联合会管理、使用。

救火联合会的救火员穿戴统一的铜帽、扣带、皮靴、服装，帽章有各区的名称，肩章东区用绿色，南区用红色，西区用白色，北区用黑色，浦东用黄色，以便救火时协调指挥。

不久，华界地区的闸北、龙华、曹家渡和市郊的杨思、闵行、颛桥、马桥、三林等地的救火会也如雨后春笋般建立起来，影响之大，远及江苏、浙江、湖南、四川、福建。

1910年，救火联合会耗资7150两白银，在小南门内建造了一座高十丈五尺的六层铁架警钟瞭望塔，白天扯旗，夜晚挂灯，瞭望台四人一班，随时观察四方，一旦发现火情，就敲响塔楼里的铜质大钟，并用不同的钟声和旗灯指示救火的方向。

这座警钟楼当时是上海县城最高的建筑，北面还有一幢七开间的两层楼洋房，就是救火联合会会所。会所的楼下是会客室、办公室，楼上有可容纳800人的会场。后来，上海反清光复起义和上海工人第三次武装起义，都在这里集结，发出了响彻云天的革命信号。

"进口"喂大的上海

首届"进口博览会"为什么在上海办？因为"进口"与"上海"的历史渊源很深。

当上海还是个小县城的时候，偏居一隅，有些营养不良。也许是靠海吃海，海外的东西进口吃多了，才逐渐喂壮了体魄。

黄浦江边的上海人，从来都是吃浦江水、河浜水或者土井水长大的，开埠以后，洋人吃不惯，感染疾病的死亡率比华人更高。

1875年，英国立德洋行在杨树浦办了个供水公司，开始没有管道，靠木船将黄浦江水运到贮水池过滤，然后用船和水车运送给来往的船只和租界里的用户。

1880年，杨树浦水厂建立，在江西路香港路口建造了水塔，铺设了供水的管道，从小东门到静安寺，沿街每隔一段路设立一个吸水铁桶，打开龙头就有自来水流出。挑水夫送水，不论远近，每担十文钱。

当时，这在世界上是相当先进的公用事业，在中国更是首屈一指。

19世纪60年代之前，上海人还是过着"日出而作、日落而息"的生活。1861年，英国商人史密斯、米基发起组建上海自来火房，他们进口了一个煤气罐，安装在泥城浜（今西藏中路）西，地下敷设几千米输气管线。

1865年12月18日南京路（河南路—外滩）上十盏煤气路灯开始亮灯，照亮了上海人的夜生活。

1875年，巴黎火车站亮起了世界第一盏电光灯，仅六年后，英国人立德禄就在南京路江西路口建立了上海电力公司。

1881年7月26日晚上，从外滩到虹口招商码头，15盏电光路灯一起放光，引导上海最早走进"不夜城"的时代。

上海原是个"有舟无车的泽国"，河渠纵横，出入都靠船只。开埠后，填河筑路后，大多用独轮车代步，直到19世纪50年代，洋人进口了马车，双轴四轮，前轮可以转向，车厢精致，很快就盛行了起来。

1873年，有个叫米拉的法国商人从日本来上海，带来了300辆"东洋车"，他向法租界申请"手拉车"营业，开办了上海第一家黄包车车行。

1901年，匈牙利人李恩时从香港带进两辆美国制造的"奥兹莫比尔牌"汽车，第二年，工部局给他发了临时牌照，每月两块银元，汽车就可以开上街头。

汽车是德国人1886年才发明的，当时世界上并不普遍，上海街头最早出现的汽车，让追求新奇的上海人疯狂追捧，汽车逐年增加，1903年三辆、1908年119辆、1912年达到了1400辆。上海街头，从坐马车、洋车招摇到坐汽车兜风，成了摩登时尚。

1919年，浙江定海人周祥生在上海办起了"祥生车行"，他的40000号民族品牌，凝聚了四万万同胞的心，当年祥生出租的服务理念，今天的强生出租仍在传承。

都说上海崇外，说上海新潮，实在是"进口"喂大的缘故。见识早、见识多，就敢为人先，创造了数不清的"第一"，就有了海纳百川、追求卓越的勇气。

大气为魂，洋气为魄

国家进口博览会人气很旺，上海完成了世界拼图，成了无国界的大家庭。

150多年前，上海就开始收集海外进口的碎片，用本土文化黏合拼版，逐渐融合各国文化，发展成一座世界城市。

吸烟是人们消遣、交往时普遍的生活方式，明清之前，国人主要吸水烟、旱烟和鼻烟，清末，洋人带来了卷烟。

1892年，茂生洋行在浦东陆家嘴路开办了第一家卷烟厂，两台卷烟机，80名工人，生产"茂生牌""铜鼓牌"香烟。80名工人中，很多人日后成了上海卷烟工业的技术人员。

后来，英美烟草公司在上海垄断了中国的烟草市场，"哈德门""三炮台"香烟几乎家喻户晓。民族资本家陈楚湘创办华成烟厂，挑战洋烟。上海人支持他的"美丽牌"香烟，美女、明星印成的香烟牌子和月份牌席卷上海滩。

上海也是最早接受西药的城市。1850年，开在外洋泾浜桥东（今外滩延安东路）的罗生药房，出售的戒烟药粉很受市民追捧。推崇卷烟又追捧戒烟，上海对洋货的热情也可见一斑。

1853年，南京路1号开了一家老德记药房，用乌贼鱼骨粉研制的"胃痛粉"非常好卖，引发许多外商开药房卖进口西药。

1860年，一个叫屈臣氏的医生在南京路16号开了屈臣氏药房，经营66种西药，抢占上海市场。1866年，德国医生科发也接踵在江西路广东路口开了家科发药房，他的三水（十滴水、沃古林眼药水、白松糖浆）很快进入了上海的千家万户。

那个开办《申报》的美查1907年卖了《申报》后，在西康路办了药水厂，生产工业酸碱。他看中上海人对洋货的热情，就用生产多余的酸碱和轧花厂的棉籽榨油生产"洋胰子"（肥皂）。

肥皂、香皂顿时走俏，立刻取代了传统的皂荚、豆萁灰，成为上海家家户户不可缺少的日常用品。

上海的民族企业利用第一次世界大战期间，中国对德国宣战的时机，成功地收购了德商在沪的固本肥皂厂，将固本肥皂做成自己的品牌，上海人一直用到今天。

1855年，租界里开了第一家英商霍尔-霍茨面包房，出售面包、饼干、糖果、啤酒等。1862年，广和洋行在长治路大名路开办正广和汽水厂，上海人给汽水起了个很洋气的名字——"荷兰水"。

上海人喜欢上了面包西点和"荷兰水"，经常跑西点房、咖啡店，生活习惯也逐渐洋派起来了。

日常生活的海纳百川，天长地久，孕育了这座城市的魂魄。这里的人们，多少都透着大气，藏着洋气，与众不同地讲究每件实在的事情和每个平凡的日子。

追忆"时髦口罩"

抗击新冠疫情期间，面对"满城尽戴白口罩"，不免回想起半个多世纪前，上海街头流行的口罩时尚。

20世纪六七十年代，今天的老克勒还在青葱岁月，那时，上海跟全国各地一样，是一片穿着统一的"蓝海洋"。

上海人不动声色地，把时髦做在袖口、裤管和领尖的改良上，在沉闷的"蓝海洋"里，生生弄出几点明亮和妩媚，流行一阵后又换个时尚。

那个不堪回首的动荡岁月，出生在20世纪四五十年代的年轻人，记忆的色彩比梦境缤纷，经常能扑腾出几朵因袭的浪花。

上海曾是产业工人最多的城市，那时，"工人阶级领导一切"是主旋律，女孩子们就放胆流行起"工装裤"。她们自己动手，加宽两条背带，镶嵌几粒纽扣，然后束腰放折，内配白色或细格衬衫，青春可爱，活力尽显。

上海也曾是私人办学最多的城市，父辈旧时的矜持校服，男孩子都在心底追崇。他们上身穿着熨烫平整的棉袄罩衫，下身悄悄配一条法兰绒西裤，再加一条深紫红的围巾，像极了著名的雷士德工学院的学生。

扯开一步：雷士德是英国旅沪建筑师、慈善家，他留给上海的作品有先施公司、日清汽船公司、字林大楼、仁济医院、雷士德工学院等一系列优秀近代建筑。雷士德拥有惊人的财富，生活却十分简朴，他常穿用朋友用过的旧衣物、领带；他没有私人汽车和私人"黄包车"，外出大多乘电车。他终生未娶，没有后代，去世后葬在静安公墓，即今天的静安公园。

有一年冬天，上海的"蓝海洋"流行起北京的"军绿风"，有些文艺界的明星出门，紧裹一身军大衣，捂着一只大口罩，不想被人认出来。

这种"半遮面"的低调妆容，撩动了不少青涩年华的心跳。白色的大口罩，就像18世纪贵妇人的面纱，充满神秘的美感，给人无穷遐想。

街上开始流行大口罩，这种口罩比医院里一般用的大，不大容易买到，很多人就在家里自己做。

一只熨烫得平整挺括的白口罩，遮住了大半张脸，只留出一对大眼睛的特写，长长的睫毛扑棱扑棱的，长相再普通的女孩，也会让男孩想入非非。

男孩也有戴口罩上街的，尤其是鼻梁挺拔、浓眉大眼的，配上笔挺的法兰绒西裤和潇洒的暗红围巾，不经意间，就会撞到女孩子的心尖尖。

口罩之风在上海的街头流行开来，成了一种时髦，爱美的上海女人在家里用电线卷了头发，出门时，用钢丝梳子打理出长波浪，再戴上白口罩，即使在"蓝海洋"中，也别有风情。

那个特殊的年代，人心大多关闭着，交往很少，男人也戴口罩上街，不想被人家认出自己，偶尔在街角意外邂逅老友，彼此摘下口罩，交换一个别来无恙的眼神，互道一声珍重，释放多少负重？

面对"满城尽戴白口罩"，上海老克勒的"口罩回忆"里，长满青涩的苔痕，有戴着口罩时那些大胆热辣的眼神，也有摘下口罩时那个笨拙羞涩的初吻……

戴燕帽的女人

抗击新冠疫情的那段日子，眼睛总是湿润的。静安寺前有口"沸井"，汩汩地涌泉，说是通海的。

全国各地都派出自己的医疗队，赶赴武汉、湖北疫区。谁没有听过"精卫填海"和"夸父追日"的故事？隔壁传来钢琴声，母亲在教孩子弹奏"志愿军进行曲"。

电视新闻在播报，医护人员还存在缺口，尤其护士，不要说"战争让女人走开"。

巴黎卢浮宫珍藏的名画《自由引导人民》，硝烟弥漫的战场上，裸胸赤脚的女神高举着象征"自由、平等、博爱"的三色旗，远处是巴黎圣母院的背景。

疫情煎熬着湖北、武汉的数字，揪心的曲线波动着，像民族的"心电图"。隔离的病榻上，消毒的空气里，开始传播恐惧、孤寂、焦虑，甚至绝望的心灵病毒。

欧·亨利讲过一个故事：

年轻的姑娘琼西感染了肺炎，病情日趋危重，她绝望地认定自己熬不过那个冬季。

微弱的生命，只剩在窗外的一株枯老的常青藤上，琼西每天数着在寒风中飘零的常青藤树叶，她说，最后一片树叶掉落了，她就死了。

常青藤的树叶一天一天脱落，只剩一片孤叶，医生的药物无能为力，闺密的焦急也无可奈何。

一夜，风雨交加，清晨，拉开窗帘时，琼西意外地发现，最后一片树叶竟然还在枝头，第三天、第四天……直到冬去春来，最后一片树叶始终留在那里，琼西熬过了危险。

恢复健康的琼西下床，走到窗前察看，最后那片树叶，竟然是楼下潦倒落魄的老画家为她画在对面墙壁上的"杰作"。

还记得那个说"我把妈妈借给你"的女孩吗？天街小雨润如酥，东风轻扇早春寒。

丈夫说："我把妻子借给你。"

母亲说："我把女儿借给你。"

情侣说："我把恋人借给你。"

剪去飘逸的长发，遮掩漂亮的容颜，藏起窈窕的身材，女人穿上臃肿笨重的防护服，像雪白的蚕茧，想象蝴蝶的美丽。

细柔的手指、亲和的眼神、温柔的语音，陪伴孤独，抚慰焦灼，分享亲情、友情和恋情，守护每一片生命的树叶。

在南丁格尔以前，护理都是家庭里女人的事情。19世纪中叶，西医进入中国，护理也只是修女的宗教关怀，国人将Nurse翻译成"看护"。

1914年，上海召开全国第一次护士代表大会，那时，外籍护士一统天下，有一个叫钟茂芳的中国女人当选为中华护士会的副会长。

钟茂芳提议，将"看护"改称"护士"，既保留"看护"的女性情怀，又彰显了"读书人（士）"的书卷气，而且，看护修女的白头巾都折成了燕尾护士帽，"美丽而知性"的天使，犹如飞燕展翅，传送春讯的福音。

1957年，上海电影制片厂（当时叫江南电影制片厂）拍摄了一部《护士日记》，上海演员王丹凤唱的主题歌《小燕子》，风靡全国。

> 小燕子，穿花衣，
>
> 年年春天来这里，
>
> 我问燕子你为啥来？
>
> 燕子说，这里的春天最美丽。

2020年，各地有上万名护士赶赴湖北武汉，上万只燕子盘旋在江汉三镇的天空，春天不远了。

经历了抗疫战争的女人，脱下臃肿笨重的防护服，犹如破茧化蝶，天使般的美丽。回归了娇妻、爱女、慈母的窈窕淑女，更加姹紫嫣红、春暖人间。

第五篇

时闻志事

寻踪上海的幽灵

电视剧《觉醒年代》热播，讲述一批读书人寻觅救国的道路，展现一个幽灵唤醒一头睡狮的故事。

上海虎丘路靠近乍浦路口，有一幢深褐色面砖的"广学大楼"。这里的广学会创办于1892年，宗旨是"以西国之新学广中国之旧学"，出版了一份《万国公报》介绍西方各种文化信息、社会思潮，光绪皇帝曾全年订阅，放在自己的案头。

1899年2月，《万国公报》有段介绍马克思和他的《资本论》的文字，将马克思称作"百工领袖"，用今天的话讲，就是"劳动者的领袖""无产阶级的导师"，那个在欧洲"徘徊"的"共产主义幽灵"就此从上海进入中国了。（《共产党宣言》的第一句话："一个幽灵，共产主义的幽灵，在欧洲徘徊。"）

四马路（今福州路）上有条叫"望平街"的小马路，全长三百来米，曾经星罗棋布着50多家报馆，清末民初有"报馆街"的美誉，也是读书人看世界的窗口。

1906年，《民报》刊登了朱执信翻译的《共产党宣言》选段，1908年，《天义报》发表了刘师培翻译的《共产党宣言》导言和第一章，1919年，《每周评论》也刊登了成舍我翻译的《共产党宣言》第二章以及十条纲领。

朱执信翻译Communist Patty时，Commune有"公社、共有、共同体"的意思，如今的"欧共体"就用这个词。朱执信没有将Communist

Patty翻译成"公社分子党"，而是参考了日文版，使中文里第一次出现了"共产党"这个词，一个从此让无数人为之抛头颅、洒鲜血的名词。

越来越多的寻求中国出路的读书人，开始注意马克思的学说，纷纷着手翻译引进国内。

渔阳里6号（今淮海中路567弄"新渔阳里"）原来是戴季陶的寓所，20世纪初，戴季陶与胡汉民、朱执信、李汉俊合译发表了《马克思资本论解说》，瞿秋白说过："戴季陶先生、胡汉民先生及朱执信先生，都是中国第一批的马克思主义者。"

1920年以后，渔阳里6号成立了上海社会主义青年团，挂出了"外国语学社"的牌子，成了共产党第一所党校，培养并选送了刘少奇、任弼时、王一飞、柯庆施等人赴苏进修。

1920年初，陈望道从杭州第一师范回到上海，虽然住在太平桥"三益里"邵力子家，但是经常到渔阳里去，后来就住在陈独秀家，四月，他在上海出版了中文全译本《共产党宣言》。

1920年的夏天，陈独秀和李大钊商量以后，与李汉俊、俞秀松等人一起在渔阳里2号（今南昌路100弄2号）创建了名为"中国共产党"的早期组织。

那个夏天（1920年5月至7月），毛泽东到上海，住在哈同路民厚南里29号（今安义路63号），他送走了湖南新民学会赴法勤工俭学的朋友后，多次到渔阳里陈独秀家拜访，交谈他读过的马克思主义的书籍。

斯诺在他的《西行漫记》里回忆："到了1920年夏天，在理论上，而且在某种程度上，我已成为一个马克思主义者了。"

中国觉醒了，像一头沉睡千年的睡狮，睁开了惺忪的双眼，即将发出巨大的吼声。

"潜伏"的房子

老上海的法租界里，有一条很不起眼的小马路"台拉斯脱路"（今太原路），马路两边都是茂密的法国梧桐，枝叶相交，笼罩着一栋神秘莫测的别墅。

20世纪40年代"潜伏"战的电波，都是从这向各地区发出的，牵动着中国革命的命运。

这里原本是一个叫狄百克的法国名律师的花园别墅，黑灰色密不透风的篱笆墙和高高的黑铁门，拒人以千里之外。

狄百克在上海开了一家律师事务所，因为他用钱搞定了法国公董局、法国驻沪领事馆的官员，他打官司几乎不会输。因为他的"吃心"大，手段辣，人家送给他一个"强盗律师"的绰号。

1933年的一天，狄百克突然离奇地失踪了，消失得无影无踪，而且，从此再没有在上海出现过。

法租界警方查不出任何蛛丝马迹。只是传闻，狄百克曾说过杜月笙邀请他去做客，可是，没有人能够证明。

老百姓私下都说，这个强盗律师因为在法庭上不给杜月笙面子，被杜月笙的手下种了荷花。"种荷花"是黑帮道上的切口，就是将人捆绑后插入河底。

传闻只是传闻，租界警方没有凭据，也只能不了了之。

狄百克夫人后来就将别墅卖给了国民政府首任总理唐绍仪的女婿岑德广。

这个岑德广是周佛海的密友，因为周佛海当时是国民党的宣传部代理部长，所以每星期周佛海从南京回上海，他们俩都要在这里会面，以便从岑德广那里了解日本上层的情况。

抗战胜利后，岑德广被判汉奸罪，后来逃到香港去了，这栋别墅就被国民政府接收，归军统使用，电视剧《潜伏》讲述的故事就发生在这里。

1945年，中国正面临两种命运、两种前途的决战，刚从二次大战退役的马歇尔将军，奉美国总统杜鲁门的命令，来华调停国共军事冲突，这栋别墅就做了马歇尔的公馆。

马歇尔公馆门口岗哨密布，神秘人物进进出出，更加蒙上了一层不可捉摸的神秘。

当年，周恩来、邵力子等人经常在这里面跟马歇尔不分昼夜地讨论协商，并从这里与延安、重庆、华盛顿频繁联系。

内战的乌云越来越沉重地压在了中国人民的头上，周恩来凭借自己出色的人格和谈判技巧，赢得了民盟的支持，也争取到了马歇尔的天平倾斜。1946年6月6日，马歇尔迫使国民政府下达的六月停战令，扶正了因为国民党军队挑起战争而推倒的谈判桌，也为华夏大地上，人民民主最终战胜独裁统治，赢得了极其宝贵的时间。

1949年以后，这栋神秘的别墅接待过许多贵宾，印度尼西亚总统苏加诺、印度总理尼赫鲁、越南主席胡志明和朝鲜主席金日成等人都在这里住过。

太原路160号，是一栋外面看似平静，而里面曾经风起云涌的房子，有空可以去那里走走。

藏在柴爿堆里的出版社

成都北路的"辅德里"是1915年英商建造的旧式里弄，弄堂深处30号的一幢石库门住宅，被公共租界一个姓刘的巡捕买下，1921年4月租给一对新婚夫妇当新房。

新郎官李达和新娘子王会悟是从南昌路老渔阳里2号陈独秀家里搬过来的。

1920年，李达从日本回国到上海，住进了陈独秀的家里，认识了也暂住在陈独秀家里的王会悟。

王会悟是《新青年》的粉丝，读书期间，她经常给陈独秀写信，毕业后，黄兴的夫人徐宗汉介绍她到上海女界联合会当秘书，与李达志同道合，相爱结婚，陈独秀在家里给他们办完婚礼后，他们搬出老渔阳里，住进了"辅德里"。

中共"一大"成立了中央局，陈独秀任书记，张国焘负责组织工作，李达负责宣传工作。

当时，党中央的机关刊物，除了公开发行的《新青年》，还有秘密出版的《共产党》月刊。1921年9月，李达和王会悟的家里成立了我党第一个秘密出版机构——人民出版社，社长、编辑、校对、发行都由李达一人担任，王会悟任助理，另外雇了一个工人帮忙包装、递送。

李达家灶披间的灶头下，常年堆放着一些柴爿，出版社的印刷器材和绝密印刷品都隐藏在柴堆里。

那时，党中央规定，"陈独秀或张国焘家中均不得存放文件，各地方上报中央的文件材料也必须送辅德里625号（今30号）统一存放"，李达和王会悟的家，就是"党中央的第一个文件秘密保存处所"。

这个藏在柴爿堆里的出版社，除了出版《新青年》《共产党》期刊，还编辑出版了《共产党宣言》《工钱劳动与资本》《资本论入门》《劳农会之建设》《共产党礼拜六》《劳农政府之成功与困难》《列宁传》《共产党的计划》《俄国共产党党纲》《第三国际决议案及宣言》《劳动革命史》《李卜克内西纪念》等十几种革命书籍。

李达经常自己撰稿，他用稿费租下了自家寓所后面的房子（"辅德里"42号）开办平民女校，他与王会悟负责女校的招生、管理和部分教学，陈独秀、蔡和森、陈望道、邵力子等也经常过来讲课，丁玲、王一知等传奇女性都是这里的学生。

"辅德里"地处英法租界和华界的"三不管"接壤处，李达的家又在这条弄堂深处，非常隐蔽难找，便于秘密集会，即使发生意外也很方便撤退。1922年，中共的"二大"，就选在这里召开，讨论通过了《中国共产党章程》，决定了党的最低纲领和最高纲领。

赵家楼的火，何以在上海燎原

一百年前，北京的学生"火烧赵家楼"，反对西方列强将山东主权转让日本。

赵家楼的主人是个上海人，北洋政府的外交总长曹汝霖。

曹府叫"赵家楼"，因为它原是明代文渊阁大学士赵贞吉的宅邸，有

50多间房子。

1919年5月4日学生抗议游行时，听说曹汝霖正召集先后担任驻日公使的章宗祥、陆宗舆，在家里商量对策，愤怒的学生冲进曹宅，因为不知三个卖国贼躲在哪间房子密谋，就放火烧房子，逼迫他们出来。章宗祥化了装，还来不及逃走，被学生们发现，学生们将他包围，狠狠痛打了他一顿。

赵家楼的火何以在远隔千里的上海滩烧成燎原之势，影响全国，甚至促成了中国共产党的诞生？

上海是一座移民城市，绝大多数上海人都有一个来自五湖四海的老家，他们组建了几十个"同乡会"，这些移民的会馆公所就是上海的襟怀和眼睛，时时刻刻都在关注着东西南北的"乡情"。

火烧赵家楼，事关山东，山东籍的上海人自然不会无动于衷，他们最先以山东会馆的名义给全国山东籍旅长以上的军官发电报、写信，要求他们行动起来，支持爱国学生，保护老家主权。

上海的山东人也互相联络，纷纷罢课、罢工、罢市，带动了上海声援北京学生的群众运动。

上海淞沪护军使卢永祥也是山东人，他在一定程度上默许越来越多的上海人参与示威抗议，上海的爱国吼声响彻中华。

卢永祥居然同意上海学界、商界代表与政府官员一起召开一个100多人参加的讨论会，商量如何敦促北洋政府顺应民意，拒绝在丧权辱国的"巴黎和约"上签字，他甚至极其罕见地愿意转达民意，迫使北洋政府最终罢免了曹、章、陆三人。

当时，上海有最早最多的出版社、印刷厂、书局和报纸，仅1905年到1911年，就先后出版了《国粹学报》《竞业日报》《中国女报》《神州女报》《神州日报》《民呼日报》《民吁日报》《民声丛报》《民立报》等十几种全国发行的报纸，更不说创刊于1872年的《申报》，早已深入人心，在大江南北不胫而走。

上海人声援北京学生的"罢课、罢工、罢市"，经众多媒体的推波助澜，使赵家楼的火在上海形成了燎原之势，迅速向各地蔓延，寻找救国道路的先行者们，终于在熊熊火光里发现了马克思主义的新方向。

小弄堂里的"产房"

在上海繁华的淮海路背后，有条"落乡"的小弄堂，弄口的坊名早已失落，弄内的石库门老房子，大多都陈旧不堪，随处可见残缺的门箍，破败的外墙，杂七杂八的违章搭建，看着非常堵心。

这条弄堂本来直通淮海路，不知什么时候，被弄内横空出世的房子拦腰阻断，上海方言称作"死弄堂"。

1912年，创始于天津渔阳县（今蓟县）的义品银行，在上海建造了这群石库门住宅，将弄堂命名为"渔阳里"。

白居易有"渔阳鼙鼓动地来，惊破霓裳羽衣曲"的名句，这条叫渔阳里的小弄堂，也曾暗藏足以惊天动地的秘密，掀起过翻天覆地的巨浪。

从南昌路100弄的渔阳里进去，第一条支弄的2号与第二条支弄的5号，一百年以前，曾经藏着两个革命党诞生的产房。

渔阳里2号是陈独秀的旧居，《新青年》杂志编辑部也设在这里。1920年8月，陈独秀与李大钊、陈望道等人曾在这里建立了一个名叫"中国共产党"的共产主义小组，他们翻译《共产党宣言》，拟定《中国共产党章程》，创办《共产党》《劳动界》等刊物。

渔阳里5号是陈其美的旧居，也是孙中山创办的"中华革命党"上海总机关部旧址。1915年，陈其美和他的同志们在这里宣传"讨伐袁世凯"的二次革命，策划了刺杀上海镇守使郑汝成，并发动肇和舰起义。

1919年10月10日，"中华革命党"正式改组为"中国国民党"，所以，渔阳里5号也可谓"中国国民党"呱呱坠地的产房。

渔阳里2号在第一条支弄，渔阳里5号在第二条支弄，陈独秀和陈其美等共产党、国民党的先行者们每天进进出出，都要从主弄走过，经常邂逅或者擦肩。

渔阳里6号原是戴季陶的居所，戴季陶是共产党早期创始人之一，参加过起草《中国共产党章程》的工作，后来，他又退党成了国民党的元老，1920年，中国社会主义青年团成立时，团中央机关就设在戴季陶家的客堂间。

那时，渔阳里6号还是共产党隐蔽的干部学校，楼下兼做教室，后厢房是总务室，亭子间是"校长室"，楼上厢房是学员宿舍，门口挂着一块不起眼的"外国语学社"的牌子。外人怎么也想不到，这里曾为各地培训了许多翻天覆地的革命者，输送了刘少奇、任弼时、罗亦农等几十个毕业生，分批到莫斯科东方大学深造。

渔阳里被建筑分隔以后，就像被切断的蚯蚓，分成两条独立成活的弄堂，跳动着同样节律的历史脉搏。现在，南昌路100弄是老渔阳里，淮海中路567弄是新渔阳里，虽然背靠背，却心有灵犀，传承——不会碰壁。

误撞的客人

兴业路76号（原望志路106号）建于1920年秋，建成不久，李汉俊与哥哥就租下106号和108号，兄弟俩将内墙打通做寓所，人称"李公馆"。

1921年7月23日，中共一大在李公馆召开，李汉俊是一大代表，然而，三个月前，李汉俊在家里接待过一个神秘的客人，在上海滩反响很大。

客人是日本文坛三巨匠之一、李汉俊留学日本时的好友芥川龙之介。

芥川龙之介从小喜欢中国文化，熟读《西游记》《聊斋志异》等中国典籍，一直希望能到中国来看看。直到他29岁（1921年），他发表代表作《罗生门》六年后，才得到一个来华的机会，这也是他一生唯一的一次海外考察。

好事多磨。3月28日，芥川龙之介搭乘"筑后号"从九州福冈出发，海上遭遇风暴，晕船呕吐，抵达上海后就感冒发烧。接着，又因肋膜炎住院三周，折腾到4月23日才出院。

病体初愈，游逛城隍庙、南京路和徐家汇等地方，还到天蟾舞台看了场京戏，疲惫的他有些失望。

他眼中的上海：

> 狭窄拥挤的廉价店铺，破败不堪的湖心亭茶馆，漂浮着蓝色海藻、弥漫着尿骚臭的池水……一个猥琐的、残酷的、贪婪的世界。

他诚恳地建议戏院：

> 背景宜用素色，不可用红绿色缎。地毯也宜用素色。乐工应坐幕中。台上助手应穿素色一律的衣服，不可乱跑。

四月底，芥川龙之介专程到望志路106号"李公馆"拜访了老朋友李汉俊，聊起了对上海的观感，他说上海全然没有江南古镇的清新淡雅，到处充斥着洋味，不合时宜，过分花哨，仿佛走进一个蛮市，让人产生恍惚的不安。

李汉俊听罢畅怀大笑，没有做任何解释。

三个月以后，"李公馆"召开第一次党代会，中国开始翻天覆地了。

不该忘记的女人

母性是女人的天性，当自己的孩子面临危险时，女人的智慧和勇气会更加超常，不可估量。

1919年开了一个巴黎和会，列强们吵吵闹闹地分赃，出卖了中国，惊醒了中国一些读书人正做着的英美梦。那年还成立了一个共产国际，那些读书人就转过身，开始打量马克思，并建立起一个个小组，研究十月革命和共产主义。

1921年夏天，七个城市的共产主义小组代表选择在上海秘密开会，成立中国共产党。那时，帝国主义和北洋军阀将共产主义视作洪水猛兽，严防政治集会，七个城市的陌生人要聚在一起，连开几天的会，风险很大很大。

在哪里开会？

上海代表李达的妻子王会悟非常警惕，她亲自奔走，查看了几处地点，都觉得不够安全。最后，她想到了同为上海代表的李汉俊的哥哥李书城的家。

李书城的家地处法租界，他本人是国民政府的官员，这时正好不在家，王会悟的选择得到了认可。

然而，十几个代表的住宿目标太大，要在租界巡警的眼皮底下进进出出而不被怀疑，几乎不可能。

王会悟想到了另外一个女人黄绍兰。

黄绍兰是李书城家附近的博文女校的校长，上海光复时，她还当过女子军事团的团长。这所女校呵护的学生，大多数都因反抗包办婚姻出走，著名作家丁玲就曾是这里的学生。

王会悟和黄绍兰真是绝顶聪明，她们利用学校正好放暑假的时机，以接待北京大学暑期旅行团的名义，安排"一大"代表们住进了学校的几间教室。

代表们集中住在一起，不但便于联系沟通，而且一些预备会议也可就地召开。那段日子，黄绍兰经常留在学校，担任警戒工作。

7月23日，"一大"在李书城家正式召开，王会悟不是代表，但是她每天都会到场，做好后勤会务后，就坐在门口或者守在窗口，望风警卫。

两个女人如此警觉，细心保护，法租界的鹰犬还是嗅到了一些味道，危险步步紧逼。

会议进行中，一个穿灰色竹布长衫的陌生人，出现在李家门口，说是要找隔壁社联的王先生。王会悟和大家意识到，即将诞生的中国共产党，正面临被扼杀在襁褓里的巨大危险。

代表们立刻撤离，十几分钟后，法租界的巡捕包围、搜查了李书城的家。

当晚深夜12点，王会悟和另一个女人提供了一个地方，让代表们聚会，磋商下一步怎么应对风险，继续会议。那个女人就是陈独秀的夫人高君曼，那时陈独秀不在上海，她和李达夫妇同住在渔阳里2号。

王会悟和高君曼在渔阳里的寓所给代表们做夜宵，当警卫，一起想办法。

大家一致认为必须转移会场，有人提出改到杭州去，细心的王会悟马上反对，她说杭州人多眼杂，容易引人注意，她提议转移到嘉兴去，那里僻静人少，而且自己在那里读过书，熟悉情况。

第二天一早，代表们分头乘车来到嘉兴，继续"一大"会议，7月31日，中国共产党终于在嘉兴南湖的小木船里诞生了。

"一大"13名代表都是男性，虽然以后各人的经历和结局都不同，但是历史都记住了他们。然而，我们不该忘记"一大"背后的这几个女人，她们曾用智慧和勇气，呵护了我们民族希望的宁馨儿安全诞生。

泄密者

荷兰人马林是个体格健壮、谈吐锋利的人，1921年6月3日，他乘坐客轮抵达上海。

马林化名安德莱森，以《地理经济学家》杂志记者的身份，住进了永安公司楼上的大东旅社。

不久之前，上海租界的警方刚收到一份日本警视厅发来的情报，说日方在监视、邮检有激进言行的留学生时，从周佛海收到的一封上海来信里，发现近期"支那共产党"要在上海召开重要会议的消息。

马林是个国际职业革命家，两个月前（1921年4月），他在奥地利维也纳办理中国签证时被捕，获释以后被西方各国警方列为监控对象。

这次受列宁委派，马林到上海来协助建党，"十里洋场"的大东旅社太显眼，他没住几天就搬到偏僻的麦根路（今淮安路32号），后来又搬到虹口汇山路（今霍山路6号），但是，还是被法租界的密探盯上，怎么也甩不掉身后的尾巴。

十六铺码头的搬运工程子卿，曾与黄金荣结拜为盟兄弟。

在帮派里，黄金荣为"老头子"，人称"黄老板"。程子卿排第三位，被称为"程老三",因为他皮肤黝黑,绰号叫"黑皮子卿"。

1905年,黄金荣介绍程子卿进法租界当巡捕,因为他"头子活""地界熟"(头脑灵活、人头熟悉的意思),不久就升为政治组的探长。

从马林乘坐的"阿奎利亚号"客轮到达上海客轮码头时起,法租界的密探就紧盯着他的一切行踪。

7月30日,程子卿盯梢马林,尾随他来到望志路(今兴业路),看他走进了106号的石库门里。

程子卿向周围的人打听,有人告诉他:"106号和108号都是李公馆,这家人家的主人李书城是国民党元老、南方政府军事委员会的大官。"

程子卿不敢贸然行事,他守候在门口。

这栋平时看似普通,当天却有些动静的房子,先后有十几个穿长衫或者西装的先生进去了,程子卿决定闯进去打探一下。

程子卿从后门进去,径直朝客堂间走,被守卫在灶披间(厨房)里的王会悟一把拉住,大声喝问:"喂喂,你干什么,你来找谁?"

程子卿随口回答:"我找社联的王主席。"说着继续朝里走。

王会悟使劲拽住他,说:"你走错门了,这里根本没有什么王主席,快走吧!"

王会悟的大声报警,使会议立即暂停,程子卿探头探脑朝里面张望,隐约看见一些人在谈天、看书,他只好先退了出去,赶回法租界警务处报告。

没过多久,一个法国总巡带着一队法国兵士跟着程子卿回到"一大"会场,早已人走茶凉,只有房主李书城的弟弟李汉俊和他的一个朋友陈公博在抽烟聊天。

第二天,"一大"就转移到浙江嘉兴南湖的船上继续召开。

高楼包围下的落寞

安义路是一条很不起眼的小马路,全长仅264米,周围被香格里拉大酒店、静安嘉里中心和芮欧百货等时尚高楼团团包围。

穿梭在这些高楼间的时髦男女，不太会留意，安义路上还有一栋孤零零的矮房子，也不会想到，就在这栋落寞房子里，曾藏着一颗非凡的种子，一百多年后，这颗种子已经长成了一个了不起的党、一个强盛的共和国。

过去，安义路两侧都是哈同的房产，因为他的太太信佛，这里的弄堂就叫"慈厚里""民厚里"，小贩菜农在弄堂口鳞次栉比地设摊，逐渐形成了一个嘈杂的马路菜场。

1919年底，26岁的毛泽东代表湖南的师生到北京请愿，要求驱逐督军张敬尧，回湖南时路过上海，他和两个同学住进了安义路"民厚里"的这栋矮房子。

一年前，毛泽东从湖南师范学校毕业后，曾借了路费到北京找事做，他在北京大学图书馆找了份助理员的工作，一个月八块大洋，既能看书，又能结识文化名人。

可是，北大的文化人都是大忙人，没有多少时间跟图书助理员聊天，再加上毛泽东的湖南话也不太好懂，所以，他虽然结识了胡适、李大钊、陈独秀等人，却始终没机会深交，半年不到，毛泽东回老家当了个教书先生。

毛泽东和湖南师生在北京请愿时，听说陈独秀因为"鼓动"五四运动，被北洋政府追杀，出逃上海，躲避在法租界的渔阳里继续编辑《新青年》，所以，他从北京返回湖南途中，决定在上海停留，希望能拜访陈独秀，当面讨教。

中国的读书人从洋务运动开始，一直崇尚西方，主张西学东渐。但是，1919年的巴黎和会打破了他们对英美的迷信，开始关注东方的苏俄革命，研究马克思主义，翻译《共产党宣言》等著作。

青年毛泽东住在民厚里时，经常步行到南昌路老渔阳里2号去拜访陈独秀。

陈独秀那时40岁，很赏识毛泽东的抱负和才识，全面细致地向他介绍了马克思主义的基本理论，还支持他回长沙开办了一家名为"文化书社"的书店，出售登载中文版《共产党宣言》以及介绍列宁和苏联的《新青年》等书籍。

日后，毛泽东跟斯诺讲起他在上海民厚里的生活时，曾说"我就是那个时候开始了解马克思主义的"，虽然，他只在安义路住了两个多月，但是，却在这里收获了一颗初衷的种子。从此，这颗种子就跟随他走遍华夏的万水千山，释放出了无比巨大的能量。

1920年8月，毛泽东离开上海不久，陈独秀、陈望道、俞秀松、李汉俊、李达、邵力子等人在上海成立了共产党的早期组织第二年，毛泽东代表湖南的共产党人再度来上海，出席中国共产党第一次全国代表大会，这次会议标志中国共产党的正式诞生。

安义路民厚里石库门大多都拆除了，过去，这些石库门里曾住过严复、蔡和森、廖仲恺、何香凝、郭沫若、成仿吾、田汉、徐悲鸿等许多名人。在这片地方拔地而起的大厦，楼层再高，也时刻仰望星空的。

高楼包围下的毛泽东故居，犹如词句"待到山花烂漫时，她在丛中笑"，让每个了解1920年安义路的人，都生出一份崇仰之情……

枫林路没有枫树，却能找到红叶

枫林路地处徐汇区"上只角"的北部，那是一段摩登繁华的余音，过去这边曾经是上海的市政中心，如今，已经沉寂多年，渐渐回归了平凡。

枫林路，从来不见枫树，更何况成林？只是一百多年前一个人的名字的缘故。

1919年，北洋政府淞沪护军使（上海最高长官）卢永祥晋升浙江督军，副手何丰林接任正职，成了上海滩的"一把手"。何丰林赶时髦，模仿法租界里都用霞飞、贝当等名人姓名来命名马路的做法，将护军使公署旁的一条小马路命名为"丰林路"，这条马路南北走向，跨越肇嘉浜的桥也叫作"丰林桥"。

淞沪护军使公署就在"丰林桥"地区，公署大门前的那条路就叫

"署前路"，与"丰林路"相交。1927年，民国上海特别市政府设在护军使公署里，"署前路"也叫"市政府路"，就是今天的平江路。

20世纪二三十年代，丰林桥地区一直是上海华界的市中心，非常热闹、繁华。

1927年蒋介石发动四一二改变前夜，指使杜月笙诱捕绑架上海市总工会领导人汪寿华，将他套上麻袋打昏以后，活埋在"丰林路"的荒地里。

政变以后，蒋介石将他的革命军总司令部、特别军法处以及上海特别市政府都设在丰林桥地区，并将"丰林路"改名为"枫林路"。

当年，上海话里的"枫林桥"，就是一个腥风血雨的代名词，老百姓讲起来就毛骨悚然，因为这里是国民党特务关押、屠杀革命党人的恐怖魔窟与刑场，共产党早期的领导人罗亦农、陈延年、赵世炎、陈乔年以及后来有几百位革命志士在这里惨遭杀害、英勇就义。

如今，"枫林路"已经从噩梦中苏醒多年，早就没有了当年军政中心的喧闹嘈杂。现在的"枫林桥"地区，是上海医院、科学院最集中的地方，十分安宁清静，偶尔抬头，望见路边那块写着"枫林路"的路牌，总会令人油然生出"停车坐爱枫林晚，霜叶红于二月花"的诗意。这种时候，徜徉在这条马路上，即使没有层林尽染的红叶，也依然会满怀崇敬，怀念革命先烈留在这片土地上的碧血丹心。

枫林路，虽然没有枫树，却能找到烈士鲜血染红的片片红叶……

国歌，从上海唱响

1935年5月24日，有一部新电影在北京东路贵州路口的金城大戏院首映，当天《中华日报》刊登的宣传广告说："再唱一次胜利的凯歌！再掷一颗强烈的炮弹！"

凯歌是民族精神，炮弹是主题歌，这时，主题歌的词作者田汉被关押在南京宪兵司令部，曲作者聂耳因为躲避追捕而逃亡国外。

20世纪30年代初，联华影业的编剧田汉躲在法租界西爱咸斯路（今永嘉路）租房子写抗战剧本，聂耳辞掉了明月歌舞团首席小提琴手的职务，搬到霞飞路的一个三层阁楼，为联华影业公司和百代唱片公司作曲，两人成了"黄金搭档"，创作了14首振奋人心的歌曲。

1934年，田汉和聂耳创作《扬子江的风暴》，剧中有首码头工人唱的《苦力歌》："兄弟们！大家一条心，我们不做亡国奴，要做中国的主人！让我们结成一座铁的长城，向着自由的路前进！"

《苦力歌》充满坚忍不拔、勇往直前的精神，很快就在抗战救亡的爱国群众中流传，歌名也改成了《前进歌》，成了国歌诞生的序曲。

1934年，中共地下党的白区领导瞿秋白提出要发挥电影和电影歌曲的宣传作用，激发广大民众的爱国激情，电通影业邀请田汉写个剧本。

田汉着手编写《凤凰涅槃》的剧本梗概，讲述知识青年投奔抗日义勇军的故事，其中，男主角辛白华是个诗人，创作了一首《万里长城》的长诗，最后一节是激昂奔放的尾声。

田汉的剧本还未完成，遭到了国民党的逮捕，残稿留在他的好友、电通影业的孙师毅的书桌上，搁置了一段时间，最后一页的歌词被茶水濡湿，字迹模糊不清。

1935年2月，地下党"电影小组"的组长夏衍决定亲自接手《凤凰涅槃》的写作，他和孙师毅一起逐字逐句辨认田汉的残稿，然后，根据剧情梗概赶写电影文学剧本，片名也改成了《风云儿女》。

聂耳向夏衍请缨，要求给电影中辛白华的长诗结尾部分谱曲，创作影片的主题曲《义勇军进行曲》，夏衍同意了。

聂耳把自己关在霞飞路的三层阁楼里，燃起昂扬的爱国情怀，倾注了生命的全部精华，谱写《义勇军进行曲》的初稿。

国民党加紧搜捕聂耳的形势越来越危险，组织上决定让他立即去日本躲避一下，他临走前一天，到荆州路上的电通公司摄影棚试唱，倾听司徒慧敏等人的意见。

1935年4月15日，聂耳东渡日本，4月底，他将歌谱的定稿寄给了司徒慧敏。

司徒慧敏立刻约了电通的同事郑君里、金山等六七个人，又联系音乐家吕冀、任光帮忙，请来青年歌唱家盛家伦，临时组成一个小小合唱队，1935年5月9日，借百代唱片公司录音棚（今徐家汇公园里的小红楼）灌制唱片，唱片编号34848。

《风云儿女》在金城大戏院（今黄浦剧场）首映后，《义勇军进行曲》就席卷了上海的大街小巷。

孟波、麦新编辑《大众歌声》，将这首歌编进了第一期；吕冀到上海电台教歌，曲目也是这首歌；南市公共体育馆开群众大会，基督教青年会总干事刘良模上台，指挥千人高唱《义勇军进行曲》。

那年，画家徐悲鸿听了《义勇军进行曲》激动地挥毫道：垂死之病夫偏有强烈之呼吸，消沉之民族里，乃有田汉之呼声。其音猛烈雄壮，闻其节调，当知此人之必不死，其民族之必不亡。

1949年9月25日，党中央在中南海丰泽园召开国歌讨论会，徐悲鸿等人提议，以《义勇军进行曲》代国歌，可以"居安思危"。1949年9月27日，全国政协第一届全体会议讨论通过。

中华人民共和国的国歌，在上海诞生，唱遍全国，回响在全世界每个角落。

国歌的第三作者

大家都知道国歌本来叫"义勇军进行曲"，田汉作词，聂耳作曲。可是，你知道"义勇军进行曲"还有第三个作者吗？

1935年4月底，聂耳从东京将曲谱的定稿寄给了上海的司徒慧敏，司徒慧敏马上交给《风云儿女》摄制组。

这时，另外一个人也拿到曲谱，他就是"义勇军进行曲"的第三位作者阿甫夏洛穆夫，一个俄籍犹太人。

阿龙·阿甫夏洛穆夫出生在中俄边境的庙街，这是当地的一个华人集聚地，隔江就是中国。

20世纪30年代，阿甫夏洛穆夫被百代唱片公司聘为乐队指挥，与聂耳、田汉等关系非常密切。

阿甫夏洛穆夫被田汉、聂耳的爱国激情感染，决定亲自为这首充满斗志的歌曲配器。

1935年5月24日，《风云儿女》在金城大戏院隆重首映。电影海报上醒目地写着："片中王人美唱《铁蹄下的歌女》暨电通歌唱队合唱之《义勇军进行曲》已由百代公司灌成唱片出售。"

百代唱片公司当时是中国最大的唱片公司，它的唱片风行全国，流行世界，当年那张编号为34848的唱片上，赫然标明："《义勇军进行曲》，袁牧之、顾梦鹤演唱，聂耳作曲，夏亚夫（即阿甫夏洛穆夫）和声配器。"

今天，衡山路811号的徐汇绿地上，百代公司旧址的小红楼依然记得，1935年5月电通公司的演职人员郑君里、金山、顾梦鹤、司徒慧敏等人在此组织合唱队，经过几天排练后，最后用略带广东口音的普通话演唱录制了那张34848号唱片。当年，嘹亮的小号奏出高亢的前奏和雄壮浑厚的和声，至今还回响着，不会消逝。

新天地、太平桥的"风水"

"新天地"是上海的一个时尚中心，人气非常旺，生意特别好。

"新天地"刚开发的时候，因为毗邻中国共产党"一大"会址，"一"和"大"相加，就是一个"天"字，投资方就决定将这个地块命名为"新天地"，暗喻"新的'一大'之地"。

"新天地"是上海"旧房改造"非常成功的案例，许多人津津乐道："新天地"这么多年的兴隆旺盛，就因为得益于"一大"的荫庇。

"新天地"里面有块绿地，投资方选择用"太平桥"来命名，我觉得这个决定，"真是高，高啊，实在是高"，"新天地"肯定还会更加红火。

"太平桥"原来是附近一条叫"打铁浜"上的一座小桥。现在，"打铁浜"已经填土筑路，相当于今天的自忠路、顺昌路（北段，过去叫菜市街）、太仓路和重庆中路，"太平桥"的位置呢，就在今天的顺昌路和济南路相交的地方，当然也早已拆掉了，只留下一个叫"太平桥站"的公交车站。

"打铁浜"本来是一条沪西的农民进城必经的河浜，农民们摇船送农副产品进城，因为这边有些铁匠铺，常常会下船来打些农具，这里就形成了一个集市，所以就有了"打铁浜""菜市街"的名字。

讲清楚了地点，我们可以讲讲"太平桥"的故事了。

过去迷信的说法，人如果非正常死亡，灵魂就无家可归，会变成冤魂野鬼流窜在人间，作奸犯科，惊吓小孩，传播瘟疫，称为"厉鬼"。

跟西方的"万圣节""万灵节"差不多，祈祷死者亡灵平安进入天堂，中国古代也有超度死者的风俗，希望给"厉鬼"们一个温馨的家，免得它们游荡到人间伤害百姓。

据说朱元璋做了皇帝以后，经常做噩梦，梦见那些追随他起义造反、战死沙场的官兵向他哭诉，他们有的死无葬身之处，有的身首异处，灵魂没有去处，只好在世间到处游荡。

朱元璋下令全国都要设立厉坛"祭厉"，由行政长官宣读《祭厉文》，抚恤彼岸的臣民。

每年清明、中元（七月十五日）和十月朔日（十月初一），上海县都会请出城隍爷出巡祭厉，人们给城隍爷换上新衣裳，请进轿子，前有开道的，后有敲锣打鼓的，一队人沿着方浜（今天的方浜中路）边上的小门出西门，走过"太平桥"，到达专门建造的厉坛，然后，由知县主持祭祀的仪式，宣读《祭厉文》，祈祷社会安定，人民太平。

这种祭厉也称作"太平公醮"，所以，"打铁浜"上的这座桥就叫"太平桥"了。

如今，虽然"打铁浜"填掉了，"太平桥"也早已拆掉了，但是，"太平桥"地区过去每年三巡（俗称城隍三巡会），诚心诚意的祈祷，给这里留下的旺气，被"新天地"的投资者发掘了，怎么会不再红火一把。

上海人说，运气来了，逃也逃不掉的。

"愤怒的旗袍"

旗袍，可以联想妖娆妩媚的绰约风姿，"愤怒的旗袍"怎么样，难以想象。

1948年的上海，在今天淮海中路中环广场所在地，成百上千个平时身穿旗袍的婀娜舞女在此聚集示威，殴打维持秩序的警察，冲击、砸烂政府机关，围观者甚多。有人说，只听过"冲冠一怒为红颜"，而今"红颜一怒砸官府"。

中环广场早先是法租界的公董局，抗战胜利后，租界被收回，上海国民政府的社会局等机构就派驻在这里面。

1947年，国民政府忙于内战而经济崩溃，为了配合"戡乱"救国动员令，通过了一个《厉行节约消费办法纲要》，号召社会各界团结一致，不要乱花钱，集中足够的人力、物力、财力去打仗。

《纲要》规定"禁止营业性之跳舞场"，官方公开号召"舞女嫁人""回到厨房去"。

上海三百多家舞厅，三千多名舞女，还有依赖舞厅生活的职工以及相关理发、皮鞋、服装等行业，甚至出租车夫、黄包车夫20多万人，都被一纸公文勒死了命门。

1948年1月31日下午，数千名来自上海各个舞厅的舞女们聚集到淮海路马当路口的社会局大楼前，请愿废除"禁舞令"。

往日里，端庄优雅的旗袍，温婉的苏腔上海话，情急之下都失了态。社会局冷漠的搪塞，警察无情的驱赶，激起了千百个舞女的愤怒，她们冲破警方防线，攻进三楼的社会局滥发雌威。

几乎所有办公室的窗户玻璃、桌椅、电灯、电话都被砸烂，蒋介石的雕像也被推倒，一个挥舞警棍的警察，被几个穿着棉布旗袍的女人从后面紧紧抱住，前面一个女人端起一脚，狠狠踢向他的裆部，那警察发出凄厉的惨叫，响彻了法租界的摩登大马路。

国民政府派出"飞行堡垒"（国民党警察局镇暴队抓人的一种防弹装甲车）包围"愤怒的旗袍"乱抓人，凡是"手足有污泥者，衣服被撕碎杂乱者、头面有伤痕者、头发散乱者"一律逮捕。

舞厅的老板们联手高价聘请民国大律师陈霆出庭,为被捕的舞女以及被乱抓的无辜者辩护,上海滩的各大报纸连篇累牍报道,市民们纷纷议论这场荒诞的颓世闹剧。

1939年,美国作家斯坦贝克发表小说《愤怒的葡萄》,他通过其中的人物说:"你如果遇到困难或者受了委屈,你就找穷人去,除了穷人,谁也帮不了你的忙。"

也许,愤怒的舞女们,九年里,都没有机会阅读过这本小说,找错了说理的地方。

老上海不习惯叫警察

看过周星驰的电影《功夫》的,一定对影片里的"猪笼城寨"有深刻的印象。

几年前,平凉路隆昌路口的一幢80多岁高龄的老公寓,三面包围着中央大院内走廊,因为拥挤着250户人家,颇像"猪笼城寨",有一天突然网红了,各地来参观和摄影的粉丝络绎不绝,弄得那里的居民不厌其烦,苦不堪言。

这是一幢五层楼的英式公寓,建于1933年,原先是公共租界大名鼎鼎的"格兰路捕房"。

老辰光,上海人看见警察习惯叫巡捕,背地里,洋泾浜地叫阿三(红头阿三、阿Sir),甚至叫"三六九",再早一些,老派点的人,索性叫更夫。

因为老底子没有钟表,晚上都靠更夫打更报时。通常都是两人搭伴,晚上不能睡觉,守着滴漏或者燃香计时。每隔一个时辰就出门沿街打更,一人敲梆,一人打锣,"笃笃咣咣","笃笃咣咣"。

空旷的街头,悠悠地延宕着更夫轻声的呼唤:"天干物燥,小心火烛""门户小心,防火防盗"。

夜晚是鬼魅出没、坏人作歹的时候,所以,更夫也兼任了驱邪巡夜的职责。

打更驱鬼是一种传统的民间习俗，《红楼梦》里写道，一天晚上，"吴贵到家，死在炕上，外面人人因那媳妇儿不妥当，便都说是妖怪爬过墙吸精而死。于是，老太太着急得了不得，另派了好些人将宝玉的住房围住，巡逻打更"。

据说，打更驱鬼起源于原始巫术，只有受人尊敬的巫师才有资格被一方百姓授权做更夫，巡夜治安。孙中山的父亲在村里就做过更夫，20世纪末，香港演员周润发拍摄过一部电影《老虎出更》，就是讲述巡警的故事。

上海开埠以后，根据《上海租地章程》，在1845年就开始向公共租界提供更夫队，俗称包打听或者华捕。

葛元煦，中国第一个记述租界警察的人。1876年，在他写的《沪游杂记》中这样描写华捕："短衫窄裤换西服，充布居然意气昂。寄语途人须检束，因风柳絮最癫狂。"

公共租界的工部局，有个警务处，它的中国名称，还是入乡随俗，翻译成了"工部局巡捕房"。

平凉路隆昌路口的老公寓当年是格兰路捕房的巡捕宿舍，114间房间，每间都住着几个巡捕，包括英国巡捕、印度巡捕和华捕，只要门口的电铃一响，头戴铜盆帽，身穿卡其制服，腰挎手枪警棍的巡捕就会冲下楼梯，坐上停在大院里的警车，从平凉路大门呼啸而出。

这里是中国最早的现代警察局之一，也是现代警察制度的摇篮。1855年，在今天的福州路江西路口，出现了第一座现代警察局"中央巡捕房"，设施包括巡捕办公用房和附设的监狱、宿舍、阅览室、游艺室、马厩、车库等。

1949年以后，中央巡捕房转身成了上海市公安局，格兰路捕房一部分成了杨浦公安分局，另一部分则成了居民住宅"隆昌公寓"。

"369"的"山东腔"

上海人将警察叫作"369"，是因为沪语滑稽戏《72家房客》里，杨华生扮演的旧警察，警号"369"。

在《72家房客》里面，杨华生有一句经典台词："我一看就看出来啦，侬不是个好宁（人）。"一口蒜气浓重的"山东腔"上海话扑鼻而来。

杨华生用"山东腔"塑造旧上海的警察形象，有扎实的社会观察和深切的生活体验。

早在1898年，上海就接受了现代警察的理念，县城里设立了巡捕房，从清军的抚标营里挑选兵丁，第一次有了华人自己的现代警察。

当年的招捕章程规定，应征人必须年满三十，身强体壮，能讲熟练的上海话，还要有妥当的铺户担保和良好的道德品质（如不吸洋烟、嗜酒或好赌），在这些条件里面，会讲上海话是必需条件。

但是，1927年上海特别市公安局成立后，开始重组、整顿警察队伍，录用了许多河北保定军校的毕业生，这些人曾受训于日本的警察学校，并且都在东北当过军警实习生。

市公安局除了任命这些军校毕业生当高级警官外，还到山东、河北等北方省份招募了大批警员，为的是这些北方大汉人高马大、体格健全，更重要的是他们都不懂上海话，说是可以切断或防止警察与地方帮派的勾结，这时，会讲上海话的人是必须剔除的。

"山东腔"等北方口音的上海话成了旧上海警察的标识，马路上，警察大嗓门的北方上海话，也算是当时上海滩一道别样的世俗风景。

这些招来的警察，很多人都是北方农村的贫苦农民和破产的小手工业者，抗战以后，他们的老家很多成了抗日根据地和共产党领导的解放区。

20世纪三四十年代，中共地下党逐步发展一些北方根据地来上海当警察的人，建立起警察局的地下组织，开展隐秘战线的情报工作和策反斗争。

临近解放时，上海地下警委已有近500名党员，在迎接上海解放的斗争中，有50多名"特殊警察"被捕，敌人对他们用尽酷刑，上电椅、灌辣椒水、拔指甲，有的被砍断十指，有的被开水活活烫死，有的甚至被塞进麻袋，活生生地抛进了黄浦江，没有一个人变节背叛。

上海人叫警察"369"，因为出自一出滑稽戏，多少有点揶揄调侃，但是，艺术大师杨华生塑造的"山东腔"背后，还是藏着不少上海有"腔调"的故事的。

富民路上的"卡萨布兰卡"

"卡萨布兰卡"是摩洛哥的港口城市，"二战"期间，各国间谍频繁出入，收集情报，被称作"间谍之城"。英格丽·褒曼主演的经典电影《卡萨布兰卡》，又名"北非谍影"，又使它成了著名的旅游胜地。

"卡萨布兰卡"是西班牙语"白色房子"的意思，在上海富民路近长乐路口，也有一幢白色泛黄的西班牙小洋楼，"二战"时上海沦陷前后，这里是一个名妓的私宅，也是各派政治势力的情报交流站，非常"卡萨布兰卡"。

小洋楼的主人叫胡慧琪，她的母亲是苏州人，流落到北京八大胡同，跟了一个姓辛的纨绔子弟，生下了她和妹妹。

胡慧琪的父亲后来当了中国银行上海分行的襄理，母亲失宠成了下堂妾，索性出走重归青楼，并将十几岁的她卖给了会乐里含香家，花名叫"含香老五"。

"含香老五"是从大户人家出来的，举止优雅，谈吐不俗，很快在上海滩红起来了，20世纪30年代初，她还在上海总商会、律师公会和报界等联合举办的"花选"中当选过"花国副总统"。

杜月笙看中了"含香老五"，收了她当"金丝鸟"，杜月笙在法租界古拔路（今富民路）买了小洋楼"金屋藏娇"，还给她买了一辆绿色的别克轿车。

胡慧琪并不喜欢杜月笙，只是把他当作生活来源，从来不主动跟人谈起杜月笙。胡慧琪也很怨恨母亲，看不惯她自甘堕落、吸鸦片，她住在二楼，母亲住亭子间，每天经过无数次，也从来不会进去招呼一声。

"含香老五"的低调，在上海滩是有名的，她从来不打扮得花枝招展，也不穿高跟鞋，只穿一双精致的绣花鞋。她是上海滩最早会开车的女人之一，却极少开那辆绿色的别克代步。

抗战爆发后，杜月笙去了香港，胡慧琪不肯跟过去，情愿蜗居在小洋楼里独自经营。

上海的租界在"孤岛"时期，南京、重庆和延安的谍报人员活动频繁，"含香老五"眼观六路，耳听八方，与各方稳妥交往，关系都很好，她的客厅也成了庇护所和情报中心。

她有个姓朱的"乡下穷亲戚"，每月从苏北来"办货"，一住就是几天，她帮忙介绍熟人，什么货都能办成。

她楼下的客房，经常借给几个汪伪《新中国报》的编辑写文章，她还会供应英国人的小三炮台香烟，50支一听，够他们抽个通宵。

"含香老五"心照不宣，明白姓朱的亲戚是替新四军采购的人，也知道小三炮台是在慰劳打入汪伪76号的地下党人。

当年，"含香老五"的这栋小洋楼，在法国梧桐茂密枝叶遮掩下，静谧安宁，人们不太会注意到，这里各派势力的人进进出出，极其微妙地彼此窥探，相安无事，可以拍摄一部上海版的《卡萨布兰卡》电影。

过街楼里的"花花公子"

上海弄堂的过街楼是个市井生活的瞭望台，临街的窗口，可以看马路上的车来人往，朝着弄堂的窗口，尽收人们进进出出的动静。

四川北路1545弄，"大德里"和"恒安坊"合用一个弄口，弄口上方有个过街楼，今天看起来没有什么特别，但是，过去这里是上海滩一个有名的花花公子的"家"，其实也是这个国民党"中统"特务和共产党"中央特科"特工"双面间谍"的办事处。

杨登瀛原名鲍君甫，早年留学日本，是个日本通，1919年回国，在上海的日商洋行找了份工作。

这个鲍君甫26岁刚到上海时，孤身一人，有个同乡密友叫杨剑虹，两人形影不离。杨剑虹是洋务工会的，参加了青帮，引荐鲍君甫认识了许多帮派里的人。

鲍君甫因为在日本读过许多马克思的书，倾向进步，在上海也结交了许多左翼人士。

1927年四一二大屠杀，鲍君甫看不惯，发了几句牢骚，被捕关进大牢，幸亏他的老友蔡元培出面担保，没关几个月后就出狱了。

那时，南京国民政府想拉拢上海的青帮力量，陈立夫负责的中央组织部调查科（中统的前身）委任杨剑虹为驻上海特派员，杨剑虹自然请铁哥们儿鲍君甫当自己的助手。

鲍君甫十分矛盾，他反感国民党的做法，却碍于情义，不好意思拒绝杨剑虹。那时，有个叫陈养山（中共地下党员、中华人民共和国成立后担任过上海市公安局副局长）的同乡躲避在他家里，鲍君甫在交谈中流露出了苦闷的情绪。

陈养山把这个情况通过陈赓报告给了周恩来。当时，中央特科成立不久，苦于无法打入国民党的特工高层，周恩来对特科负责人陈赓、顾顺章讲："这个鲍君甫政治上虽然还不可靠，是个花花公子，但有正义感，为人仗义，能掩护我们的同志，对我们在国民党特务机关打入一个内线，实在太重要了。"

周恩来决定让陈赓出面找鲍君甫谈话，发展他为中央特科工作。

鲍君甫仰慕陈赓在北伐战争中营救蒋介石的义举，愿意听从陈赓的劝说，跟杨剑虹做事。但是有些为难，在上海滩跟特务、巡捕以及政客打交道，花费很大。

陈赓当即拿出一根金条，并应允每月提供300块大洋，特别需要的花费，另外支出。

鲍君甫改名杨登瀛，当上了"中统"上海特派员的高级侦探。

中央特科经常给杨登瀛提供共产党的内部文件、传单以及处理过的情报，不时地安排些假交通站让他破获，使他越来越得到国民党高层的信任和赏识。不久，杨剑虹卷入一桩贪污案自杀，杨登瀛被正式委任为国民党中央特派员和驻上海特务机关的负责人。

中央特科资助杨登瀛在"大德里"的过街楼设立办事处，安排才貌双全的女特工张式沇化名安娥（《渔光曲》《卖报歌》的作者，后为田汉的夫人）做他的秘书。

周恩来还特批了一辆别克轿车，安排了特科情报员连德生当杨登瀛的司机兼保镖。

杨登瀛本来就擅长交际，手里有金钱，身边有美女，整天开着名车交朋友，更加"花花公子"了。他利用手中真真假假的情报，游刃于国民党、租界巡捕房和日本人之间，在灯红酒绿的花天酒地里，为地下党获取极其重要的消息。

他保卫过周恩来和党的组织，营救过任弼时、关向应等领导，通报过淞沪警备司令部抓捕地下党员的危险警讯，提供过白鑫等叛徒的名单和躲藏的地点。他在白色恐怖的上海，让国民党高层不再有机密可言，给共产党带来绝地反击的机会。

杨登瀛藏身在过街楼里，骑跨两个街坊，能一览两处情势，前后两个窗户，可眼观六路动静，谁想过这里曾经是上海国共两党秘密战的风暴眼？

一个才女的"污名"

永嘉路过去叫西爱咸斯路（Route Herve de Sieyes）。西爱咸斯是个法国人的名字，翻译成国语的发音很别扭。其实在上海话里，"爱"和"咸"同音，讲起西爱咸斯路来，好像延宕了"爱"的感觉，甜蜜蜜、咸丝丝的。

永嘉路上有条叫作"慎成里"的弄堂，过去住过许多著名的作家、艺术家、电影演员，还有乔家栅的老板等商人，充满了市井烟火的气息。

1932年，一对年轻的夫妇搬进慎成里租了一幢房子，男的叫李剑华，女的叫胡绣枫，都是中共地下党员。

胡绣枫有个姐姐叫胡寿楣，是个著名的诗人，笔名叫关露，她当时蜚声上海滩，与丁玲、张爱玲一起被称为"民国三大才女"，她写电影

《十字街头》的插曲《春天里》，至今还脍炙人口。

关露是单身，经常到妹妹家来蹭晚饭，饭后，她换下旗袍，穿上大襟短衫、中式长裤外出。那年她刚入党，参加左联的地下工作。

"孤岛"时期的上海是一座"卡萨布兰卡"，活跃着英、法、美、苏等国的间谍，还有日本特务总部"梅机关"和汪伪特工总部"76号"（极司菲尔路76号）。

"76号"的主任是原国民党军统的丁默邨，副主任是原中央特科的叛徒李士群，这两个大汉奸虽然投靠了日本人，毕竟惶惶不可终日，总想做个"双面间谍"，给自己留条后路。

1939年，李士群获知丁默邨给军统戴笠送消息，留了国民党的后路，他也急切地通过关系向共产党提议，把胡绣枫安排到他那里，作为自己和中共的联络人。

原来，胡绣枫的丈夫李剑华被国民党逮捕时，李士群曾协助营救过，后来，李士群被捕，他怀孕的妻子叶吉卿就住在胡绣枫家里。

中共地下党决定抓住这个机会，争取李士群，获取更多侵华日军的情报。但是，当时胡绣枫正在重庆、武汉等地从事国民党高层的策反工作，抽不出身来，组织上决定让胡绣枫的姐姐关露打入"76号"。

当红才女"卖身投敌"，成了日本大使馆和海军部合办的《女声》月刊的编辑，在上海滩掀起了轩然大波。关露从此忍辱负重，背上了"文化汉奸"的骂名，一背就是43年，后来还因此两度入狱，前后被关押十年之久。

关露接受任务时，和她谈话的领导说："今后要是有人说你是汉奸，你可不能争辩，否则就糟糕了。"关露说："我不会争辩的。"

关露含泪暂别自己的恋人王炳南（后任外交部副部长），她送了一本自己的诗集《太平洋上的歌声》给他留念，王炳南送了一张照片给她，照片背后写着："你关心我一时，我关心你一世。"

1946年，关露与王炳南重逢，旧情依旧热烈，王炳南向组织汇报，打算与关露结婚。但是，那时他是中共代表团成员，正参加国共谈判，有关领导对他说："关露是个好同志，但是她的特殊经历，在社会上造成了很坏的影响，你们的结合会影响外事工作的效果。"

王炳南悲伤万分，给关露写了一封绝交信。

关露在恋人的照片后写了两句诗："一场幽梦同谁近，千古情人我独痴。"从此独守终生。

1982年3月23日，关露被平反，同年12月5日，她完成了自己的回忆录，服安眠药自杀。

走在过去的西爱咸斯路上，回味关露的人生，咀嚼她的酸甜苦涩，格外珍惜甜蜜蜜咸丝丝的爱，那种绵长悠远的爱……

一个"十三百搭"的警察

上海方言里的"十三百搭"，是一种做人的境界。

扑克牌有54张牌，分黑桃、红桃、方块和梅花四种花色，各有13张，另有两张大小"王牌"，上海方言叫"大怪""小怪"，也叫大小"百搭"，可以跟任何牌混搭配对。

与人处事能够左右逢源、八面玲珑，老上海称作"十三百搭"，那是一种做人的能耐。

上海开埠不久，有个姓薛的浦东人在英商鸿源纱厂做工，结识了一个英国女孩，他们生了一个混血男孩。

小男孩叫薛畊莘，五岁时父亲病死了，英国母亲设法送他到比利时去读书，13岁时，母亲又病危，他只得赶回上海，进入徐汇公学继续求学。

1930年，法租界公董局招聘，26岁的薛畊莘被法租界警务处录取，当上了警务处政治部的一名警官。

20世纪30年代的法租界，奉行法国政府的中立政策，国民党、共产党以及后来日伪各派人物，都集聚在这个舞台上激烈较量，政治部的工作就是与各派人物打交道，收集情报。

薛畊莘进警务处时，因为警务处高级警官腐败，刚撤换了警务处处长。

杜月笙为了拉拢新任警务处处长法伯尔，请他喝酒吃饭，饭后送他一桌"金台面"。

"金台面"就是一桌酒席所用的杯碗碟筷等全部是金子打造的。法伯尔当场勃然大怒，与杜月笙翻了脸，要他在《申报》和《新闻报》上公开道歉，检讨自己的贿赂行为，否则就将他逐出法租界。

杜月笙也不示弱，他指使门徒在法商电车公司发起大罢工，一连两个月，法租界的交通混乱不堪。

薛畊莘走进了法伯尔的办公室，对他讲，杜月笙这个人最要面子，绝对不肯公开认错的，不如让他上门道个歉，保证今后不再重犯，剩下的事情由他来摆平。

骑虎难下的法伯尔同意了。几天以后，薛畊莘当翻译，陪同一身书生打扮的杜月笙登门向法伯尔道歉，并答应让工会头头与法商电车公司达成妥协。

风波过后，法伯尔将薛畊莘当成了心腹，黄金荣、杜月笙也对他另眼相看。

薛畊莘进法租界警务处时，上海还笼罩在四一二政变后的白色恐怖中，中共中央、中央特科隐蔽在法租界坚持斗争。

1931年，薛畊莘得知时任中共总书记的向忠发被捕叛变，立即找到捕房的华籍翻译曹炳生，请他想想办法，将消息透露给共产党的朋友。

曹炳生在咖啡馆遇见老同学陈志皋，他了解陈志皋有些亲共，估计那天与他一起喝咖啡的女人可能是共产党，就把报警的消息传递了出去。

地下党员黄定慧大惊失色，立即找个借口离开咖啡馆。

当天晚上11点，周恩来、邓颖超、王若飞、蔡畅等12位中央领导紧急转移到一家法国饭店里，非常及时地躲避了叛徒出卖的危险。

1937年淞沪抗战中，国民党55师五千多官兵败退到法租界，薛畊莘以翻译的名义，帮助他们分批化装成难民，混出日占区，秘密护送到内地去。

上海沦陷以后，薛畊莘被任命为伪上海特别市警察局黄浦分局局长，抗战胜利以后，他负责审理日本女间谍川岛芳子的案件。

薛畊莘的人生很像扑克牌里的"大怪路子"。他坚守做人的底线，与各种人结交，真诚帮助别人，"十三百搭"路路通，"老少通吃"不倒翁。

这个女人不寻常

"思南公馆"是上海的一个时尚地标，然而，马路对面却有一排冷寂而神秘的洋房，里面曾经住过一个不寻常的女人。

这个女人过去在上海滩的名气与宋美龄差不多，她的传奇故事坊间流传很多，如推翻清王朝的暗杀行动、阻止北洋政府在"二十一条"签字的"玫瑰枝事件"等，后来，她到南京政府去做官，每天还要用火车为她专送上海的自来水和老大昌面包。

这个女人叫郑毓秀，出身于清末的一个官僚家庭，十几岁时通过父母包办与两江总督的少爷订婚，她不同意，私自给男方写信退婚，引起轩然大波。

郑毓秀离家出走，到日本参加了孙中山的同盟会，她接受同盟会的委托，回国组织暗杀袁世凯、良弼等保皇党的革命活动，素有"民国第一女杀手"的称号，封建朝廷的遗老遗少对她恨之入骨却又闻风丧胆。

良弼被暗杀以后，袁世凯疯狂地追杀郑毓秀，她被迫逃离出国，化名苏梅到法国索邦大学（巴黎大学的前身）攻读法学。

郑毓秀是留法学生组织的领袖，既读圣贤书，也管窗外事。

1919年巴黎和会召开，为了阻止中国代表团在丧权辱国的条约上签字，郑毓秀带领留学生到中国代表团驻地去请愿游行，吓得代表团团长、北洋政府的外交总长陆征祥只好装病，躲进巴黎郊区的圣克卢德医院里。

1919年6月27日，巴黎和会签约的前一天，陆征祥接到北洋政府的指令，准备第二天代表中国前往签字。

这天夜晚，郑毓秀率领300多名留学生和华工将陆征祥包围了起来，她被大家推举为谈判代表去见陆征祥。

为了震慑陆征祥，郑毓秀在花园里摘了一根玫瑰枝，藏在自己的衣袖里。

谈判中，郑毓秀突然冲到陆征祥身后，用隔着衣袖的玫瑰枝顶着他，声色俱厉地说："你如果胆敢签字，我的这支枪绝不会放过你！"

面对当年"民国第一女杀手"的警告，陆征祥最终没敢去签字，保留了中国收回山东的权利。

郑毓秀的这个"玫瑰枝事件"很快就扬名海外，大大激发了中国人的爱国热情。

不久，郑毓秀获得了巴黎大学法学博士的学位，带着那支玫瑰枝回国，挂在了自己家里的客厅里。

1926年，郑毓秀与巴黎大学的同学魏道明结婚，并在上海法租界办了个律师事务所，当年红极一时。

他们的家就在思南路60号，附近是法租界的巡捕房（思南路46号）和会审公廨（建国中路22号），非常方便与租界的司法当局协调。

魏道明也是个法学博士，这对夫妇流利的法语表达、娴熟的法律运用和优雅的人格魅力，征服了整个上海的法律界，他们几乎成了所有名人权贵的法律顾问和代理人，譬如，孟小冬与梅兰芳的离婚案，就全权委托了他们。

郑毓秀还在上海当过临时法院院长，到南京参加过民法起草，还陪宋美龄一起访问过美国。魏道明接任胡适当驻美大使，她又成了大使夫人。

时过境迁，隔着一条窄窄的思南路，思南公馆时髦热闹起来，郑毓秀的旧居却冷落了，这个不寻常的女人也渐渐淡出人们的记忆。

留法第一人巴黎卖"中国豆腐"

瞿秋白就义前夕，在监狱里写《多余的话》，最后一句话是："中国的豆腐也是很好吃的东西，世界第一。"

上海的思南路，曾被称为法租界的"睡美人"，用法国伤感音乐家马斯涅的名字命名为"马斯涅路"，弥漫着法兰西的幽雅情调。

思南路70号是一幢沉睡多年的洋楼，里面曾经住过一个叫李石曾的人，他是我国的留法勤工俭学第一人。

1902年，李石曾被选为清政府驻法大使的随员，去法国前，他在上海拜访了他父亲的学生吴稚晖，吴稚晖说："留法的机会难得，要以'俭学''苦学'的方式，争取更多的人出去吸收西洋知识。"

李石曾在法国用半年多时间学法语后，进入蒙城农业实验学校读了三年，毕业后又到巴黎大学攻读生物学。1909年，他在巴黎郊区开办了一家"中国豆腐公司"，将中华传统的工艺结合西方工业革命的成果，用机器生产豆腐。

"中国豆腐公司"下设一个工艺夜校，组织招收了四十几个华工以工兼学，这也是十几年后产生"留法勤工俭学运动"的雏形。

华工教育，促使李石曾利用"豆腐公司"赚的钱，联合吴稚晖、蔡元培等人发起"留法俭学会"，吸引国内有志青年出国学习，"输世界文明于国内"。

"留法俭学会"组织了80多个青年赴法留学，遭到了袁世凯政府的阻挠。随后爆发的五四运动激发了更多爱国青年寻求真理的热情，前后有20批1600多人到达法国勤工俭学，其中，先有徐特立、蔡和森、王若飞等，后有周恩来、陈毅、邓小平等，后三人日后都成了中华人民共和国的开国元勋。

当年，李石曾在巴黎开了第一家中国餐馆，叫"中华饭店"，菜谱里自然少不了各色各样的豆腐汤、豆腐羹以及嫩豆腐或老豆腐做的佳肴。

李石曾自己喜欢吃素，还曾提出过"哲学素"的观点，倡导"以苦为甘"的人生哲学。

瞿秋白的《多余的话》是先烈的临终绝笔，"中国的豆腐也是很好吃的东西，世界第一"，不是慷慨陈词，不是悲壮口号，而是一种"以苦为甘"告白天下的骄傲。

杀害瞿秋白的枪声响后就喑哑沉寂了，而他《多余的话》里的坦荡浪漫，余音却一直绵延不绝。

　　如今，思南路上的"思南公馆"是个非常时尚的文化景点，那里独具历史风貌的酒店、咖啡馆、艺术小店、特色书店，吸引着越来越多国内外的人们关注。然而，有多少人会留意"思南公馆"对面的李石曾旧居，怀念那个在巴黎开"豆腐公司"的前辈和那场"留法勤工俭学运动"？

淮海路上的"上场门"和"下场门"

　　旧戏台狭小，为了防止演员上下场对撞，有个不成文的规定，舞台左侧为上场门，右侧为下场门，角色从上场门登台亮相，演出以后，在下场门留下一个背影。

　　淮海中路的渔阳里是中国共产党的上场门，1920年，党的早期组织登台亮相。

　　渔阳里的斜对面有个和合坊，却是一段历史的下场门，当年上海的几十种中外报纸都发了号外。

　　那时，和合坊43号国民党上海党部情报处长范争波的家里，躲藏着一个叫白鑫的共产党的叛徒，周恩来领导的中央特科正在全市搜寻他的踪迹。

　　白鑫是黄埔军校四期的，入党后参加过南昌起义，1929年到上海，住在新闸路613弄经远里12号，他是中共中央军委秘书，地下党经常在他家接头、开会。

　　白鑫到上海不久，感到了四一二政变后的白色恐怖，也迷恋大都市的摩登奢华。他有个哥哥在南京被服厂当厂长，就托他联系上范争波，主动提供地下党的重要情报。

　　1929年8月24日，中共中央军委书记周恩来、农委书记兼江苏军委书记澎湃和军委其他负责人、上海市总工会领导等八九个人约定在经远里开会。会议开始不久，就被国民党警察和租界巡捕包围，当天除了周恩来临时有事没到，其他人全部被捕牺牲。

周恩来很快通过中央特科在国民党情报部门的内线杨登瀛了解到白鑫叛变的消息。

必须立即除掉这个祸害，保护危在旦夕的党组织，可是哪里都找不到他。

白鑫明白自己罪孽深重，躲到和合坊范争波家里，一步都不敢出门，连生病了都不敢去医院，只肯找个私人开业的医生上门看病。

白鑫如惊弓之鸟，催促范争波派人护送他离开上海。国民政府看中白鑫在党内的特殊地位，需要他提供新情报，进一步摧毁地下党组织，蒋介石批准先让他到南京领赏，然后送他去国外躲避共产党追杀。

白鑫万万没有想到，给他看病的私人医生柯麟是地下党员。11月11日深夜，白鑫在一群武装特务围护下走出范公馆，刚要登上停在门口的黑色轿车，准备到南京去时，早已埋伏在周围的中央特科红队队员们突然冲上前，一阵密集的枪响过后，白鑫倒在和合坊的弄堂里，那里也成了这个叛徒的"下场门"。

法租界的霞飞路震惊了上海，第二天全市所有的报纸都发了号外，还有不少人赶到现场来看热闹，打听细节。有些人走出和合坊，看见对面的渔阳里，那么安静，那么淡定，私下窃窃议论，共产党真是赶不尽、杀不绝的。

一百年来，淮海路上的大戏层出不穷，一路上有多少上场门的亮相、多少下场门的印象，上海都没忘记。

"渔光邨"的那些事

镇宁路愚园路口有个新式里弄，是20世纪30年代中南银行建造的高级职员宿舍，当时，上海联华影业公司拍摄的电影《渔光曲》红透上海滩，弄堂就取名"渔光邨"。

上海人走过"渔光邨"，都会在心里泛起王人美唱《渔光曲》的涟漪，也难免不想起词作者安娥的传奇人生和旷世恋情。

安娥原名张式沅，出身于书香之家，早年在国立北京美专（现中央美院前身）读书时，地下党员邓鹤皋介绍她入党，并且与她正式结婚。

1926年，李大钊派邓鹤皋、安娥夫妇到大连开展工人运动，就住在靠海的黑石礁。安娥深切体会到海边渔民的悲苦生活，几年后，她对劳苦大众的同情都融入了《渔光曲》里。

1927年1月，安娥被派到莫斯科中山大学学习，下半年接到国内的噩耗，邓鹤皋因叛徒出卖，被捕牺牲了。安娥强忍悲痛，留在苏联继续学习，因为表现出色，被苏联国家保卫总局（"克格勃"前身）选中，接受特工训练。

两年后，安娥回到上海，加入中央特科，在周恩来的安排下，成了国民党中统特派员杨登瀛年轻美貌的秘书，与特科情报科长陈赓单线联系，从这时起，她一直用化名安娥。

20世纪30年代，国共两党在思想文化领域的斗争日益激烈，安娥接受了争取戏剧家田汉的任务。

24岁的安娥穿着一身清丽的学生装，带着自己写的小说《莫斯科》找到32岁的田汉家里，向他讨教。

田汉被安娥的美丽、才情和热情深深打动，经过一段日子的交往后，他改变了原来崇尚唯美的倾向，更加关注现实社会问题。1930年，田汉加入了左翼作家联盟，并提出了入党申请。

这两个才华横溢的年轻人，也在频繁接触中越走越近，终于热恋而住在了一起。

田汉在南洋有个富裕的追求者林维中，1925年，田汉前妻病故后，她给田汉写信求爱，并在田汉与朋友创办南国艺术学院亟须资金时，倾其积蓄雪中送炭，深深感动了田汉。

多年的书信往来，田汉与林维中逐渐亲昵，难分难舍，安娥的出现，田汉做了自己的选择后，林维中奋起抗争。

林维中以未婚妻的身份赶回上海逼婚田汉，安娥已经怀有了他们的孩子，林维中痛骂安娥插足，田汉又无法安抚林维中。

田汉的好友、音乐家任光一直暗恋着安娥，此刻，愈加狂热地追求她，安娥被情感的乱麻深深羁绊，不知所措，偏偏这时她的前夫邓鹤皋又突然出现了。

原来邓鹤皋的牺牲只是误传，当年他被捕判了十年，提前出狱了，他被组织安排到上海来，参加左翼作家联盟的工作。

苦涩的纠结几乎禁锢了安娥的抱负，窒息了她的人生，她必须挣脱出来。

她觉得已经拾不起邓鹤皋旧日的感情，也背不动田汉太过沉重的爱恋，她选择与邓鹤皋擦肩而过，与田汉平静分手，独自抚养他们的孩子，她接受了任光的介绍，进入上海百代唱片公司专职歌曲创作。

《渔光曲》由安娥作词，源于她与邓鹤皋在大连海边的体验，出于她与田汉国难时期一起担当的使命，而任光的谱曲，也浸润了他执着的爱情，这首歌凝聚了几段爱情的炙热，散发着深沉博大的爱国情怀。

安娥与任光有过四年的共同生活，后来因任光赴法进修而结束。1941年上海沦陷，在逃难的轮船上，安娥再次与田汉相遇，那时，田汉已经与林维中离婚，历经沧桑的爱情重新复活，他们再次结合，一起投身于抗日救国的斗争。

走过"渔光邨"的人，常常会情不自禁地哼唱"云儿飘在海空，鱼儿藏在水中"，也会联想起"打回老家去，我们不做亡国奴隶"（安娥词、任光曲的《打回老家去》），想起"啦啦啦，啦啦啦，我是卖报的小行家"（安娥词、聂耳曲的《卖报歌》），想起"起来，不愿做奴隶的人们"（田汉词、聂耳曲的《义勇军进行曲》）……

跳狐步舞的上海男人

从1898年11月4日上海道台蔡钧在静安寺路（今南京西路）的洋务局行辕举办中国第一次交际舞会，招待外国人给慈禧太后祝寿算起，上海人有120多年的跳舞史了。

民国初年（1915年），"新世界游乐场"（今天南京西路西藏中路口）就有了营业性的舞厅。1927年，永安公司"大东舞厅"正式挂牌，从此，大都会、维也纳、大华、丽都、米高美、百乐门、仙乐等300多家舞厅，如雨后春笋般开出来，到20世纪三四十年代，已有3300多名舞女登记了营业执照。上海人里除了这几千舞女、舞厅职工和家属，还有衍生的时装店、美容店（那时叫理发店）、皮鞋店等相关行当，甚至大量"抛"舞厅门口的三轮车夫，舞厅几乎养活20多万上海人，也影响了上海人的生活方式。

狐步舞是上海人喜欢的，跳起来，上身挺直，舞步平稳，慢步退中有进，进步敏捷利落。

这种舞场里的亦进亦退，可以享受悠闲起伏的潇洒，也很合上海人分寸有致的口味。

上海才子胡适，生在上海川沙，根（籍贯）在安徽绩溪，跟大多数上海移民一样，"传统的中国人加上近代生活的磨炼，有种新旧文化交流的智慧"（张爱玲的意思），他即使不去舞厅，做人也会跳狐步舞。

上海万航渡路320弄42号（原极司菲尔路49号）是胡适的故居，楼下原是胡家的客厅、餐厅和厨房，楼上是胡适夫妇的卧室和两个儿子的房间，很美满的传统人家。另外还有个女人，不住在这里，一直住在胡适心里。

胡适26岁时，顺从母亲包办，与大他一岁的小脚闺秀江冬秀结婚，婚礼后与新娘的伴娘、嫂子的妹妹曹诚英自由相恋，两人保持情书来往。

6年以后，胡适到杭州烟霞洞养病，曹诚英赶来相会，热烈缠绵，难解难分。

胡适向江冬秀提出离婚，江冬秀大吵大闹，她挥舞菜刀扬言："离婚可以，我先杀儿子，然后自杀！"

胡适一只脚跨出自由恋爱的脚步，另一只脚又退回家里，然后继续与曹诚英保持热烈的情书来往。

曹诚英只能紧贴着起舞，因为胡适早年到美国的康奈尔大学选读农业，她也进了东南大学读农科，随后赴康奈尔大学进修遗传育种。

曹诚英回国后，成为我国第一位农学女教授，1973年逝世前，留下遗言，请好友汪静之将她珍藏的一大包胡适的书信焚化，并把她安葬在通往胡适绩溪老家的公路边。

胡适1962年在台湾去世，也许他俩生前有约，她长眠在路边，等候哪天台湾回归，胡适回家的灵魂？

胡适扛着新文化运动的大旗冲锋陷阵，又守着封建礼教的包办婚姻修身养性，蒋介石说他是"新文化中旧道德的楷模，旧伦理中新思想的师表"。

老上海，男人的事业与家庭都是有限的舞台，新与旧、好与坏、前进与倒退，都凭分寸周旋。像胡适这样的人，还有鲁迅、朱安与许广平，还有邵洵美、盛佩玉与项美丽，还有很多才子名媛的人生舞步，尽显配合默契、进退雅致的狐步舞的大方从容，心照不宣各自的甘苦。

在生活里跳狐步舞的男人，很优雅，很上海……

上海光复"三都督"

辛亥革命赶走了皇帝，京城抢宝座，各地抢交椅。

上海光复第二天，商团会长李平书就召集起义各方开会，选举军政府都督。

不知为什么，在起义中发挥关键作用的光复会没人来，光复军总司令李燮和也没接到通知。

是李燮和有情绪，还是李平书有倾向？不得而知。

上海起义前，李燮和利用湖南人的身份，策反了闸北、吴淞的大部分湖南籍清军，在同盟会进攻江南制造局失利，陈其美被关押时，李燮和率领光复军前来助攻，营救陈其美，功不可没。

然而，会上先有人提议李平书的侄子、商团总司令李英石当都督，陈其美做军政长。

陈其美的把兄弟黄郛当即反对："论功劳，我会陈其美同志率先冲入制造局，立了头功！都督非他莫属！"

商团的人不服，讥笑道："长江下游向来是光复会的势力范围，人家早就搞定闸北警察和吴淞炮台了，县城内外都是商团攻下的，你们同盟会硬生生挤进来，制造局攻不下，陈其美被扣押，这算什么头功？"

会场哗然，有人揭了陈其美的老底，说："上海怎么可以让一个湖州来的当铺伙计、青帮头目来管理？"

黄郛火了，索性拔出手枪，大声说："我看谁敢不同意！"

你有枪，人家没有吗？穿军装的都开始掏枪。

这时，只见一个人猛地跳上桌子，手里高举一枚炸弹，他是同盟会敢死队的队长刘福标。

刘福标说："陈先生昨天吃了大苦头，只给他一个军政长，太不公平！你们不给他当都督，我炸弹一扔，大家同归于尽！"

开会的绅商没见过这种场面，纷纷起身离开，有人出门时愤愤地喊："陈其美抢都督了！""刘福标扔炸弹了！"

等候在会场外的卫队和民众不知道里面发生了什么事情，有的往里冲，有的朝外跑，混乱得不可收拾，李平书只好宣布散会。

这里刚散会，同盟会就将早已准备好的上海光复的告示贴满县城内外、浦江两岸，告示的落款是"沪军都督陈其美"，一锅夹生饭就算烧好了。

李平书急忙赶到平济利路（今济南路）的"锐峻学社"劝说李燮和："今日之事，大局为重，如何？愿君一言。"

光复会会员都义愤满腔，有人提议李燮和出面，变更布告，有人主张以欺世盗名之罪逮捕陈其美。

李燮和也吞不下这口气，但是今天的会自己没参加，李平书又来劝和，看来商会也倾向于同盟会。他权衡后提出两点：一是陈其美必须调拨巨资犒赏闸北、吴淞的起义军警；二是自己不听从陈其美指挥，光复军司令部迁往吴淞，自立为吴淞军分府都督。

李平书转告陈其美，陈其美一口答应。就这样，上海光复后，加上管辖上海的苏州都督程德全，五百里内就有三个都督。

两年以后，为了反对袁世凯篡权，同盟会发起"二次革命"，陈其美再次攻打制造局时，商会和商团都不参加，更没有光复会助战，陈其美一战即败，租界当局立即将他的军队全部缴械。

其实，上海商会才是举足轻重、可以左右大局的力量，只是这些商绅们"秀才遇见兵"，就无能为力了。

旧上海的女界三杰

在上海淮海公园后面，有条小马路叫济南路，还曾叫平济利路。20世纪初，中国光复会的总机关就设在这里，这个总机关前身还是光复会的全国总联络点，无论总联络点还是总机关，对外都叫"锐峻学社"。

"锐峻学社"是"鉴湖女侠"秋瑾起的名，嵌入了她钟爱的两个学生的名字：尹锐志和尹维峻两姐妹。

1906年，秋瑾从日本回到上海，她招呼尹氏姐妹来帮忙，她在北四川路横浜桥租借民房创办的"中国公学"，培养了胡适、冯友兰、吴晗、吴健雄等一大批社会栋梁。1907年初，她又在横浜桥厚德里创办了第一张《中国女报》，鼓吹女性为"醒狮之前驱""文明之先导"，她大声疾呼，唤醒女权。

尹锐志负责联络各地光复会，策划起义；尹维峻在上海街头卖报，宣传革命。

上海光复前夕，"锐峻学社"也是光复军总司令部，尹锐志等人借在法租界华格臬路维昌洋行的三楼，通宵达旦制造炸药。

直到11月2日，尹锐志已经干了一整夜，她两位助手劝她休息一会儿，由他们继续做下去。尹锐志刚入睡，正在制造的炸弹爆炸了，两个助手一个炸得粉身碎骨，一个全身烧伤。尹锐志的头也被炸伤，惊慌之中，她直接从三楼窗户一跃而下，拦了一辆洋车，要到附近的医院医治。

法租界巡捕跟踪而来，将尹锐志送进广慈医院，救治后关进了巡捕房。上海光复后，陈其美交了五千元给房主作赔偿，把尹锐志赎出来养伤。

1911年上海光复后，年底前（12月25日）孙中山从欧洲乘船回国抵沪。当天下午，闸北警署侦缉队抓到一个小偷，在小偷偷来的钱包里发现一封信，信中提及在孙中山与上海各界名流的见面会上，有人要行刺孙中山。

沪军都督陈其美大惊失色，劝孙中山取消议程，但是孙中山却执意赴会。情急之下，陈其美只好求助尹氏姐妹。

下午四点，孙中山按原计划到达哈同花园，他的身后跟着一位文静的女秘书和一个贴身侍女。

各界人士欢迎孙中山的宴会结束了，众人一起走进大厅观看京剧演出。

戏进入了高潮，台上的武生做出一个高难动作，引得满堂喝彩。就在这时，假扮女秘书的尹锐志突然拔出手枪，啪啪两枪，将舞台上的两盏吊灯击灭。几乎同时，假扮侍女的尹维峻飞身蹿上舞台，只见她双手一抖，双袖各飞出暗箭，击倒台上的武生，此人正是行凶的刺客。

孙中山问尹锐志："你怎么知道这人是刺客？"

尹锐志答道："舞台上的演员是不会观望台下的，此人一出场就不断偷看台下，当戏进入高潮后，他突然不偷看台下了，我明白他要动手了。"

陈其美又问："那你们为什么不直接将其击毙，而要先打灭吊灯呢？"

两姐妹解释道："开枪击毙他，是担心万一台上还有其他刺客，趁我们抓捕刺客的混乱，二次下手。"

尹氏姐妹跟随孙中山到南京参加临时大总统就职典礼，又多次保护或营救过孙中山的性命，孙中山尊称她们是"革命女侠"，与"鉴湖女侠"秋瑾一起，当时被称作"中国近代史女界三杰"。

全上海"翻毛腔"

上海人讲话很讲究腔调，轻柔儒雅，像冬天穿的皮毛，外显光滑，内透暖意，然而，如果心生反感，难免少了讲究，好像皮毛反穿，粗糙呛人，就是"翻毛腔"了。

十几年前，祁连山路的一个工地开工，偶然从地下挖出一块破损的残碑，经专家考证，竟然是黎元洪的题词，墓碑的主人叫关炯之，从而翻出一段100多年前全上海"翻毛腔"的记忆。

过去，关炯之是上海滩非常出名的"关老爷"，他是公共租界会审公廨的中方审判官。

1905年12月6日，工部局几个巡捕守候在码头上，四川开来的"鄱阳号"长江轮刚靠岸，他们就冲上船去，以"拐骗人口"的罪名，逮捕了四川官员黎廷珏的遗孀黎黄氏和15个女孩，押解到北浙江路（今浙江北路）的会审公廨审判。

关炯之和英国审判官、驻沪副领事德为门一起审理。黎黄氏申辩，她丈夫病故，自己带15个奴婢乘船回广东原籍去，船过镇江时，船上水手向她索要酒水钱，她拒绝了，水手们记恨她，就诬告她拐骗人口。

关炯之认为拐骗证据不足，拟判暂押会审公廨的女监候讯，但是德为门不同意，执意要将黎黄氏关押到提篮桥"工部局警务处监狱"候审。双方争论起来，各不相让。

提篮桥监狱是两年前（1903年5月）租界擅自建造的，自称是"东方第一监狱"和"东方巴士底狱"，上海人则叫它"提篮桥外国牢监"。

关炯之援引《洋泾浜设官会审章程》据理力争，说："未经最终判决的犯人应交会审公廨看押，未经上海道台批准，女犯不能随意押解西牢。"

德为门却说："本人不知有上海道台，只遵从英国领事的命令。"

德为门的狂妄激怒了关炯之，他针锋相对地回答："既然如此，本人也不知有英国领事。"说罢，他下令廨役押下黎黄氏。

德为门连忙叫巡捕上前抢夺黎黄氏，拉扯着她要冲出大门。关炯之叫廨役关上大门，双方大打出手，混乱中打伤两名廨役，还将另一位在场的中方审判官的朝服撕破，朝珠散落一地。

租界巡捕撒野公堂，蛮横带走了黎黄氏，并将她的15个奴婢都关进了收容娼妓的"济良所"。

这件事情当天就见报了，顿时激发了上海市民的强烈反感，《申报》

发表"社说"，说："西人此举，实奴隶我、牛马我之见端，我华人苟稍有人心者，讵肯袖手旁观、一任其凌辱践躏而漠然无动于衷耶？"

上海各界和广肇公所纷纷到上海道台请愿，要求道台袁树勋出面维护主权，要回黎黄氏，撤换德为门，惩办打人凶手。

袁树勋命令关炯之停止与英国领事会审，向领事署提出抗议，并报请清政府外务部向北京公使团交涉，终于迫使公使团电令工部局将黎黄氏送回会审公廨。

然而，租界当局只将黎黄氏押送到广肇公所，对会审公廨表示轻蔑，再次激起上海人的愤慨。

上海商会号召罢市，许多工厂也纷纷罢工，市民们上街游行示威，在老闸捕房、工部局前与巡捕发生冲突，巡捕开枪镇压，示威人群丢掷石块，焚烧巡捕房和外国人的汽车。

全上海都"翻毛腔"了！各大报刊发文章声援，许多名人出面交涉，罢工罢市的影响，很快扩大到了广东省等其他地方，各地通电声援，抗议外国势力的蛮横无理。

工部局终于清醒了，找上海道台协商，达成了一个今后未决女犯由会审公廨女监看守的协议，不久后，德为门被调离上海，派到镇江去了。

"中国国会"吓死"老佛爷"

1900年7月26日，在上海西部的"愚园"发生了一件大事情：一个叫作"中国国会"的组织在南新厅宣布成立。

上海的"中国国会"宣布不承认清政府，并部署国会的"自立军"到汉口策划武装起义。

远在北京的慈禧太后惊吓出一身冷汗，冲着大太监李莲英发火："怎么又是上海？"

半年前，慈禧在仪鸾殿宣布立嘉庆皇帝的曾孙溥儁为大阿哥，以废光绪皇帝。消息传到上海，海上震动，绅商士民纷纷跑到电报局问询。时任电报局总办的经元善也代民意急电北京的盛宣怀，请他在其间斡旋。

盛宣怀电报回复："大厦将倾，非一木能支。"

经元善联合了1231名绅商士民通电北京，请愿反对立储。

上海反对立储的请愿，上海的《苏报》《新闻报》作了详细报道，并发文支持，在国内外引起很大反响。旅越华侨、湖南旅沪绅商等相继联名通电，反对立储。各国驻华公使也不支持，拒绝入朝祝贺。

"老佛爷"慈禧惊慌失措，一面下令捉拿经元善等人，一面迫于压力，急忙宣布取消废立的打算。

说起来，慈禧对上海咬牙切齿是有原因的。

1895到1898年的维新改良，虽然主张变法的策源地在北京、新政的活跃点在湖南，但是孕育改良思潮的温床和舆论宣传中心则在上海。

据戊戌变法核心人物康有为、梁启超回忆：

1882年，康有为参加乡试后返广东，途经上海时，看到"上海之繁盛，益知西人治术之有本"，他在上海买了许多西方人写的书回去研读。第二年，他又购置了上海出版的全年《万国公报》，"大攻西学书，声、光、化、电、重学及各国史志、诸人游记皆涉焉"。

1890年，18岁的梁启超入京会试，也是回乡路过上海时，买到一本《瀛寰志略》，读后初次知道有五大洲各国。他买了各种上海制造局翻译的西方书籍，开拓自己的眼界。

上海是了解世界的窗口，有一大批热心西学的知识分子，也有全国最多的传播现代文明的报馆、学堂和学会。

1897年在上海创办的"不缠足会"，很快发展成全国性的组织，凡入会者所生的女子不得缠足，所生的男子不得娶缠足女子，已经缠足的女子，八岁以下必须放足，会员的会费和捐款用于开设女子学堂、妇婴医院、妇孺报馆等妇女福利事业。

"中国国会"的"国会"旗号，明目张胆地挑战皇权专制，表达了对议会民主制度的向往。1898到1900年，短短三年里发生的戊戌政变、义和团运动和八国联军都重创北方，上海居东南一隅，没有战事，外国租界政治宽松，上海人接受西方文明熏陶深厚，超前一步的"中国国会"

吓死"老佛爷"了。

后因"自立军"起义失败,"中国国会"昙花一现,上海人救国救民的志向,逐渐走上了推翻封建制度的革命道路。

宠物犬引发战争

170多年前,在今天繁华的"十里南京路"西端,曾发生过一场"国际战争",导火线是一只憨态可掬的哈巴狗。

1853年3月,太平天国的军队攻占南京,上海的租界非常紧张,他们一边申明"中立",一边组织租界里的男性外国侨民成立"上海本埠义勇队",号称"万国商团"。

那时,租界西面的边界已经扩展到了西藏中路一带,为了抵御太平军,"万国商团"就招募民工深挖界河,筑垒土墙,附近的老百姓称作"泥城浜"和"泥城墙"。

半年以后,上海爆发了小刀会起义,他们占领了县城,会见各国领事,宣布小刀会属于太平天国领导,要求各国严守中立。

清政府派江苏按察使吉尔杭阿率军镇压小刀会,当他们赶到上海县城西北时,被泥城浜拦住了,河对面的租界军队"万国商团"拒绝让他们通过租界去攻打县城。

中外两支武装就这样紧张地对峙着,一直到第二年的4月3日这一天。

也许是双方隔河相望的时间久了,彼此都有些松弛,百无聊赖起来。东岸除了商团兵勇驻守外,时有洋人沿河散步。西岸的清兵少见多怪洋人的打扮,竟相嘲笑。

这时,一对穿着奇装异服的外国男女到河边漫步,男人亲昵地搂着女人的腰肢,女人咯咯咯地直笑,妖艳撩人,他们身边一只雪白的哈巴狗欢快地奔跑着。

清兵兴奋骚动了,高声吆喝,还有人朝对岸的哈巴狗丢泥块。

洋狗受惊狂吠,洋妞心疼地安抚狗狗,那个男人大声呵斥清兵的无礼,也捡起石头"回敬"清兵。

清兵的肾上腺素兴奋了，他们嬉笑着抓起泥块、石头，雨点般地抛向对岸，那只洋狗挣脱洋妞，发疯似的逃窜。

"万国商团"开始朝清兵射击，清兵也开枪还击，泥城河上顿时枪弹飞舞、火光迸射。

双方对射了半个多小时，英国领事阿礼国派副领事威妥玛带领英美水兵赶来增援，他们架起了大炮，朝清兵阵地猛轰。

苏松太道台吴健彰代表吉尔杭阿向阿礼国致歉，承认事端由清兵引起，表示一定会查明祸首，严惩不贷。

但是，阿礼国拒不接受道歉，他一面致书吉尔杭阿，要求清兵往西撤退，一面调兵遣将，阴谋乘机扩大事态。

4月4日凌晨，英军"恩康号"兵舰向停泊在苏州河、黄浦江上的清军战舰炮击，清舰除了两艘逃脱，其余全被英军扣留。

下午3点，英美水兵和租界商团四五百人，在英国副领事威妥玛指挥下，从今江西中路九江路口的圣三一礼拜堂分兵几路，越过泥城河，向清军发起陆上进攻。

上海县城里的小刀会也趁机杀出西门，短短几个小时，号称上万的清军就丢盔弃甲，狼狈逃窜，向西撤退了。

这场因狗狗受惊引发的战争，被当时的报纸称作"泥城之战"，后来，泥城河被填掉筑路，就是今天的西藏中路。西藏路桥过去就叫泥城桥，老上海习惯将这一带都称作泥城桥地区。

泥城之战结束后，租界将4月4日定为"万国商团"的建军节，每年这一天都要过"建军节"。他们还将杨树浦一条新筑的马路命名为"威妥玛路"，就是现今的怀德路。

老上海的窒息一刻

过去没有互联网和快递，家门口的买卖全靠穿街走巷的小贩，弄堂里从早到晚都有各种叫卖声，白天音调抑扬，是市井的呼吸，夜晚低压着嗓门，是上海的梦呓和鼾声。

"栀子花，白兰花，喷喷香的栀子花、白兰花！"

"修阳伞，坏的橡皮套鞋修哦？阿有啥坏的阳伞修哦？"

"桂花赤豆汤，白糖莲心粥！"

大街小巷的小贩叫卖声，是一种梦绕魂牵的上海风情，上海人走到哪里都放不下。

1946年11月30日，3000多名小贩聚集在金陵东路174号黄浦警察分局（原法租界麦兰捕房）的广场上请愿，反对国民党政府取缔摊贩。

摊贩事件造成了市民骚动，街头商店都纷纷停市，吆喝叫卖瞬间窒息，上海近乎休克。

1946年，国民党发动内战，农村破产，工厂倒闭，难民和失业的人数急剧增加，上海一下子多了十几万人上街摆摊，或者走街串巷叫卖，充斥着拥挤喧嚣的市声。

原本安然平和的城市呼吸，突然间急促恐慌起来，夜晚的鼾声也经常被刺耳的警笛打断。

1946年7月，国民党市政府以摊贩"妨碍交通"为名，规定不准在黄浦、闸北两区的任何街道摆摊，并下令警察局三个月内取缔所有摊贩。

接下来三个月，警察开始对摊贩滥罚款，敲诈勒索，在街头、弄堂追捕逃跑的小贩，将无力缴罚款的小贩收押，逼迫家属筹钱赎人。

11月，警察局已经关押了几千名小贩，29日，寒流袭击上海，3000多名小贩和被关小贩的家属聚集到黄浦警察分局门口，要求探监，送饭送衣服。

军警用警棍、水龙头驱赶，甚至开枪，打伤了许多人，三十几个请愿群众被捕。

第二天（12月1日），5000多名小贩再次聚众请愿，他们携带棍棒等包围了黄浦警察分局，高呼"我们要吃饭！我们要活命！"与宪兵、警察拼命抗争。

11月30日、12月1日，大街小巷骚乱不堪，商店关门歇业，弄堂里的叫卖也销声匿迹，警方全城戒严，生活的脉搏几乎停滞，市民骂声一片。

最后，当局只好收回取消摊贩的规定，释放被关小贩，发还没收物资，并撤换了黄浦警察分局的局长。

上海做了一个噩梦后，小贩的叫卖声又重新在大街小巷吆喝起来，白天是市井的呼吸，夜晚是梦呓和鼾声，依旧让上海人梦绕魂牵。

裂缝里长大的上海

孙悟空是石头缝里蹦出来的，那是民间的一个传说。老上海是城市裂缝里长出来的，这是近代的一段历史。

19世纪中叶，西方坚船利炮的轰击，上海破碎了，裂成公共租界、法租界和华界三块，华界又被裂出南市和闸北两块，"三界四方"各管各的辖区之间，龟裂出了大大小小的缝隙。

老码头的十六铺，在小东门城外到东昌路轮渡口，原来有一条通往黄浦江的支浜，支浜上有一座石桥叫"陆家石桥"，桥南是华界，桥北是法租界，十六铺撕裂开了一个无人管辖的豁口。

这种缝隙俨然"国界线"，在哪边犯事，只须逃到另一边去，就可逍遥法外，即使重大的要案，引渡手续也非常烦琐，基本不可能。

破裂的上海，这种缝隙比比皆是，除了十六铺，还有洋泾浜两岸、苏州河畔以及郑家木桥、八仙桥、斜桥等地区，由于警察巡捕不能越界抓人，这种缝隙就容易滋生犯罪。

在这种缝隙里，茶馆、酒楼、妓院、赌台和烟馆特别多，游民、乞丐、扒手、娼妓和帮派流氓混迹其中，仿佛是一个个都市里的"梁山泊"。

静安寺附近的华山路，过去叫海格路，马路的一边归清朝身穿皂衣的巡捕管，马路的另一边，南段是法租界身高马大的白俄巡警，北段是头缠红布的印度锡克族警察，一条马路也生生地变成了三界的裂纹。

河南中路曾叫"界路"，是华界与租界之间的一道裂纹，延安东路过去是洋泾浜，是英租界与法租界之间的裂纹，苏州河是吴淞江的一段，过去是淞南与淞北（也是上海与下海）的裂纹和英租界与美租界的裂纹，其他，还有区分白俄、犹太人、日本人集中居住地区的裂纹。

这种裂纹断然划清中外以及西方各国的差异，不同的文化理念、不同的法规条令，在各自的地界各行其道，然而，清末民初，这些裂纹地区也成了清朝政府、北洋政府、南京政府和租界当局控制薄弱的灰色地带。

维新党人、革命党人和共产党人也都藏身在灰色的缝隙里，寻求救国的道路。

唐才常等维新派策划的中国国会在愚园召开，孙中山等人鼓吹革命的演说在张园举行，章太炎、邹容的《苏报》在三马路（今汉口路）创办，陈独秀的《新青年》在渔阳里复刊，中国共产党在望志路（今兴业路）建立，历史赋予上海一抹别无仅有的"上海灰"。

"上海灰"介于黑白之间，可以融合不同的色彩，譬如，黄灰色的温润恬静、橙灰色的温暖平和、粉灰色的甜美温柔、蓝灰色的安静沉稳、紫灰色的优雅理智、绿灰色的清凉舒适，可以融合、调和出一种稳重、和谐、高雅的"贵族灰"，一种特殊的上海格调。

在裂缝里成长的上海，凭借百搭融合，百纳各方的灰色气质，历经多年修炼，终于成就了魔都的百般魅力。

小弄堂，大担当

奢华时尚的南京西路背后，有一条幽静淡泊的凤阳路，凤阳路与成都北路相交，朝北走去，渐次冷僻起来，一点点地远离浮华喧嚣了。

成都北路597弄"贞吉里"十分短小，也没几户人家，与租界里那些出名的、充满海派风情的弄堂相比，实在是不入名流，容易令人忘却的。

1949年5月中旬，上海处于黎明前的黑暗，垂死的国民党政权的特务疯狂抓人，"飞行堡垒"警笛呼啸，整座城市笼罩着"白色恐怖"的气氛。

中共地下党为了配合解放上海，急需印制一批《中国人民解放军布告》，动静太大，没有一家印刷厂敢开机。

警察局"地下警委"的舒忻想到了自己妹夫钱锡声，他在贞吉里2号开了个弄堂小厂"美术印书馆"，那里地处租界的"灯下黑"，一栋石库门居家办厂，几个工人也都沾亲带故。

钱锡声是个"拎得清"的小业主，早就看清了国民党的颓势，他一口答应了妻舅的要求。

弄堂小厂没有制版设备，钱锡声决定自己尝试做底版。他的卧室就在印书馆楼上，夜深人静时，他让妻子睡到其他房间里去，自己独自在卧室开工制版。

钱锡声采用石印制版的办法，用毛笔蘸上印刷药水的墨汁，对照着《布告》的样张，直接书写在铅皮版上，一笔一画，一字不漏，还不能打格子，稍出差错就得报废一块铅皮版，换一张重新试写。

钱锡声闭门写了两天两夜，总算写完了底版，他小心地藏好，择机印刷。

5月25日凌晨，苏州河北岸的残敌虽然还在顽抗，南京路上到处都是露宿的解放军，钱锡声觉得时机到了，他喊醒了睡在厂里的四个工人，立刻开印《中国人民解放军布告》。

上午九点多，地下党派来的卡车开进贞吉里时，工人们就将刚印好的两万多份《中国人民解放军布告》搬了出来。中午以后，上海的大街小巷都贴满了《中国人民解放军布告》，迎接大上海的胜利解放。

说起来，贞吉里是有革命传统的。1911年10月31日，同盟会和上海商团的革命者陈其美、李平书、沈缦云和王一亭等，就在贞吉里李平书（上海城厢内外自治公所总董）的家里，密谋策划光复上海的起义。三天后，他们发动起义，推翻清朝衙门，赶走上海道台，建立了革命军政府，有力支援了辛亥革命。

贞吉里是一条不起眼的小弄堂，在上海不入名流，在纪念建党百年的时候，还是不忘却的好，因为，它也留有这座城市的红色基因。

"镀的金会褪掉，猪皮倒留在那里"

在上海公安博物馆里，珍藏着一本陈旧的《王云五小辞典》，那是商务印书馆1931年出版的一本文字工具书。上海解放前，警察局472名彼此单线联系的地下党员的名单、入党年月和分布单位，都以英文字母、阿拉伯数字和中文单字编成密码，暗藏其中。

为什么要选择《王云五小辞典》隐藏如此重要的绝密文件？因为上海解放前夕，"王云五"是个镀金的名字，他是国民政府的财政部部长，特务不会怀疑而没收这本书。

王云五本来是商务印书馆（1897年创办于上海）的总经理，发明过四角号码查字法，给不懂拼音、不熟悉汉字部首的读者提供了一种快捷简便的新办法，《王云五小辞典》就是一本可用四角号码查字法检索的小书。

1937年，王云五弃商从政。

抗日战争胜利后，国民党为了打内战，乱印纸币，导致恶性的通货膨胀。为了挽救国统区经济崩溃的危机，时任财政部部长的王云五向蒋介石提出了发行金圆券代替法币，限制物价，收拢民间黄金、白银和外币的币制改革方案，得到了蒋介石的支持。

金圆券刚发行时，对稳定上海市场有过一些积极作用，但是一个月后，由于没能控制发行限额，物价疯狂飞涨，经济一泻千里地崩溃，王云五也被弹劾下台。

王云五出生在上海，祖籍广东香山，他读书、经商都颇有作为，33岁时，胡适推荐他到商务印书馆，25年里，他坚持"教育普及、学术独立"，为我国近代文化教育做出了杰出的成绩。

王云五是半路弃商从政的。

那时候，上海滩的文人、商人很流行参政，好像一顶官帽就是镀金，可以名利双收。

王云五到头来却黯然收场，幸亏他前半生热衷的商务精神没有泯灭，他创新的四角号码查字法还很好用，人们后来还会不时地谈起他。

俄国作家契诃夫说过："镀的金会褪掉，猪皮倒留在那里。"现实生活中，镀金的事情还常常有，如果连猪皮都没有，迟早会贻笑大方的。

南音，不仅仅吴侬软语

说起南方人讲话，总是吴侬软语、轻柔委婉的印象，其实，南音里不缺铁骨韧心。

上海金山有个张堰镇，镇上有个"南社纪念馆"。这里本来是南社第二任社长姚光（号石子）的住宅，第一任社长是柳亚子，所以，南社"前有柳亚子，后有姚石子"。

1909年，南社在上海愚园（今愚园路边）里宣布成立，主张"操南音，以抗北庭"，反对清廷政府。

南社纪念馆有一堵会员名录墙，天下英才，会聚一壁。

会员有革命志士黄兴、宋教仁、陈其美、廖仲恺、于右任等，也有文化名人沈钧儒、曹聚仁、鲁迅、茅盾、黄宾虹等，有教育出版达人马叙伦、陈望道、林白水、姚光等，也有宗教大师苏曼殊（玄瑛法师）、李叔同（弘一法师）等，一千多个文人操着南方口音，叱咤风云，形成了"文有南社，武有黄埔"的革命形势。

推究起血统来，北方人都有蒙古人的基因，南方人都有马来人的基因。当江南的这批文人"操南音抗北庭"时，中原的汉语已经被清朝的翘舌音、儿化音杂染，原先汉语特有的入声也逐渐消失了。

意大利传教士利玛窦用罗马拼音记录的北方话，明朝还有大量入声字，北京话也没有"zhi、chi、shi"的翘舌音，清朝满语进入中原，迫使纯粹的北方话南渡，过长江与吴越方言融合，这种新南音是江南文化的载体，也是海派文化的母体。

毛泽东有一枚姓名章为当年南社会员蔡哲夫的如夫人谈月色操刀篆刻。

蔡哲夫是广东人，19岁到上海震旦大学学法文，后来加入了南社。他回广东后，有一次陪妻子张倾城到尼姑庵去，偶遇那里的年轻女尼谈月色。谈月色原名古溶，因为喜欢晏殊的诗句"梨花院落溶溶月"句，就以"月色"为字。

蔡哲夫夫妇都擅长书画篆刻，与月色交谈中，发现她也是师从庵中隐居的画尼，金石才艺过人。

后来，蔡哲夫与谈月色互生爱慕之情，张倾城也开明体谅，月色就还俗，做了蔡哲夫的如夫人。

抗战时期，蔡哲夫和月色在南京，他们拒绝到汪伪政府任职，甘守清贫，靠卖画度日，以致于蔡哲夫贫病交困，撒手人寰。

蔡哲夫、谈月色说的是"南腔北调"的广东话，跟柳亚子、姚石子说的南音一样，都夹带中原雅言的痕迹。

褪去红粉，干净向未来

1949年，上海与北京不一样，北京解放后立即取缔了妓院，上海解放后，妓院却依旧准许领照营业，两年半以后才被全部关闭。

从清朝起，京沪两地对待"官妓"（官方认可的、会诗书琴画的青楼女子）的态度大不相同。京城里禁止官妓，把妓院都赶到前门外污水烂泥胡同里去，还禁止青楼女子进茶园看戏，更不允许登台说书唱戏。

上海的青楼，租界里称作"书寓"，房间里摆设西式家具、外国小玩意，青楼女子可以"出局"到茶园、戏院去说书，或者抛头露面演髦儿戏，也可以经常相约了客人，一起乘坐华丽的马车，在外滩、四马路、大马路等闹市兜风，非常自信地穿着时尚艳服，到"一品香"吃西餐、到张园喝咖啡，她们甚至投资做生意，包养戏子、文人、官员，过"临时家庭"的温馨日子。

上海开埠初，青楼名妓是与文化人、商人和官员平起平坐的。当时赫赫有名的"海上三胡"，就是指书寓名妓胡宝玉、红顶商人胡雪岩和海派画祖胡公寿。像胡宝玉这样的书寓"先生"，大多都摆脱了单纯的性服务，走出被动的私密空间，投资做生意。

早年马相伯曾说，汇丰银行刚成立的时候，存款人主要都是这些青楼名妓。

上海媒体小报大肆炒作花国新闻，诱使大批穷困女子跌入风尘，1949年5月，伪警察局登记的妓院有525家，有营业执照的妓女2227人，还有数倍的私娼游荡在马路边、弄堂口拉客。

上海刚解放时，社会上谣言四起，说"共产党经费困难，要卖妓女，年轻漂亮的1500元，最丑的也要卖300元"，说"解放军打台湾，要把妓女绑起来放到前线踩地雷，为解放军开路"等，弄得妓女人心惶惶，情绪对立。

上海新政府研究认为，上海这样的十里洋场，百废待兴，如果操之过急地取缔妓女，没有足够的医疗条件为她们医治性病，更没有专项经费安置这么多人就业，其结果只会把她们推向社会，迫使她们流离失所，暗中卖淫，陷入比公开挂牌更加悲惨的境地。

1949年6月，上海开始实行控制妓院发展的过渡办法，责令全市妓院登记，核发执照，允许原有妓女领证营业，但是严禁新开妓院、注册新人。

7月，市公安局制定了14条"妓院暂行规定"，规定保障妓女人身自由，禁止妓院内吸毒、聚赌、漂花酒，妓院不得接待来历不明的狎客等。

报纸上都刊登"妓女要求脱离卖身生涯，'龟门'要赎身费违法""妓女是什么成分，政府对她们是什么态度"等法律问答。

政府机构则帮助妓女治病，鼓励妓女从良，有家的送回家，有对象的资助结婚，无家无对象的，组织起来学手艺，参加生产劳动养活自己。

两年半以后，上海只剩下72家妓院，180名妓女。1951年11月13日，市公安局召集残存的妓院主人宣布，收回营业执照，"取缔妓院，解放妓女"，从此褪去红粉，上海干干净净地面向未来。

第六篇

沪语趣话

上海话的"拱起"与"崛起"

上海方言与上海话不一样。

上海方言是上海地区土生土长的白话，上海话是被各地方言"拱起"的"上海普通话"。

老辰光，上海的母亲河"松江"（现在叫吴淞江）流域就是老上海地区，因为夹在江浙之间，松江话受到了苏州与嘉兴两地方言的"挤压"，譬如淞北人（吴淞江北）讲"阿去？"，淞南人就讲"去哦？"，长久以往，逐渐"挤压"出一种南腔北调的老上海"本地话"。

19世纪中期，太平天国运动和上海开埠以后，各地的移民涌入上海，形成了各地方言的"大冲撞"，天南地北的人用自己的家乡话在上海交流，到处是"乡音较量"的对话，哪里的人势力大，哪里的方言就渗透力强，从各个方面影响上海的本地方言，"拱起"了一种外地移民在上海通用的普通话——上海话。

上海话的"拱起"凝聚了上海人的身份认同，区别于上海本地人，本地人被上海人称作了"乡下人"。语言学家赵元任先生研究中提到过，当年，在上海的无锡人与常州人见面，即使彼此讲自己的家乡话都能听得懂，但是他们还是都说上海话，因为他们是上海人。

上海人说上海话，与任何地方一样，语言识别都是文化隔阂或文化接纳最简捷的方式。

1947年台湾二二八运动时，当地人曾用闽南话问答的方法来防范外省人。2010年，吉尔吉斯斯坦人在街头设岗，拦截行人询问"麦子"怎么发音来搜捕乌兹别克人，因为"麦子"的发音两地有明显的差别。

上海话的"拱起"促成了上海人的"崛起"，凭借各地移民的人文荟萃，上海话也标识了海纳百川的属性，凸显了上海人有容乃大的气质。

今天的上海，拥有更多来自各地甚至各国的新移民，学说上海话的文化远见已被越来越多的人接受，就像外国人学汉语的热潮方兴未艾，上海话的再次"崛起"也可预期。

上海人的口音

上海话由于受到各地移民方言的影响，细听起来，口音往往因人而异，有"苏州腔""浦东腔""宁波腔""广东腔""山东腔"和"苏北腔（江北腔）"等，上海人非常讲究这些口音的差异，认定其与人的阶层和格调相关。

以"苏州腔"和"浦东腔"为例：

明清时期，苏州的繁荣趋于巅峰，遍地状元进士，工艺品远销各地，就是乾隆皇帝替母亲做寿，也专门在京城建了一条仿造的苏州街景。

太平天国的战乱，大批苏州与江浙的富绅、平民逃进上海租界避难，由于苏州历史文化的崇高地位，苏州话强烈地影响了租界里的上海话，高雅的"苏州腔"成了上海话的正统口音。

浦东地区的川沙、南汇远离上海租界，本地人方言白话的口音不肯依附租界里的上海人，用上海话交流起来，就带出鲜明的乡下"浦东腔"。

其实，凭口音定阶层并非自上海人开始，南北朝的颜之推《颜氏家训》里就有教育子女要重视正音的话："吾家儿女，虽在孩稚，便渐督正之；一言讹替，以为己罪矣。"

武则天时，一些寒门出身的酷吏，也曾因为寒门口音饱受士大夫的嘲笑。

西方人士则更加讲究口音的等级，《唐顿庄园》里的贵族范儿是绝不允许伦敦东部口音进入的。

撒切尔夫人参政时，因为她的一口林肯郡土话的口音经常遭受攻击，她50多岁还聘请皇家国立剧场的发音教练为自己矫正口音，用了几年时间才摆脱了林肯郡口音，开始以一口英国上层流行的口音纵横政坛。

口音是鉴定一个人社会身份的有效标签，因为一般来讲，人在20岁左右口音已经基本定型。

出身寒门的人可以努力学习获得大量知识，可以艰苦奋斗积累大量财富，但是口音却根深蒂固，经常使社交违和，成为进入上流社会的障碍。

社交、公关与大众媒体的扩张，口音改善的作用变得非常微妙，可以取悦于交流舒畅，也能展示谈吐优雅，精明的上海人讲究提升上海话的口音阶层，也算是找到了一把通向典雅的钥匙了。

老上海人的语言标配

一百多年前，永安公司在南京路上开业，招聘售货员有个规定，应聘者必须会讲粤语、沪语和国语，还要能听懂一些英语和日语。这个规定如果延续到今天，现在的南京路上，不知有多少店员会被"炒鱿鱼"而失业。

当年，上海开埠不久，洋行里的买办和做生意的富商中广东人居多，南京路上先施、永安、新新、大新公司等的老板、高管也都是广东人，你如果听不懂粤语，在南京路上是找不到"饭碗"（工作）的。

上海滩是吴语方言区，江浙移民较多，他们和本地人都能听懂上海话，所以，在"十里南京路"上做生意，上海话就是母语乡音，寒暄交谈是不能不会说的。

北方话和长江北岸的江淮官话，上海人都称"开国语"，专门用来当作跟五湖四海来的移民交往的通用语，虽然他们大多人的齿音和翘舌音都很夸张乃至滑稽，但是南来北往的客人都能听明白他们表达的意思。

租界里的西洋人、东洋人越来越多，洋泾浜英语应运而生，在大众交往里流行。那时候，繁华的南京路是摩登时尚的楷模，华洋之间用英语或日语沟通，也引领了上海人的一种国际范儿。

当年，永安公司的霓虹灯闪烁着 "The customer is always right"（顾

客永远是对的），在整洁明亮的店堂里，身着统一制服的男女店员用各种语言跟天南地北的顾客亲切交谈，介绍商品，标志着一种"海纳百川、大气谦和"的新上海人开始出现在人们的日常生活里了。

那时，住在苏州河北面和近郊地区的人，都将到南京路去称作"到上海去"，他们认为，南京路就是上海。

南京路上有永安公司等四大公司，20世纪20年代，那里陈列的商品四分之三是国外进口的日用品，棕榄香皂、桂格燕麦、克林奶粉、西门子电器、派克金笔、康特斯特相机、飞利浦收音机以及眼镜、打字机、加热器、冰箱等，用今天的话讲，就是一个常年的进口博览会。

国货则大多是各地顶级的工艺品和土特产，苏州的刺绣、江西的瓷器、福州的漆器、金华的火腿等，随意去走走看看，也可以饱览中华精粹。

到南京路去，店员一口熟悉的乡音，消弭了与时尚的隔阂，不仅仅是逛街购物，还可以带回新的眼光和境界，甚至带回一个新的自己。

永安公司的规定，也成了上海人的语言标配，这些上海人会在同乡公所里讲自己的家乡话，也能在社交场合说上海话，还可以跟听不懂上海话的人说开国语或者外国话，展示他们那种尊重别人的上海格调。

这样的上海人，如今在上海的南京路上是不大多见了，倒是在香港、纽约的街头还能偶遇相识。现在，"到南京路去"还能算"到上海去"吗？

上海人"吃人"

上海人的"吃名"很牛，他们特别喜欢吃，走到哪儿就吃到哪儿，看见啥就想吃啥，"吃"在上海话里几乎可以"通吃"天下。

"吃"在上海话里的牛，在于什么它都可以吃，譬如吃饭、吃茶、吃酒、吃香烟等，放进嘴巴里就是"吃"，非常霸道地取代了其他进口行为的动词。

"吃"在上海话里的牛，还在于它除了吃得出滋味，还能吃出思想、吃出态度、吃出人生百态。

譬如"吃醋"，喝醋也，听起来，要能"吃"出妒忌泛酸的意思。过去，上海人还有一种令人叫绝的表达"吃醋"的说法：伊是三礼拜六点钟哉。三个礼拜有"二十一日"，六点钟是"酉"时，合成一个"醋"字，调笑某人吃醋的意思。

再譬如"吃饭"，民以食为天，谁都知道这是人生第一要素，是每天都要重复多次的行为。但是，上海人如果"吃"起银行、"吃"起公家或者"吃"起码头来（吃银行饭、吃公家饭、吃码头饭），就把谋生的地方当"饭碗"了，如果哪一天吃不成这些"饭"，就"敲掉饭碗"，只能"吃西北风"了。

上海人谋生的"饭碗"五花八门，还有些"吃开口饭""吃青春饭"，甚至"吃软饭"的，其中的滋味各异，一时半会儿很难说得清楚，吃者自知，一般人要掂量掂量的。

上海人虽然喜欢吃，也不都是心甘情愿的。

有些"吃"很无奈、很被动，譬如"吃辣火酱""吃耳光""吃火腿""吃生活""吃家生"甚至"吃官司"，然而，这种将各种各样的挨打挨罚都敢拿来"吃"，也证实了他们真的爱"吃"，证实了他们那种很牛的"吃"态。

最牛的是上海人的"吃"人，他们喜欢谁就"吃"谁，譬如"吃牢伊了""吃杀忒侬"，上海话里，喜欢到极致就"吃"，"吃牢这套家伙""吃煞脱搿只马桶"都是非常非常喜爱的意思。

所以，当上海人深深爱上一人或一物，需要表达那种难以自拔的强烈的感情时，唯有"吃"才能讲得明白，他们实在太喜欢"吃"了，你说牛不牛？

"看相""卖相""吃相"

上海人相信"相由心生"，个个都是看相的高手和神仙。所以，上海人喜欢以貌取人，也特别讲究化妆和打扮。

我要提醒诸位的是，有些时候，上海话"看相"的背后是藏着算计的"祸心"的。

当有人"看相"你的职位、房子、丈夫或者妻子，说"看相"时的发音会有微妙的变化，原来"看相"的"相"（"想"音）变成另外一个音"相"（"乡"音），你就要警觉了。

然而，如果两个单身男女彼此"看相"了，倒是时来运转，可以喜结良缘的。

上海人深知"相"的重要，与其被别人打量评估，还不如包装推销自己，有个好的"卖相"。

跟商品一样，好的"卖相"有时是形式大于内容的。譬如说"这个冰箱蛮好，就是卖相太难看""这个菜味道还可以，可惜卖相坍板点（差的意思）"。

上海话将人的容颜体态都说成"卖相"，大多有些推销的意思和作用，"卖相"越好，推销作用越大，竞争力也越大。

但是，"卖相"毕竟是商品化的外形，背后可能藏着名不副实的危险，所以，上海人看重"卖相"的同时，也会警惕"卖相"背后的陷阱。退一步讲，"卖相"背后，即使不是陷阱，也遇见"聪明面孔笨肚肠""绣花枕头一包草"，也很失望的。

最不能忽视的，是"吃相"背后藏着的那些警示，上海人要了解一个人，通常只须跟他（她）吃一顿饭，因为"吃相"就是人品教养的形象注释。

"吃相"先看端碗筷，一手端碗，一手拿筷。如果饭碗放在桌上，一手垂着，就没教养了。端碗的姿势也应该是拇指轻扶碗沿，食指顶住碗边，中指和无名指托住碗底。如果手心摊开，"捧"着饭碗吃，就会被人看不起。

用筷也有方法。筷尖先对齐，用中指、拇指、食指轻轻拿住，拇指放到食指旁边，无名指垫在筷子下面，筷子后方只留1厘米左右，而且，两根筷子只能一动一静。如果手心向下捏着筷子的中部，两根筷子交叉着互动，也会被人看作是爹妈没有教好。

吃饭过程中的"吃相"更加讲究，除了谈吐礼仪外，大忌抢菜、拨菜，边嚼边说话，或者咀嚼喝汤时发出声音。

都说上海人讲究吃，其实他们更讲究跟谁一起吃。因为"吃相"分出的三六九等，大致也是人以群分的标准，"吃相"背后，可是藏着一把裁割贵贱雅俗的剪刀啊。

"吃相"在上海话里是个分量很重的词语，当人们说起某人讲话或者做事"吃相难看"的时候，譬如"侬看看侬啥额吃相？""侬吃相好看点好哦？"，已经无关吃喝，只关人品了。

上海话里的"上海女人"

说起上海女人，远观娴雅清丽，温婉细腻，近交则不能不懂得上海方言里的"上海女人"。

从沪语里的"小女人"讲起。"小女人"不只是身材娇小的意思，还有"小心眼""小心机"和"小鸟依人"的特点，她们擅长精明地估算人生的"边角料"，选择精致的吃喝玩乐。

"小女人"也是"嗲女人"，"最是那一低头的温柔，像一朵水莲花不胜凉风的娇羞"，静谧安详地把日子当成艺术来讲究与追求。

上海女人都有点"嗲"的资本，多少会养成"作女人"。

"作"的女人，常常"嗲"得疑神疑鬼甚至无事生事，"作"得奇出怪样甚至不可理喻，也只有上海的男人能够体会其中蕴藏的韵味。

上海男人对上海女人的"嗲"和"作"，独有自己的真知灼见，他们认为"嗲"是"作"的本钱，"嗲女人"不作也是浪费，然而，如果女人不嗲，作天作地也是丑人多作怪，那是消受不起的了。

"作女人"分雅俗高低的档次。高品位的"作女人"，"作"得有文化、有分寸，温柔妩媚而令人飘飘然，失了分寸的"作女人"容易沦落为"粢饭糕女人"。

"粢饭糕"是上海人早餐喜爱吃的大众点心，"作"过了头，就作成了"痴、烦、搞"，成了上海话里那种痴头怪脑惹人烦的女人了。

上海女人娉娉婷婷迎面走来，不仅由内而外透露着优雅靓丽，而且总能留给别人风韵无穷的背影。上海话里面，无论是"太平公主"还是"卡门女郎"，都可以自信地修炼成上海的"贝多芬女人"。

上海话比喻身材清瘦、胸部扁平的女人为"太平公主"，戏谑胖子"卡"门，将丰满的女人称作"卡门女郎"。漂亮女人不仅仅依赖容颜身材。以男人的视角来看，美女要看背影，背影可以撩人魂魄，令人想入非非。气质高贵的女人，多有芬芳动人的背影，上海话赞美这些女人为"贝（背）多芬女人"。

上海女人上得厅堂，下得厨房，有些女人，兼有多重身份与能力身份，特别容易进入上升通道，做一番"女强人"的事业。

然而，上海女人更加渴望家庭的温馨，更乐于回家做"马大嫂"，包揽"买（读音ma）、汏（读音da）、烧"的家务，燕子衔泥般地尽心垒巢做窝，上海男人也心甘情愿地推举她们为"家主婆"，上海方言称作"家主婆"的女人，家里家外地精心营造安谧祥和的私密港湾。

即使人在路上，心从来不会离家，这就是上海话里的"上海女人"。

"狮身人面"的上海话

日前，沿秦皇岛路到黄浦江边，凭吊百年前周恩来、邓小平等赴法勤工俭学的出发地，探寻当年黄浦码头、杨树浦路码头和汇山码头的旧址，意外地遭遇了上海话的迷惑和困扰。

顾名思义，黄浦码头，因为它建在黄浦江边，杨树浦路码头，因为它靠近杨树浦路，可是，汇山码头的附近没有山，连个土堆都没有，何"汇"之有？上海话"汇山"让人顿生好奇之心。

这就像新华路，过去上海人叫作"安和寺路"，其实根本就没有一个叫作"安和寺"的庙宇（详见本书《安和寺之谜》），望文生义就会掉进上海话的坑里。

1845年，英国的麦边洋行在黄浦江边造浮动码头，因为靠近路边，上海人就随便把这个wayside wharf（路边码头），"洋泾浜"地掐头留尾，叫作"汇山码头"，半虚半实，一直叫到今天。

1925年，租界当局为了纪念1832年英国的"阿美士德勋爵号"（Load Amherst）商船首次发现上海的价值，将当年新筑的一条马路命名为"Road Amherst"，中文用"安和寺"表音，用"路"表义，只因马路边有个法华寺，上海话讲起来就凭空讲出个"安和寺"来，还是半虚半实的，令人费猜。

上海话这种中外元素的音义杂糅，是一种海派文化的特征，十分普遍，但是，这种表达方式也经常使一些不熟悉上海的朋友困惑不解，甚至感到不可理喻。

上海话里这种奇葩的组词结构不少，譬如具有鲜明特色的"老虎窗""老虎灶"，上海滩几乎家喻户晓，可是，为什么会与老虎扯上关系？很多人却讲不清楚。

上海过去人多房少，两层楼的石库门，房顶下一般都有个隔层，通常用来堆放东西。

有些精明的上海人，利用低矮的三层阁来居住或出租，为了通风采光，他们在斜坡的房顶上面破瓦开窗，称作"Roof（房顶）窗"，上海话谐音"老虎"窗，依旧掐头留尾，说起来，一半英文一半中文。

老虎灶，过去在上海更加普遍，弄口街角都有，全天供应热水，有的还兼营茶水、盆汤。因为整日烧柴，烟多呛人，所以，灶房都要修烟道，在房顶上建个烟囱排烟，就有了"Roof（房顶）灶"的名字，跟老虎丝毫没有关系。

"wayside码头""Amherst路""Roof窗"以及"Roof灶"等，这些上海话半中半洋的"混血儿"表达，洋派而不张扬，真有点像"狮身人面"的斯芬克斯（Sphinx）在发问：上海人到底特别在什么地方？

方言不仅是沟通工具，也是一种文化载体，学讲上海话，听懂上海话，不被"狮身人面"的上海话困惑，才能深刻地了解这座城市，与她精神对话。

上海话的"傲慢与偏见"

上海话，除了其中20%的本地话，绝大多数是南腔北调糅合而成的。

包容了五湖四海的乡音，上海话对各地方言甚至本地话都有些傲慢与偏见的。

一百多年前，上海人是凭乡音来表明自己的来路的，分开来讲，一个一个都是不同来路的外地人，合起来看，都是海纳百川、见多识广的上海人。

"合起来"的上海人，调侃"分开来"的外地人，听起来也多少有些傲慢与偏见，有些说法还流传到今天。

譬如：

绍兴师爷京片子；江西老表自顾自；南京拐子徽骆驼；江阴强盗无锡贼；还有山东人吃麦冬、昆山城隍……

老上海的这些戏话，算得上是活的方言化石，反映过去的一些海派看法，却让外地人平白无故地"躺枪"了。

看见绍兴人，都叫"绍兴师爷"，以为做师爷、讼师的都是绍兴人，都会卖弄文墨口才，把死的说成活的。

提到北京人，就认定是油嘴滑舌的骗子，背地里叫人家"京片子"。

江西老表自顾自，由于过去江西移民湖南的多，所以许多湖南人视江西人为表亲，称为江西老表。那时，很多江西人到上海来，都从事"钉碗"（补碗）的行当，补碗时，来回拉动旋钻的声音"磁咕磁、磁咕磁"，上海话就调侃起来，说江西老表都"自顾自"的。

南京拐子徽骆驼，过去，流落到上海滩来的江苏人，都喜欢说自己是南京人，有些被生活逼迫，干起拐人拐物的勾当，上海话以偏概全，把南京人都说成"拐子"。

安徽商人吃苦耐劳，那些经商致富的大佬，当地人叫"老大"，徽州方言发le to音，上海人听起来像"骆驼"，他们说"徽骆驼"，就是讽喻一些坚忍能熬、闷声不响发大财的人。

江阴强盗无锡贼，倒未必说江阴出强盗、无锡出小偷，上海人跟这两个地方的移民混（相处）熟了，觉察到江阴人很豪爽、无锡人"贼精"（精明至极的意思），就用"强盗"和"贼"两个词当形容词，夸张地调侃江阴人和无锡人。

至于流行的山东人吃麦冬、昆山城隍的说法，上海话的优越感就更明显了。

麦冬是种草药，只因为跟"勿懂"谐音，无端地被拿来调侃懵里懵懂。"山东人到上海，一懂也不懂"，山东人就因为"东"而莫名其妙地中了彩。

昆山城隍庙的泥菩萨眼开眼闭、崇明的阿爹总是受骗上当，也被信手拿来"证明"昆山人，让人哭笑不得。

上海话拿外地人说事，虽然言简意赅、形象生动，但是难以掩饰其中傲慢和偏见的气息，生活中调侃戏说起来，分寸把握要特别讲究。

"饭局"原是青楼语

有人喜欢将请客吃饭说成"饭局"，也有人热衷在"饭局"上交朋友、谈生意，甚至有人将"饭局"的多少，当作评判成功人士的标配，巴不得天天有人请客吃饭。

吃饭是生存必需，何以吃成了"局"？

老上海的青楼规矩里有许多"局"的礼仪，叫局、借局、转局、牌局、戏局、饭局，等等。1949年以后，这些词汇随着色情行业的消失而销声匿迹。

那时，租界里的妓女等级分明，最高级的是"书寓"里的"校书"，青楼圈子里称"先生"。这些"先生"的专业是说书弹唱，各有自己演出的茶楼，有的甚至投资老鸨的妓院或者自己开妓院，她们一般不轻易提供性服务。

青楼设"局"的规矩，切割了情与色的联系，用具有仪式感的程式提高"先生"的地位，为客人营造一个"临时家庭"的温馨气氛。

"书寓"不是想进就能进的。想与爱慕的"先生"见面，必须有"恩客"引荐。"恩客"是青楼里某个"先生"的稳定客户，也算是介绍对象的保人。

引荐的方式，一种是在"恩客"陪同下到"书寓""打茶围"，喝茶聊天。还有一种是"恩客"叫局，就是找个饭店请客，开租界认可的一种"局票"，点名请某名"先生"来陪餐，这顿饭就叫"饭局"。

爱慕者和"先生"双方都满意，就会常去"书寓"聊天或听书，再经过一段日子相处，如果彼此有意，爱慕者就须办"饭局"，邀请自己的朋友和"先生"的女友聚餐，暗示自己的"恩客"身份，从此也可以在青楼圈子里开"局票"邀请其他各个"书寓"的"先生"陪打牌、陪看戏、陪吃饭了。

恩客可以留宿"书寓"后，会与"先生"保持一段时间专一的关系，并承担"临时家庭"的日常开销，直到"先生"掉头换人，或者赎身与恩客结婚、做妾。

"局"本来是棋盘的意思，引申出"情势、圈套"的含义。吃饭设"局"，自古有之。春秋时代的晏子，在饭局上"二桃杀三士"、蔺相如在饭局上羞辱秦王，还有后来项羽的"鸿门宴"、曹操的"煮酒论英雄"、宋太祖的"杯酒释兵权"等著名饭局，无不暗藏凶险的算计、交锋甚至杀机，那些美酒佳肴滋味全无。

吃饭就吃饭，聚餐就聚餐，又何必叫"饭局"……

上海不相信"老奎"

苏联有一部经典电影《莫斯科不相信眼泪》，其中最著名的台词是"生活从四十岁开始"和片尾女主角反复说的"我寻找了你多久"。

全球观众饱含着泪水认识了莫斯科人。

能不能也拍摄一部低调奢华的上海影片？

小市民的"奎劲"风行起来，上海就容易迷路，找不到城市的本色。

"奎劲"是一种自以为是的清高，喜欢"扎台型""掼浪头"的吹嘘，很像外省人的"摆谱"，上海方言叫"摆奎劲"或者"老奎唧格"。

其实，老上海从来就不相信"老奎"。

老上海曾有个叫陆连奎的人，从乡下到上海谋生，他是混迹于青帮的流氓，靠溜须拍马、讨好大佬，得到了黄金荣的赏识。

当时，黄金荣在法租界的警务处当差，就推荐陆连奎到英租界警察局去，当了个"一条杠"的小巡捕。

虽然"一条杠"的巡捕地位低下，远远不如"红头阿三"和"安南巡捕"威风，但是，陆连奎凭着自己的狡黠钻营，千方百计盘剥百姓，讨好贿赂租界董事，在黄金荣当上法租界警务督察长不久，他也爬上了公共租界警察局督察长的位置。

"咸鱼翻身"的陆连奎，一副奴才当主子的派头，自我膨胀，到处出风头，说大话。他捞足了横档（上海方言"捞外快"的意思）后，还喜欢到戏馆去撒钱、捧角儿，高调张扬得让一些原先看不起他的小市民眼红，也让一帮追随他的青帮弟兄羡慕至极。

小市民、青帮流氓沾染上了陆连奎吹牛装大的习气，在底层社会里就叫"摆奎劲"。"奎劲"摆多了，摆久了，就被看作"老奎唧格"，或者称作"老奎"。

过去，老上海从来不相信"老奎"，遇到"老奎"的人就会嘲讽："侬不要奎，侬再奎也奎不过陆连奎。"

陆连奎在抗战时期恭维投靠日本人，继续张扬盛气，结果被军统特务暗杀，横尸在他自己开的中央饭店（今广东路上）的客房里，也算是"奎"到了头。

上海一向讲究低调精致，不相信"掼浪头""开大兴"（上海方言"说大话"的意思），更反感莫名其妙的自我优越。

如今，"老奎"的幽灵却在上海的一些小市民群体中复活。

聚会的餐桌上夸夸其谈，社交的场合里吹嘘显摆，拉大旗、傍大款，以及盲目地地域清高，声调失控越来越响亮。

东汉吴国灭亡后，江南士人被视为"亡国之余"，因为一直受到北方士族打压，就开始选择隐退的道路，如上海的陆机、陆云解甲归田后，就隐居在故乡"松郡九峰"之一的小昆山上，养了一群白鹤，整天与白云、仙鹤做伴，闭门读书，潇洒自在。

天长日久后，原来崇尚武力的价值取向逐渐被江南士族摒弃，淡泊隐逸的风气滋生蔓延，养成了这一方温文儒雅、低调精致的海派风尚，不相信拍胸脯吹牛皮的"奎劲"。

"阿木林"的贡献

"阿木林"在上海，是一种可喜可悲的人。

中国人的传统里，人出生落地的生辰八字，预示着他的人生天命，先天缺什么，要靠后天弥补。最好的天命是金木水火土五行俱全。

乡下人的姓名，叫水生、土生、根生、阿金、阿火、阿木的很多，都是祈求弥补命里的不足。

老上海，初次进城的乡下人叫"阿木林"，初次到上海的外国人叫"洋盘"，欺生，也逼迫新来的人赶时髦。

上海的摩登，"花头经"多，日日翻新，"阿木林""洋盘"若看不明白，反应不过来，经常受骗上当。

"阿木林"，独木成树，双木成林，五行里面"木"的成分太多，失去了平衡。愚鲁粗笨的"木头"，呆若木鸡，像一个个木头木脑的木头人。

老上海的孩子都玩过一种弄堂游戏"我们都是木头人"，一声口令，大家都不许说话不许动，不许走动不许笑，像电影里的定格镜头，每个人都静止地摆着各种奇怪的造型，变成了木头人。

时间是裁判，看谁先忍不住，笑了或者动了，就先被淘汰，然后继续等待"我们都是木头人"的口令，继续做木头人，继续有人被淘汰，谁坚持到最后谁就是胜利者。

"木头人"像马路边的电线杆，一动不动地立着。上海话里有"木格格（发mo go go音）""木嗤嗤"的说法，形容那种像"算盘珠子拨一拨才动一动"的人，或者一些反应迟钝、莫知莫觉（发go音）的人，上海方言里，"觉"字接近"阁"音。

"木头人"痹麻钝笨，上海人又叫"莫觉（go音）人"，因为这种人对人情世故"莫知莫觉"，或者反应迟缓。

今天的延安东路，过去是一条叫"洋泾浜"的河流，在与河南路相交的地方，有一座洋泾浜最古老的桥，叫"三莫觉（上海方言发音"mogo"）桥"，建于清康熙年间。

民间传说，从前洋泾浜河边住着三兄弟，都是"莫觉人"，所以，经常闹出许多笑话，人们很喜欢他们，不时地接济他们，做点小生意。

三兄弟"戆人有戆福"，人缘很好，居然做大了生意，赚了不少钱，也许为了报答周围的人，他们捐资在洋泾浜上造了一座木桥。

上海人很感谢这三个"莫觉人"，将这座桥叫作"三莫觉桥"，后来，用谐音写成了"三茅阁桥"。

"三茅阁桥"是出入上海县城北门的主要通道，桥边还造了一个上海本土的道观"三茅阁"，这一带很快成了上海县城外最早热闹繁华起来的地方。

上海人的精明灵活与"阿木林""洋盘"相互依存，合璧为特色的同城文化。上海人喜欢嘲笑外行的"阿木林""洋盘"，然而，骨子里，上海人的精明灵活，大多都是"阿木林""洋盘"贡献的，因为外行可以不再外行。

"阿木林"的称呼，在上海并不十分惹人生气，可以用来谦卑自嘲，也常见于情侣打情骂俏。可能一时"木头木脑"，也可以过后就精通灵巧，这是一种悲喜难料的外来移民文化，上海是一座移民的城市。

女叫"模特"，男叫"模子"

19世纪中叶起，上海方言里开始涌入大量外国词汇，Model就是一个上海人钦慕追逐的新词。

Model，是模型、样板的意思，上海人的洋泾浜英语发音为"模特儿"。

上海滩一向有"选美"的传统，热衷海选长相标致、身材窈窕和气质端庄优雅的女子当"花国王后""上海小姐"。

这些出了名的美女，乘马车兜风，坐露台喝咖啡，抛头露面"扎台型"，她们的发饰、服装、举止和谈吐方式，常常被女学生、良家妇女、小家碧玉甚至大家闺秀们模仿，引领上海时尚的摩登潮流。

Model刚进入上海方言时，就被美女占为专用名词，后来，她们登上T台展示流行的时尚，变成了一种职业的称谓（男模特出现得晚，风头也不盛，他们在上海人眼里，多少还有点入赘倒插门的感觉），男人中的Model，上海话叫"模子"。

"模"者，模范、样板也；"子"者，男人之尊称也，譬如孔子、孟子，上海方言里的"模子"，也可理解成可以称作"男人典范"的先生。

"模子"是有责任、敢担当、讲义气的男人，肯出头迎接挑战的男人。上海话讲"伊绝对是模子"，也是对男人的最高评价，反过来，如果责疑"侬是模子勿啦"，等同于斥问某人还配不配称作男人，足以让人无地自容的。

上海话里的"模子"鹤立鸡群，只能单独使用，表示敬重。"模子"如果"合伙"其他词汇一起说，就像上了贼船，"轧了坏道"，会堕落成令人不齿的角色，比如"连裆模子""撬边模子""打桩模子""滑头模子""半吊模子"等。

"连裆模子"是穿连裆裤骗人，"撬边模子"是敲边鼓帮腔，都有不可告人的目的。

"打桩模子"是蹲点在一个地方兜售贩卖的"黄牛"，他们在路边街头或者店堂戏院门口吆喝，骗人上当。另有一种"打仗模子"，发音与"打桩模子"一样，智商却低得多，这种"打仗模子"，体魄健壮、拳脚凶狠，专门帮人打架，自己没有头脑也没有是非观。

还有一种头脑活络、谎话连篇的"滑头模子"，他们总是以帮忙的笑脸出现，换得人家的信任和好感，但只是油嘴滑舌，没有实际行动。

有的也会拍拍胸脯，出手做点事情，但是，稍有困难就半途而废，滑脚溜之，这种人叫作"半吊模子"，半吊子的好意、半吊子的能力、半吊子的结果，终究不可托付大事。

"搭脉""吃药"的上海话

"搭脉""勿好搭脉"与"搭勿够"

"搭脉"原是中医"望闻问切"里的"切脉",又称"诊脉"或者"把脉",但是,上海话里"搭脉"是试探摸底的意思,几句话交谈,就可以摸清别人家的底细。

有的人城府很深,不可捉摸,上海话叫作"勿好搭脉"。由于"勿好搭脉"的人不能与一般人相提并论,又衍生出"不在一个档次、水平难以匹配"的意思。

譬如,"侬帮伊勿好搭脉呃"(你和他不好相提并论的)、"箇两桩事体根本就勿好搭脉呃"(这两件事情根本就不能搭脉的),天壤之别,走不到一起,放不到一块儿。

水准高低有差异,高不可攀的时候,就叫作"搭勿够"。"搭勿够"的事情不能"硬搭","硬搭"就"拎勿清"了。

"吃药""药头"与"补药"

郎中搭脉以后,就要开方给病人吃药。

也许"是药三分毒",上海话"吃药"也有了上当受害的后果。

被人骗了,上海话讲"吃药了"。欺骗别人,就是"给人家吃药"。骗人,需要编造鬼话或者弄虚作假,这些鬼话或捏造的幌子,上海话叫作"药头"。

生病需要吃药,生活中却要谨防"吃药",必须远离各种坑蒙拐骗的"药头",特别要当心那些"药头"很大的骗子,都有花言巧语的口才。

上海话里,难防一种甜言蜜语的"补药",有些恭维话暗含嘲讽,上海人察觉后会回答:"侬钝我么,我当补药吃。"

钝刀相比快刀,不知不觉,见效很慢,这种语言的"补药"偶然吃吃,伤害不大,一笑了之。但是,如果习以为常,麻木了,把恭维的"补药"当作一种享受,那么,就像被钝刀割肉,"吃药"终将会吃出祸害来。

"汏浴"的其他意思

上海话里，洗澡叫"汏（da 音）浴"，早先时候却都叫作"潝浴"。

过去，没有淋浴的条件，洗澡都是盆汤，人坐在澡盆里，用手泼水，或者用脸盆、水壶浇水清洗，上海人叫"潝浴"。"潝"，《广韵》里注解："水出声。"

南京东路的背后有条"盆汤弄"，弄口在福建中路上，至今还醒目地留着"盆汤弄1864"的字样。

1864年，那里有英租界最早的一批公共浴室，到畅园、瀛园、沧园等浴室的大盆汤去潝浴，也成了上海滩上一时追逐的文明时尚。

也许是"潝浴"以后有一身轻的感觉，这个词引申出了一些奇异的意思。

一百多年前，四马路（今福州路）的青楼"四大名旦"（林黛玉、陆兰芬、张书玉、金小宝）之首林黛玉巨债缠身，不得已下嫁南浔富商邱老爷。

邱老爷帮林黛玉还清了债务，然后赎她出青楼，娶她回家做小。然而，邱府几房姨太太看不起林黛玉，经常出言不逊，林黛玉恼了，就开始百般作闹，闹得邱老爷不堪其扰，最后，只好分了不少财产给林黛玉，登报与她脱离了关系。

那时候，上海经常听说这种负债过重的妓女，嫁个有钱的"瘟生"来还钱，然后再借机逃离豪门的传闻，人们将风月场里的这种"逃债"方式也称作"潝浴"。

上海滩上，"潝浴"不但可以逃债，而且还能"镀金"。

鲁迅曾在《书信集》里写过："在上海文坛失败的所谓作家，多往日本跑，这里称为'潝浴'或'镀金'。"

上海弄堂里，经常有些人家的孩子没出息，读书不好，就想办法到外头读个野鸡大学，如钱钟书《围城》里的"克莱登大学"，回来后，也算是"潝了一把浴"，可以改头换面了。

一百多年过去了，"潝浴"的说法渐渐少了，但是，"潝浴"逃债、发财、镀金的现象，倒还时有所闻，暂且称之为一种"澡堂文化"吧。

当年的"盆汤弄"带动了周围丝业公会、金业公会等许多会馆公所和菜馆都开在附近，"盆汤弄"斜对面的"花粉弄"里，都是卖化妆品的店铺，所以，这一带曾是上海滩最繁华、最热闹、最时尚的市中心，"淴浴"的澡堂文化，很快就传播到上海滩的各个角落里。

"买块豆腐撞撞杀"吃了谁的豆腐？

"买块豆腐撞撞杀"是上海人骂人的话，骂得很吴侬软语。

"买块豆腐撞撞杀"的意思，用其他方言直说，就是"你去死吧"或者"你真是笨死的"。

"买块豆腐撞撞杀"，算得上是一句表现主义的海派方言，夸张地宣泄上海人的某种自我感受。

传说有个卖豆腐的女人长得美，人称"豆腐西施"，许多男人喜欢买她的豆腐，有人乘交付钱的机会，碰一下她的手指，捏一把她的手臂，由此，生出了一句上海话"吃豆腐"，专指占女人便宜或者揩弱者油的行为。

叫人家撞豆腐寻死，跟另外一句上海话"买根线粉吊吊死"一样，嘲笑人的智商极低，匪夷所思，"买块豆腐撞撞杀"，本身就有点"吃豆腐"。

只有"戆大"会相信豆腐撞得死人、线粉吊得死人。有些自以为聪明的人，如果被"聪明所误"，做了不合情理或者难以理喻的傻事，上海人叫作"河浜里勿死，死勒阴沟里"，也会叫他去"买块豆腐撞撞杀"，发生不可能发生的事情。

老上海的戏话，"宁可搭苏州人相骂，勿愿搭宁波人讲话"，然而，偏偏是苏州方言和宁波方言，对上海话的影响顶大。

宁波话"直刮铁硬"，平时讲话也像吵相骂，苏州话"柔软委婉"，相骂声也糯嗒嗒哆丽丽，"阿要拨耐一记昵光契契？（是否需要给你一下耳光吃吃）"，吵架情急了要动手，还要先征求对方的意见。

"买块豆腐撞撞杀"，初听起来有点居心歹毒，教唆人家自杀，其实骨子里藏的都是调侃愚笨的戏弄，也算得是嘴硬骨头酥了。所以，很多时候，骄傲自信的上海人，也会居高临下地拿来应对欺瞒谎骗，"要让我相信仔侬额话，还不如让我去买块豆腐撞撞杀"。

"买块豆腐撞撞杀"，听起来滑稽荒唐，讲起来心平气和，回过头来想想，终究是智者吃了愚者的"豆腐"了。

"勿管三七念一"，是要拼命了

"三七二十一"，原本是一道"3乘以7等于21"的算术口诀，大多数人小时候都背过，可是，上海话讲起来，有点豁出去的意思，好像要跟这道算术题拼命了。

上海话"勿管三七念一"（也有说"勿顾三七念一"的），其中，有意把"二十"说成了"念"，深藏着一股冒犯的胆气。

中国古代有避讳的规矩，说话或者写文章，遇到封建君王、父母尊亲的名字都必须回避，要换一种说法，或者改一个字来写，如果不慎忘记了，就会遭人唾骂，甚至会有杀身之祸。

清朝雍正年间，江西有个考官查嗣庭选择《诗经》里"维民所止"作为科考题目，被人举报，说"维"和"止"是砍了"雍正"两个字的头，结果书呆子"查主考"竟被朝廷处死，并株连九族。

上海地区，五代时属于吴越国，吴越国的国王有个公主名叫"二十"，这边的人们为了避讳，都将"二十"说成"念"（并把"二十"写成"廿"字），上海话"勿管三七念一"，就是不管三乘七等于几的道理，也不顾及"念"暗含的皇家名讳，真有些不怕死的胆量。

清末，上海流行用骰子赌博，骰子六个面分别刻着"幺（一）、二、三、四、五、六"的点数，合起来共二十一点，因此，赌博用的骰子，上海人也叫"念一点"，每当赌徒孤注一掷的时候，也是"勿管三七念一"，拼命了。

"勿管三七念一"几乎没有道理可讲，上海话讲起来，真有点"搅

（发gao音）七念三"（胡搅蛮缠的意思）的劲头，好像偏要将关于"七"的算术题演算出一个"念三（二十三）"的结果来。

"七"在上海话里，大多不大讨人欢喜，譬如"瞎七搭八（乱搭瞎说的意思）""七荤八素（晕头转向的意思）""七翘八落（不稳重不可靠的意思）"等。上海话"勿管三七念一"，大有抛开了所有"七"的负面阴影，勇往直前的气势。

"勿管三七念一"的人，不认道理，不顾理智，全凭一腔匹夫之勇，我以为到底还是敬而远之，避避开的好。

"轧煞老娘有饭吃"以及"灵魂变成骆驼"

上海话受了苏州话的影响，用"轧"来表示"挤"的意思，有些上海人，只要空闲下来，就喜欢到人多拥挤的地方去凑热闹，叫作"轧闹猛"。

过去，我们上海的男孩子都喜欢玩一种游戏，名叫"轧煞老娘有饭吃"。

玩的时候，大家把一个小伙伴挤在墙角，然后，小男生们一个一个拼命往里面"轧"，声嘶力竭地叫喊"轧煞老娘有饭吃""轧煞老娘有饭吃"，用来宣泄男孩们无处释放的旺盛精力。

为啥要叫"轧煞老娘"？

据说，旧时上海滩各地来的移民多，社会动荡时，逃避灾祸的难民更多，粮食分配实行"户口米"的制度。

户口米每天出售的数量有限，售完即止，家庭主妇们都是凌晨就拥挤在米店门口排队，等到米店开门后，女人们尖叫着朝前"轧"（挤的意思），上海话叫"轧户口米"。

不管"轧"到米还是没"轧"到米的主妇，回到家里都已筋疲力尽了，常常会对丈夫和孩子们说"今朝轧煞脱了"或者"轧煞老娘了"。

"轧煞老娘有饭吃"这句上海话反映出人多竞争大的都市生态，也揭示了在上海生存打拼的心灵负担。

20世纪30年代，上海有个新感觉派的作家说："灵魂是会变成骆驼的。"

祖祖辈辈的上海移民在上海打拼和生活，由新上海人熬成老上海人，驮着重担的灵魂都曾跪下过前腿，变成沉默忍耐的骆驼，沙沙地走进荒漠，没有驼铃，只有反复咀嚼一句上海话：交关"沙度"（非常疲惫吃力的感觉）。

"轧煞老娘有饭吃"，但是，不要太"沙度"了，让灵魂变成没有驼铃的骆驼。

上海人为什么拒绝"勒煞吊死"？

"勒煞吊死（xi音）"是上海人嘲讽人的方言，刻薄一些人的小家败气，连死都要牵丝扳藤，缠绕不休。

想象一下，被绳子勒死或者吊死的感觉，还真不如用刀枪棍棒来得爽快、干净利落。勒煞吊死的小气样子，在上海方言里，没有更加彻底、煞根的说法了。

老上海曾有个广东人开了一家叫作"梁新记"的牙刷店，他家的双十排牙刷，比别人家的牙刷经久耐用，即使旧到牙刷的毛头都用短了，也不会脱落。

"梁新记"牙刷的广告语"一毛不拔"在上海家喻户晓，上海人索性拿来调侃"勒煞吊死"，把那些"勒煞吊死"的人都叫作一毛不拔的"梁新记"。

"勒煞吊死"的人，只是纠结缠绕自身的小心机，别人家的事绝对"死人不管"，托他的事也是"黄牛肩胛"（据说黄牛没有肩胛，上海话"黄牛肩胛"，比喻一些人不能托付，上海方言还有"托了黄伯伯"的说法）。

清末光绪年间，上海宝善街的春仙茶园里，唱大花脸的京剧名角郎德山唱红了。

郎德山是一个乐呵呵、脾气很随和的人，有人托他事情，他总是笑嘻嘻地说："我是不管事的，有事找管事的人吧。"笑嘻嘻的"勒煞吊死"。

有一次，春仙茶园请郎德山帮忙，邀请一些京剧名角来捧场，郎德山满口答应。可是，到了登场那天，他却影踪全无，独自跑回北京去了。

春仙茶园的票都卖出去了，空荡荡的戏台，看客们一头雾水，乱哄哄地闹场子，几乎要拆了戏园，这件事成了上海滩的一大新闻。从此，"郎德山，侪勿管（全不管的意思）"的说法流行了开来，成了上海方言里的俗语。

"勒煞吊死"的人，骨子里都是"梁新记""郎德山"，上海人很看不起。

时间久了，上海滩"勒煞吊死"的人越来越少了，这个沪语也不大常用了，但是，"梁新记""郎德山"还在，偶然还会在人群里遇见。

有种上海人叫"脚色"

上海人讲究低调，有些场合甚至喜欢"装戆"，他们开玩笑说"戆人有戆福"，其实心里头却特别看重"脚色"。

上海话里称作"脚色"的人，要么是有来头，要么是有能耐，而且，不熟悉他（她）的人，刚接触时是看不出来的。

清末民初，有个叫王念祖的苏州人到上海来学生意。

王念祖家里很穷，没有什么来头。他没读过几句书，也没什么能耐，家里人和乡邻们都认定他是个没出息的人，王念祖索性将自己的姓名改成了王无能。

这个王无能在上海的公平洋行找了份"Boy"的差事，租住在跑马厅附近的观仁里。

观仁里住着许多艺人，王无能白天在洋行里学洋话，晚上回家听邻居唱戏，也能哼一些地方曲调。在弄堂里住的时间长了，他还能模仿各种吆喝叫卖，喊得有模有样的。

1907年起，王无能就开始在一些戏班子或剧社里客串师爷、书童、差役、骗子等丑角了。

那时都是"幕表戏"，没有剧本，只有份情节提纲贴在后台，演员根据角色的情节要求，登台临场发挥。因为没有剧本的约束，演员会添加噱头，博取观众的彩头。

王无能一上场，总是操用各地方言以及洋泾浜英语，演唱各种戏曲曲调，并用口技模仿各种声音，插科打诨各种吆喝，经常能博得满堂喝彩。

1920年的一天，王无能所在的"民兴剧社"收到苏州军府的帖子，请他们过去唱堂会。

那天，剧社的戏票都已经卖出去了，上海观众怠慢不起，又不敢得罪苏州军府，老板觉得王无能伶牙俐齿，就派他一个人前去应付。

苏州军府高朋满座，见王无能一人来唱堂会，觉得不可思议，临时换戏班子也来不及，只好让他试试。

王无能选了一个客串过的角色较少的戏，先用各种小贩和堂倌的叫卖吆喝，将席上的宾客带入故事发生的环境里，然后，他用各地方言扮演各个角色一一登场，彼此招呼，产生矛盾，相互争吵，出手相打，满堂充斥着鸡飞狗跳、女人叫、小孩哭和各种东西破碎的声音，人们仿佛亲临了故事发生的现场。

接着，王无能开始说唱，夹杂着各种戏曲曲调，他用夸张、误会、巧合、谐音、拉扯、偷梁换柱等噱头，惹得满屋子笑声不断，一些女宾笑得捂住肚子，双脚直蹬地板。

王无能大受欢迎，开始出名了，他除了继续演文明戏外，在上海正式挂牌一个人演戏，这个剧种就叫"独脚戏"。

"独脚戏"里的"脚色"与一般戏剧里的"角色"不太一样。"角色"是具体的戏剧人物，"脚色"是戏剧行当，生旦净末丑的人物程式。

上海话里的"脚色"作为一种人物程式，暗示着某种人物的来头、履历与能耐。

古代，很多人靠贿赂入仕做官，负责选拔的官吏在名册上注明贿赂的多少，没有行贿的也会在表格的名头下"注色"，注明了"脚色"，看作事后入仕做官的背景。

相比于人的"脸面"，有没有"脚色"不容易看出来，所以，上海话讲"这个人是个脚色",往往就是一个不可小觑的提示,警告"人不可貌相"。

"脚色"不问出处,因为大多先天不足,脚色的"厉害"总是深藏不露的。

"脚色"的能耐是孤苦磨炼的,"脚色"的来头是轻贱依附的,所以,"脚色"通常心苦面善,或者口蜜腹剑。

上海人看重"脚色",也看轻"脚色",总是敬羡礼让,哼哼哈哈,"侬好我好大家好",也不过逢场作戏。

蟹好吃,不好说

过两天就是农历九月,九雌十雄,吃蟹的季节又到了。

鲁迅先生佩服过第一个吃螃蟹的人,誉之为勇士,如今不稀奇了,"遍地英雄下夕烟"。

上海人把蟹叫作"大闸蟹"。先前,螃蟹都是野生的,老祖宗们用"沪簖"捉蟹,在河湖港湾里安置用芦苇做的"小闸",夜间用灯火引诱,清晨就有许多上当的螃蟹截留在"沪簖"上,因此,本地人捉蟹叫"闸蟹"。

过去,吃蟹都是煮熟了吃,上海方言把放入水中煮叫作"煠"(音近"食"的入声),"大闸蟹"应该是"大煠蟹",强调蟹的传统吃法。

吃蟹,难免要说蟹、议论蟹,在上海,说蟹要小心的。20世纪30年代,上海的文化名人、上海俗语研究者汪仲贤说:"在朋友圈里谈话,偶然嘴里落了一只蟹出来,也会被人在背后批评一句'不入流品'的。"

蟹很好吃,但从嘴里"爬"出来,大多不是好话。

譬如6月上市的蟹"六月黄",因为蟹的钳与脚上都有毛,上海话里,"蟹脚蟹手"就是骂人"毛手毛脚"。

上海人嘲笑人字写得不好,叫"蟹爬字",埋汰有些人的太"作"、无事生事,叫"蟹爬肠"(也叫"爬肚肠")。

螃蟹没有章法地横行乱爬,所以,一个"爬"字就出口伤人,讲

"搿个人老爬厄！"就是讲某人欢喜无事瞎起劲，热衷无聊的事情，结局嘛，无端生出是非来而已。

上海话里，蟹可以拟人，讲"软脚蟹""撑脚蟹"，就是指一些没有底气、缺乏担当或硬撑而毫无希望的男人，提到"蟹脚"，更加是暗喻某些依附官僚的"帮闲"，或者沦落为哪方恶势力的喽啰。

最不入流品的，是言谈里用"蟹"来隐晦女人。因为蟹擅夹的关系，年长的叫"老蟹"，年少的称"小蟹""嫩蟹"，说出这样的话来的人，必然被上海人看作低档下流之辈。

上海人讲究档次，把Class看作格调，菊花时节吃蟹是很优雅的趣事，不过，说起话来，不大肯轻易提及"蟹"的。

《红楼梦》第三十八回里，大家聚在一起吃蟹，就用写诗来避俗。

说起蟹来，贾宝玉说"饕餮王孙应有酒，横行公子却无肠"；薛宝钗讲"眼前道路无经纬，皮里春秋空黑黄"；林黛玉更形象，"螯封嫩玉双双满，壳凸红脂块块香。多肉更怜卿八足，助情谁劝我千觞"。句句说蟹而不提蟹，格调尽显。

上海方言"蟹"与"哈"同音，敏感的上海人忍俊不禁，面对任何不信的事实，就会说"假使搿个是真呃，蟹也会笑了"。蟹会不会笑，只有说的人自己明白。

上海话"曲细"和"领盆"的来头

先前聊过"阿木林"的文化内涵，自然而然，又联想到上海话"曲细"和"领盆"。

清朝时，男人都留辫子。

那时，官宦士绅、公子哥儿的背后都垂挂着一条乌黑粗长的辫子，有的还添缀着漂亮的辫饰。

干活劳作的男人，长辫子是个累赘，只能盘绕在头顶，常年都戴着发辫的"头箍"。

斯文的男人是不肯这样的，即使干体力活，只是临时将辫子搭绕在颈项，完事后就甩回背后。

男人辫子的曲直是区分劳力者与劳心者的重要标识。

乡下人初进城，看到有头有脸的城里人没有盘绕辫子的，就模仿着放下了盘绕的辫子，自觉是做了"新城里人"。

然而，久经束缚的辫子放下后，一时不易恢复，依然暗曲有痕，精明的上海人能从辫子弯曲的深浅，看出乡下人来沪时间的长短。

晚清时，一些初来的新上海人被叫作"曲辫子"，后来简称为"阿曲"，因为被看不起而看小，就衍生出了叫他们"曲细"的上海话，"细"是小的意思，"细作""奸细"都是不上台面的小人。

上海话"曲细"的发音与"屈死"谐音，逐渐演变成了骂人的话，咒骂一些不懂事、拎不清的小人，没有好结局。

"曲细"者，大多"一根筋"，自以为是而"勿领盆"，都有点阿Q，到头"屈死"了也不知原因。

上海话"领盆"出自园艺术语"服盆"。盆栽的植物，尤其是野生花木，花盆关系很大，如果"不服盆"，花木移植进去后，终究长不活，渐渐枯萎。

养蟋蟀也是这样，刚放进一只新盆里，经常一打开盆盖就跳跃出来，只有养久了，蟋蟀驯服在盆里才算"服盆"。

上海人"领教"了环境的影响力，就将顺应佩服叫"领盆"，一根筋、不买账叫"勿领盆"。

上海话"曲细""领盆"还在流行，市井生活里经常使用，因为隐藏其中的精明、变通，还一直在影响着上海人的生活选择。

上海人亏待了"三"字?

上海方言里，很多坏人坏事都有"三"字参与的份，譬如瘪三、拉三、盎三等，究其原因，还是上海开埠后的"洋泾浜英文"惹的祸。

1884年，上海的马路上出现了印度巡捕，这些人来自英国殖民地，按理说，他们的身份比租界里的华人低，但是，工部局招他们来管理马路，他们就仗势欺人，成天乱舞警棍，吆五喝六，上海人吃足了苦头。

印度巡捕只会英语，不懂上海话，呵斥市民时也经常说不清楚意思，只好反复讲"I say"（我说）作为语音停顿。

上海人见他们老是"I say、I say"的，又包裹着红头巾，就洋泾浜地称呼他们"红头阿三"，暗藏嘲谑和鄙视。

从此，"三"字好像结交了黑道，一直在上海的公共租界里沉沦下去。

租界里，乞丐讨饭都"洋泾浜"，说"beg sir"（先生，给点吧），被人们鄙称为"瘪三"。

外国人将一些不检点或卖淫的女孩叫lassie（姑娘），上海人就叫作"拉三"。

还有商家"大甩卖"的英文广告写着"on sale"（大甩卖），精明的上海人知道甩卖的大多是蹩脚的货色，由此而"洋泾浜"，将不入眼的贱货、下作行为通通讲作"盎三"的人、"盎三"的事。

做生意讲究"发"（八），做事情追求"十全十美"，"三"不如"八"和"十"幸运，经常被人嘲讽、唾骂"十三"（傻笨或轻浮）、"小三"（婚外插足者），"三"有时还被人们用来打包坏人。

比如旧上海黑道老大不小，上海人偏偏喜欢挑出黄金荣、杜月笙和张啸林三人，打包成"上海黑帮三大亨"。

过去的上海滩女流氓也多，比如黄金荣的前妻林桂生、76号大汉奸吴四宝的老婆佘爱珍，上海人偏要搭上一个言行粗暴、争取女权的传奇女性沈佩贞，凑成一个"民国三大女流氓"的别号。

"三"字是被堕落了，无论"老三老四"（摆架子）还是"不三不四"（不正派），都有它的份。

过去，家里孩子多，上海人叫老大老二"阿大（发'度'音）阿二（发'尼'音）"，第三个小孩叫起来有些纠结，叫"阿三"会联想到"红头阿三"，改叫"老三"还是有点贬义，上海有称呼某些人"老三"暗示鄙视的习俗。

20世纪30年代，上海有个盛文颐，他是盛宣怀的侄子，出身偏房，因为他品行不端，当过汉奸，上海人将他排行为"盛老三"。

还有那个闯入中共一大的密探程子卿，即使当了法租界的探长，人们还是叫他帮派里的"程老三"。

上海人太亏待这个"三"字了，如今要改也难，只好嘴下留情，慎用少用，或者换个说法。

兜兜转转的上海话

阿桂姐

秋天，桂花开了。

甜丝丝的腻香，轻薄得惹人心馋，然而，桂花凋谢得快，一地金黄，黏住行人的鞋底。

上海话"桂花"与"贵货"同音，反嘲薄命轻贱的女人为"阿桂姐"，是不直言"贱货"的反话。

老上海，舞厅里的舞女取名，都避讳"桂"字，再红的舞女一旦过了气，干坐冷板凳，就被称作"阿桂姐"。

苏州女子林桂生下嫁黄金荣，帮黄金荣成就了显赫，后来，被小三挤出局，重归苏州隐居，上海滩的帮派道上也都叫她"阿桂姐"。

一〇一

上海人的数字，提到110、119、120，都有点心惊肉跳，敬而远之，但是，他们偏爱101，欢喜讲"一百零一"。

上海是个生意场，讲究物以稀为贵。

"一百零一"的数量，表示"唯一"，独一无二，衣服不会撞衫，漂亮无人媲美。

"一百零一"与上海话"独养儿子"一样，都表示"仅此一件"，但是，"一〇一"是经过竞争筛选，仅存的1，比"独养儿子"比喻的1更加稀有。

黯然的"独养儿子"，难免阴郁，有时候也变成了骂人的话，因为"独养儿子"与英语One son巧合，"独养儿子"有点文雅地骂人"瘟生"，心态不平。

大舞台对过

上海马路拐弯抹角，上海话也是兜来兜去，喜欢跑到"意思"的对过（反面）去讲话。

百把年前，二马路（今九江路）上有家"苏州文奎斋"食品店，经营糖果、蜜饯、梨膏糖等，由于马路对面是上海大舞台，看戏的人习惯来买包食品带进戏院，生意非常兴隆。

后来，"苏州文奎斋"的东头开出了一家"嘉兴文奎斋"，也卖糖果、蜜饯、梨膏糖，看戏的人分不清真假，店家就靠吆喝拉生意。

"苏州文奎斋"挂出了一块招牌，上面雕刻着一只大乌龟咬着一只小乌龟，还有一行文字："乌龟眼睛太小，见人招牌就要假冒，谨防东首冒牌，天晓得。"

"嘉兴文奎斋"随后也挂出一块同样的招牌，同样的图案、文字，只是将"东"改成了"西"。

看戏的人一头雾水，只叫这两家店"天晓得"。

上海话兜到马路对过，用"大舞台对过"来表示"天晓得"，从此就流传开来了。

翻樱（ang音）桃

上海女人喜欢口红，妆成樱桃小嘴，格外惹人爱怜。

看相的说，樱桃嘴的女人性格开朗，伶牙俐齿，人缘好，一定有桃花运。

两片艳红轻薄的嘴唇，说话时上下翻动，可以迷恋人的眼睛，使人失去听觉，上海话讲"翻樱桃"。

不知什么时候，"翻樱桃"从能说会道，生出了信口开河、出尔反尔的贬义，一点一点开始讨人嫌了，讲男人家"翻樱桃"，绝不是好话。

"跳槽"和"下海"的从良之路

"跳槽"和"下海"是两个时髦的词语明星,如今,在人们口中的"出镜率"非常非常高,瞬间就成了网红,数以万计的粉丝不懈地追捧她们的梦想和勇气。

出名后难免有狗仔队。有人打听"跳槽"和"下海"的出身,说起来,确实不很高贵,甚至不太体面。

晚清时,松江有个叫韩邦庆的秀才曾用吴语写了一本小说《海上花列传》,描写上海十里洋场里,妓女与官场、商界的社会生活,其中,嫖客莲生对妓女小红说:"我不过三日天勿曾来,耐(你)就讲是跳槽。"

在古书里面,经常把马看为阴性的,于是,就将女子比作马,至今还有将男人的异性朋友称作"马子"的。"跳槽"原出身于此,意思是讲"妓女的相好另搭其他妓女,或者妓女投奔其他老鸨,或者自行开业"。

后来,上海滩的黑帮将"跳槽"拿来当作道上的切口,暗指要摆脱一个帮派的山头,投奔另外一个团伙的老大。这种切口在社会的底层传开以后,一些底层百姓也开始将换个工作、换个岗位戏说成"跳槽"了。

过去的上海滩,有点教养的正经人是不会这样说,也不会随便讲"跳槽"的。

新社会新时期,人才流动普遍了,变通的上海人赋予了"跳槽"新的寓意,将敢于挑战命运,辞职换工作比作"跳槽",有位新闻记者用来写进了报道,"跳槽"开始登堂入室,成了上海话的良家妇人,才可以清清白白地,在人们的口中自信地走街串巷了。

上海人赏识"跳槽"敢于"扼住命运的咽喉",做自己的梦,终于使"跳槽"一夜网红了。

"下海"的出身就多了些曲折。过去的上海滩,"下海"只是个到海上打鱼的朴素渔女,就是出海捕鱼的意思,现在的提篮桥地区(昆明路73号)还有座"下海庙",当年因为周围的渔民都来祈福,香火很旺。

后来,也许被生活所迫,贫穷的渔民女儿跌入风尘,"下海"做起了不体面的行当。

在欧阳予倩《桃花扇》的第一幕里，就有"下海就是梳拢，梳拢就是上头。你别装糊涂了"的台词，老舍《四世同堂》中也有所提及，"每逢有新下海的暗门子，我先把她带到这里来，由科长给施行洗礼，怎样？"

这里"梳拢""暗门子"的说法，都是指"下海"，就是妓女，所以，"下海"在上海人的口中渐渐暧昧起来了，因为上海是个商业城市，商业的复杂深似海，"下海"就算不敢青楼女，也只能经商罢了。

只有改革开放的今天，时代的"弄潮儿"们应运而生，敢于打破铁饭碗，走自己的路，"下海"才找回自己的真实价值，不再躲躲闪闪，成了敢想敢做的"上海模子"。

两个上海词语，与其说"跳槽"和"下海"的从良，不如说海派的文化力量，一种化腐朽为神奇的力量。

睬侬白眼

上海话说"睬侬白眼"，形象地用翻白眼来表示轻视，有点像鲁迅先生说的，"最高的轻蔑是无言，而且，连眼珠子也不转过去"。

上海话是一种移民用语，或者叫移民的通用语，跟原住民说的本地话不同，它包容着各地方言的语音、语汇。

19世纪末起，宁波移民大批闯滩上海，他们说的宁波方言对上海话的影响很大，"阿拉"取代"我眤"荣登上海话里第一人称的头把交椅，就是最典型的例子。

"睬侬白眼"也是上海人活学活用宁波俗语"搀侬瞎子"，发展蜕变而来的。

瞎子出门，全靠有人搀扶引路。过去，在旧戏《堂楼详梦》里，有个叫秋华的丫头，牵着瞎子先生的明杖在台上兜圈子，瞎子奈何不得，只好任其作弄，宁波方言"搀侬瞎子"就是作弄人的意思。

因为瞎子的眼珠子都是灰白色的，所以，宁波人也讲"搀侬白眼"来表示欺骗作弄，或者表示上当受骗。

上海人接纳了"搀侬白眼"，翻造出"睬侬白眼"轻蔑的新意，还一鸡两吃，从"搀侬瞎子"的本义里，创新出"领港""入港"等上海方言。

"搀侬瞎子"的搀扶引领，很像那时上海港的"领港"。

上海开埠初，没有专业的领航员，全靠熟人带路。

外国洋轮到上海来，都抛在吴淞口外的江海上，在这些大轮船周围，游弋着各色小船，船上插着印有"Pilot"（领航）字样的小旗子，兜揽"领港"的生意。

那时，不仅黄浦江里有"领港"的生意，在黄浦滩头、新北门口，都站立着许多叫作"露天通事"的人，这些人略懂"洋泾浜英语"，专门等候外国人，自荐当向导或翻译，带领他们进城办事或购物，赚取佣金。

向导、参谋或者顾问，上海话都可以说"领港"，规矩的"领港"能帮人避免走弯路。

达到了目的，上海话叫"入港"了。也有不规矩的"领港"，欺负"洋盘"，斩"洋葱头"，外国人破费了铜钿，啥也"勿入港"。

这么多年过去了，上海滩"领港"的生意还是经久不衰，导游、导购、分析师、评论员等新名目更加万紫千红，炫人眼目，这些"领港"也依旧鱼龙混杂，所以，上海话"入港""勿入港"以及"睬侬白眼"也依旧在用。

"国母"也讲上海话

中国人尊称宋庆龄为"国母"。20世纪50年代初，收音机里播放她在第一届全国政协会议上的讲话录音，一口儒雅清婉的上海本地话，引起许多国人的好奇：

国母为什么不说国语？

宋庆龄是浙江余姚人，丈夫孙中山是广东香山人，夫妇俩各自的家乡话彼此听不懂，国语又不流利，他们平时都用英语交谈。

宋庆龄的上海话是谁教的？

宋庆龄的父亲宋嘉树是广东人，母亲倪桂珍是浙江人，她自己出生在上海，确切的诞生地，虹口区说是东余杭路530号（当年为东有恒路628号）的宋家老宅，浦东新区认为是川沙新镇（新川路218号）的"内史第"名宅，双方都没有足够的依据说服对方。

1886年，22岁的宋嘉树（又名宋耀如）在美国的神学院毕业后，被派到上海来传教，偶遇先期从美国回来的同学牛尚周和温秉忠，牛、温两人分别娶了川沙城厢里牧师倪蕴山（他是上海耶稣教里最早的中国籍牧师之一）的大小姐倪桂清和二小姐倪桂姝，他们介绍宋嘉树结交了倪家三小姐倪桂珍，做成了一桩美满婚姻。

宋嘉树被美国基督教派到上海来的时候，虹口地区属于美租界，偏离市中心，房地价便宜。他与倪桂珍结婚以后就安家在东有恒路朱家木桥（今新建路唐山路附近），大女儿宋霭龄出生在那里。

宋嘉树在虹口传教时，受到外国牧师的排挤，加上劝说当地市民信教也很困难，他们夫妇就决定到浦东去传教。

他们租下了川沙内史第的西厢房，借那里的"立本堂"当福音堂布道，据说宋子文、宋庆龄、宋美龄等兄妹都出生在那里。

虹口的宋家老宅还是经常有人来住的，留着很多关于宋庆龄的记忆。

譬如孙中山回忆，他1894年到北京上书李鸿章，回来路过上海，在朱家木桥宋嘉树家，见过才一岁的宋庆龄；又如虹口美国基督教监理会创办的"中西女子小学"里还留有宋庆龄读书的史料；还有宋家老邻居曾见过孙中山与宋庆龄坐着马车在东余杭路、唐山路一带兜风的回忆等。

史料交杂，宋庆龄究竟在哪座房子出生，虹口与浦东各执一词，但是她生在上海都无异议。童年与少女时代的宋庆龄，一定有许多浦西的上海人，或者浦东的本地人的同学、朋友，她从他们那里学会了上海话，那种带有川沙本地人口音的上海话。

图书在版编目（CIP）数据

上海下午茶 / 胡伟立著 . —上海：文汇出版社，
2024.7 — ISBN 978 – 7 – 5496 – 4273 – 1

Ⅰ . I267.1

中国国家版本馆 CIP 数据核字第 2024R7M569 号

上海下午茶

著　　者 / 胡伟立
责任编辑 / 鲍广丽
封面装帧 / 王　峥

出 版 人 / 周伯军

出版发行 / 🆆文匯出版社
　　　　　上海市威海路755号
　　　　　（邮政编码200041）
经　　销 / 全国新华书店
排　　版 / 南京展望文化发展有限公司
印刷装订 / 启东市人民印刷有限公司
版　　次 / 2024年7月第1版
印　　次 / 2024年7月第1次印刷
开　　本 / 890×1240　1/32
字　　数 / 280千
印　　张 / 10.25

ISBN 978 – 7 – 5496 – 4273 – 1
定　　价 / 68.00元